Ein Jahr ist vergangen, und wieder ist es Juni, die Abende werden heller, die Nächte länger. Der sechzehnjährige Joe geht wie immer zur Schule, sein Vater spielt wie jeden Samstag Golf, und Harriet, seine Mutter, entwirft neue farbenfrohe Stoffmuster. Und doch ist nichts mehr so, wie es einmal war. So wenigstens empfindet es Harriet, Anfang Vierzig, verheiratet, zwei Söhne, ein Hund und ein Haus in einer Kleinstadt an einem See in Mittelengland.

Harriet fühlt sich alleingelassen mit ihren Gedanken an jenes schreckliche Ereignis von vor einem Jahr, dessen Einzelheiten sie aus den Andeutungen des Polizeikommissars und den Sätzen ihres Sohnes zu rekonstruieren versucht hat. Ihre Gedanken kreisen pausenlos – wie ein Perpetuum mobile in ihrem Gehirn – um das Vor- und Nachher des alptraumartigen Geschehens.

Und da gibt es, hundert Kilometer entfernt, eine andere Frau: Sheila, über siebzig, alt geworden, seitdem ihr Enkel im Gefängnis sitzt und sich weigert, mit ihr zu sprechen. Dabei hat sie ihn, nach dem tödlichen Unfall seiner Eltern in Afrika, zu sich geholt, in eine intakte Familie, und ihn wie eine Mutter erzogen. Was hat sie nur falsch gemacht, daß Leo jenen Jungen überfallen hat? Einfach so.

Die heile Welt zweier Familien ist durcheinander geraten. Zwei Mütter versuchen, trotz ihrer unterschiedlichen sozialen Herkunft, gemeinsam einen Weg in die Zukunft zu finden: für ihre Söhne und für sich selbst.

Margaret Forster erzählt die Geschichte dieser beiden Frauen so behutsam wie bewegend, so vorsichtig wie spannend. »Das meisterhafte Psychogramm zweier Mütter.« *Buch Aktuell*

*Margaret Forster,* 1938 in Carlisle geboren, studierte in Oxford Geschichte und lebt heute in London und im Lake District. Sie hat mehrere Romane und Biographien geschrieben. Ihre vier auf deutsch erschienenen Romane wurden große Erfolge. Im Fischer Taschenbuch Verlag erschienen: ›Ich glaube, ich fahre in die Highlands‹ (Bd. 10867), ›Christabel‹ (Bd. 11315), ›Die Dienerin‹ (Bd. 12292); außerdem die Biographie ›Daphne du Maurier. Ein Leben‹ (Bd. 12891).

Margaret Forster

# Nichts wird mehr sein, wie es war

*Roman*

Aus dem Englischen von
Roseli und Saskia Bontjes van Beek

Fischer Taschenbuch Verlag

Für John und Marjorie,
echte Cumbrier,
die es nie in die Ferne zog.

Veröffentlicht im Fischer Taschenbuch Verlag GmbH,
Frankfurt am Main, Mai 1998

Lizenzausgabe mit freundlicher Genehmigung
der Arche Verlag AG, Zürich–Hamburg
Die englische Originalausgabe erschien 1994 unter dem Titel
›Mothers' Boys‹ bei Chatto & Windus, Limited, London

Druck und Bindung: Clausen & Bosse, Leck
Printed in Germany
ISBN 3-596-13489-7

# Erstes Kapitel

Harriet machte sich natürlich Vorwürfe, wie es Mütter immer tun. Es hatte zwei Kostümproben gegeben, doch sie hatte weder die eine noch die andere als solche erkannt. Wenn sie verstanden hätte, daß sie einem Prolog zu dem wirklichen Drama zusah, wäre alles womöglich ganz anders gekommen, die Rollen hätten vertauscht, das Bühnenbild umgestellt werden können …

Doch hier ging es nicht um Theater. Alles war wirklich. Wirklich. Man mußte sich mit der Wirklichkeit auseinandersetzen. Das galt gewiß auch für sie. Für sie, *seine* Mutter, wie immer sie heißen mochte. Für alle beide.

Ein sonniger Sommertag. Alles geschah an einem sonnigen Sommertag, den am Abend zuvor ein wunderschöner rosiger Himmel angekündigt hatte, ein glücklicher Abend, an dem es endlich einmal keinen Streit, keine Spannungen gegeben hatte. Sie erinnerte sich – ja, sie erinnerte sich an jede Kleinigkeit, wie man es angeblich in solchen Fällen tut –, vor allem aber erinnerte sie sich daran, wie sie am Küchenfenster stand und Petersilie hackte. Sie hatte für solche Dinge keine glückliche Hand, nicht die Geduld, die Lust, es so ordentlich zu machen wie ihre Schwester, deren Messer über dem grünen Büschel hin und her schwang, bis es zu feinstem Moos zusammengeschrumpft war. Ihre Petersilie blieb grob. Nicht einmal ein richtiges Wiegemesser hatte sie, eins mit breiter Klinge, das man an beiden Enden festhalten und mit dem man richtig hacken konnte. Ihr Messer war kurz und hatte eine gezackte Schneide. Hoffnungslos. Schließlich hatte sie nur die Stiele von der Petersilie abgeschnitten und den Rest lustlos zerkleinert. Es machte nichts. Das Ganze sollte ja bloß über das Hühnerfleisch, die Zwiebeln und die Pilze gestreut werden, die schon im Wok waren. Um es verlockender, farbiger aussehen zu lassen. Petersilie und rote Paprikastreifen. Hübsch. Ihr lag mehr daran, daß ein Essen verlockend aussah, als daß es gut schmeckte.

Der Tisch draußen vor dem Fenster, an dem sie stand, sah wirklich hübsch aus. Eine Plastikdecke mit roten Mohnblumen auf schwarzem Grund lag darauf, und die spanischen Teller gaben dem Ganzen eine festliche Note. Außer ihr aß niemand gern im Freien, was ihr unbegreiflich war. Wozu so gut wie auf dem Land leben und einen herrlichen Garten mit Blick auf den See haben, wenn man all das nicht auch genießt? Sobald sie sah, daß der Himmel blau war, daß Sonnenstrahlen durch die Zweige des Birnbaums vor dem Haus fielen, scheuchte sie alle nach draußen. Manchmal war es nicht warm genug. Einer nach dem anderen ging, sobald das Essen auf dem Tisch stand, wieder ins Haus, und sie blieb draußen allein zurück, aß trotzig ihr inzwischen kalt gewordenes Essen. Nicht jedoch an jenem Abend, dem Abend davor, dem Abend mit dem rosigen Himmel. Es war ausgesprochen schwül, der Schatten des Baumes auch zu dieser vorgerückten Stunde noch wohltuend. Sam rauchte, worüber sie sich ausnahmsweise nicht ärgerte. Er rauchte damals kaum, nur »nach Tisch«, wie er es nannte, und auch dann nicht immer. Sie hatte es sich nie eingestehen wollen, aber sie bewunderte seine Selbstbeherrschung. Er rauchte gern, hatte aber wegen der Gefahren damit aufgehört ...

All dies war es eigentlich nicht, woran sie sich erinnerte, an diesen ganzen Kram. Sie empfand es nur als wohltuend, sich beruhigende, harmlose Dinge noch einmal durch den Kopf gehen zu lassen. Die Petersilie, das Tischtuch, die Teller, Sam, wie er rauchte – keine dieser Einzelheiten war von Bedeutung. Und doch kreisten ihre Gedanken so liebevoll um sie, und sie ließ es zu. Sie konnte die ganze banale Unterhaltung jenes Abends wiedergeben, keine echte Unterhaltung, nur so dahingesagte Wörter, wie man sie in Familien einander zuwirft, Wörter, die keine Sätze ergeben, und wenn, dann keine vollständigen. Allerdings das Messer. Es war nicht unwichtig. Das Messer mit der gezackten, aber doch scharfen Klinge und dem hölzernen Griff. Sie hatten ihre Messer nie schleifen lassen. Ihr Vater pflegte Messer an einem alten Stein zu schleifen. Sam war dazu außerstande, machte selber Witze über seine mangelnde Begabung. Manchmal kam ein Mann an die Tür, dem sie sämtliche Küchenmesser gab, die sie auftreiben konnte, und er schliff sie, nur schnitten sie danach auch nicht viel besser. Sägemesser waren sowieso schwer zu schleifen. Einmal, als eines der Messer ...

Oh, da tat sie es schon wieder, hatte sich selbst dabei ertappt. Sich an das Messer zu erinnern, war unerläßlich, aber was sollte all das Gefasel über das Schleifen. Das Messer war deshalb wichtig, weil Joe es tags darauf genommen hatte. Ohne Erlaubnis. Es war ein schöner sonniger Tag – in Gedanken hatte sie wieder die Sonne, den Himmel vor Augen –, und er und Frankie fuhren los auf ihren Fahrrädern mit dem Picknickkorb. Gewiß, sie wußte, daß sie losgefahren waren, losfahren würden, doch von dem Messer wußte sie nichts. Auch nicht von der Melone. Eine herrliche Charentais-Melone, gerade eben reif, die im Kühlschrank bereitlag und nur darauf wartete, an jenem Abend als Dessert zu dienen. Sie hätte sie in mondsichelförmige Scheiben zerschnitten und, um ihre Farbe noch hervorzuheben, auf einem dunkelblauen Teller angerichtet und zwischen die einzelnen Scheiben zusätzlich ein paar Erdbeeren gelegt. Aber Joe nahm sie mit, statt eines Apfels oder einer Banane, was für das Picknick von zwei Zwölfjährigen passender gewesen wäre. Er hatte aus der Küche gerufen, ob er etwas für ein Picknick mitnehmen dürfe, er und Frankie wollten mit ihren Rädern losfahren. Sie hatte sich gefreut. Fahrräder, Picknicks – das wünschte man seinen Kindern. Über die Melone hatte sie kein Verbot verhängt. Das wäre ihr gar nicht in den Sinn gekommen. Genausowenig hatte sie an das Messer gedacht. Sie hörte erst die Schranktüren zuschlagen, dann den Kühlschrank, und mußte bei dem Gedanken, daß Joe bestimmt ein paar Erdbeeren stibitzt hatte, insgeheim lächeln. Aber es waren ja genügend da. Soll er nur. Er wird vermutlich den Apfelsaft einpacken, ein paar Erdbeeren und Kartoffelchips und Kekse, wenn er sie findet (sie hielt sie versteckt, für besondere Gelegenheiten). Keine Sandwiches. Er wäre zu faul, sich welche zu machen. Sie hatte ihn pfeifen und die Küchentür hinter sich zuschlagen gehört und war glücklich …

Glücklich. Glücklichsein. Darum ging es eigentlich, *dieses Glücklichsein heraufzubeschwören,* das niemals so intensiv war wie damals, bevor sie zum ersten Mal diese leise Vorahnung befiel, woraufhin sie jedoch nichts unternommen hatte, falls dies überhaupt möglich gewesen wäre, *falls*. Er kehrte ganz langsam nach Hause zurück. Ging mit gesenktem Kopf, das Gesicht abgewandt, neben seinem Fahrrad her. Sie dachte, er hätte mit Frankie gestritten. Wie üblich. Sie waren befreundet, weil sie beide zwölf Jahre alt waren und es in der Straße keine anderen Zwölfjährigen gab. Sie besuchten dieselbe Schule, dieselbe Klasse, waren sogar gleich groß und hatten im selben Monat Geburtstag. Doch in ihrem Temperament und ihren Talenten trennten sie Welten, abgesehen von solch äußerlichen Ähnlichkeiten hatten sie wenig miteinander gemein. Beide taten ihr Bestes, um mit dem anderen auszukommen, denn beide brauchten einen Freund. Sie gingen zusammen ins Kino, zum Schwimmen, sahen gemeinsam Videos an, hingen herum, aber im Gegensatz zu Frankies Mutter war sich Harriet schon immer darüber im klaren gewesen, wie zerbrechlich diese Freundschaft war. Joe war, kraß gesagt, zu klug für Frankie. Ihn ärgerte Frankies Dummheit. Und Joe war für jemanden wie Frankie, dem Sport alles bedeutete, nicht sportlich genug.

Joe stellte sein Rad ab und kam in die Küche, wo sie gerade das Verschwinden der verflixten Melone feststellte. Sie hatte sich bereits mit dem Gedanken abgefunden, das Messer verloren oder verlegt zu haben, und benutzte zum Brotschneiden ein anderes. Er wirkte eher verunsichert als verängstigt, irgendwie schuldbewußt. Was oft vorkam, wenn er mit Frankie gestritten hatte. Deshalb sagte sie nichts, fragte nicht einmal, wie das Picknick gewesen war. Dann hörte sie ihn die Treppe hinaufgehen und leise seine Tür hinter sich schließen. Eine Sekunde lang hatte sie ein mulmiges Gefühl in der Magengrube. Was nun? Bei Joe ging es immer um die Frage »was nun«? Er war so impulsiv, konnte innerhalb von fünf Minuten, und das nicht immer aus ersichtlichen Gründen, erst himmelhoch jauchzend und dann zu Tode betrübt sein. Er tobte, schrie und brüllte und war im nächsten Augenblick wieder bester Dinge. Seine Launenhaftigkeit war verwirrend. Wäre er ihr Erstgeborener gewesen, hätte sie sein seltsames Verhalten auf die Art und Weise, wie sie ihn erzogen hatte, zurückgeführt, er war aber der zweite in der Familie, und sie konnte sich getrost darauf berufen, ja schon einen Sohn großgezogen zu haben. Nein, Joe war anders, das hatte sie schon immer gespürt. Er war jemand, der sich »nicht unterordnen« konnte, wie ein Lehrer in einem Zeugnis geschrieben hatte.

Sie war ihm nicht nach oben gefolgt. Das war bei Joe immer verkehrt. Man durfte nicht einmal die einfache Frage stellen: »Was ist los?« Er haßte dieses Ausfragen. »Nichts!« würde er brüllen, und sie wäre wahrscheinlich nie dahintergekommen, was, wenn überhaupt irgend etwas geschehen war. Sie schnitt also das Brot weiter, bereitete den Fisch zu und wollte gerade die Melone und die Erdbeeren holen …

Furchtbar, dieses nicht enden wollende Rekapitulieren eines eher nebensächlichen Vorfalls, der sich vor Jahren ereignet hatte. Sie *mußte* damit aufhören. Sie versuchte, sich mit aller Kraft auf die Liste zu konzentrieren, die vor ihr lag. Vier Lieferanten mußte sie noch innerhalb der nächsten halben Stunde, bevor sie sich auf den Heimweg machte, anrufen. Sie hatte einen kleinen Laden, in dem sie Seidenschals, Wandteppiche und andere kunstgewerbliche Geschenkartikel verkaufte, von denen sie die meisten hinten in der Werkstatt selbst herstellte. Sie brauchte noch Seide, besondere Farbstoffe, Rahmenholz. Sie konnte es sich nicht leisten, ihren Kopf mit sinnlosen Erinnerungen vollzustopfen. Sam sagte, es sei ungesund. Sie hatte ihn gefragt, ob er, wenn er ehrlich, ganz ehrlich sei, nicht dasselbe tue, worauf er sehr bestimmt, mit tiefster Überzeugung, sagte, nein, das tue er nicht. Er habe nicht das geringste Bedürfnis danach. Schließlich sei alles, sagte Sam, Vergangenheit. Es sei vorbei. Man müsse nach vorn blicken. Sonst würden sie die Oberhand gewinnen. Und das lasse er nicht zu. Unter keinen Umständen. Sie, Harriet, würde es zulassen, daß sie die Oberhand gewännen, wenn sie sich all den Erinnerungen von davor oder, schlimmer noch, von währenddessen überlasse. Wozu soll das gut sein, hatte Sam wütend gefragt. Sie würde sich nur selber quälen. Sie sei masochistisch, es sei ja schon krankhaft, wie sie immer weitermache ...

Was er allerdings nicht verstand, war der Trost, den sie daraus zog. Es war so wohltuend, sich an das *Davor* zu erinnern und damit den ewigen Kummer hinter sich lassen zu können. Manchmal, wenn es ihr gelungen war, mußte sie lächeln, so leicht fühlte sie sich im Innern. Sogar die Rückkehr in die Wirklichkeit war nicht so beängstigend, wie man hätte vermuten können. Es geschah stufenweise, so als würde sie aus ruhiger See in vorerst noch kabbelige Wellen rudern, zunächst ohne Panik, bis die Brecher um sie her zu krachen begannen und mit ihnen die Angst wiederkehrte. Trost, sie hatte diesen Trost nötig, manchmal sogar bitter nötig. So wie heute. Sie schloß die Augen und befahl sich, nicht nachzugeben, die Melonen-und-Messer-Erinnerung zu Ende zu bringen, aber rasch. Gut so.

Als Joe dann weder zum Essen heruntergekommen war noch auf ihr Rufen geantwortet hatte, war sie hinaufgegangen. Seine Tür war nicht verschlossen (sie hatte auf der Innenseite einen Riegel, einen Riegel, auf dem er, erst acht Jahre alt, zum Schutz seiner Privatsphäre bestanden hatte, zur allgemeinen Belustigung). Sie ging hinein. Er lag bäuchlings auf dem Bett, seine rechte Hand hing von der Bettkante herab. Sie sah, daß sie eine Schnittwunde hatte, keine große, aber sie blutete. »Deine Hand«, hatte sie gesagt und sie genommen. »Was ist passiert?« Und er hatte gesagt …

Nein, *rasch*, besann sie sich, keine Zeit, heute nicht, für die *ganze* Erinnerung. Also. Er und Frankie waren nicht, wie er es vorhatte, den Weg am Fluß entlang, sondern zu dem langweiligen alten Park gefahren. Er war voller Menschen, schließlich war Samstag. Sie hatten versucht, im Gebüsch unten am Hang nahe beim Musikpavillon einen ruhigen Platz zu finden. Sie hatten den Apfelsaft getrunken und dann die Melone hervorgeholt. Und das Messer. Er wollte gerade die Melone anschneiden, als plötzlich ein Mann auftauchte und sie sich schnappte. »Was für eine schöne Melone«, hatte er gesagt und: »Soll ich Mutter spielen?« Worauf er nach dem Messer gegriffen hatte und damit auf die Melone losgegangen war, in sie hineingestochen hatte, bis die Kerne durch die Luft flogen und der Saft spritzte. Er hatte immer weiter auf sie eingestochen, und sie hatten ihm entsetzt dabei zugesehen, ohne sich zu wehren. Dann hatte er ein Stück auf das Messer aufgespießt und es Joe entgegengehalten – »Aufmachen, aufmachen«, hatte er gesagt, doch Joe hatte seinen Mund nicht aufgemacht, worauf der Mann plötzlich seinen eigenen aufsperrte und das

Messer hineinsteckte, die Frucht von der Klinge streifte und sich dabei in die Zunge schnitt. Das Blut tropfte von seinem Kinn auf die schrecklich zugerichtete Melone, die im Gras lag. Er hatte ihre entsetzten Gesichter gesehen und gelacht. »Blut«, hatte er gesagt, »das mögt ihr Jungs doch, was? 'n bißchen Blut.« Dann hatte er sich vornübergebeugt und Joes Hand gepackt. Joe sprang auf und dann auch Frankie, doch der Mann bedrohte sie mit dem Messer und warnte sie, sich ja nicht zu rühren. Dann zog er auf der Innenseite seines Arms eine Linie und warf das Messer fort, drehte sich um und lief lachend davon …

So. Das war's. Vorbei. Sie hatte es geschafft. Sie hatten natürlich die Polizei angerufen. Wie andere auch. Der Mann sei ein stadtbekannter Verrückter, sagte die Polizei, kein Grund zur Sorge, man werde ihn wieder einsperren. Doch Joe machte sich Sorgen, über sich selbst, darüber, was er hätte tun sollen, anstatt nur dazusitzen wie ein Idiot. Der Mann war nicht einmal sehr groß, und er und Frankie – zwei waren sie, gegen einen – waren an keinem sehr abgelegenen Ort gewesen. Der Park war voller Leute in Rufweite. Sie hatte versucht, ihn zu trösten. Selbst Sam hatte gesagt, die Ruhe zu bewahren, wie Joe es getan habe, sei am vernünftigsten gewesen. »Aber ich war gar nicht ruhig!« hatte Joe gerufen. »Ich hatte Angst, sonst nichts.« Und er hatte sich weitere furchterregende Situationen ausgemalt, in denen er noch hilfloser war, der Mann noch mächtiger, das Messer gegen ihn gezückt, ihm die Kehle durchgeschnitten wurde … Tage-, wochenlang war er bedrückt gewesen, dann schien er ganz allmählich den Schrecken abzuschütteln. Oh, und nun kam der Abschnitt ihrer Erinnerungen an die Reihe, der ihr der liebste war, weswegen sie sich all das zumutete – *alles war wieder wie eh und je.*

Sie atmete tief durch. Sie nahm den Telefonhörer auf und wählte. Sie sprach in forschem Ton zu der ersten Person auf ihrer Liste. Genug für heute. Sie wachte jetzt streng über sich selbst: jedesmal nur eine einzige Erinnerung, ohne sie bis ins letzte auszuspielen, wohlgemerkt. Und sie fragte sich unaufhörlich, ob es *seiner* Mutter wohl ebenso erging.

»Es ergibt keinen Sinn«, sagte Alan wieder und wieder, »es ergibt einfach keinen Sinn, und das ärgert mich.« Doch Sheila war sich nicht so sicher. Vielleicht ergab es ja doch einen Sinn, mehr, als Alan es mit seinem Verstand erfassen konnte. Er dachte, wenn er behauptete, was geschehen war, ergebe keinen Sinn, dann würde er ungeschoren davonkommen. Dem war aber nicht so. Zumindest das war ihr klar. Keiner von ihnen war unschuldig. Leo war ihr Enkel, eigentlich ihr Sohn, und seine Schmach war auch die ihre. Nur schien er keine Scham zu empfinden, was das Schlimmste daran war. Wenn man ihm nur danach die Scham deutlich angesehen hätte. Aber nein. Nicht eine Träne. Ungerührt. Er schien nicht zu erfassen, was er getan, wieviel Leid er angerichtet hatte. Sie hatte zu ihm gesagt: »Du hast mir das Herz gebrochen, das hast du«, worauf er leise gelächelt hatte. Vielleicht nur ein dummes Grinsen, wie es ihn, wenn er verlegen war, überkam, aber immerhin ein Lächeln. Ihr war in dem Augenblick zum Weinen zumute, es kamen jedoch keine Tränen. Immer wieder mußte sie daran denken, wie gern sie geweint, geschluchzt, sich in Tränen aufgelöst hätte, bis ihr einfiel, daß sie so etwas seit zehn Jahren oder länger nicht mehr getan hatte. Und was Leo angeblich angerichtet hatte, war zu schrecklich für Tränen. Unter dem Schock wären sie versiegt.

Mit der Wut war es etwas anderes. Wut hatte sie ihr Leben lang begleitet. Sie wich nie von ihr, konnte jederzeit brodelnd an die Oberfläche kommen. Die Wut war ihre Vertraute, dachte sie oft. Sie hatte, als es passierte, mit Wut im Bauch reagiert, auch wenn man es ihr nicht ansah, Wut gegenüber diesen blöden Polizisten. Allein der Gedanke, ihr Leo könne so etwas getan haben. Unvorstellbar. Und dann, bei all den entsetzlichen Beweisen, Wut auf Leo selbst. Wie kann er, wie kann er es *wagen*. Nicht, wie kann er es wagen, so etwas zu tun, sondern, wie kann er es wagen, sie in so etwas hineinzuziehen. Es war einfach nicht fair, aber Leo überhaupt zu haben, war nicht fair, nichts, was sie je gewollt hatte. Alan genausowenig. Er hätte nein gesagt. Man konnte unmöglich nein sagen, aber er hätte es gesagt. Ihm war etwas eingefallen, sich davor zu drücken. Hatte gesagt, und das zu Recht, es sei zu weit. Gesagt, es gehe sie nichts an – wie *dumm* das gewesen wäre. Gesagt, Johns Familie müsse damit fertig werden, schließlich habe sich alles in Johns Heimat abgespielt, sie sei am Ort des Geschehens. Was er dabei nicht bedachte, war, daß es so etwas wie Johns »Familie« nicht gab. Seine Mutter war tot, sein Vater hatte nie wieder geheiratet. Er hatte keine Schwestern und nur einen Bruder, einen Halbbruder, den John laut Pat nur einmal in seinem Leben gesehen hatte.

So hieß es jedenfalls in ihren Briefen. Sheila hatte sie alle aufbewahrt. Briefe waren eine Seltenheit in ihrem

Leben und wurden wie ein Schatz gehütet. Pat war eine gute Briefeschreiberin. »Ich werde jede Woche schreiben, Mam«, hatte sie gesagt, und Sheila hatte sich gefragt, was sie wohl davon hätte, selbst wenn sie ihr Versprechen einhalten würde. Der bloße Gedanke, sich von ihrer einzigen Tochter verabschieden zu müssen und auf ihre Briefe angewiesen zu sein, hatte sie ganz krank gemacht. Damals hatte sie zum letzten Mal richtig geweint, als Pat sich nach Afrika aufmachte, in ein Land, dessen seltsamen Namen sie noch nie gehört hatte und auf der Landkarte nicht finden konnte. »Die spinnt«, hatte ihr eigener Vater, Pats Großvater, gesagt, »die hat sie doch nicht alle.« Worüber sie sich natürlich empört und Pat in Schutz genommen, ihren Abenteuergeist gelobt, ihren Mut bewundert hatte. Ihrem Vater warf sie vor, daß er in all den zweiundsiebzig Jahren nichts anderes kannte als seine Straße. »Und stolz bin ich darauf«, hatte er sie angeschrien, »stolz darauf, und du steck deine Nase lieber in deinen eigenen Kram.«

Dann waren die Briefe eingetroffen, nicht ganz jede Woche, aber beinahe, herrliche Briefe, seitenlang, deren bloßer Anblick sie mit Ehrfurcht erfüllte. Einfach alles schilderte Pat – das Land, die Leute, ihre Arbeit, jede Kleinigkeit. Und Fotos schickte sie, damit Sheila sah, daß sie nicht etwa in einer Lehmhütte wohnte, sondern in einem Betonbungalow mit Blechdach auf dem Krankenhausgelände. Sie sah auch die Leute, mit denen Pat zusammenarbeitete, und brachte die Namen mit Gesichtern in Verbindung. Ihr Vater, ja selbst Alan, schüttelte den Kopf und gab ihr wortlos, mit zusammengepreßten Lippen, die Fotos zurück. »Scheint schön dort zu sein«, sagte Sheila trotzig, obwohl sie ganz anders dachte – der herumwirbelnde Sand, die Leere überall machten ihr angst. »Ich sage nix«, brummte ihr Vater, und als die Aufnahmen von Löwen und Elefanten eintrafen, wollte er sie nicht ansehen. »Mir reichen Kühe und Schafe«, sagte er, abgesehen von anderem ungereimten Zeug. Sie ärgerte sich über ihn, wußte aber auch, daß ihr Ärger zur Hälfte damit zu tun hatte, daß sie ihm insgeheim recht gab. Kühe und Schafe reichten auch ihr, dasselbe galt für England. Sie war noch nie im Ausland gewesen. Einmal hätten Alan und sie um ein Haar einen Billigurlaub in Spanien gemacht, aber dann hatten sie es sich anders überlegt. Sie fürchteten sich vorm Fliegen, und der Bus, den Alan lieber genommen hätte, brauchte zu lange. Heutzutage war es peinlich zuzugeben, daß man noch nie das eigene Land verlassen habe, und deshalb tat sie es auch nicht.

Aber Pat, Pat war schon als kleines Kind wild entschlossen gewesen, die Welt kennenzulernen. Mit fünf hatte sie sich zu Weihnachten einen Globus gewünscht, und als sie ihn bekam, stellte sie ihn neben ihr Bett und wirbelte ihn unaufhörlich herum. Sie plante Reisen von einem Ort zum anderen, und Sheila staunte über ihre Phantasie – allein der Gedanke an Indien oder China machte sie nervös, indessen Pat es kaum erwarten konnte, die Geborgenheit ihres Elternhauses zu verlassen und sich hinauszuwagen. Gott weiß, woher dieser unbändige Drang kam. Man wurde nicht schlau daraus. Sie und Alan waren so tief in ihrer Heimatstadt verwurzelt, so zufrieden mit dem, was sie hatten. Und es sah nicht so aus, als wolle Pat rebellieren, als hasse sie ihr Zuhause oder sie beide. »Solche Flausen muß man ihr zeitig austreiben«, warnte Pats Großvater, als sie mit zehn verkündete, sie spare für eine Reise zu den Victoriafällen. Sheila lächelte nur, sie wußte, daß Pat solche Träume nie, jedenfalls viele Jahre noch nicht, würde in die Tat umsetzen können. Doch die Jahre vergingen beängstigend schnell, und inzwischen war Pat mit der Schule schon in Frankreich, Österreich und Italien gewesen, was in den Augen ihrer Eltern exotisch genug war. »Vielleicht kommt sie ja jetzt zur Ruhe«, sagte ihr Großvater, aber das tat sie nicht. Europa war ihr nicht genug. Sie wollte nach Amerika und Australien, und natürlich auch nach Afrika. Amerika und Australien waren zwar schrecklich weit weg, aber wenigstens zivilisiert, schienen irgendwie sicherer. Im Gegensatz zu Afrika. Sheila hatte immer etwas gegen Afrika gehabt und mochte es nicht, wenn Pat davon sprach.

Unsinnig. Von allen Orten dieser Welt, zu denen man reisen wollte, war für Sheila Afrika der abwegigste. Sie konnte sich ihre Abneigung selbst nicht erklären. Ein erschreckender Gedanke, es könne womöglich daran liegen, daß die Leute dort schwarz waren – so sollte man als Christ nicht denken, so sollte überhaupt kein anständiger Mensch denken. Immer wieder redete sie sich ein, dies sei nicht der eigentliche Grund. Sie hatte keine Vorurteile gegen Schwarze, sie wußte, sie waren genauso wie alle anderen. Woher kam sie dann, diese Abneigung gegen Afrika? Das Wetter, vielleicht lag es am Wetter. Sie mochte keine Hitze. Beim bloßen Gedanken an die sengende Sonne wurde ihr übel. Und die Tiere, sie mochte keine Raubtiere, nur Haustiere, Katzen und Hunde. Sie hätte die ganze Zeit über Angst vor Löwen und Schlangen, falls sie je dorthin führe, was sie aber nie tun würde. »Zu Hause bist du am besten aufgehoben«, pflegte ihr Vater zu sagen, und obgleich sie nur ungern einer Meinung mit ihm war, mußte sie ihm zustimmen.

Der Tag, an dem sie die Reise antrat, war der schrecklichste in ihrem Leben. Schrecklich. Ihr war, als hätte sie sich in ihrem Innern aufgelöst, ihr Hals fühlte sich vor lauter Trockenheit ganz zugeschnürt an. Ihre Hände zitterten, und sie war schweißgebadet. Niemand, auch Alan nicht, hatte verstanden, wie ihr zumute war. Er hatte mitkommen wollen – nein, nicht wollen, hatte vielmehr gedacht, er müsse es. »Du kannst die weite Reise doch nicht allein machen«, hatte er gesagt. »Ich muß mitfahren.« Sein Gesicht war bei dem Gedanken daran vor Angst und Schrecken ganz faltig geworden. Aber der Blutdruck war seine Rettung, nicht etwa, daß sie ihn, trübsinnig und pessimistisch wie er war, gern bei sich gehabt hätte. Sein Blutdruck war damals schwindelerregend hoch und reagierte auf keinerlei Medikament, und der Doktor sagte, ein vierzehnstündiger Flug käme für ihn nicht in Frage. So blieb ihr nichts anderes übrig. Sie mußte ihre Lenden gürten und sich allein auf den Weg machen. So dachte sie darüber, in bewegenden biblischen Worten, ihre Lenden gürten. Aus irgendeinem Grund verlieh ihr das Mut, einen Mut, den ihr Vater noch zu stärken suchte. »Braves Mädchen«, sagte er immer wieder völlig unvermittelt. Als sie noch gar nichts unternommen hatte. »Braves Mädchen.« Er war so aufgeregt bei dem Gedanken an Leo, einen Jungen. »Wir werden schon was aus ihm machen, wenn er erst mal bei uns ist«, verkündete er selbstbewußt. »Er ist jung genug, um noch was zu lernen.« Als Pat einen Sohn gebar, war er sichtlich erfreut, alle einstigen Bedenken schienen vergessen. »Sie hat jetzt schon mehr zustande gebracht als du«, sagte er zu

Sheila. »Mehr als ihre Mutter, mehr als ihre Großmutter – einen Jungen, großartig!« Den Sohn, den er sich immer gewünscht hatte, mit über fünfzigjähriger Verspätung. Es widerte Sheila an, ihn das sagen zu hören, aber seine Unterstützung bedeutete ihr mehr, als sie je zugeben würde, seine Ermutigung, seine Zustimmung …

Aber die Reise selbst war ein Alptraum. Sie tat in der Nacht vorher kein Auge zu. Sogar der Zug nach Manchester war ein Martyrium, dabei war sie schon mehrmals mit ihm gefahren. Immer wieder prüfte sie ihre Fahrkarten, so viele waren es, eine davon für Leo, für die Heimreise. Sie hatte das Gefühl, den Dingen nicht gewachsen zu sein, und bebte vor Angst bei dem Gedanken daran, was passieren könnte, falls sie versagte. Als sie endlich am Flughafen ankam, war sie vor lauter Nervosität ganz erschöpft und außerstande, sich eine Tasse Tee zu bestellen. Sie hatte noch nie einen Flughafen betreten und war auf die Größe und das offensichtliche Durcheinander nicht vorbereitet. Anstatt nach dem Weg zu fragen – sie konnte nicht fragen, ihre Stimme versagte –, war sie den Schildern gefolgt. Zu ihrer Erleichterung waren die Ausschilderungen der Toiletten unmißverständlich und die Toiletten selbst untadelig sauber. Am liebsten wäre sie dort für immer geblieben – es tat so gut, sich Hände und Gesicht mit der wohlriechenden Seife zu waschen, so gut, der Toilettenfrau dabei zuzusehen, wie sie langsam und mechanisch den Fußboden wischte. Aber sie mußte diesen sicheren Hafen wieder verlassen und auf die Suche nach dem British-Airways-Schalter gehen. Ihr Koffer rollte hinter ihr her, einer mit Rädern an einer Kante, den sie an einem Henkel hinter sich her zog, meilenweit, bis sie den richtigen Ort fand. Die ganze Zeit über beruhigte sie sich, sie habe Zeit, viel, viel Zeit, zur Sicherheit hatte sie viel zuviel Zeit eingeplant. Doch am Ende mußte sie zur Abflughalle eilen, die Zeit war zu einer halben Stunde zusammengeschrumpft.

Man gab ihr einen Platz in der Mitte des Flugzeugs, in der Mitte einer Sitzreihe, genau da, wo sie nicht hatte sitzen wollen, aber sie hatte nicht gewußt, wonach sie fragen sollte, außer nach einem Nichtrauchersitz. Eine Frau von sechsundfünfzig Jahren, und sie hatte nicht vorausgedacht und gleich protestiert. Sie ärgerte sich über ihre eigene Schwäche, fürchtete jedoch, daß man es ihr übelnehmen könnte, wenn sie um einen anderen Platz bat. Die Männer links und rechts waren an ihr nicht interessiert. Beide hatten Aktentaschen, beide holten noch vor dem Start Unterlagen daraus hervor. Sie schloß die Augen und klammerte sich an ihren Sicherheitsgurt, indem sie die Schnalle mit beiden Händen festhielt. Als die Motoren immer lauter heulten, hoffte sie, das Flugzeug würde explodieren und sie sterben. Das wünschte sie sich jetzt da der Flug unmittelbar bevorstand, Absturz und Tod. Aber der Lärm flaute ab, und sie versuchte, sich auf den langen, endlos langen Flug einzustellen. Sie wußte zwar, wie viele Stunden er dauern würde, nicht jedoch, wie lang ihr jede einzelne werden würde. Sie konnte nicht schlafen, während ihre Mitreisenden in derselben Reihe alle schnarchten. Die Stewardeß gab ihr eine Decke und ein Kissen, aber es blieb ungemütlich. Ihr Kopf dröhnte, ihre Augen brannten. Und die ganze Zeit über litt sie unter jener anderen Qual, der Angst, anzukommen …

Sie befaßte sich deshalb so gründlich mit der Vergangenheit, weil sie verstehen wollte, was geschehen war. Es ging ihr weniger um eine Lösung oder auch nur um Hinweise darauf als vielmehr um ein Schema. Sie glaubte an Schemata, glaubte, daß die Dinge sich regeln ließen, wenn man nur herausfand, nach welchen Gesetzen sie funktionierten. Nicht etwa dieses dumme Gerede, die Sterne würden das Schicksal bestimmen, sondern ein viel tieferer, fast religiöser Glaube daran, daß alles vorherbestimmt war. Pat muß dazu bestimmt gewesen sein, nach Afrika zu gehen, John zu begegnen und Leo zu haben. Selbst ihr Tod muß vorherbestimmt gewesen sein, obgleich Sheila beim besten Willen nicht erkennen konnte, welchen Sinn es haben sollte – eine gesunde, glückliche junge Frau einfach so sterben zu lassen, war grausam. Und zurück blieb Leo, erst drei Jahre alt. Man durfte gar nicht daran denken, und doch dachte sie einzig und allein daran, was das alles wohl zu bedeuten hatte. Sie wollte nichts davon hören, daß Gott geheimnisvolle Wege gehe. Das wußte sie. In dieses Geheimnis wollte sie eindringen. Sie suchte immer weiter, rastlos wiederholte sie, was geschehen war, freute sich bisweilen, wenn sie in dem Ganzen einen möglichen Sinn erkennen konnte.

Vielleicht sollte es sie ja nur beschäftigen. Nicht etwa, daß dies ihre eigentlichen Gefühle waren, aber so stellte sie sich selbst gegenüber die Dinge dar. Unumwunden, in denkbar krassen Worten. Sie war, seit Pat erwachsen war, eine nutzlose Person. Sie hatte nie Karriere gemacht, sondern den stumpfsinnigen Job einer Verkäuferin angenommen und ihn, sobald sie heiratete, aufgegeben. Ihr ganzes Leben hatte sie ihrem Mann und ihrem Kind gewidmet. Und sie war eigentlich ganz glücklich, ganz erfüllt gewesen, bis Pat das Haus verließ. Sie hatte sich selbst nie gelangweilt oder als nutzlos empfunden. Jetzt sah sie mit einem Mal, wie leer ihre Tage gewesen waren, und war entsetzt, mit welcher Selbstverständlichkeit sie ihr bequemes Leben hingenommen hatte. Sie hatte nichts getan. Was Pat am meisten verachtete, darin war sie groß: im Akzeptieren. Sie hatte akzeptiert, was immer ihr gegeben worden war. Aber damit war jetzt Schluß. Sie war dazu bestimmt, tapfer zu sein, ja in ihren Augen sogar waghalsig. Sie war aus ihrer Abgestumpftheit und Selbstzufriedenheit gerissen worden. War darin nicht ein Schema zu erkennen? War das keine Vorsehung? Aber der Gedanke daran, daß ihre einzige geliebte Tochter sterben mußte, um etwas so Wertloses zu vollbringen, wie dem Leben ihrer Mutter einen Sinn zu geben, war grauenvoll. Sie konnte ihn kaum ertragen. Genauso unerträglich erschien es ihr, irgendein Schema in Leos Geburt zu erkennen und den vergangenen dreizehn Jahren, die alle zu dem Punkt führten, an dem sie heute so verloren wie nie zuvor stand …

»Willst du mir nicht antworten?« fragte Alan. Sie stieß mit dem Kochtopf, den sie in den letzten zehn Minuten verbissen geschrubbt hatte, gegen das Waschbecken. Ihr Herz raste, sie fühlte sich schwach, ihr war schwindelig. Aber sie wollte nicht, daß er es sah, wollte nicht, daß er wußte, wie fern sie in Gedanken gewesen war. Das geschah immer häufiger – sie war einfach nicht da, und wenn man sie in die Gegenwart zurückholte, war es jedesmal ein Schock für sie. Sie wußte nicht einmal, wie die Frage gelautet hatte, auf die sie antworten sollte, aber wenn sie Glück hatte, würde Alan sie wiederholen, was er auch tat. »Ich sagte, es gibt keinen Sinn«, schrie er beinahe. »Warum will er mich nicht sehen? Mit welchem Recht, hä? Den werd ich mir mal vorknöpfen.« – »Tu das nur«, sagte sie grimmig und wußte, daß er es ja doch nicht tun würde. Immer mußte Alan ein großes Geschrei machen. Ständig fühlte er sich gekränkt, man wolle ihm nur Böses, ohne daß er je versuchte, die Dinge zurechtzurücken. Sie verabscheute seine ganze Einstellung. Natürlich litt er, vor allem aber hatte er Mitleid mit sich selbst. Ständig wiederholte er: »Nach allem, was wir für ihn getan haben.« Was ihn anscheinend am meisten beschäftigte, war der Mangel an Dankbarkeit. Als er davon erfuhr, hatte er sofort geflüstert: »Keiner wird noch etwas mit uns zu tun haben wollen.« Richtig. Im Grunde sei es doch ganz richtig, dachte sie insgeheim und kostete förmlich die Feststellung aus, die Alan solchen Kummer bereitete. Sie wollte von der Welt abgeschnitten sein, sich verstecken, niemandem begegnen müssen. Am furchtbarsten war ihr der Gedanke, *seiner* Mutter vor Gericht gegenübertreten zu müssen.

»Wie geht's ihm überhaupt?« fragte Alan. Er klang schlecht gelaunt, wandte sich von ihr ab, als sie mit dem Abwasch fertig war. Er trug noch immer seinen Overall, seine Hände waren vom Herumbasteln am Auto verschmiert. Sie wußte, daß ihn Leos Wohlergehen nicht wirklich interessierte. Er wünschte sich Leo dort, wo er war, hinter Gittern, und wollte, daß man ihn dort behielt. Für immer. Alan fand, Leo hätte sogar noch Schlimmeres verdient. Für ihn mußte Strafe sein. Irgendwann hatte er sogar gemurmelt: »Verprügeln sollten sie ihn.« Ihr eigener Vater hatte ihm, wie vorauszusehen war, beigepflichtet, wobei es ihm allerdings vor allem um die vermeintliche Familienehre ging. »Gott sei Dank trägt er nicht unseren Namen, das ist schon mal gut.« Als wäre der Name von Bedeutung. Dabei hatte es sie damals gestört, als sie erfuhr, daß Leo nicht Pats Familiennamen trug. Das war ihr unverständlich. Wenn Pat nicht verheiratet war, warum gab sie dann ihrem Sohn den Familiennamen des Vaters? Sie hatte sie in einem Brief danach gefragt, auch wenn es sie eigentlich nichts anging, und Pat hatte geantwortet, sie wolle, daß Leo den Namen seines Vaters trage, um damit zu zeigen, daß seine Eltern, obgleich nicht verheiratet, gleichermaßen für ihn daseien. Für Sheila machte das keinen Sinn, sie kam jedoch nie wieder darauf zu sprechen. Nur ihr Vater, Leos Urgroßvater, ritt immer wieder auf dem Namen herum. Jedesmal wenn er dem Herrgott dafür dankte, daß Leo ein Jackson war und kein Armstrong, hätte sie ihn am liebsten geohrfeigt.

Warum er Jackson hieß, konnte Sheila sich nicht erklären. Sie hatte angenommen, John würde einen afrikanischen Namen haben, schließlich war er ja Afrikaner. Bevor Pat ein Foto schickte, hatte sie wegen seines englisch klingenden Namens gedacht, er sei Engländer. Und weiß. Einer, der, wie Pat, fern von zu Hause im ärztlichen Entwicklungsdienst tätig war. Daß der Mann, in den Pat verliebt war, womöglich schwarz sein könnte, war ihr nie in den Sinn gekommen. Sie hatte kaum gewagt, Alan das Foto zu zeigen, und es vor ihrem Vater so lange versteckt gehalten, bis sie erfuhr, daß Pat ein Kind erwartete. Pat hatte nie erzählt, daß John schwarz war. Als sie ihn erstmals in ihren Briefen erwähnte, schilderte sie ihn als hervorragenden Arzt, so sanft, so herzensgut, im Krankenhaus werde er von allen geliebt ... Und wie freute sie sich, als sie Hochzeitsglocken läuten hörte, stolz, daß Pat, wie sie annahm, einen Doktor heiratete, also eine richtige Krankenhausromanze. Das hatte sie allen erzählt, Pat sei mit einem Doktor verlobt. Sie brachte es nicht fertig zu lügen und zu sagen, Pat sei verheiratet, verlobt klang realistischer und anständiger. Wenn man den Namen von Pats Doktor erwähnte, klang es so überzeugend – Dr. John Jackson, ja, sie hatte ihn dort kennengelernt.

Er sah nicht gerade gut aus. Das Foto zeigte einen stämmigen Mann, dessen Oberkörper kräftiger war als seine Beine. Er hatte kurzgeschnittenes Haar, große Augen, ein ausgeprägtes Gesicht. Eben ein afrikanisches Gesicht. Neben ihm sah Pat schmächtiger und zerbrechlicher aus denn je. Sheila mußte bei ihrer beider Anblick schlucken – *sie passen nicht zusammen*, dachte sie unwillkürlich. Wirklich nicht. Sie sind in jeder Hinsicht Gegensätze. Gegensätze, die sich allerdings laut Pat innig liebten. Und John schrieb ihr eigenhändig einen liebenswürdigen Brief, mit schöner Handschrift, worin er beteuerte, wie sehr er Pat liebe und achte, und was für ein glücklicher Mann er sei. Sie wollten, daß sie und Alan herüberkämen und John kennenlernten, aber die Reise schien ihnen zu gefährlich. Lieber wäre es uns, schrieb Sheila, wenn Du hierher kämst, mit John, damit wir uns kennenlernen. Dazu kam es aber nie, es war zu teuer. Sie sparten für die Reise, als der Unfall geschah. Noch ein Jahr, und sie wären alle drei herübergekommen. Wie dieser Besuch sich abgespielt hätte, darüber wollte sie lieber nicht nachdenken. Vielleicht hätte John sie ja allesamt für sich eingenommen, so wie er Pat für sich eingenommen hatte. »Hat wohl kein Gefühl für Anstand«, brummte ihr Vater. »Gründet 'ne Familie mit ihr und kann sie nicht mal heiraten. Widerwärtig, schämen soll er sich, zu meiner Zeit wäre er dazu verpflichtet gewesen.« Sie erwähnte lieber nicht, daß Pat es war, die aus nur ihr bekannten Gründen nicht heiraten wollte, während John dazu bereit gewesen war.

Sie hatte sich vorgestellt, Leo würde wie John aussehen. Es hatte nur ein paar wenige Fotos gegeben, als er noch ein kleines Baby war, dann war Pats Kamera gestohlen worden. Als Sheila ihn zum ersten Mal sah, war sie erstaunt, wie sehr er seiner Mutter ähnelte, nicht seinem Vater. Sein Haar, seine Augen waren die seines Vaters, wunderschönes, schwarzes gekräuseltes Haar und riesige dunkelbraune Augen, seine Gesichtszüge und den Körperbau hatte er jedoch von Pat. Er war schlank, sein Gesicht fein geschnitten, Mund und Nase die eines Europäers, nicht eines Afrikaners. Und seine Hautfarbe war braun, nicht schwarz, im wahrsten Sinne des Wortes kaffeebraun. Er stand bei diesem ersten Mal da und sah sie prüfend an, ohne zu lächeln, musterte sie vorsichtig, allzu vorsichtig für ein so kleines Kind. Sie wußte nicht, was sie sagen oder tun sollte. Sie haßte es, sich auszumalen, wie sie aussah, eine übergewichtige, grauhaarige weiße Frau in einem geblümten Kleid und einer überflüssigen rosa Strickjacke, ihre Füße in unbequemen Sandalen, die sie nie zuvor getragen hatte, und ihr Haar, das unter dem scheußlichen Hut am Kopf klebte. Was hatte sie schließlich gesagt? Sie konnte sich nicht mehr daran erinnern. Irgend etwas Unpassendes. Aber sie hatte seine Hand genommen, ganz zaghaft, und sie gedrückt, und zu ihrem großen Erstaunen hatte er nach ihrer anderen gegriffen und dasselbe getan. Eine so kühle Hand, im Vergleich zu ihrer eigenen heißen. Wie schön fühlte sich seine Hand an, ihre sicherlich schrecklich für ihn, er klammerte sich jedenfalls an sie, und das machte alles einfacher.

Die Leute im Krankenhaus waren freundlich. Sie bewunderten sie, daß sie gekommen war. Sie las neben der Bewunderung auch Mitleid in ihren Augen und war bestürzt, weil sie wußte, daß sie es nicht verdiente. Sie war aus Pflichtbewußtsein gekommen, nicht aus Liebe, aus Liebe zu Leo, ihrem unbekannten Enkel. Es war ihre Pflicht und Schuldigkeit, Leo nach Hause zu holen, das war sie Pat, ihrer eigenen Vorstellung von Familie schuldig. Sie verspürte aber auch Ärger, und sie befürchtete, man könne ihr diesen womöglich anmerken, ihr ansehen, wie entsetzt sie war über die ihr aufgezwungene Verantwortung. Sie war nicht die bewundernde Großmutter, für die man sie hielt. Sie war lediglich eine Frau mittleren Alters, die Angst davor hatte, den Erwartungen nicht gerecht werden zu können, Leos Erwartungen. Das beschäftigte sie am meisten. Welche Erwartungen hatte der kleine Junge? Was, dachte er, würde geschehen? Rechnete er damit, daß seine Mutter und sein Vater zurückkommen würden? Wußte er überhaupt, wer sie war? Ja, natürlich wußte er es, Pat wird von ihrem Zuhause in England und von ihrer Familie erzählt haben, in diesem kleinen Schädel mußte eine ganze Menge Informationen gespeichert sein, die ihm halfen, aus ihr schlau zu werden.

Doch er sprach nicht. Nicht ein Wort. Sie verbrachte eine Woche in einem Zimmer im Krankenhaus und er auf der Kinderstation, ohne daß er zu irgend jemandem auch nur ein Wort gesagt hätte. Jeden Tag holte sie ihn ab, er kam bereitwillig mit, sprach jedoch nie, sagte nicht einmal »Hallo« oder »Good bye«. Sie fragte sich, ob er überhaupt sprechen könne, ob er womöglich zurückgeblieben sei, wußte aber im gleichen Zuge, wie unsinnig der Gedanke war – Pat hatte in den Briefen von all den komplizierten Sätzen erzählt, die er bilden konnte, und schließlich war er ja erst drei. Sie war sehr stolz gewesen auf seine sprachlichen Fähigkeiten. Und er konnte Englisch und die Sprache seines Vaters, das wußte sie. Sein Schweigen machte alles so schwierig. Beklemmend, unheimlich. Sie hörte sich selbst auf ihn einplappern und klang dabei so töricht. Sie bemühte sich, einfache Fragen zu stellen in der Hoffnung, er könne nicht widerstehen zu antworten, aber er antwortete nicht. Der einzige Trost, das einzige vielversprechende Zeichen, war, daß er manchmal lächelte. Und wenn er es tat, zeichneten sich Pats Grübchen auf seinen Wangen ab, weshalb ihr selbst die Tränen kamen. Sie faszinierten ihn. Er streckte seinen Finger aus, fing ein, zwei von ihnen auf und leckte mit erstaunter Miene daran. Aber noch immer sagte er kein Wort.

Sie erzählten ihr, daß er natürlich einen Schock erlitten habe. Er war im Landrover gewesen, als der Unfall geschah, und kopfüber im weichen Sand gelandet, völlig unverletzt. Es sei aber eine Zeitspanne von vermutlich etwa einer Stunde – niemand wußte genau wie lange – verstrichen, bevor der nächste Lastwagen vorbeikam. Was hatte Leo in der einen Stunde getan? Bestimmt hatte er die Leichen seiner Mutter und seines Vaters gesehen. Vielleicht hatte er sie berührt. An seinen Händen und Kleidern war Blut gefunden worden, dabei war er selbst nicht verletzt. Nicht auszudenken, was er vermutlich erlebt hatte, bevor er gefunden wurde – einfach entsetzlich. Daß er seither nicht gesprochen hatte, war also keineswegs verwunderlich. Das sagte zwar jeder, Sheila fand es trotzdem verwunderlich. Sie hätte Hysterie für normaler gehalten, Heulen, Schluchzen, jegliches Geschrei, Alpträume. Leo, sagte man ihr, schlafe tief. Keinerlei Alpträume. Im Krankenhaus gab es keinen Psychiater – es war überhaupt ein nur ärmlich ausgestattetes Hospital –, auch keinen Kinderarzt, aber die Krankenschwestern, allesamt Freundinnen von Pat und John, hatten mit ihm gesprochen und ihm den ganzen Hergang des Unfalls erzählt. Sie hatten ihm gesagt, daß seine Mummy und sein Daddy jetzt bei Jesus seien und sehr glücklich (es war ein religiöses Krankenhaus, ursprünglich von Methodisten gegründet). Sie hatten ihm auch erzählt, daß seine Granny kommen und ihn mit nach Hause nehmen würde, und daß er glücklich sein werde.

Bevor sie abfuhren, nahm ihn Sheila mit an das Grab seiner Eltern. Sie wußte nicht, ob es richtig war, aber sie tat es einfach. Das Grab wurde von keinem Stein markiert, und der Friedhof war nicht der schattige Ort, wie sie sich einen Friedhof vorgestellt hatte, statt dessen gab es ein hölzernes Kreuz, mit Pats und Johns Namen eher nachlässig in schwarzer Farbe darauf gepinselt. Sie fand keine Blumen, die sie dort hätte niederlegen können – es war die heiße Jahreszeit, und die Blumen, von denen man ihr gesagt hatte, sie blühten in Hülle und Fülle, waren alle vertrocknet. So stand sie Hand in Hand mit Leo da und starrte auf das Kreuz, dann nahm sie ihn auf den Arm, und, auf seinen Rücken klopfend, trug sie ihn fort. Sein Gesicht war gegen ihren Hals gepreßt, und sie verspürte endlich eine erste Regung von Liebe. Sie liebte ihn. Sie würde ihn lieben. Er war ein armer, trauriger kleiner Junge, und sie würde eine Mutter für ihn sein.

Das erste Wort, das er sprach, war nicht Granny, sondern Mummy. Es schien bei einem solchen Triumph keinen Grund zu geben, ihn zu korrigieren.

# Zweites Kapitel

Der Morgen war immer das Schlimmste. Harriet wußte nicht warum. Sie hatte gedacht, die Nächte würden am schlimmsten sein, hatte damit gerechnet, daß Joe wach daliegen oder schreiend aus Angstträumen aufschrecken würde, aber nein, er schlief tief. Schlimm waren die Morgen.

Für sie war der Morgen ein Lichtblick. Sobald es hell wurde, sie aufstehen und etwas tun konnte, fühlte sie sich besser, hatte sie ein wenig Hoffnung. Die Nächte verbrachte sie, seitdem es geschehen war, damit, an die Zimmerdecke zu starren und mit dem schmalen Riß, der von der Lampe in der Mitte quer hinüber bis zur linken Ecke über dem Bett verlief, eng vertraut zu werden. In ihrem Schlafzimmer wurde es, zumindest für Harriet, die im Finstern schon immer gut gesehen hatte, nie wirklich dunkel. Fast immer war da noch genügend Grau, daß man die Umrisse der Kommode, der Schränke, des langen Spiegels erkennen konnte. Sie war es inzwischen gewöhnt, es langsam heller werden und die Möbel aus ihren verschwommenen Konturen hervortreten zu sehen. Neben ihr schlief Sam, schnarchte manchmal, und sie beneidete ihn, um ihn dann zu verachten – schlafen zu können, wie er es von jeher tat, wie sie es getan hatte!

Sie hatte es sich beigebracht, ruhig dazuliegen, sich

nicht hin und her zu werfen, von einer Seite auf die andere zu drehen, in dem verzweifelten Versuch, ihren Körper zum Schlafen zu überlisten. Statt dessen lag sie auf ihrem Rücken, die Hände leicht über dem Bauch gefaltet, die Beine ausgestreckt. Manchmal schloß sie die Augen, manchmal schlug sie sie auf und spürte, wie sie im Laufe der Nacht immer schwerer wurden. Sie wußte, daß sie natürlich hin und wieder einnickte und auf irgendeine Weise doch ein wenig Schlaf bekam. Genügend. Gerade genug, um sie eben am Leben zu erhalten. Sie hatte keine Schlaftabletten genommen, nicht einmal in der ersten Nacht danach, als man sie ihr aufdrängen wollte. Im Unterschied zu Joe. Sie hatte es ihm überlassen. Jeder hatte darauf gedrungen, er solle doch, wenn er aus dem Krankenhaus komme, unbedingt Schlaftabletten nehmen, keine starken, und er hatte sich daran gehalten. Jeder wünschte sich einen schlafenden, bewußtlosen Joe. Solange er sie alle trockenen Auges, bleich und stumm anstarrte, fühlten sie sich unbehaglich. So hatte er in jener ersten Nacht zu Hause und in der nächsten und der übernächsten die Tablette eingenommen. Er hatte eine ganze Flasche von ihnen neben seinem Bett stehen. Das war Sam nicht geheuer. »Du glaubst doch nicht ...«, sagte er. »Was?« fuhr sie ihn an. »Los, sag schon, sich umbringen, indem er alle auf einmal nimmt?« Sam war zusammengezuckt, hatte sich abgewandt und gemurmelt: »Ich hab mich nur gefragt ...« – »Genau *das* hast du dich gefragt«, hatte sie verächtlich gesagt, »und die Antwort lautet zu deiner Beruhigung, nicht wahr, nein, ich glaube nicht, daß er es tun wird.«

Was für eine Kraft sie hatte, wie sehr Sam in der ganzen Geschichte abhängig war von ihr. Sie brauchte nur zu sagen, sie glaube, Joe werde nicht an Selbstmord denken, schon war Sam ruhig: Wenn *sie* so dachte, dann mußte es auch stimmen, denn sie verstand Joe am allerbesten und war ihm am nächsten. So dachte Sam, so dachten alle. Sie war seine Mutter. Sie mußte es am besten wissen. Aber das stimmte nicht. Joe war nicht länger ihr Joe, was passiert war, hatte ihn so von ihr entfernt, daß sie ihm nicht mehr folgen konnte. Allein mit ihm zu sein war eine Qual. Die Last seines Leids wurde schwerer und schwerer, bis sie das Gefühl hatte, sie *müsse* es um jeden Preis abwerfen. Aber wohin sollte sie es werfen, sie würde sich nie davon befreien können. Und morgens war es am schwersten, wenn sie Joe so stumpf vor sich hin starren sah, mit so müden Augen und Gliedern, so blasser Haut, mit einem ungesunden Glanz, als wäre sie hell geschminkt. Dabei gab er sich soviel Mühe. Er wusch sich, kämmte sein Haar, zog saubere Sachen an, und sie war ihm dankbar dafür. Sie wußte, er hätte genausogut mit dem Gesicht zur Wand im Bett bleiben, sich zusammenkauern und aufgeben können. Das machte alles ja so schmerzlich, diese Gewißheit, daß er kämpfte, versuchte, zur Normalität zurückzukehren.

Morgens mußte sie sich von ihm abwenden. Sie hörte ihre schrille Stimme während des Frühstücks Belanglosigkeiten von sich geben, und sie konnte sie nicht zum Schweigen bringen. Sie regte sich nicht auf wegen des Essens. Sie war fest entschlossen, kein Wort darüber zu verlieren, daß er tagsüber kaum je etwas aß, vor allem am Morgen nicht, wo er doch früher immer zwei Schalen Haferflocken und Toast und Obst gegessen hatte, und auch das hatte manchmal noch nicht gereicht. Er war kräftig genug, es war nicht tragisch, wenn er eine

Weile nichts essen würde. Sie sorgte dafür, daß seine Lieblingsspeisen immer da waren, verlor jedoch kein Wort über sein mangelndes Interesse. Er schien sich eindeutig selbst bestrafen zu wollen, wenn er sich ein heißes Croissant versagte oder vom Rührei, wie er es liebte, mit dünnen krossen Speckstreifen, abwandte. Dann aß es eben Sam, oder Louis, wenn er zu Hause war. Oder der Hund, obgleich selbst Bruno genug von all den lukullischen Genüssen zu haben schien und sich ihnen nur zögernd näherte, wenn sie ihm zugedacht wurden.

Sobald er konnte, ging er, das Bein noch immer eingegipst, zur Schule. Sie hätte nie für möglich gehalten, daß er es, bevor der Gips abgenommen würde, tun würde, wollte ihn aber auch nicht davon abhalten. »Kann's ja mal probieren«, sagte er, und sie hatte ihn jeden Tag hingefahren und wieder abgeholt. Sie hatte gesehen, wie er angestarrt wurde. Natürlich würde jeder Junge mit einem Gipsbein, der auf Krücken zur Schule humpelt, angestarrt werden. Doch diese Blicke waren anders. Sie sah, wie die Kinder zu sprechen aufhörten und einen weiten Bogen um ihn machten. Niemand kam herbeigelaufen, um ihm zu helfen, niemand wollte auf Joes Gips seinen Namen schreiben oder etwas malen. Ihr kamen die Tränen, wenn sie sah, wie er sich in die Schule quälte, gefolgt von Grüppchen anderer Schüler, die über ihn tuschelten. Und was tuschelten sie? Alle wußten Bescheid. Hätte er doch nur gewartet, bis sein Gips abgenommen würde, dann wäre er weniger aufgefallen, hätte nicht alle Blicke auf sich gelenkt. Sie hätte es beinahe ausgesprochen, wurde jedoch gerade noch rechtzeitig durch seinen Gesichtsausdruck davon abgehalten – bei der leisesten Andeutung, er solle sich schonen, geriet er außer sich. Zu Recht. Sie bewunderte ihn restlos, war sich aber auch im klaren darüber, wie befremdlich es war, seinen eigenen fünfzehnjährigen Sohn in dieser Weise anzuhimmeln. Und Sam zeigte sich begeistert. »Das nenne ich die richtige Einstellung«, hatte er gesagt, »er wird's ihnen schon zeigen«, und sie hatte kalt erwidert: »Was für eine Einstellung?« und »Wem was zeigen?«, worauf er gesagt hatte: »Sei doch nicht so, Harriet, bitte, es macht alles nur schwieriger, wenn wir keine Freunde mehr sind.«

Wenn wir keine Freunde mehr sind! Was für ein dummer, kindischer Ausspruch. Sie hätte sich Sam am liebsten meilenweit weggewünscht. Als er eine Woche später mit ihr schlafen – nein, Sex mit ihr haben – wollte, hatte sie ihn gehaßt. Sie sagte bei diesem ersten Mal zu ihm: »Wie *kannst* du nur?«, worauf er sie ganz verblüfft gefragt hatte, was sie denn meine, was dasjenige, was Joe zugestoßen sei, und Liebe machen miteinander zu tun hätten. Warum sollte das eine das andere ausschließen? Sie hatte es gar nicht erst zu erklären versucht, zu erklären, in welchem Maße ihr alle *Lust* zuwider war. Sie empfand zu nichts Lust. Doch als er das nächste Mal mit ihr schlafen wollte, gab sie nach, und er war froh darüber. Er schien nicht zu merken, daß allein der Gedanke an Sex sie zum Weinen brachte. Aber sie hatte ihn gelassen. Sie empfand eine fast perverse Genugtuung darüber, ihn nicht von ihrem wie einen Stein daliegenden Körper abgeworfen zu haben. Nur daß es ein warmer, weicher, geschmeidiger Stein war, wußte sie, und Sam wußte es auch. Allerdings war ihr Verstand nicht in ihrem Körper. Ihr Verstand sah zu, haßerfüllt, wand sich vor lauter Verachtung und wußte, wäre sie der Mann gewesen, hätte sie sich nie so verhalten können, wäre sie nie im Leben imstande gewesen, sich auch nur so etwas vorzustellen. Sam sah darin eher eine Rückkehr zur Normalität. Nicht daß Joe ihm gleichgültig gewesen wäre, das dachte sie nicht eine Sekunde lang, aber daß er, im Unterschied zu ihr, sich wieder an alltäglichen Dingen freuen konnte. Sein Kummer hatte sein Verlangen nicht beeinträchtigt. Er ließ sich nicht aufhalten, er verstand es meisterhaft, die Türen, die zur Vergangenheit führten, hinter sich zuzuschlagen, und war auch noch stolz darauf.

Ihre Türen standen immer offen. Die Vergangenheit war der Ort, an dem sie sich nach wie vor aufhielt, auch wenn sie die Forderungen der Gegenwart, so gut es ging, erfüllte. Sie liebte die Vergangenheit, die Türen, die Sam so schnell wie möglich zuschlagen und verriegeln wollte, blieben weiterhin offen. Allein die Arbeit sperrte vorübergehend die Vergangenheit aus, und sie mußte sich gewaltig anstrengen, überhaupt etwas zu tun. Sie kämpfte tagtäglich mit dem Bedürfnis zu arbeiten. Sich zu konzentrieren, war für sie eine Strapaze, doch sobald es ihr gelang, verschwanden die Bilder, erloschen die Stimmen. Dann war sie wie Sam. Doch im Unterschied zu ihm wollte sie die quälende Vergangenheit nicht ausblenden. Sie wußte, daß sie auf sie angewiesen war, buchstäblich von ihr zehrte. Mehrere, recht unterschiedliche Vergangenheiten. Die weit zurückliegende, bevor auch nur irgend etwas Joe zugestoßen war, noch vor dem Melonen-und-Messer-Zwischenfall, jene paradiesische Vergangenheit. Dann die schon eher ernstzunehmende, aber noch nicht wirklich bedrohliche Episode, als Joes Walkman gestohlen wurde, jene etwas näher gerückte, doch nach wie vor ferne Vergangenheit. Und schließlich das letzte Jahr. Diese Vergangenheit. Die Vergangenheit, in der sie nicht leben wollte und die sie eines Tages zu begraben hoffte, wie Sam es getan hatte.

Sie versuchte bewußt, sich in einem solchen Maß in Joe hineinzuversetzen, daß sie bei ihm sein konnte, wissen, was er dachte, wie er sich fühlte. Sie bemühte sich immer wieder, bei ihm gewesen, *er* gewesen zu sein. Und sie wußte, wie gefährlich es war. Sie würde allen möglichen Illusionen erliegen und damit Joe nicht weiterhelfen. Sie würde sich in eine Art Wahn hineinsteigern bei dem Versuch, jede einzelne Minute jener Nacht noch einmal zu rekapitulieren. Es war etwas anderes, sich vorzustellen, wie sein Walkman gestohlen worden war. Damals war es bestürzend für sie, sich in Joe hineinzuversetzen, wie er vom Fußballspiel, Walkman hörend, nach Hause ging, dann der plötzliche Ruck, wie er ihm vom Kopf gerissen wurde, und die Angst vor den drei Rüpeln, die ihn verhöhnten, ihn hin und her stießen, einander den Walkman zuwarfen und schließlich lachend damit fortliefen. Damals konnte sie sich wirklich mit einigem Erfolg in ihn hineinversetzen. »Joe«, hatte sie ihn getröstet, »ich *weiß*, du konntest nichts dagegen tun, ich *weiß*, es ging alles so schnell, und du warst ganz benommen, mach dir keine Vorwürfe.« Er hatte geweint, aus Scham, und sie konnte fühlen, was er fühlte. Es war seltsam erregend, ihn so völlig zu verstehen. »Du hättest dies dumme Ding sowieso nicht in eine Fußballmenge mitnehmen sollen«, hatte Sam gesagt. »Damit hast du sie nur herausgefordert. Du warst eine ideale Zielscheibe.« Joe war außer sich geraten, hatte wissen wollen, warum gerade er eine Zielscheibe war, wenn gleichzeitig Hunderte von Jungen vom Match mit einem Walkman in den Ohren allein nach Hause gingen, warum gerade er?

Sam hatte sich schließlich doch nicht dazu hinreißen lassen, ihn aufzuklären. Sie wußte aber, warum er Joe für eine Zielscheibe hielt. Sam fand, Joe sähe weich aus. Obgleich er ziemlich groß war, hatte er etwas unheilbar Unschuldiges und Zartes an sich, eine gewisse Süße. Louis war, selbst vor der Pubertät, nie so gewesen. Er war wie Sam, sein maskulines Auftreten war nicht zu übersehen. Joe war nicht feminin, nicht mädchenhaft, aber nicht bedrohlich, war verhalten, und es stimmte, daß man es ihm auf den ersten Blick ansah. Jedesmal wenn Sam Joes mangelnde Stärke, seine Sensibilität beklagte, fuhr Harriet ihn an und fragte ihn, was denn so wundervoll daran sei, hart zu sein und hart auszusehen. Sie sagte, sie wolle nicht, daß Joe »tough« werde, sie wünsche sich, daß er der wenn auch schwierige, so doch liebe Junge bleibe, der er von jeher gewesen sei. Sam sagte, dann werde er immer Probleme haben, er müsse lernen, sich zu verteidigen, seinen Mangel an Aggression zu überspielen. Dann hatten sie sich aggressiv über Aggression gezankt. Harriet behauptete, alle Probleme in der Welt rührten von männlicher Aggression her, sie und die Frauen ihrer Generation hätten versucht, Söhne großzuziehen, für die Aggression nicht unbedingt ein Zeichen von Männlichkeit sei ... Sam hatte nur gelächelt.

Morgens glaubte sie Joe ansehen zu können, daß er sein weiches Wesen für immer verloren hatte. Er war älter geworden. Sein Gesicht war verhärmt, die Jugend daraus gewichen. Er hatte einen so uralten, müden Ausdruck an sich ... Niemand würde je wieder eine ideale Zielscheibe in ihm sehen, und das war das Traurigste an allem. Er hatte dieselbe zynische Miene wie sein Angreifer, denselben bitteren Zug um den Mund, dieselben hohlen Wangen. Und war das, fragte sie sich, mit dem *anderen* wohl auch über Nacht geschehen? Ob seine Mutter ihn, wenn sie ihn besuchte, wohl ansah und feststellte, daß es *ihren* Jungen nicht mehr gab?

Sheila hatte sich von Anfang an entschuldigen wollen. Sie hatte jeden gebeten, seinen Eltern bitte ihr tiefstes Bedauern auszurichten. Alle – der Polizist, der Bewährungshelfer, der Rechtsanwalt – hatten es ihr versprochen. Sie hatte ihnen aber nie geglaubt und es ihnen auch nicht einmal verübelt, etwas so Beleidigendes wie Entschuldigungen nicht übermittelt zu haben. Sie waren nicht angebracht. Man konnte sich für so etwas nicht entschuldigen, hätte das Ganze nur verschlimmert. Was hätte sie wohl empfunden, wenn es andersherum gewesen wäre, man ihr *Entschuldigungen* ausgerichtet hätte? Wütend, wütend wäre sie gewesen, außer sich vor Wut. Sie hätte jeden Überbringer nur angesehen und kein Wort gesagt. Die hätten schon gewußt, was sie über sie dachte.

Vor Gericht, vor dem Jugendgericht, hatten sie und die andere Mutter nah beieinandergesessen. Sheila war entsetzt, entsetzt über das Ganze. Ihr wurde klar, daß sie sich lauter imposante alte Amtsstuben und Richter mit Perücken und Schöffen auf Geschworenenbänken, alles düster und furchteinflößend, vorgestellt hatte. Dabei war alles ganz anders. Das Jugendgericht tagte in einem Neubau. Sie stiegen zwei Treppen hinauf, deren Stufen mit grauem Teppich ausgelegt waren. Keine Schritte, die in steinernen Korridoren widerhallten. Der eigentliche Gerichtssaal war ziemlich klein, zu klein. Ein quadratischer, nüchterner Raum mit hölzerner Decke, künstlich beleuchtet von vier Kugeln, die über den Sitzen der Richter hingen. Er war sehr hell, hatte aber nicht die geringste Atmosphäre. Die Bank, an der die Richter saßen, war aus hellem, glänzendem Holz wie auch der Zeugenstand und die Tische, an denen die Anwälte und der Protokollführer saßen. Sie und Alan saßen links von diesen Tischen, auf gewöhnlichen grauen Stühlen, wie man sie in jedem Büro findet. Die andere Mutter saß mit ihrem Mann und ihrem Sohn weiter hinten, den Richtern gegenüber. Kaum mehr als zehn Meter entfernt. Nur wenn sie geradeaus sah, konnte Sheila ihren Blicken ausweichen, und selbst dann waren sie in ihrem Blickfeld.

Diese Gewöhnlichkeit, diese Nähe, diese Leere erschienen ihr falsch. Sie hatte sich eine Galerie voller Schaulustiger ausgemalt und bei dem Gedanken geschaudert, statt dessen ließ sie jetzt das Ausbleiben eines Publikums noch mehr erschauern, der Gedanke daran, wie exponiert Alan und sie waren, weil keine anderen Leute da waren. Sie fühlte sich nackt, wehrlos, noch bevor ein Wort gefallen war, und starrte derart unverwandt auf den rosa Teppich – *rosa*, genauso verkehrt –, daß er ihr schon bald bis in die letzte Faser vertraut war. Sie wünschte sich, sie und Alan könnten einfach mit dem Hintergrund verschmelzen, ohne daß man sie überhaupt wahrnähme, aber da saßen sie, Zielscheiben, ein mitleiderregendes älteres Paar, dezent gekleidet wie zu einem Begräbnis, dabei war dies schlimmer als ein Begräbnis. Sobald die andere Mutter ihre Beine übereinanderschlug oder den Fuß rührte, pochte Sheilas Herz. Sie fürchtete jede Bewegung dort drüben, fürchtete, es könne zu einer Szene kommen, bei der die andere Mutter quer über den rosa Teppich springen und sie schlagen würde ...

Lächerlich. Insgeheim musterte sie die andere Mutter und wußte, so etwas Gewöhnliches würde nie geschehen. Es roch nach besserer Gesellschaft, sie witterte es. Diese Familie war so unendlich überlegen. Gut aussehend, elegant und modisch gekleidet, vor allem die Mutter. Sie trug ein Kostüm, ein schwarzes Kostüm mit kurzem Rock, der ihre langen schlanken Beine zeigte, und eine frisch gestärkte, blendendweiße Bluse. Sie wirkte gelassen, untadelig. Der Mann, der Vater, war großgewachsen, breitschultrig, dunkelhaarig. Er trug einen Anzug, einen feingestreiften grauen Anzug. Wenigstens trug der Junge Jeans, ganz saubere, vermutlich neue Jeans, und ein ganz gewöhnliches blaues Hemd. Er war blond, wie seine Mutter. Weiches blondes Haar und ein liebes, freundliches Gesicht ...

Ein Summer erklang, und die Anwälte erhoben sich. Sheila sprang auf und stieß Alan an, mit ihr aufzustehen. Wieder fühlte sie sich irgendwie betrogen – ein Summer, solch ein billiges Ding, wie bei einer Fernsehshow, keinerlei Pomp, keinerlei Würde. Dann öffnete sich eine Tür, und drei Personen kamen herein und nahmen auf den roten Stühlen hinter der Bank Platz, auf Stühlen, die kaum besser waren als die grauen im Gerichtssaal. Kein großer Eichensessel mit hoher Lehne und schweren Klauenfüßen und Armlehnen, und kein Richter mit Perücke. Drei ganz normale Leute, zwei Frauen und ein Mann, die allesamt ein wenig verlegen aussahen. Dann ergriff die Anklägerin das Wort, eine Frau wie Elaine, die Anwältin der anderen. Wieder war Sheila verwirrt. Beide Frauen schienen ihr fehl am Platz, sie hatte nicht mit Frauen gerechnet, noch dazu jungen, bestimmt war keine von ihnen über vierzig. Keine Roben. Sie waren keine Barrister und trugen deshalb auch keine Roben. Sie sahen so lässig aus. Sie wußte, es sollte sie beruhigen, ihr helfen, keine Angst zu haben, aber das tat es nicht, sie reagierte mit Verachtung. Es war alles so ärgerlich amateurhaft, nahm dem Ganzen seinen Ernst.

Sie versuchte krampfhaft, genau hinzuhören, aber ihr fiel es schwer, sich zu konzentrieren. Jede noch so belanglose Kleinigkeit lenkte sie ab – das Geräusch der Heizung, der plötzliche Schrei von Möwen draußen, die Art, wie der Protokollführer mit seinem Füllfederhalter spielte, indem er ihn immer wieder aufrichtete und jedesmal sanft damit auf seine Unterlagen klopfte. Das Ganze wurde zur Farce, als plötzlich das Walkie-talkie eines Polizisten ertönte. Er stand am Seitenausgang, durch den Leo kommen würde, und sie alle hörten erst das Rauschen und dann eine Stimme, die um Gehör bat. Er errötete und stellte es ab, und alle lächelten. Dann wurde Leo hereingebracht und zum Zeugenstand geführt, in dieses schäbige Ding, das absolut nicht aussah wie ein Zeugenstand. Sie blickte zu ihm hinüber, aber ein Augenkontakt kam nicht zustande, seine Augen waren tot, auf einen fernen Punkt gerichtet, den niemand sehen konnte. Er wirkte weder nervös noch großspurig, stand nur still da, die Hände locker auf das Geländer vor ihm gelegt, als wolle er jeden Moment eine Rede halten. Er beantwortete ruhig und deutlich die üblichen Fragen – Name, Alter, bloße Fakten. Als er jedoch aufgefordert wurde zu schildern, wie und warum er mit dem Messer auf Joseph Samuel Kennedy eingestochen habe, gab er keine Antwort. Er sagte: »Ich habe nichts dazu zu sagen.« Mehr nicht. Auf die Frage, ob er schuldig oder unschuldig sei, sagte er: »Schuldig.« Und das war's.

Am schlimmsten war es, als die Richter hinausgingen – weiter dasitzen zu müssen und zu warten, während sie sich doch nichts sehnlicher wünschte, als sich davonzuschleichen, noch vor der anderen Mutter durch die Tür zu entkommen. Sie stand, als der Summer ein zweites Mal ertönte – ein fürchterliches, penetrantes Geräusch –, blickte jedoch erst auf, als sie wieder Platz genommen hatte. Der männliche Richter sprach für alle drei. Zugegeben, er faßte sich kurz. Aber sie verachtete ihn für seine nüchternen Worte, ihr wäre es lieber gewesen, er hätte eine zornige Rede gehalten. Er klang so eintönig, wie er vor sich hin murmelte, »derlei Dingen muß Einhalt geboten werden«. Ein hoffnungsloser Fall. Und die beiden Frauen zu seiner Rechten und Linken sahen eher verlegen als streng aus. Leo bekam die Höchststrafe, zwölf Monate in einer Jugendstrafanstalt. Sie nahm kaum noch in sich auf, wo.

Genau in dem Augenblick hätte sie sich gern entschuldigt. Sie saß da und malte sich aus, wie sie zu der Mutter hinübergehen und sie am Ärmel ihres Jacketts berühren würde, worauf diese sich überrascht zu ihr umdrehen, Sheila tief durchatmen und einfach nur sagen würde, wie leid, wie furchtbar leid, wie entsetzlich leid es ihr tue. Sie würde nicht um Verzeihung bitten, sondern gleich nach dem wenigen, was sie zu sagen hatte, schnurstracks davongehen und nicht auf eine Antwort warten. Falls sie antworten sollte. (Hätte sie an ihrer Stelle geantwortet? Nein, wahrscheinlich nicht.) Was sie allerdings davon abhielt zu tun, was sie hatte tun wollen, war der Gedanke, man könne ihr womöglich unterstellen, Mitleid erregen zu wollen. Mitleid mit ihr:

Sieh mich an, hab Mitgefühl mit mir, ich bin seine Großmutter, eigentlich seine Mutter. Und wie konnte sie das erwarten? Wo sie doch keinerlei Mitgefühl verdiente, vor allem nicht von seiner Mutter. Und doch war es ihr ein schrecklicher Gedanke, seine Mutter könne vielleicht vermuten, sie sei gleichgültig, oder es tue ihr *nicht* leid. Was, wenn seine Mutter sich nie vorgestellt hatte, wie todunglücklich sie war? Was sie sich für Vorwürfe machte? Wie sehr sie darum rang, dem Ganzen auf den Grund zu gehen? Wie sehr sie mit ihr fühlte? In welchem Maße sie sich in sie hineinversetzte? Was, wenn seine Mutter sie für ebenso brutal hielt wie Leo? Wenn sie dachte, er komme aus einem brutalen gewalttätigen Haus? Er habe nie eine Chance gehabt, weil er ungeliebt und unterernährt gewesen sei und man ihn geschlagen habe, und alles sei nur deshalb so gekommen, weil seine Eltern so mit ihm umgegangen seien?

Das konnte sie nicht. Das konnte seine Mutter unmöglich glauben, nicht, wenn sie Leos Anwältin zugehört hatte. Die hatten sie sich nicht ausgewählt, weder sie noch Alan hatten die geringste Ahnung. Sie war auf irgendeinem Wege mit Leos Fall betraut worden. »Nennen Sie mich Elaine«, hatte die Anwältin gesagt, »das macht alles etwas einfacher.« Was nicht stimmte, weder indem man sie beim Vornamen nannte noch durch sonst was. Nichts war einfach gewesen. Überhaupt zu sprechen war nicht einfach gewesen. Sie hatte auf alle Fragen Elaines nur zögernd geantwortet, bei jenem ersten, so unangenehmen Treffen nur das Nötigste gesagt. Soviel ihr im Kopf herumging, sowenig davon sprach sie aus. Alan hatte mehr beigetragen. Er hatte einfach drauflosgeredet, war vom Hundertsten ins Tausendste gekommen, hatte immer von neuem wiederholt, das Ganze ergebe keinen Sinn, Leos Zuhause sei gut und liebevoll gewesen, er wisse nicht, weshalb oder wie alles eine so unglückliche Wendung genommen habe ... Elaine hatte gesagt, Leos Strafmaß würde angesichts dieser elterlichen – sorry, großelterlichen – Unterstützung, dieses Beweises einer soliden, anständigen Erziehung gänzlich anders ausfallen, sie müsse aber auch den Tod seiner Eltern, das damit einhergehende Trauma betonen, den Schmerz, Afrika verlassen zu müssen, seine Schwierigkeiten als Mischling in einer fast ausschließlich aus Weißen bestehenden Gemeinde – das müsse sie, denn schließlich gäbe es keine weiteren entlastenden Umstände, oder?

Nein, die gab es nicht. Sheila bezweifelte allerdings, ob es ratsam war, sich, wie Sheila sagte, lang und breit über dergleichen auszulassen. Das war unredlich. Er war damals erst drei Jahre alt. Er konnte sich weder an Afrika noch an seine Eltern erinnern. Er hatte als Mischling keinerlei Schwierigkeiten gehabt. Nicht daß sie wüßte, jedenfalls keine ernsthaften. Niemand hatte ihn je verspottet, und wenn, dann hatte er es nie erwähnt, er hatte nicht darunter gelitten, dort zu leben, wo sie lebten, das hätte sie gemerkt. Aber hatte sie sich etwas vorgemacht? Leo war schon immer ein ruhiges Kind gewesen, selbst als er normal zu sprechen begann, dennoch versuchte sie, sich nach wie vor einzureden, daß ihr irgendwelche Schikanen zu Ohren gekommen wären. Die Schule hätte davon erfahren. Er war ein brillanter Schüler, die Lehrer verfolgten seinen Werdegang aufmerksam, er fiel jedenfalls auf. Er war nicht beliebt, das wußte sie, er hatte keine wirklichen Freunde, was ihr schon immer Sorgen machte, was aber nicht hieß, daß er verfolgt wurde und es ihn daher gedrängt hätte, andere zu verfolgen. Ihr wäre es lieber gewesen, Joe Kennedys Mutter hätte sich dies alles angehört als das Zeug, das Elaine vielleicht vor Gericht vorbringen würde, um mit der Geschichte vom Autounfall und vom Nichtsprechen und vom ersten schrecklichen Jahr auf die Tränendrüsen zu drücken. Es hatte sie verlegen gemacht, sich das anhören zu müssen. Sie hatte auf ihre Füße gestarrt, das Blut pochte ihr in den Ohren. Als sie wieder aufblickte, lächelte Leo. Das hätte er lieber nicht tun sollen. Man würde es mißverstehen. Sie hatte ihm so oft gesagt, er solle nicht grinsen, worauf er nur mit den Schultern gezuckt hatte als Zeichen, er könne nichts dagegen tun. Worüber grinste er? Sie hatte nicht aufgepaßt.

Dann vertagte sich das Gericht, und sie sah ihn und seine Mutter und seinen Vater aufstehen, alle drei groß und gut aussehend und so sauber und über jeden Vorwurf erhaben, während sie und Alan so mitgenommen und schäbig und irgendwie verantwortlich durch Leos Abgebrühtheit gebrandmarkt waren. Wie hätte sie sich nur entschuldigen können?

•

Joe haßte die Polizisten. Er haßte den Doktor, er haßte den Anwalt, am meisten aber haßte er die Polizisten, jeden einzelnen, und vor allem Kriminalkommissar Graham.

Harriet konnte ihn auch nicht leiden. Sie hatte auf Anhieb die Art nicht gemocht, wie er ins Haus gekommen war, mit gespielter Liebenswürdigkeit, fand sie. Sie mochte nicht, wie er sprach und was er sagte. »Ich möchte Ihnen mein Mitgefühl aussprechen«, hatte er salbungsvoll gesagt, »der Junge hat schreckliche Qualen durchgemacht, schrecklich.« Und er hatte den Kopf geschüttelt und mit der Zunge geschnalzt. Es hatte sie geärgert, als sie hörte, wie Sam ihm eine Tasse Kaffee anbot, die dankbar angenommen wurde, mit Milch und einem Stück Zucker. Später hatte sie gesagt: »Warum mußtest du ihm auch einen Kaffee geben?«, und Sam war zu Recht erstaunt gewesen. Besuchern wurde immer Kaffee angeboten, Kaffee oder ein Drink, je nach Tageszeit. Sie wußte, ihr Einwand war nicht vertretbar.

Kommissar Graham hatte also den Kaffee getrunken. Und vor sich hin gestarrt. Er starrte überhaupt viel vor sich hin. Sie fragte sich, ob er wohl dachte, er würde dadurch mitfühlend aussehen, und hätte ihm am liebsten gesagt, daß dem nicht so sei. Er sah einfach blöd aus. Sie hätte ihn am liebsten geohrfeigt. Und Sam war immer so nett zu ihm, so freundlich, so schnell bereit, ihm beizupflichten, daß sein Job, der Job der Polizei im allgemeinen schwierig sei. Am Anfang tappe man immer im dunkeln. Joe habe seine Angreifer nur eine Minute lang gesehen, nur einen kurzen, aber klaren Blick auf sie geworfen, bevor sie ihm die Augen verbanden. Der eine sei weiß und groß und der andere schwarz und groß gewesen, und beide hätten sie ein Messer gehabt. So und nicht anders müsse es wohl gewesen sein, bei seinen Verletzungen. Sam konnte ihm nachfühlen, wie schwierig es sein würde, die beiden zu schnappen. Graham war hocherfreut, er räusperte sich, nickte und sagte, er sei froh, daß man sich über die Probleme im klaren sei, sie alle würden ihr Bestes tun.

Er wollte noch einmal mit Joe sprechen, ausführlich, unter vier Augen. Sam willigte in der Sekunde ein, als sie ablehnte. Joe habe genügend durchgemacht, habe bereits einem Polizisten gegenüber ausgesagt, und dem gebe es nichts hinzuzufügen. Sie wolle nicht, daß man ihn belästige, er brauche Schlaf. Graham sagte, er habe Geduld, verstehe ihren Standpunkt, müsse aber unbedingt mit dem Burschen persönlich sprechen, und das möglichst bald. Sie wünschte, er würde Joe nicht immer einen Burschen nennen. Der Ausdruck war offenbar nett gemeint, aber sie fand ihn sentimental. Warum ihn nicht bei seinem Namen, warum ihn nicht einfach »Joe« nennen?

Als er nach jenem ersten Mal das Haus verlassen hatte, war Sam böse auf sie. »Es besteht kein Grund, die Polizei zu verärgern«, sagte er, »um Himmels willen, sie sind doch nicht schuld.« – »Und es besteht genausowenig Grund, so freundschaftlich mit ihnen umzugehen«, fauchte sie zurück, »so kumpelhaft, als müßtest du dich gut mit ihnen stellen oder so.« – »Wir müssen schließlich mit ihnen zusammenarbeiten«, sagte Sam, »warum nicht freundlich zu ihnen sein, das erleichtert die Dinge doch nur.« Er sagte, er verstehe nicht, was sie gegen Graham habe, auf ihn wirke er sehr sympathisch und für einen Polizisten eher umgänglich. Sam meinte es mehr als Scherz, doch sie nahm es ernst. Und sie triumphierte insgeheim, als bei Grahams nächstem Besuch Louis da war und, nachdem dieser gegangen war, sagte, er könne ihn nicht leiden. Sam wiederholte, was er zuvor gesagt hatte, man müsse mit Graham zusammenarbeiten, worauf Louis sagte: »Nein, Dad, *er* muß mit *uns* zusammenarbeiten.« Richtig. Louis hatte auf den Punkt gebracht, was ihr an Graham mißfiel oder an der Art, wie Sam ihn behandelte – als müßten sie bei all ihrem Kummer auch noch mit diesem Polizisten fertig werden, und das war ihr unerträglich. Sie hatte nicht die Kraft, zuvorkommend zu sein, Kaffee anzubieten, so als handele es sich um ein geselliges Beisammensein, was es nicht war. Sie wollte förmlich sein, distanziert. Nur so konnte sie es ertragen.

Aber am meisten verabscheute sie, daß Graham dachte, er kenne alle Einzelheiten. Einmal erwähnte er sie – »die Einzelheiten sind ziemlich schrecklich« –, und sie spürte, wie sie errötete. Er suchte immer wieder Augenkontakt, wollte vielsagende Blicke austauschen, und sie sträubte sich dagegen. Was sie am allerwenigsten wollte, war auch nur die geringste Nähe zu Graham. Einmal hatte er gesagt: »Sie wirken feindselig, Mrs. Kennedy«, und sie hatte sich dagegen verwahrt. »Ich ziehe es vor, kühl und sachlich zu sein«, sagte sie, »schließlich bin ich eine Geschäftsfrau.« Sie sagte es nicht entschuldigend, sondern als Feststellung, er warf sich jedoch ins Zeug, wollte, daß sie ihm von ihrem Geschäft erzähle, wie sie es führe, wie es floriere, und sie hatte noch einmal brüsk abgewehrt, ihm nicht weniger wortreich zu verstehen gegeben, daß ihn das wirklich nichts angehe. Er hatte gelächelt und ihr recht gegeben. Als er dann aufgestanden war, um sich zu verabschieden, hatte er gesagt: »Ich weiß, wie Ihnen zumute sein muß, Mrs. Kennedy. Ich habe selbst Burschen.« Sie hatte sich dermaßen aufgeregt und gesagt, er könne doch nicht im Ernst wissen, wie ihr zumute sei, jeder sage das, es sei *Nonsens,* und sie könne es nicht mehr hören.

Anscheinend hatte er nach diesem Ausbruch mit Sam gesprochen. Ihm nahegelegt, seine Frau müsse einen Psychologen aufsuchen. Wenigstens konnte sie darüber lachen, wenn auch gehässig, verächtlich. Einen Therapeuten! Wie absurd. Beim bloßen Klang des Wortes grauste es ihr. Dumme Leute, die einen Kurs machten und dann vorgaben, anderen Ratschläge erteilen zu können, wie sie mit ihrem Kummer umgehen sollten – lieber Himmel, einfach unerhört. Das allerletzte, was sie wollte, sei, therapiert zu werden. Der Begriff tauche überall auf. »Einen Therapeuten aufsuchen« sei zu einem höchst banalen Klischee geworden. Genauso verhalte sich die Polizei Joe gegenüber – er *solle* einen Therapeuten aufsuchen. Wenn er nicht »darüber redet«, würde er das Ganze, wie sie sich ausdrückten, »nie verwinden«. Großer Gott! Der sanfte Weg, reden, reden, mit Therapeuten, Beratern, Fremden, als ob das auch nur im geringsten helfe. Joe wolle mit niemandem reden. Er habe alle ihre Fragen beantwortet, und das sei genug. Wenn er irgend jemandem mehr erzählen würde als bisher, dann seiner Familie. Sam sagte, er begreife nicht, wie eine so gebildete Frau wie sie so ignorant sein könne. Er sagte, es höre sich für ihn an, als wolle jemand partout nicht glauben, ein Zahnarzt könne einen von Zahnschmerzen befreien. Psychiater sei ein ernstzunehmender Beruf, sagte er, und es sei typisch britisch, wenn sie so verächtlich darüber spreche. Er sagte, er sei sogar bereit, selbst einen Psychiater aufzusuchen, wenn sie und Joe es auch täten. Das erstaunte sie, er hatte ganz plötzlich zum ersten Mal die Oberhand gewonnen. »*Du?*« sagte sie. »Das glaube ich nicht, du, der große Verdränger? Warum solltest du wohl bereit sein, zu einem Psychiater zu gehen?« Worauf er seelenruhig antwortete: »Irgend etwas muß ich versuchen, so kann es nicht weitergehen.«

Die Bewährungshelferin war wirklich sehr nett, netter als all die anderen, mit denen Sheila bisher in Kontakt gekommen war. Sie hatte keinen Bewährungshelfer sehen wollen – genügte es nicht, sich mit den Polizisten und Anwälten herumschlagen zu müssen? Was, um Himmels willen, sollte sie mit einem Bewährungshelfer anfangen? Jetzt wo die Katze schon den Bach hinab war. Die Umstände machten es aber offenbar erforderlich, daß eine sogenannte Langzeit-Bewährungshelferin als Verbindung zwischen Leo und seiner Familie eingeschaltet wurde, und im Laufe der Monate hatte Sheila sich an deren gelegentliche Besuche gewöhnt.

Eine weitere Demütigung, auch wenn die ersten Worte, die die Bewährungshelferin nach den üblichen anfänglichen Höflichkeiten gesagt hatte, tatsächlich »Machen Sie sich keine Vorwürfe, Mrs. Armstrong, das dürfen Sie nicht, niemand darf das« gewesen waren. Sie hatte müde gelächelt. »Niemand?« hatte sie gesagt. »Woher wollen Sie das wissen? Ich bin sicher, da gibt es so einige, aber das ist ja auch egal.« – »Niemand, der die näheren Umstände kennt«, sagte die Bewährungshelferin entschieden. »Niemand aus der Nachbarschaft, der miterlebt hat, wie Sie und Mr. Armstrong Leo großgezogen haben. Jeder weiß, was für ein gutes Zuhause er gehabt hat, darüber besteht nicht der geringste Zweifel.« Und die Bewährungshelferin, Helen mit Namen, hatte beruhigend ihre Hand berührt. Erstaunlich, dachte Sheila, daß sie das macht. Nur ein kleiner Klaps, aber so von Herzen, jedenfalls kam es ihr so vor. Überhaupt eine komische kleine Person, diese Helen. Klein, ernsthaft. Sie trug ein dunkles Jackett mit einer Rose im Knopfloch, etwas, das Sheila schon lange nicht mehr gesehen hatte. Sie wies auf die Blume und sagte:

»Unterwegs zu einer Hochzeit?« Und diese Helen sagte nein, es sei ihres Vaters wegen, er züchte Rosen und sei so stolz darauf, und es freue ihn, daß sie seine Rosen gern im Knopfloch trage.

Sie war also eine nachdenkliche junge Frau, war offenbar gern freundlich, und nachdem sie dies erkannt hatte, faßte sich Sheila nach beinahe einem Jahr schließlich ein Herz. Sie unterbrach Helen in ihrer routinemäßigen Fragerei und sagte, da gäbe es eine Frage, die sie stellen wolle, und wurde ermutigt, sie unumwunden auszusprechen. »Ich möchte zu gern wissen«, sagte sie, »ob *seine* Mutter sich je darüber im klaren gewesen ist, wie leid es mir tut? Wie sehr ich mich schäme? Ich kann nicht ertragen, daß sie denkt ...«, und dann konnte sie nicht weitersprechen. Nicht wegen irgendwelcher Tränen, die wollten ihr noch immer nicht kommen, sondern weil ihr die richtigen Worte fehlten. »Ich denke immer an sie«, sagte sie schließlich (als Helen nichts gesagt hatte). »Sie geht mir nicht aus dem Kopf. Was sie wohl durchmacht. Wenn es andersherum gewesen wäre ...« Und wieder mußte sie innehalten. Es sich vorzustellen. Was geschehen war. Sie hatte sich geschworen, es nicht zu tun, es sich nie vorzustellen. Es tat nicht gut, es war widerlich, sie wußte das. Aber *sie* wird es tun müssen, es wäre nur zu verständlich. Und in ihrem Herzen wird sie nach wie vor Mordgedanken hegen gegen Leo, vielleicht auch gegen seine Mutter, seine Großmutter ...

Helen fühlte sich eindeutig unbehaglich. Sie biß sich auf die Lippen und sagte: »Nun, Mrs. Armstrong, ich kenne Mrs. Kennedy nicht, wissen Sie, ich habe nie etwas mit ihr zu tun gehabt, deshalb kann ich nichts dazu sagen, aber wenn ich es wäre, ich meine, wenn ich sie wäre, würde ich Ihnen, glaube ich, keine Vorwürfe machen. Ich würde vielleicht etwas über Leos Herkunft erfahren wollen, um den Grund zu verstehen, aus ... weshalb er das getan hat ... aber ich glaube nicht, daß ich Ihnen Vorwürfe machen würde. Eltern können doch nichts dafür, was aus ihren Kindern wird, oder? Ich meine, nicht immer. Es ist so einfach, sie für alles verantwortlich zu machen. Und ich vermute, sie weiß das auch.« Klang alles ganz vernünftig. Das mußte Sheila zugeben. Aber es half ihr nicht weiter. »Was ich gern«, sagte sie, »was ich die ganze Zeit über immer tun wollte, ist, sie auf irgendeinem Wege wissen zu lassen ... nicht sie zu treffen oder so, sondern ihr irgendeine Nachricht zu übermitteln, ich weiß selbst nicht was ...« Ihre Stimme schleppte sich dahin. Helen sah so skeptisch aus. »Sie halten es für keine gute Idee? Vielleicht haben Sie recht, vielleicht würde es dreist wirken, sie womöglich noch tiefer verletzen, wenn ich es für wichtig hielte, mich zu entschuldigen, als ob das irgend etwas bewirken könnte. Oh, ich weiß nicht. Nichts ist richtig, nichts scheint mehr richtig zu sein.«

Dieselben Gefühle wie damals, vor so vielen Jahren, als sie Leo nach Hause brachte. Von dem Augenblick an, als die Nachricht vom Unfall eintraf, war ihr nichts mehr richtig vorgekommen. Nichts war seither wieder wirklich in Ordnung gewesen, aber das Leben ging weiter. Das war es, was einem die Leute sagten, das Leben muß weitergehen. Sie war sich die ganze Zeit selbst in Afrika so fremd gewesen ... keine Routine, keine vertraute Umgebung, alles seltsam und kaputt. Gleich beim Aufwachen konnte sie nichts wiedererkennen – das Licht war grell, strahlend, die Sonne sprengte sich ihren Weg durch die Fensterläden, und dann der nackte Fußboden, sie wußte nicht einmal, aus welchem Material er war, und das traurige Tropfen des Wasserhahns und kein Kessel, um sich Tee zu machen. Auch kein Tee, jedenfalls keiner, wie sie ihn kannte. Man hatte ihr eine kleine Blechdose mit etwas verschimmelt aussehenden Teeblättern gegeben und ihr am Ende des Flurs die sogenannte Küche mit dem Campingkocher gezeigt und ihr gesagt, sie könne sich, wann immer sie wolle, dort Tee machen. Es war ein so schreckliches, so deprimierendes Gefühl, daß einem nichts vertraut war. Sie sehnte sich danach, von ihren eigenen Dingen umgeben zu sein, die Zuversicht zu spüren, die sie ihr gaben. Sie erinnerte sich, wie sie in den kleinen, in Plastik eingefaßten Spiegel – außer dem niedrigen Rollbett der einzige Gegenstand in ihrem Raum – geblickt und gedacht hatte, ist das alles, was mich ausmacht, mein Kessel, mein Tee, mein Kocher, mein Kühlschrank? Ihr Gesicht, das ihre panische Angst zu verbergen suchte, war so ausdruckslos, stumpf und ausdruckslos.

Dabei war dies alles so, wie Pat gelebt hatte, wie sie hatte leben wollen. Sie hatten ihr die Unterkünfte der Verheirateten gezeigt. Pat und John und Leo hatten in einem Bungalow auf dem Gelände gewohnt, wie sie es von den Fotos her kannte. Allerdings kannte sie keine Innenaufnahmen. Drei notdürftig ausgestattete Zimmer, eines mit einem Campingkocher in einer durch einen Vorhang abgetrennten Nische, und ein winziges Badezimmer. Ein richtiges Waschbecken zwar, doch keine Badewanne, und die Dusche bestand aus einem rostigen Rohr, das über einem zementierten Trog hing. Hier also hatte Pat all diese poetischen Briefe geschrieben, die so zufrieden klangen. Sheila blickte um sich und wußte, hier hätte sie sich nicht einen Augenblick lang wohl gefühlt, hier nicht. Nichts wäre ihr richtig vorgekommen. Sie hätte nicht existiert, bis sie nicht eine andere geworden wäre, was sie nicht gewollt hätte. Immer wieder hatte sie sich in den darauffolgenden Monaten, wenn sie sah, wie verloren Leo war, daran erinnert. Wenn der kalte Regen die Fensterscheiben hinunterrann und sie sein Gesicht sah, dachte sie an die grelle Sonne und verstand seine Verwirrung. Alan sagte dann, er sei doch noch so klein, sein Gedächtnis noch nicht entwickelt, er würde bestimmt keinen Unterschied merken, sie wußte aber, daß er sich irrte. Ob Kind oder nicht, Leo fühlte sich nicht wohl, war sich selbst fremd geworden, und alles wurde dadurch noch schlimmer für ihn, daß er seine Gefühle nicht ausdrücken oder die Dinge verstehen konnte. Nur die Zeit würde heilen, was sie auch tat, aber so qualvoll langsam, daß es für ihn wie für sie schwer zu ertragen war. Manchmal überkam es sie in großen Wellen, daß nichts mehr so sein würde, wie es gewesen war, daß es kein Zurück gab. Leo hatte ihr Leben unwiderruflich verändert. Leben hieß, sich mit allem, was geschah, abzufinden. Auf ihrem Grabstein würde einmal stehen: »Sie Fand Sich Mit Allem Ab.«

Es gab Menschen, die das nicht taten. Pat zum Beispiel. Sie hatte sich schon in frühen Jahren dem Leben, das sie erwartete, verweigert und war ihre eigenen Wege gegangen. Und das gegen einen ziemlich großen Widerstand, mit nur geringer Unterstützung. »Sieh nur, wohin sie das gebracht hat«, hatte ihr Großvater gesagt, »tot mit sechsundzwanzig, sie hätte lieber zu Hause bleiben sollen.« Dann hatten sie einen lächerlichen Streit, ob Pat wohl dasselbe Schicksal ereilt hätte, wenn sie zu Hause geblieben wäre, wobei Sheila hitzig argumentiert hatte, es gäbe auch in England ständig Autounfälle, und ihr Vater afrikanischen Straßen und afrikanischen Autos – »'n Schrotthaufen, kannste vergessen« –, überhaupt allem Afrikanischen, was ihm in den Sinn kam, die Schuld gab. So befreiten sie sich von ihrem Kummer und ihrem Groll. Wie aber wurde Leo den seinen los? Sie hatte nicht die geringste Ahnung. Jedenfalls nicht durch Weinen. »'n tapferer kleiner Junge«, sagte ihr Vater, dem Alan nur beipflichten konnte. »Wenigstens keine Heulsuse, wenn er auch nicht gerade ein Sonnenschein ist. Hat er überhaupt schon mal gelächelt, na, Sheila?« Sheila hatte verärgert geantwortet, natürlich habe er das, und im übrigen habe das Kind Ohren. »Das weiß ich«, sagte ihr Vater, »und zwar Löffel und ein Hasengesicht. Er sieht aus wie seine Mam, bis auf das Haar und die Augen und seine Hautfarbe. Schade, ist wohl nichts zu machen, oder, Leo? Trotzdem ist er 'n toller kleiner Bursche, wenn er erst mal zur Ruhe gekommen, drüber weg ist.«

Es war wirklich zum Weinen. Sie wußte, sie sollte sich nicht ärgern. Ihr Vater war ein alter Mann, der noch nie einen Schwarzen gesehen hatte, vielleicht konnte er ja nichts für seine schlimmen Vorurteile. Sie wußte zwar, daß er sehr wohl etwas dafür konnte und dagegen angehen müßte, doch wenn sie ihn mit Leo sah, verzieh sie ihm. Für ihn war ein Kind ein Kind, und er konnte gut mit Kindern umgehen. Er kam besser mit Leo zurecht als jeder andere, und Leo akzeptierte ihn als seinen Freund, bevor er überhaupt irgend jemanden akzeptierte. Wenn Grandad kam – es wäre unpassend gewesen, ihn, nur um korrekt zu sein, Great-grandad zu nennen, oder sie statt Mam Grandma –, stürzte Leo ihm entgegen, um mit ihm eines der unzähligen Spiele zu spielen, die er sich ausdachte. Sie saßen dann nebeneinander auf dem Sofa, der alte Mann zog alle nur erdenklichen Bindfäden, Münzen und andere merkwürdigen Spielsachen aus seinen Hosentaschen, und sie erinnerte sich daran, wie Pat vor so vielen Jahren dasselbe getan hatte, und mußte den Raum verlassen. Es bereitete keine Freude, wenn das Vergangene sich wiederholte, nur Schmerz. Und noch größeren Schmerz, sich zu fragen, wo all die Liebe ihres Vaters zu Leo geblieben war. Er schien ihn fallengelassen zu haben, auf der Stelle, wollte jetzt nichts mehr mit ihm zu tun haben. Die Liebe ihres Vaters war noch nie vorbehaltlos und grenzenlos gewesen. Ihr Vater gab, um zu nehmen, so einfach war das, und konnte bedenkenlos Menschen aus seinem Herzen verbannen. Nicht einen Moment würde er deswegen Schuld oder Reue empfinden. »Ich wasche meine Hände in Unschuld«, pflegte er zu sagen und schien es auch zu meinen (obgleich sie sich manchmal dessen nicht so sicher war) …

Aber Helen redete, hatte womöglich schon eine Weile geredet. »Wie bitte?« sagte Sheila. »Ich habe eben gesagt«, sagte Helen, »daß Sie ja vielleicht Mrs. Kennedy schreiben könnten, nur um Ihr Mitgefühl und Bedauern auszudrücken. Das kann doch nicht schaden … vielleicht aber doch. Sie könnte deswegen wütend sein. Und das würde auch nichts nutzen.« – »Es wäre mir egal, wenn sie wütend auf mich wäre«, sagte Sheila, »ich verdiene es, würde es sogar begrüßen, wirklich.« Helen machte plötzlich ein bedenkliches Gesicht und setzte hinzu: »Aber ich würde es nicht tun, nur um ihre Wut zu spüren. Oh, ich weiß nicht, weiß überhaupt nichts mehr, es ist zu schwierig, zu kompliziert, nichts ist richtig, alles kann richtig oder falsch sein, je mehr ich darüber nachdenke, desto tiefer verstricke ich mich.«

Sobald Helen jedoch gegangen war, hatte sie sich hingesetzt und versucht, ein paar Zeilen zu Papier zu bringen. Nach zwei Stunden war sie noch nicht weitergekommen als: »Liebe Mrs. Kennedy …«

# Drittes Kapitel

Irgend etwas an der Handschrift auf dem Briefumschlag warnte Harriet vor dem Inhalt. Nicht vor dem, was wirklich darin stand, sondern davor, daß dies eine Mitteilung war von jemandem, den sie nicht kannte, einem Fremden. Es war ein kleiner blauer Umschlag. Die Schrift war sauber, winzig klein, aber blaß, mit Kugelschreiber geschrieben. Der Brief war adressiert an Mrs. Kennedy, ohne Initialen. Die Postleitzahl fehlte.

Harriet bewahrte in einer Schublade Briefe auf, die sie nach dem Überfall erhalten hatte. Die meisten stammten von Freunden und Angehörigen, manche aber auch von Fremden, adressiert an deren jeweilige Tageszeitung. Sie konnte sie nicht ertragen. All diese Leute wollten nur sagen, wie entsetzt sie seien und wie leid es ihnen tue, aber sie hatte sie nicht ertragen können und nicht wissen wollen, wie weit die Nachricht verbreitet war. Es war ein ungeheuerlicher Gedanke, daß Leute, die sie nicht kannte, lasen, was Joe zugestoßen war, selbst wenn er namentlich nicht erwähnt wurde. Wäre er in einen Unfall, einen Autounfall oder ähnliches verwickelt gewesen und einfach verletzt worden, wäre es ihr anders ergangen, hätte sie womöglich Mitgefühl annehmen können, das Mitgefühl von Fremden. Doch nicht dies, nicht die Reaktionen von Leuten, die alle Einzelheiten gelesen hatten und ihre Briefe an »Die Mutter des Jungen, der vergangenen Freitag überfallen wurde« richteten. Das war einfach zuviel.

Eins der ersten Dinge, die Sam gesagt hatte, war: »Kann man es denn nicht verschweigen?« Natürlich dachte er dabei an Joe. Behauptete es jedenfalls. Es war jedoch eine dumme Frage, und der junge Polizist hatte ihn angesehen, als ob er nicht ganz bei Trost sei. »Es geht hier um ein sehr schweres Verbrechen, Sir«, hatte er gesagt, und: »Wir brauchen die Öffentlichkeit, um die Täter zu finden.« Sam hatte genickt, aber doch weiter gefaselt: »Ich meinte, wenigstens einen Teil ...«, hatte er gesagt und dann innegehalten, und alle wußten, was er meinte. »Nein«, war sie dazwischengefahren, »natürlich kann es nicht verschwiegen werden. Was würde Joe dazu sagen? Er würde annehmen, er müsse sich deswegen schämen, wenn du denkst, was ich denke, das du denkst.« Ihr war jedoch ihr eigener Widerwille, offen darüber zu sprechen, aufgefallen, und Sam ebenso. Das ganze Ausmaß der erniedrigenden Gewalttat ließ sich sowieso nicht vertuschen. Eben das machte diesen Fall so schrecklich, hinzu kam diese absolute Willkür, die Art und Weise, wie Joe nichts getan hatte, einfach aus einer Laune des Augenblicks herausgepickt worden war, und er war nicht einmal zu später Stunde unterwegs gewesen, so als ob ...

Sie war es also gewohnt, daß wildfremde Menschen ihr schrieben. Dieser Brief war einer unter vielen. Ein verspäteter, Monate nach der Verhandlung. Von jemandem, der eben erst davon gehört, vermutlich eben erst durch einen anderen davon erfahren hatte. So etwas sollte ja vorkommen. Zu ihrem Erstaunen empfand sie, als sie den Brief in Händen hielt, obgleich sie wußte, worum es ging, denselben Kummer, dieselbe Wut wie zu Anfang. Das brachte sie zur Verzweiflung. Wie konnte sie nur hoffen, Joes Wunde würde allmählich verheilen, wenn ihre eigene nach wie vor offen klaffte? Sie seufzte und war froh, allein zu sein. Joe lag im Bett. Samstags und sonntags, wenn keine Schule war, schlief er wie betäubt weiter. Er stand nicht mehr unter Medikamenten, aber so wirkte sein Schlaf, unendlich tief, und das Erwachen war schmerzlich und langsam. Wäre er den ganzen Tag über im Bett geblieben, hätte sie ihn vermutlich früher oder später wecken und es als ernstzunehmendes Symptom erkennen müssen, das es zu behandeln galt. Er kam jedoch immer gegen Mittag herunter, gewaschen und angezogen wie sonst auch. Immer. Nie drehte er sich mit dem Gesicht zur Wand und gab auf, auch wenn er nicht mehr wie früher an Wochenenden aus dem Bett springen wollte oder konnte. Samstags war er immer schon früh aufgewesen und außer Haus, bei seinem Job, wo er bei den Booten aushalf und Geld verdiente, um sich von dem Ersparten irgendwann einmal ein eigenes Auto zu kaufen. Der Samstag war sein Lieblingstag gewesen. Auch Sams. Joe auf der Bootswerft, Sam auf dem Golfplatz, während sie selbst den Hund ausführte oder einkaufen ging. Ganz normal, vorhersehbar, ein Kleinstadtleben, gegen das sie sich manchmal gesträubt hatte. Ein sicheres Leben, gut für Kinder, so gut, daß Louis in dem Augenblick, als er wählen konnte, sich für London entschieden hatte und nur selten nach Hause kam, auch während der Ferien, so sehr liebte er die Großstadt.

Langsam öffnete sie den Umschlag und dachte bereits daran, ihn gleich zu beantworten und dann zu den anderen zu stecken, zur Beute ihres schlechten

Gewissens, schlecht, weil sie nicht wußte, warum sie all die so verhaßten Briefe aufbewahrte. Sie waren ihr ein Dorn im Auge, sie versteckte sie aus einem Urinstinkt heraus, der ihr sagte, sie seien wichtig, wie widerwillig sie ihnen auch irgendeine Bedeutung zugestehen mochte. Sie hatte aber jeden einzelnen beantwortet, kurz gedankt und hinzugefügt, sie sei außerstande, mehr zu schreiben. Einmal hatte Joe sie dabei ertappt, wie sie sich mit einigen dieser Briefe beschäftigte, und war wütend gewesen, empört. Er hatte sie gefragt, warum sie sie nicht einfach zerreiße, und sie war ganz verlegen gewesen, hatte gestammelt, wenn Leute so freundlich seien ... »*Freundlich*?« hatte er geschrien. Sie verstand seine Reaktion nicht, obgleich auch sie die Briefe verabscheute. Er hatte sie so höhnisch angesehen, und sie hatte den Fehler gemacht, noch hinzuzufügen: »Dieser eine hier ist so einfühlsam ...«, da hatte er gesagt: »Einfühlsam, wirklich? Wie rührend. Hundert Punkte also? Oder auch knapp verfehlt? Und wie sieht's mit der Handschrift aus? Und mit der Rechtschreibung?« Warum verabscheute er die Betroffenheit der Leute? Aber warum war sie ihr selbst zuwider, wo sie doch Joe gegenüber von Liebenswürdigkeit sprach, und gleichzeitig Ekel empfand?

Sie würde diesen also schnell beantworten und ihn dann wirklich zerreißen. Ein einziger Bogen, nur wenige Worte darauf, von allerdings erstaunlichem Inhalt. Sie konnte die Wörter nach einem ersten Überfliegen zu keinem sinnvollen Ganzen zusammenfügen – sie sah alles verschwommen, das Blut klopfte in ihren Schläfen, sie mußte ihren Kopf zwischen die Hände nehmen, um sich zu beruhigen. Sie setzte sich wieder an den Frühstückstisch, hatte aber das Gefühl, ohnmächtig zu werden, und tastete nach der Tasse Kaffee, die dampfend vor ihr stand. Sie trank gierig einen Schluck, hielt die heiße Tasse fest umklammert, leckte sich nervös die Lippen. Als sie den Brief wieder zur Hand nahm, waren ihre Finger so feucht, daß sie Spuren darauf hinterließen. Sie las ihn ein zweites, dann ein drittes Mal. Sie schloß ihre Augen und wiederholte die Worte laut. Sie waren nicht außergewöhnlich. Sie waren einfach, überzeugend.

*Liebe Mrs. Kennedy,*
*bitte entschuldigen Sie diesen Brief, aber ich bin die Großmutter von Leo Jackson. Ich habe ihn aufgezogen, seit seinem dritten Lebensjahr, nachdem seine Mutter, meine Tochter Pat, umgekommen war. Sie werden nichts von mir hören wollen, vor allem nicht nach all der Zeit, ich möchte nur, daß Sie wissen, wie sehr ich mich schäme und mit Ihnen und Ihrem Sohn und Ihrer ganzen Familie fühle. Ich wünschte mir, dies wäre im Leben nie geschehen. Der Gedanke an Ihren Kummer ist schrecklich. Es tut mir so leid.*
*Mit freundlichen Grüßen*
*(Mrs.) Sheila Armstrong*

Das war alles. Kurz und aufrichtig. Hundert Punkte, und einen goldenen Stern, würde Joe sarkastisch vorschlagen. Sie erhob sich ganz plötzlich, steckte den Brief in ihre Tasche und rief nach Bruno. Sie konnte nicht im Haus bleiben, allein mit diesem Brief, sie mußte nach draußen, spazierengehen, fort, um nachzudenken. Doch bei aller Hast kritzelte sie Joe eine Nachricht hin – sie hatte nie gewollt, daß er sich verlassen fühlte, herunterkäme, das Haus leer vorfände und glauben würde, allein gelassen worden zu sein. Von Anfang an – vom Anfang der Zeit danach – war sie fest davon überzeugt gewesen, daß Joe immer jemanden in seiner Nähe brauchte.

Sie ging schnell, Bruno lief ihr voraus, sobald sie von der Straße den Fußweg hinunter zum See eingeschlagen hatten. Es war Anfang Mai, die Bäume wurden gerade grün, die Knospen der Rhododendronbüsche zeigten ein erstes zaghaftes Rot, und die Veilchen überschwemmten das Gras wie ein sich ausbreitender Tintenfleck. Ihre Wangen kühlten sich ab, in ihrem Kopf hörte es auf zu pumpen. Sie atmete tief ein, und erst als sie wieder ganz zur Ruhe gekommen war, begann sie nachzudenken. Natürlich hatte sie Mrs. Armstrong und ihren Mann im Gerichtssaal gesehen. Mitleiderregende, doch ehrenwerte Leute. Sie hatte sie die ganze Zeit über aus den Augenwinkeln beobachtet, hätte in ihnen gern Ungeheuer, Abschaum der Menschheit gesehen, das so beruhigende Klischee, den Abschaum der Menschheit. Aber sie wußte, sie würden so nicht sein, noch bevor sie gehört hatte, wie die Verteidigung über sie sprach. So anständig. Er war kaufmännischer Angestellter gewesen, was immer das heißen mochte, jetzt Rentner. Sie war seit ihrer Heirat Hausfrau. Beide waren schlicht, konventionell, nicht nach der Mode gekleidet. Sie würden in keiner noch so kleinen Menschenansammlung auffallen. Sie waren ältere Leute, sehr blaß, keiner von ihnen weinte. Sie blickte die ganze Zeit über zu Boden, er starrte vor sich hin, wobei es in seiner linken Wange unentwegt zuckte. Beide natürlich weiß. Sie wußte, die Mutter war weiß gewesen. Keiner der beiden mußte aussagen, sie wurden jedoch vom Richter erwähnt. Ihr fiel auf, daß Leo Jackson kein einziges Mal zu seinen Großeltern hinüberblickte.

Und jetzt hatte die Großmutter geschrieben, und ihr mußte geantwortet werden. Auf dem schnellsten Wege, um sich der Pflicht zu entledigen. Sie ging weiter, den Hügel hinauf, Bruno war nirgends zu sehen, aber nicht zu überhören, wie er auf der Jagd nach einem Kaninchen durchs Unterholz sprang, und mit einem Mal fühlte sie sich gestärkt, zuversichtlich, als hätte sie gerade etwas Erfreuliches erfahren. Als sie die Spitze des Hügels erreichte und auf den See hinabsah, auf dieses trübe, still daliegende Grau, in dem sich der bleierne Himmel spiegelte, wußte sie plötzlich genau, was sie tun würde: Sie würde nicht schreiben. Das wäre absurd. Sie würde diese Mrs. Sheila Armstrong aufsuchen. Sie triumphierte, war begeistert, lachte beinahe – sie würde diese andere Frau aufsuchen, diese Mutter, über die sie sich so viele Fragen gestellt hatte. Sie rief nach Bruno und begann, den Hügel hinabzueilen, am Fluß entlang, als habe sie etwas Dringendes zu erledigen und müsse schleunigst nach Hause. Was ja schließlich stimmte, es *war* dringend, sie mußte Mrs. Armstrong gleich aufsuchen, bevor sie der Mut verließ, bevor sie Zeit hatte, das Für und Wider abzuwägen oder Sam um Rat zu fragen. Sam würde dagegen sein, ohne Zweifel. Sie durfte es ihm nicht erzählen, sie mußte sich unbedingt auf den Weg machen, bevor er vom Golf zurück war, ihn später einfach vor vollendete Tatsachen stellen. Sollte der Besuch sich als Katastrophe erweisen, brauchte er schließlich nichts davon zu erfahren, konnte es ihr Geheimnis bleiben, und in diesen Tagen verspürte sie das Bedürfnis, Geheimnisse vor Sam zu haben. Vielleicht hatte sie ja schon welche. Sie waren, seitdem all das geschehen war, schon so weit ganz verschiedene Wege gegangen, daß sie sich derart fern vom ihm fühlte, wie sie es in ihrer zwanzigjährigen Ehe nie für möglich gehalten hätte.

Doch Joe war inzwischen aufgestanden. Er saß am Tisch und las ihre Nachricht, als sei sie in Arabisch verfaßt. Sie hielt plötzlich inne. »Oh, Joe«, sagte sie, »du bist auf. Wie gut.«

»Warum?«

»Warum was?«

»Warum es gut ist?«

»Nun, weil es ein schöner Tag ist ...«

»Ist es nicht. Es ist bedeckt, es ist kalt. Ein schrecklicher Tag, und es gibt nichts zu tun. Ich wünschte, ich könnte den ganzen Tag schlafen. Aber ich kann es nicht, denn wenn ich nicht aufstehe, schlafe ich die ganze Nacht nicht, ich muß also, sonst tät ich's nicht.« Die ganze Zeit über wich er ihrem Blick aus und verbog einen Löffel, den er in der Hand hielt, ohne damit die Haferflocken zu essen, über die er gerade Milch gegossen hatte. »Jedenfalls, kein schöner Tag.«

»Es war schön draußen, ein schöner Spaziergang. Bruno hat ihn genossen.«

»Ich hab keine Lust, nach draußen zu gehen.« Er aß einen Löffel voll und schob die Schale beiseite. »Schmeckt komisch«, sagte er, »das kann ich nicht essen.«

»Macht nichts.«

»Und ob. Das heißt, ich hab Milch vergeudet. Dad würde sagen, ich hätte Milch vergeudet.«

»Ist noch reichlich Milch da ...«

»Oh, Mum, hör auf damit, verdammt noch mal, *hör auf.*« Er schob seinen Stuhl zurück, wandte sich aggressiv und mit gequälter Miene zu ihr um. »Und was soll diese blöde Nachricht? Warum schreibst du so was?«

»Du warst noch nicht auf und hättest dich vielleicht gewundert …«

»Gewundert? Worüber?«

»Wo wir alle sind.«

»Warum sollte ich mich darüber wundern? Warum, meinst du wohl, muß ich unbedingt wissen, wo ihr alle seid? Heute ist Samstag, ich weiß, wo Dad steckt, er ist jeden Samstag an demselben langweiligen Ort, und mir ist *egal*, wo du bist, schnurzpiepegal, ich bin verdammt noch mal kein Baby mehr, okay?«

»Okay«, sagte sie leise. Sie räumte den Tisch ab und holte, nur um etwas zu tun zu haben, ein paar Karotten aus dem Kühlschrank und begann, sie zu putzen. Ihre Hand zitterte. Sie konnte Mrs. Armstrong jetzt unmöglich aufsuchen. Sie hörte Joe ins Wohnzimmer gehen und den Fernseher anstellen. Gut so. Besser, als wenn er wieder auf sein Zimmer ginge. Er würde dort wahrscheinlich bis Mittag bleiben, dann würde Sam wieder zu Hause sein, nicht daß seine Anwesenheit unbedingt hilfreich gewesen wäre. Im Gegenteil. Sam würde bester Laune sein. Er würde ihnen berichten, wie er gespielt hatte. Er würde Joe Vorschläge machen, wie wär's, wenn er mit ihm zum Gartenzentrum führe, wie wär's hiermit, wie wär's damit – Sam würde sein Bestes *versuchen*. Und Joe würde nicht reagieren, nicht einmal nein sagen. Es war furchtbar mitanzusehen. Sie hatte Sam vorsichtig geraten, sich keine Sorgen zu machen, einfach er selbst zu sein, aber so war er nun einmal. Früher hatte Joe ihm so nahegestanden, näher als jemals Louis. Wenn Sam heute zum Essen nach Hause kam, würde es alles andere als ein Ereignis sein. Aber vielleicht trieb es Joe ja aus dem Haus. Vielleicht. Vielleicht würde er in die Stadt gehen. Es war Samstag, dort wimmelte es nur so von Menschen, dazu bedurfte es nicht viel Mut. Wenn er das täte, würde sie Mrs. Armstrong doch noch aufsuchen.

Aber wäre es überhaupt fair? Jetzt da sie nicht spontan hatte handeln können, kamen ihr erste Zweifel. War es fair, einfach so aufzutauchen? Sollte sie vorher anrufen? Und wäre es nicht vielleicht besser, sich an einem neutralen Ort zu treffen? Genau das hatte sie bewußt verhindern, sich verbieten wollen, was ihr so einfach erschienen war, noch komplizierter zu machen. Sie tat es immer wieder, dieses lästige »Was, wenn?« ging ihr nicht aus dem Kopf. Was, wenn Mr. Armstrong zu Hause wäre? Was, wenn er bliebe und sie und Mrs. Armstrong nicht miteinander reden könnten? Schlimmer noch, was, wenn Mrs. Armstrong Mr. Armstrong nichts davon erzählt hätte? Nicht auszudenken, ein Verrat. Vielleicht war Joes schlechte Laune ihr ja entgegengekommen – sie mußte unbedingt erst anrufen. Aber gab es denn auf dem Umschlag überhaupt eine Telefonnummer? Sie zog ihn aus der Tasche und sah nach: nein. Sie würde bei der Auskunft anrufen müssen, wenn sie nicht im Telefonbuch stand. Sie stünde unter Mr. Armstrongs Vornamen, und den kannte sie nicht – aber sie könnte die Adresse überprüfen, insofern sie aufgeführt war. Die Stadt, in der die Armstrongs lebten, war zwar um ein Vielfaches größer als ihre, aber nicht gigantisch. Eine Stunde Fahrt, vielleicht auch eineinhalb. Falls sie sich auf den Weg machte, was könnte sie sagen, wohin sie führe? Es müßte irgendeine Tagesfahrt sein, der Besuch bei einem ihrer Lieferanten. Sam wußte jedoch, daß keiner von ihnen so weit entfernt wohnte, daß man dafür einen ganzen Tag brauchte. Einkaufen, das war's, etwas Besonderes einkaufen. Wozu? Welchen besonderen Anlaß könnte sie sich ausdenken? *O Gott, genau das hatte sie nicht gewollt …*

Sie konnte nicht anrufen, bevor sie nicht die Nummer hatte und solange jemand zu Hause war, der mithören könnte. Sie ging an jenem Nachmittag zum Hauptpostamt, Mrs. Armstrongs Brief in der Tasche. Die Nummer war im Telefonbuch nicht angegeben. Das hätte sie sich gleich denken können, nach all dem Rummel hatten sie sich natürlich eine Geheimnummer zulegen müssen. Sie hatten wahrscheinlich anonyme Anrufe erhalten, Ortsansässige wußten immer, wer gemeint war. Sie hatte nie für jemand anderen als für Joe Mitgefühl empfinden wollen, doch mit einem Mal begann sie, mit den Armstrongs zu fühlen. Ein Alptraum, und das ohne ihre geringste Schuld. Sie hatte ihnen nie Vorwürfe gemacht, nie daran gedacht, hatte nie einen Gedanken an sie verschwendet, dafür war in ihrem Kopf kein Platz. Nicht einmal an Leo Jackson, bis sie ihn zum ersten Mal sah. Ihr ganzes Denken galt Joe, seinen Wunden, seinem Schmerz, seinem Kummer. Anfangs war es nicht wichtig gewesen, wer den Schaden angerichtet hatte. Im Krankenhaus hatte sie kein einziges Mal an Rache gedacht, ebensowenig wie Sam. Als der Kommissar Graham gesagt hatte: »Ich denke, Sie würden den gern zu fassen kriegen, der dies getan hat«, starrten sie ihn beide an, entgeistert. Nein, sie wollten niemanden in die Finger bekommen. Ihre ganze Aufmerksamkeit und Angst galt Joe. Selbst später, vor Gericht, Monate später, als sie schließlich Leo Jackson sahen, verspürten sie noch immer so etwas wie eine mentale Sperre.

Am schlimmsten war nicht der Augenblick, als Leo Jackson tatsächlich vor ihnen stand, sondern die Erwartung, ihn zu sehen. Als sein Name aufgerufen wurde, als der Polizist, der an der Tür stand, ging, um ihn hereinzuführen, da hatte ihr Herz beängstigend zu flattern begonnen, und Schweißtropfen traten auf ihre Stirn. Sie wollte diesen Jugendlichen sehen, der ihren Sohn so grausam überfallen hatte, fürchtete sich aber vor ihrer eigenen Reaktion bei seinem Anblick. Sie könnte ohnmächtig werden, sie spürte, sie könnte ohnmächtig werden, spürte, daß ihr schon schwindelig wurde. Sie könnte aufschreien, ein wütendes oder zorniges Aufheulen, sie hatte keine Ahnung, was für ein Laut in ihrem Innern emporsteigen und aus ihren fest zusammengepreßten Lippen hervorbrechen würde. Das Warten war also am schlimmsten, der kurze Zeitraum zwischen dem Hören des Namens und dem Anblick des Jungen. Dann legte sich ihre Aufregung unerwartet schnell. Er sah nicht so aus, wie sie erwartet hatte, es war ein Schock. Leo Jacksons Anblick beruhigte sie. Es war ihr unbegreiflich, und sie schämte sich. Er ging so ruhig zum Zeugenstand, ohne die geringste Spur von Trotz oder Großspurigkeit, womit sie gerechnet hatte. Und obgleich er groß war, viel größer als Joe, und kräftig, eher ein Mann als ein Junge, wirkte er nicht bedrohlich. Seine Stimme klang bei der Vereidigung leise, aber deutlich, und er wiederholte die Worte flüssig, ohne Stocken, als bedeuteten sie ihm etwas. Er beantwortete höflich die anfänglichen Fragen. Man wird ihm natürlich nahegelegt haben, um jeden Preis höflich zu sein. Hätte er jedoch ein solch wohlerzogenes Auftreten durchhalten können, wenn ihm Höflichkeit nicht angeboren wäre? Sie wußte es nicht. Für einen so jungen Mann schien er außergewöhnlich reif.

Schien er. Man konnte es unmöglich wissen. Sie

hörte, wie er zugab, LSD genommen, zuviel getrunken zu haben, in eine Gang geraten zu sein und Joseph Kennedy überfallen zu haben ... Er gab es ohne die geringste Gefühlsregung zu. Aber dann, beim Kreuzverhör, verstummte er plötzlich. Er gab keinerlei Erklärung ab. Er bestätigte den Sachverhalt, daß er unbestreitbar einer der Angreifer gewesen war. Er war dabeigewesen, ja. Er hatte ein Messer in der Hand gehalten, ja. Aber darüber hinaus nichts. Er stand schweigend da und starrte vor sich hin. Schweigend, aber nicht unverschämt. Schweigend, aber nicht verschüchtert oder verlegen. Es war unerträglich. Sie wußte nicht warum, aber dieses Schweigen ärgerte sie. Er durfte nicht schweigen, hatte kein Recht dazu. Sie war hier, um sich seine Erklärung anzuhören, aber es kam keine. Sie wollte zu ihm hinübergehen und ihn schütteln, ihm befehlen, er solle ihr endlich erzählen, was geschehen war. Sie war entsetzt festzustellen, daß sie auf die Einzelheiten angewiesen war, von ihm, von seinen Lippen, auf jede einzelne. Sie wollte hören, wie er die Dinge erklärte, sich rechtfertigte, sich entschuldigte und um Gnade flehte. Und er tat es nicht. Bis er das nicht tat, würde dieser Abgrund zwischen ihrer Phantasie und der Realität sie weiter quälen. Es konnte erst wahr werden, wenn Leo Jackson es ihr erzählt haben würde, ungeachtet dessen, was Joe selbst ihr berichtet hatte. Als sowohl der Staatsanwalt als auch die Verteidigung aufgaben und Leo Jackson abgeführt wurde, war sie so frustriert, daß sie sich auf die Lippe biß, bis es schmerzte. Doch nach wie vor verspürte sie nicht das geringste Verlangen, Leo Jackson für das, was er getan hatte, umzubringen, jenes Verlangen, das die Polizei »natürlich« nannte, zu erwarten schien. Als es nicht in ihr aufkam, verhielt sich Graham, als sei er enttäuscht. Sie und auch Sam, beide hatten sich nicht so verhalten, wie sie es hätten tun sollen, irgend etwas stimmte nicht mit ihnen.

Sie vermutete, Joe sei womöglich derselben Ansicht. Als Louis nach Hause gekommen und gleich ins Krankenhaus gestürzt war, hatte er, als er vor Joe stand, der noch immer mit lauter Schläuchen auf der Intensivstation lag, gesagt: »Den bring ich um, der das getan hat.« Er hatte nur geflüstert, doch Joe hatte ihn gehört und gelächelt. »Verdammte Bestie«, hatte Louis gesagt, mit Tränen in den Augen, bei ihm ein noch nie dagewesenes Zeichen einer Gefühlsregung. Wäre Louis derjenige gewesen, den man überfallen hätte, dazu wäre es natürlich nie gekommen – er war stark und wirkte auch so. Die Wahl wäre nie und nimmer auf ihn gefallen, und wäre sie noch so willkürlich gewesen. Er war kein Schlägertyp, sah jedoch kräftig aus. Joe hatte schon immer so aussehen wollen wie Louis, Rugby spielen wie er, kämpfen wie er, so *sein* wie er. Allein Louis' Bruder zu sein, als dessen Bruder bekannt zu sein, hatte für eine Weile schon genügt, obgleich sich alles unweigerlich verändert hatte, seitdem Louis nach London gegangen war. Harriet hatte Louis dazu bringen wollen, Joe regelmäßig anzurufen, wohlwissend, daß er nie schreiben würde, allerdings ohne Erfolg, er tat es nur selten, worunter Joe sehr litt. Aber nachdem es geschehen war, trat Louis wieder in Erscheinung, wenn auch nur für eine Weile. Er saß bei Joe, fuhr ihn in die Ambulanz, um den Gips erst nachprüfen, dann abnehmen zu lassen, half ihm bei den ersten Gehversuchen, unterhielt ihn. Aber er hatte nicht mit ihm gesprochen, nicht wirklich. Er schien nicht alles erfahren zu wollen und hatte Joe nicht aufgefordert, darüber zu reden. »Es hat keinen

Sinn«, hatte er behauptet, als sie ihn danach fragte, sie wußte jedoch, daß er sich davor scheute. Er war wie Sam. Er konnte nicht darüber sprechen. Frauen sprachen. Miteinander. Sie und Mrs. Armstrong. Sie würde schreiben müssen, wie Mrs. Armstrong es getan hatte. Sie würde vorschlagen, daß sie sich treffen sollten. Und miteinander sprechen.

Sie hatte weder mit einer Antwort gerechnet noch mit einem Dank. Deshalb hatte sie nicht geschrieben. Sheila stellte sich vor, wie Mrs. Kennedy ihren Brief zerriß und ins Feuer warf. Oder in den Papierkorb. Sie malte sich die Wut der anderen Mutter aus, womöglich ihren Zorn darüber, daß ein solcher Brief überhaupt geschrieben worden war. Es war tatsächlich eine Erleichterung gewesen, als achtundvierzig Stunden verstrichen waren, ohne daß eine Antwort kam – sie wollte für alle Fälle lieber nicht ans Telefon gehen, obgleich sie auf dem Brief ihre Nummer gar nicht angegeben hatte. Und immer wenn Alan die wenigen Male, die es an jenem Wochenende geklingelt hatte, ging und den Hörer abnahm, war sie verkrampft und spitzte die Ohren und beruhigte sich erst wieder, wenn sie hörte, wie er den Anrufer beim Namen nannte. Sie hatte Alan natürlich nicht erzählt, daß sie geschrieben hatte. Nicht so sehr seinen Zorn fürchtete sie als vielmehr seine tiefe Verärgerung darüber, daß sie, wie er sich ausdrückte, nicht »loslassen« konnte. Das wünschte er sich von ihr, daß sie zur Vernunft kam, den Tatsachen ins Auge blickte, die Vergangenheit losließ.

Aber die Vergangenheit war die Gegenwart und auch

die Zukunft. Man mußte mit ihr leben. Leo war nach wie vor ihr Enkel, man konnte ihn nicht einfach versto-ßen. Man mußte ihn besuchen, ihn ansehen, mit ihm sprechen, und die ganze Zeit über dachte sie daran. Inzwischen waren Monate vergangen, seit sie ihn gefragt hatte: »Wie konntest du nur?« und »Warum?« Monate. Statt dessen fragte sie ihn nach dem Tagesablauf im Gefängnis. Es hieß nicht Gefängnis, das wußte sie, Leo war zu jung für ein wirkliches Gefängnis, aber die Jugendhaftanstalt war zweifellos ein Gefängnis, was sonst? Sie fragte ihn daher nach dem Tagesablauf, und er antwortete einsilbig, gerade genug für sie, um dem Ganzen die Namen von ein paar Jobs, Aktivitäten und Leuten zu entnehmen. Daran klammerte sie sich, lernte die Abfolge der Veranstaltungen auswendig und wußte, an welchem Tag sie nach Sport, Werken oder Kunsterziehung fragen mußte. Ihm war ihre gekünstelte verständnisvoll-wissende Art zuwider, das konnte sie ihm ansehen, doch sie ließ nicht locker und preßte Antworten aus ihm heraus. Er stellte ihr nie Fragen. Ihn schien weder Alan, der nach wie vor Dad genannt wurde, auch wenn vor Gericht so sehr betont worden war, er habe keinen Vater, noch sein Urgroßvater zu interessieren. Da er nie nach ihnen fragte, zwang sie ihm auch nur wenige Informationen auf. Gelegentlich erwähnte sie eher beiläufig, was Alan oder ihr Vater gesagt hatten, ohne es allerdings besonders zu betonen. Einmal, als sie Grippe hatte und ihn nicht besuchen konnte, ihm jedoch eine Nachricht hatte zukommen lassen, war sie bestürzt, als Leo sie nicht fragte, wie es ihr ginge. Nicht ein Wort. Er starrte sie nur an, die Arme wie immer in die Hüften gestemmt, der Blick auf sie gerichtet, aber ohne Augenkontakt. Sie hörte sich von ihrer Krankheit faseln, wie schwach sie sich noch fühle, wie wenig Energie sie habe, dann war er ihr schließlich ins Wort gefallen. »Dann komm doch eben nicht«, hatte er gesagt. Aus Sorge um sie? Nein, das sicher nicht.

Sie erkundigte sich nach ihm, fragte natürlich Helen, die Bewährungshelferin, wie er zurechtkomme. Gut. Er füge sich gut ein. Keine Probleme. Er habe fünf Weiterbildungskurse belegt und arbeite hart. Wie in der Schule – immer waren seine Zeugnisse hervorragend. Er war klug, das war allgemein bekannt. Und bis auf den einen Tag, an dem er und ein namenloser anderer taten, was sie taten, zivilisiert. Er war kein Schläger, fluchte nicht und prügelte sich auch nicht. Er machte ihrer Erziehung alle Ehre, bis auf – immer wieder bis auf. Einen einzigen Vorfall. Unerklärlich hatte man ihn genannt. Und unerklärlich würde er vermutlich bleiben. Das einzige Mal, da war sie ganz sicher, daß er Drogen genommen hatte. Sie hatte die ungläubigen Mienen der Polizisten gesehen, als sie dies sagte, aber sie glaubte fest daran. Schließlich hatte Leo es gesagt. Überhaupt alles, was er gesagt hatte: Jemand habe ihm LSD gegeben, und er habe nie zuvor welches genommen, habe keine Ahnung von der Wirkung gehabt. Er gab vor, sich an nichts zu erinnern, was danach geschehen sei, erst daran, wie er mit einem Messer dagestanden und Joe Kennedy blutend zu seinen Füßen gelegen habe ... Nur hatte ihm niemand geglaubt. Alan nicht, ihr Vater schon gar nicht – »Ammenmärchen, das kannst du uns nicht weismachen.« Um ein Haar hätte sie in ihrem Brief an Mrs. Kennedy erwähnt, daß sie Leos Worten Glauben schenke, ihr gesunder Menschenverstand hatte sie jedoch davon abgehalten. Es wäre unpassend gewesen. In einem Entschuldigungsbrief durften unter diesen so besonderen Umständen weder Ausreden noch Erklärungen vorkommen. Er war eine Geste, nichts anderes.

Mrs. Kennedys Antwort verblüffte sie. Hatte Harriet instinktiv gewußt, daß der seltsame Umschlag einen Brief enthielt, der mit Joe zu tun hatte, worin jemand sein Mitgefühl aussprach, so war Sheila sich über Harriets Schreiben noch schneller, noch uneingeschränkter im klaren, als es eintraf. In dem Augenblick, da sie es in Händen hielt. Zunächst einmal der Poststempel, ein so hübscher kleiner Ort, sie hatte dort einmal als Kind ihre Ferien verbracht. Sie konnte sich noch daran erinnern, wie ihr Vater ein Boot gemietet und sie und ihre Schwester hinaus auf den riesigen See gerudert hatte. Es war so aufregend gewesen. Als sie hörte, wo die Kennedys wohnten, hatte sie sie beneidet, ein schöner Ort, ruhig, beschaulich, hübsch. Der Poststempel und die Handschrift und die Art des Umschlags verrieten alles. Schmähbriefe waren nicht in Kursivschrift auf länglichen, gefütterten weißen Umschlägen verfaßt worden. Nein. Die kamen in gelbbraunen oder billigen blauen Umschlägen, mit schwer zu entziffernder Schrift, die Adresse meist unvollständig. Dieser hier, das wußte sie, war von *seiner* Mutter, und sie hatte es gewollt, hatte es sich selbst eingebrockt. Was immer seine Mutter geschrieben haben, wie sehr das Geschriebene sie auch verletzen mochte, sie hatte es sich selbst zuzuschreiben.

Betrübt steckte sie ihn in ihre Schürzentasche und fuhr fort mit dem Staubsaugen. Das Heulen des Motors dämpfte ihre Besorgnis. Sie ließ den Staubsauger hin und her über den abgenutzten Teppich gleiten, rückte automatisch die Stühle beiseite, fuhr bis in die hintersten Winkel und achtete dabei darauf, nicht an die Fußleisten zu stoßen. Alan war fort, er war mit dem Auto unterwegs zum TÜV. Sie brauchte Mrs. Kennedys Brief nicht sofort zu lesen. Sie saugte erst einmal zu Ende, räumte das Zimmer auf, trocknete das Frühstücksgeschirr ab, stellte die Waschmaschine an und machte sich dann eine Tasse Tee. Erst als der Tee im Becher war und sie am Tisch saß, der *Daily Mail* vor ihr ausgebreitet, wie an jedem Mittwochmorgen um diese Uhrzeit, erst dann zog sie den Umschlag aus ihrer Tasche und schlitzte ihn auf. Sobald sie Alan hören würde, würde sie ihn zurückstecken und so tun, als sei sie ins Lesen vertieft. Indem sie den großen Bogen Papier – war es Schreibmaschinenpapier? Sie wußte es nicht – glattstrich, war sie überrascht, wieviel Mrs. Kennedy geschrieben hatte. Zunächst machte ihr die Länge des Briefes angst. Bestimmt eine einzige Schimpfkanonade, sonst wäre er nicht so lang, jemand, der seinen Dampf abließ. Doch nein. Es war ein Brief, wie sie ihn nicht einmal in ihren kühnsten Träumen erhofft hatte:

*Liebe Mrs. Armstrong,*
*Ihr Brief war ein großer Schock, und ich muß zugeben, daß es mich erschreckte, von jemandem zu hören, der etwas mit Joes Angreifer zu tun hat, aber trotzdem war ich nach kurzer Überlegung glücklich, ihn zu bekommen.*
*Offen gesagt, bis vor kurzem war in meinem Kopf nur Platz für Gedanken, die Joe galten, was er durchgemacht hat und noch immer durchmacht. Ich wollte nicht über Ihren Enkel nachdenken oder über Sie. In der letzten Zeit ist mir jedoch viel vom dem, was man mir über Sie erzählt hat, durch den Kopf gegangen, und glauben Sie mir, keine Sekunde habe ich Ihnen Vorwürfe gemacht. Ich weiß, daß*

*es auch für Sie ein einziger Alptraum sein muß, und ich bin nicht so selbstsüchtig oder egoistisch, daß ich Sie ganz und gar aus meinem Bewußtsein verdrängen könnte.*
*Ich frage mich, ob es nicht eine gute Idee wäre, sich zu treffen? Ich weiß, ehrlich gesagt, selbst nicht weshalb. Mein Mann würde sagen, es sei eine schlechte Idee, es gäbe keinen Grund dafür, und ich befürchte, Joe selbst wäre erbost. Ich empfinde jedoch dasselbe Bedürfnis wie Sie vermutlich, als Sie mir schrieben. Ich kann es gar nicht erklären. Der Schrecken dessen, was geschehen ist, zerstört nach wie vor mein Leben, wie sehr ich mich auch dagegen sträube. Joe hat sich noch nicht wirklich erholt. Ich weiß nicht, was ich sagen soll. Vielleicht würde es ein Fehler sein, sich zu treffen. Ich weiß nicht, worüber wir sprechen würden. Aber es machte mich auf einmal so glücklich, daß Sie geschrieben haben, und mir kam plötzlich die Idee, wir sollten uns treffen. Was denken Sie? Ich könnte an egal welchem Wochentag zu Ihnen hinüberfahren.*
*Ich hätte allergrößtes Verständnis, wenn Sie es nicht für richtig hielten. Auf jeden Fall vielen Dank, daß Sie geschrieben haben. Es hat mir sehr viel bedeutet.*
*Mit freundlichen Grüßen*
*Harriet Kennedy*

Der Tee war inzwischen kalt. Sheila schüttete ihn in den Ausguß, setzte den Kessel wieder auf und machte neuen Tee. Gott weiß, wie lange sie ganz benommen dort saß. Sie hörte förmlich ihren Vater hämisch triumphieren: »Da hast du dir was Schönes eingebrockt.« Das hatte sie. Was sollte sie auf diesen Brief antworten? Noch nie in ihrem Leben hatte ihr jemand so offen geschrieben, als würde man sich schon lange kennen. Es war so merkwürdig, so unheimlich. Sie fröstelte und legte, froh über die beruhigende Wärme des Tees, beide Hände um den Becher. Diese Frau war nicht wie sie, darüber gab es keinen Zweifel. Sie war hochgebildet. Wortgewandt. Warum wollte sie sie treffen? Welches Motiv mochte sich dahinter verbergen? War es ein Trick? Wollte sie sich einschleichen und dann irgendwie zuschlagen, Sheila auf irgendeine Weise leiden lassen? Wenn ja, das war zu ertragen. Sie war bereit zu leiden. Sie hätte ihren Brief nie geschrieben, wenn sie nicht insgeheim eine verdiente Vergeltung begrüßt hätte. Sie war nicht dumm. Sie hatte gewußt, daß ihr Brief ihre Bereitwilligkeit, beschimpft zu werden, offenbarte. Doch was war mit Mrs. Kennedy? Was verbarg sich hinter ihrem Brief? Sheila hütete sich vor Mutmaßungen. Es gab niemanden, mit dem sie darüber hätte sprechen können, außer vielleicht mit jener Helen, die nach wie vor ab und zu vorbeischaute. Aber sie wußte nicht, wann ihr nächster Besuch zu erwarten war oder wie sie direkt mit ihr hätte in Kontakt treten können. Das wollte sie aber auf keinen Fall, der Gedanke behagte ihr nicht. Und sie konnte Mrs. Kennedy nicht warten lassen, nicht nach einem solchen Brief. Es wäre unhöflich. Schlimmer noch, es wäre grausam, und Grausamkeit hatte es schon mehr als genug gegeben.

Sollte Mrs. Kennedy kommen, wo würden sie dann sitzen? Nicht in der Küche. Sie war zu eng, zu vollgestopft mit Dingen. Der Tisch war zu klein, zu wackelig. Also im Wohnzimmer, und was war mit Alan? Gewöhnlich war er vormittags außer Haus, aber auch nicht immer. Und nachmittags sah er oft Sport im Fernsehen, dann war sie außer Haus und besuchte ihren Vater oder ihre Schwester. Mrs. Kennedy würde nicht am Abend kommen. Sie würde zeitig zurück sein wollen wegen des

Jungen, spätestens gegen vier, der Abend kam also nicht in Frage. Morgens wäre es am besten, aber was war mit dem Mittagessen? Die Fahrt hierher würde ungefähr eine Stunde dauern, und sie würde sich erst, nachdem der Junge längst zur Schule gegangen war und sie das Haus in Ordnung gebracht hatte, auf den Weg machen, wenn sie also, sagen wir, kurz vor zehn losführe und gegen halb zwölf ankäme, was wäre dann mit dem Mittagessen? Sie würde sie zum Mittagessen einladen müssen, und wohin mit Alan? Er ließ kein Mittagessen aus, das war das Schlimmste an seiner Pensionierung, daß man sich immer um sein verflixtes Mittagessen kümmern mußte. Dann wäre also der Nachmittag besser, gegen zwei Uhr. Mrs. Kennedy würde wahrscheinlich um drei aufbrechen müssen, um rechtzeitig wegen ihres Sohns zurück zu sein. Am Nachmittag paßte es wirklich am besten, wenn sie es nur so einrichten könnte, daß Alan außer Haus wäre. Und wie könnte sie sichergehen, daß er es auch wäre? Sie könnte sich irgendeine Besorgung für ihn ausdenken – nein, besser noch, er könnte mit ihrem Vater losfahren und die Setzlinge für ihn einkaufen. Er sprach ständig davon, hatte alles fertig aufgelistet, Gartenwicken, Astern, Tagetes, Levkojen und Dahlien. Sie würde einen Tag in der nächsten Woche festlegen, zuerst mußte sie sich allerdings mit Mrs. Kennedy absprechen. Sie würde ihr nächsten Dienstag, Mittwoch oder Donnerstag vorschlagen und dann den Tag festlegen. Hatte man ihrem Vater einmal etwas versprochen, mußte man es auch halten. Alan hatte sich damit abgefunden. Er würde sich danach richten. Die versprochene Fahrt würde selbst bei strömendem Regen am festgesetzten Tag zur festgesetzten Stunde stattfinden müssen …

Sie war ganz erschöpft von all dem Planen, holte sich jedoch gleich ein Blatt Papier und schrieb an Mrs. Kennedy, daß sie sie gern treffen würde und ob sie ihr an irgendeinem Nachmittag in der nächsten Woche, außer Montag und Freitag, eine Tasse Tee oder Kaffee anbieten könne. Innerhalb der nächsten Stunde war der Brief eingesteckt. Erleichtert wandte sie sich anderen, beruhigenden häuslichen Aufgaben zu, deren Rhythmus sie sich anpassen mußte, bevor Alan nach Hause kam und etwas bemerkte. Er war kein sensibler Mann, aber die etwa vierzig Jahre, die sie verheiratet waren, hatten aus ihm zumindest in einem Punkt einen Experten werden lassen: Wenn es darum ging zu erkennen, ob sie nervös war oder nicht. Sie wollte nicht nervös sein, doch ein Blick in den Spiegel genügte. Rot. Rot im Gesicht, wo sie doch sonst immer so blaß war. Um gegen diese Erregung anzugehen, galt es sich bewußt zu entspannen – einzuatmen, bis drei zu zählen, auszuatmen, bis drei zu zählen – und an nichts Beunruhigendes zu denken. Darum bügelte sie, obgleich sie sonst zu dieser Uhrzeit nie bügelte, und wenn Alan klug war, würde ihm das auffallen. Sie bügelte *nie* Mittwoch vormittags vor dem Mittagessen. Nie. Sie bügelte immer nur nachmittags. Normalerweise dann, wenn *Woman's Hour* im Fernsehen lief, es sei denn, sie hatten die Sendezeit verschoben. Aber heute bügelte sie, bedächtig, behutsam, und hatte damit Erfolg.

Alan bemerkte nichts. Er war selbst mit seinen Gedanken woanders. Kam herein mit finsterer Miene und dem üblichen Zucken in der Wange. »Hundertvierzig Pfund«, sagte er sofort. »Unverschämtheit, die machen heutzutage Preise, wie sie ihnen gerade einfallen.«

»War wohl was kaputt«, murmelte sie.

»Natürlich war was kaputt, aber nicht für hundertvierzig Pfund. Was so teuer ist, ist die Arbeitszeit, damit schröpfen sie einen.«

»Aber wir brauchen nun mal ein Auto.«

»Ich weiß, daß wir ein Auto brauchen, aber nicht, wie lange wir uns noch eins leisten können, so sieht's aus, jedenfalls nicht bei den Kosten.«

Die Ausgaben für das Auto waren eine ständige Sorge. Stundenlang war er damit beschäftigt, sich auszumalen, was wohl der nächste Schaden am Auto wäre und wieviel er sie kosten würde. Es war ein wunderbar gepflegter, sieben Jahre alter Ford Escort, den er neu gekauft hatte und wie seinen Augapfel hütete. Ihr erster Neuwagen, beinahe ihr erster Wagen überhaupt. Alles werde von nun an leichter, hatten sie damals geglaubt. Leo war genauso aufgeregt gewesen wie Alan. Er hatte zu der Zeit, mit neun Jahren, nur einen Gedanken, nämlich Autofahren zu lernen. Alan hatte versprochen, es ihm beizubringen, sobald er siebzehn sein würde. Gemeinsam wuschen und polierten, hegten und pflegten sie das rote Auto, und ihr Leben war dadurch unendlich bereichert. Nie wurde es Alan zuviel, sie irgendwohin zu fahren, dabei hatte er, als sie verlauten ließ, ob sie nicht auch den Führerschein machen solle, gleich abgelehnt. Sie sei zu alt, sagte er, ihre Reflexe seien zu langsam. Sie hatte seine Entscheidung akzeptiert. Dreiundsechzig war vermutlich wirklich zu alt. Aber wenn sie hätte Auto fahren können, wäre heute die Fahrt, um Leo zu besuchen, längst nicht so strapaziös – sie dauerte so lang, erst mit dem Zug, dann mit verschiedenen Bussen, Umsteigen vom einen in den anderen. Alan würde sie hinfahren, wenn sie ihn darum bäte, nur könnte sie es nicht ertragen, wenn er draußen sitzen würde, weil Leo sich weigerte, mit ihm zu sprechen, und, wenn Alan unbedingt dabeisein wollte, seine Augen schließen und nicht aufmachen und kein Wort sagen würde.

Als Alan sein Mittagessen aß, schlug sie vor, er solle doch ihren Vater abholen und mit ihm Pflanzen einkaufen. Er brummte zustimmend, ihm sei jeder Tag recht, man solle ihm nur sagen wann, worauf er einen Vortrag hielt, ihr Vater sei doch zu alt, um einen Garten zu bestellen, es sei einfach zuviel. Er, Alan, mit seinen einundsiebzig, ein rüstiger Einundsiebzigjähriger, sei selbst beinahe zu alt dafür, ihr Vater aber mit seinen beinahe neunzig weiß Gott zu alt, irgend jemand müsse es ihm endlich mal sagen. Sheila ging nicht darauf ein. Als ob man ihrem Vater einfach sagen könnte, er solle seinen geliebten Garten aufgeben. Nicht auszudenken. Aber Leo hatte ihm gefehlt, beim Unkrautjäten und Rasenmähen und Umgraben. Irgend etwas mußte sie sich einfallen lassen, aber nicht jetzt. Sie würde selbst ein bißchen mithelfen. Jeder konnte rasenmähen, es war doch wie staubsaugen, kein Problem. Sie brauchten aber jemanden fürs Unkrautjäten und Umgraben, bis Leo … Sie ertappte sich gerade noch rechtzeitig. Es war gefährlich, an Leos Entlassung überhaupt nur zu *denken*. In jeder Hinsicht gefährlich. Nie, überhaupt nie, sagte sie: »Wenn Leo rauskommt.« Davor hatte sie am meisten Angst: Daß Leo draußen, wieder zu Hause wäre, ein Fremder, insgeheim ein gemeiner, gewalttätiger Fremder, für den sie verantwortlich wäre, wie sie es seit seinem dritten Lebensjahr gewesen war …

Würde Mrs. Kennedy über all das sprechen wollen?

Würde sie Leo überhaupt erwähnen wollen? Oder kam sie, um über ihren Sohn, über Joe zu sprechen? Und mir Dinge zu erzählen, dachte Sheila, die ich lieber nicht wissen möchte. Vielleicht will sie mich ja zum Weinen bringen, ohne zu wissen, daß ich nicht weinen kann, seit Pats Tod nicht mehr geweint habe. Keine Träne. Sie wird sich wundern, daß meine Tränen versiegt sind, mich für hartherzig halten. Aber vielleicht wird sie, Mrs. Kennedy, weinen, und was würde sie selbst dann tun? Sie trösten natürlich. Das tat man in solchen Fällen. Wenn andere weinten, erwarteten sie Trost und bekamen ihn auch. Weinten sie nicht, schien es so, als brauchten sie keinen Trost. Niemand hatte sie getröstet. Alan und sie hatten einander stillschweigend gestützt, indem sie einfach zusammen waren und dafür sorgten, daß ihr Leben an der Oberfläche so ungetrübt wie möglich verlief, allerdings ohne einander trösten zu können. Ihre Schwester hatte es versucht, vermutete sie, Carole hatte es versucht, aber nur indem sie ihr Kuchen backte, von denen sie nichts wissen wollte, und nichtssagendes Zeug von sich gab, das einem die Haare zu Berge stehen ließ. Ihr Vater war sich treu geblieben – er hatte noch nie jemanden getröstet. Ein Luxus, den er all seinen Kindern vorenthalten, eine fremde Sprache, die er nie gelernt hatte. Am weitesten hatte er sich vorgewagt, als er sagte, es habe keinen Sinn, verschütteter Milch hinterherzuweinen.

Stolz. Sie hatte ihren Stolz, auf diese Weise kam sie zurecht, so sah der Trost ihres Vaters aus – ein Armstrong ging erhobenen Hauptes, und es soll nur ja niemand wagen, ihn zu bemitleiden oder zu beklagen. So hatte sie es gehalten. Da gab es kein Sichverstecken, wie hart es auch gewesen sein mochte, in Geschäfte zu gehen, sich in der Öffentlichkeit zu zeigen, erkannt zu werden als *seine* Mutter oder Großmutter, je nachdem, wie genau man sie kannte. Sie hatte sich oft gefragt, was, wenn Joe Kennedy ein Mädchen gewesen wäre? Schlimmer, bestimmt viel schlimmer. Oder wenn Leo nur ein bißchen älter gewesen wäre und man ihn in der Zeitung hätte namentlich erwähnen dürfen. Nicht daß es in der unmittelbaren Umgebung einen Unterschied gemacht hätte – jeder wußte Bescheid. Aber sie war sich darüber im klaren, wie hart es auch gewesen sein mochte und noch immer war, es hätte noch sehr viel schlimmer kommen können. Joe Kennedy hätte sterben können. Die Stichwunde hätte ein klein wenig tiefer, nah am Herzen sein können, nicht nur in der Schulter. Oder aber er hätte für sein ganzes Leben verstümmelt sein können, verkrüppelt. Die zweite Wunde war so nahe am Rückgrat. Was, wenn Mrs. Kennedy das Geschehen noch einmal durchsprechen wollte? Das würde sie nicht ertragen. Sie erlaubte es sich selbst nie, den Überfall zu rekonstruieren. Der Polizist hatte gewollt, daß sie Joes Aussage lesen, was sie jedoch abgelehnt hatten, und vor Gericht war es ihnen gelungen, nicht hinzuhören, als sie verlesen wurde. Sie wußte genug. Sie wollte keine Einzelheiten. Aber vielleicht wollte Mrs. Kennedy sie, vielleicht kam sie genau deshalb, um ihr die Einzelheiten mitten ins Gesicht zu sagen ...

Plötzlich wurde sie von Panik ergriffen, erhob sich vom Tisch und ging, um einen zweiten Brief zu schreiben.

# Viertes Kapitel

Harriet sah den Jahrestag immer näher rücken und war entschlossen, ihn zu übergehen. Sie fand es ohnehin unsinnig, darin einen Jahrestag zu sehen, wenn auch faktisch richtig, war es doch unangebracht. Sie hatte sich damals bewußt entschieden, sich *nicht* das genaue Datum zu merken, was ihr auch so erfolgreich gelungen war, daß sie jetzt lediglich mit Gewißheit sagen konnte, es sei in der ersten Junihälfte gewesen. Helle Nächte. Sie brauchte sich also keine Sorgen zu machen, daß Joe in der Dunkelheit unterwegs war, nicht daß sie je sehr besorgt gewesen wäre. Es gab keine Gefahr, und außerdem war er ein Junge. Sie hatte Gott so oft dafür gedankt, daß sie keine Töchter hatte, wenn sie mit heftigen Schuldgefühlen an die panischen Ängste dachte, die sie ihrer Mutter zugemutet hatte. Nur Söhne, um die man nicht in derselben Weise bangen mußte, und vor allem nicht in dieser kleinen Stadt am See. Keine Nachtclubs, keine Gefahrenzonen. Jeder kannte jeden, außer im Sommer, wenn Touristen und Ausflügler unterwegs waren, und wenn manchmal Gangs aus den großen Städten einfielen, die nur auf Randale aus waren.

Sie sah die Nächte aber heller und die Tage länger werden, und es hatte keinen Sinn, so zu tun, als wäre nicht ein Jahr vergangen, seit ihr Leben ein anderes geworden war. Eine Ewigkeit, und dann wieder war es wie gestern. Das ganze Drama hatte sie alle so mitgenommen – die Sache selbst, Joes Genesung von seinen körperlichen Verletzungen, Leo Jacksons Verhaftung, das endlose Warten auf die Gerichtsverhandlung – darüber waren Monate verstrichen. Immer gab es etwas abzuwarten, etwas, das es zu bewältigen galt, damit der Schrecken ein Ende nähme. Und zwischen den Ereignissen hatte es lediglich Pausen gegeben, die irgendwie überbrückt worden waren, ohne reale Zeit zu sein. Die reale Zeit war erst vor kurzem wieder angebrochen. Und selbst da war sie nicht ganz und gar überzeugt gewesen. Irgendwo dort draußen gab es diesen anderen Jungen, den man weder identifiziert noch gefaßt hatte. Vielleicht war er ja der Anstifter gewesen. Leo Jackson äußerte sich nicht dazu, nicht einmal, um sich teilweise zu entlasten. Die Verteidigerin hatte versucht, daraus Profit zu schlagen, das Ehrgefühl ihres Klienten hervorgehoben, was der Staatsanwalt jedoch im Handumdrehen entkräftete. Ehrgefühl? Zu tun, was er zugegebenermaßen einem unschuldigen Jüngeren angetan hatte? Das hatte nichts mit welcher Ehre auch immer zu tun. Die Tatsache, daß sein Komplize ungeschoren davongekommen war, bedeutete aber, daß noch immer nicht alles vorüber war. Der Fall blieb, wie Kommissar Graham es mit seiner Vorliebe für Klischees ausdrückte, »unerledigt«.

Am schlimmsten war Joes fortwährende Angst. Sie wußte, er dachte, der andere Täter könne ihn wieder ausfindig machen. Gegen alle Vernunft hatte er die Vorstellung, der andere Junge wolle es erneut tun, aus dem erhebenden Gefühl heraus, schon einmal davongekommen zu sein. Diesmal würde er umgebracht werden. Er empfand wirkliche Todesangst. Joe hatte nur einmal darüber gesprochen, die Augen voller Tränen, zitternd, so schwach nach seiner Entlassung aus dem Krankenhaus, überwältigt, wieder zu Hause zu sein, und anstatt sich zu freuen oder erleichtert aufzuatmen, elender als je zuvor – »Ich dachte, ich müßte sterben, Mum.« Die beiden Messer, der starke Arm um seinen Hals, der Körpergeruch eines der beiden Angreifer, nach Bier und Schweiß, dann die Worte, die obszöne Sprache, die verbale wie physische Gewalt, die Forderung nach Geld, und nach was sonst noch allem. Er hatte es so schnell herausgerückt, bereitwillig, gerade mal zwei Pfund, vielleicht auch weniger, er wußte es nicht genau, alles Kleingeld, und dann war alles nur schlimmer geworden, nicht besser, er wußte, sie würden ihn töten – einer der beiden hatte immer wieder damit gedroht –, und er hatte sich in die Hosen gemacht, der Urin war warm durch seine Jeans gesickert, und …

»Nein, nein.« Harriet sagte es laut, sie war allein in ihrer kleinen Werkstatt. Nie, niemals durfte sie dieses Sichvergegenwärtigen, was tatsächlich geschehen war, zulassen, es war widerwärtig, es zu tun. Sobald allerdings der Augenblick des Überfalls näher rückte, tat sie es unweigerlich, zum Teil, weil sie herausfinden wollte, ob er ihr inzwischen etwas weniger schrecklich erschien, ob sie wohl imstande wäre, ihn sich ganz genau vorzustellen, ohne dabei dieselbe Qual zu empfinden, ob der Schmerz wohl etwas nachgelassen hatte, ob sie die halbe Stunde in ihrer ganzen Länge durchstehen und weniger davor zurückschrecken würde. Aber sie war dazu nicht imstande. Sie verspürte noch immer dieselbe Übelkeit, bekam nach wie vor Gänsehaut, mußte noch immer mit den Tränen kämpfen. Nichts war in all der Zeit für sie, die das Ganze schließlich nicht selbst erlebt hatte, leichter geworden, wie hätte es also für Joe leichter werden können? Es stimmte nicht, daß die Zeit alle Wunden heilt, daß auch die fürchterlichsten Erinnerungen allmählich verblaßten. Irgend jemand hatte vom Leiden derjenigen erzählt, die in Joes Alter die Konzentrationslager der Nazis überlebt hatten, die immer wieder weit, weit Schlimmeres erlitten und doch überlebt, dann ein neues Leben begonnen hatten und glückliche Menschen geworden waren. Sie hatte diese Person gehaßt. Es gehe nicht darum, wer am meisten gelitten habe, hatte sie gesagt, sie wolle nichts über andere Opfer hören, sie stünden in keinem Zusammenhang mit Joe. Joe wolle vergessen, und das könne er nicht, und sie ebensowenig. Niemals.

Das Problem war, daß andere so schnell vergaßen. In der Schule hätten sie es vergessen, sagte Joe. Nicht daß er viel darüber sprach, nur manchmal gab er wieder, was jemand gesagt hatte, und wunderte sich, wie offensichtlich, was er erlebt hatte, bereits vergessen war. Im Unterricht nahmen sie *A Clockwork Orange* durch und mußten einen Aufsatz darüber schreiben, auf welche Weise der Autor Schrecken vermittelt, unter besonderer Berücksichtigung der Verwendung von Sprache bei der Darstellung von Gewalt. Joe hatte den Roman kaum lesen können. Er zitterte, und ihn fröstelte, und ihm wurde übel, aber er zwang sich, das Buch zu Ende zu lesen. Als er schließlich anfing, den Aufsatz zu schreiben, las er immer wieder die Schilderungen, in denen Männer und Frauen verprügelt wurden und die Schläger, Alex, Dim, Pete und Georgie, ihren Spaß dabei hatten. Er zeigte Harriet seinen Aufsatz, der mit einer Eins benotet worden war, mit dem Zusatz: »Bravo, hervorragende Einschätzung von Burgess' Intention, Zitate sehr zutreffend.« Sie sah nach, was er zitiert hatte. »Dim war sehr häßlich«, las sie, »und dumm, aber er war eine Horrorschau von einem schmutzigen Kämpfer und sehr geschickt mit dem Stiefel.« Dann ein längerer Abschnitt: »Pete hielt seine Flossen, und Georgie hakte ihm das Maul weit auf … also ließ Georgie seine Guber los, die er auseinander gehalten hatte, und gab ihm mit der beringten Faust einfach eine in die zahnlose Klappe, und da fing der alte Veck viel zu stöhnen an, und das Blut kam raus, meine Brüder, richtig schön. Dann zogen wir ihm nur noch seine äußern Platties aus, bis er in Weste und langen Unterhosen dastand … Pete gab ihm noch einen hübschen Tritt in den Wanst.«* Harriet ertrug es nicht zu lesen, was Joe daraus gemacht, womit er sich seine Eins verdient hatte. Sie setzte sich, vermochte ihre Tränen kaum zurückzuhalten – Joe konnte es nicht leiden, wenn sie weinte –, und er erzählte ihr, wie der Lehrer und die ganze Klasse nicht bemerkt hatten, daß dies für ihn alles andere als eine akademische Übung war. Er stellte fassungslos fest, wie kurzlebig Erinnerungen waren, keiner hatte die Schilderungen im Roman mit seiner Erinnerung in Verbindung gebracht. Er fühlte sich gedemütigt, konnte nicht im selben Raum bleiben. Und er konnte nicht mitansehen, wenn irgend jemand im Kino, Video oder Fernsehen angegriffen wurde – er mußte hinauslaufen, wenn Freunde lachten oder Angreifern zujubelten. Gewalt war für sie nicht wirklich, nur Teil der Handlung. Sie spürten nicht die Schläge, den Schmerz, die Klinge des Messers.

* Zit. nach: Anthony Burgess, *Uhrwerk Orange*. Aus dem Engl. von Walter Brumm. München: Wilhelm Heyne Verlag 1995, S.7, 11

Und immer protzten seine Freunde, seine Mitschüler, was sie unter vergleichbaren Umständen getan, wie sie ihr Karatetraining oder ihre Judogriffe ins Spiel gebracht, soundso getreten hätten und soundso ausgewichen wären ... Keiner von ihnen verstand.

Harriet beobachtete, wie sich Joes ganzes Wesen unter dem Eindruck dieser Erfahrung in so jungen Jahren verändert hatte und weiterhin veränderte. Junge Menschen glaubten nicht wirklich an das Böse. Sie hielten die Welt nicht für einen schlimmen Ort, wie sehr die Bilder im Fernsehen dies auch beweisen mochten. Das war das Schöne am Jungsein, vor allem in einer gesicherten, liebevollen Umgebung. Aber Joe hatte all das verloren. Nicht nur, daß er nun wußte, daß die Welt grausam war und diese Grausamkeit auf Willkür beruhte, er glaubte, es gebe nichts anderes. Er konnte nichts Gutes mehr erkennen, hatte kein Vertrauen in Glück. Sein Weltbild war düster, er hatte den Beweis, daß das Böse existierte. Es hatte keinen Sinn, damit zu rechnen, daß Joe »darüber hinwegkam«. Er konnte in der Tat rein äußerlich sein normales Leben wiederaufnehmen, was ihm mit erstaunlicher Geschwindigkeit gelungen war, es gelang ihm aber nicht, seine jugendliche Unwissenheit und seinen natürlichen Optimismus zurückzugewinnen. Sie waren vor fast einem Jahr in einer halben Stunde verlorengegangen. Niemand außer ihr schien das zu begreifen. Sie hatte das Gefühl, in der Art und Weise, wie sie ihren Sohn behandelte, wie sie mit ihm umging, immer diese halbe Stunde beherzigen zu müssen. Darum war ihre Geduld grenzenlos, ihre Toleranz unerschöpflich.

Genau das sei falsch, behauptete Sam. Sie lasse zu, daß Joe rücksichtslos mit ihnen umspringe, lasse sich seine bissige schlechte Laune, seine Stimmungen, seinen Mangel an jeglicher Kooperation gefallen. Sie dulde seine grenzenlose Selbstsucht und tue ihm damit keinen Gefallen. So endete Sam immer – »Du tust ihm damit keinen Gefallen.« Sams Methode lautete, wie er sich ausdrückte, »ihn ganz normal zu behandeln, wie du es früher getan hast«. Worauf sie natürlich erwiderte, Joe sei noch nicht wieder normal, Sam würde sich etwas vormachen, wenn er anders denke. Er habe sich wieder und wieder zu einem normalen Verhalten gezwungen, was ihm auch gelungen sei, seine geistige Verfassung könne man jedoch nicht als normal bezeichnen. Als er noch ein gebrochenes Bein hatte, seine gerissene Milz und die Stichwunden auskurierte, hatte Sam vollstes Mitgefühl bewiesen, nun, da Joe darum kämpfte, sein früheres Vertrauen, seinen Glauben an das Leben und seine angeschlagene Selbstachtung wiederzugewinnen, löste sich Sams Mitgefühl in Luft auf. Er sagte beispielsweise: »Joe ruiniert unser aller Leben«, und »Joe will nur, daß wir leiden wie er«, und, noch schlimmer: »Joe macht Feinde aus uns.« Feinde. Das stimmte nicht. Sie und Sam konnten unmöglich Feinde sein. Sie erkannte aber ein Quentchen Wahrheit in dem, was Sam hatte sagen wollen – sie hatten sich voneinander entfernt. Für sie drehte sich alles nur noch um Joe, für ihn nicht. Und Joe spielte damit, ob bewußt oder unbewußt. Er war jetzt gegen Sam, hatte sich von ihm entfernt, und sie konnte nichts dagegen tun. Vorläufig hatte sie nur Augen für Joe.

Sam nahm ihr das sichtlich übel. Er war nicht einverstanden mit der Art, wie sie mit Joe umging, konnte und wollte sich nicht mit derselben Ausschließlichkeit nur noch seinem Sohn widmen, fühlte sich jedoch ausgeschlossen und war, so schien es ihr, eifersüchtig auf ihre Hingabe. Er blieb außerhalb des unglückseligen kleinen Universums, in dem sie und Joe sich miteinander eingerichtet hatten. Selbst seine Stärke, seine Körpergröße und sein Gewicht kehrten sich auf seltsame Weise gegen ihn. Sie und Joe fühlten sich nicht wohl, waren unangenehm berührt, wenn Sam irgend etwas tat, das zeigte, wie kräftig er war. Fast hätte er sich gewünscht, zusammenzuschrumpfen, schlank und unauffällig zu werden. Er glaubte ihren geringschätzigen Blick zu spüren, wenn er schwere Holzscheite ins Haus trug oder die hohe Hecke im Garten schnitt. Sie gaben ihm, nur weil er ein starker Mann war, das Gefühl, grobschlächtig zu sein, dabei war nichts Grobschlächtiges an ihm. Sie schienen ihm irgendwie die Schuld zuzuschieben und dabei zu spüren, daß er deswegen unglücklich war. Nur daß sein Kummer nicht als solcher erkannt wurde. Er entlud sich in untypischen Anfällen schlechter Laune. Der Sam, den sie kannten und auf dessen Gutgelauntheit sie sich immer hatten verlassen können, benahm sich nicht so. Er fing an, auf kleinsten Vergehen herumzuhacken – wenn Harriet den Verlust des Hausschlüssels verschwiegen oder Joe seine Trainingshose ausgeliehen hatte –, und machte daraus eine Staatsaffäre. Rechtfertigungen hörte er sich gar nicht erst an. Seine schlechte Laune brachte ihm Probleme am Arbeitsplatz ein. In seiner Firma gab es vier weitere Architekten, und ein Großteil der Arbeit erfolgte in Teamarbeit. Sam war immer derjenige gewesen, der den besten Kontakt zu allen anderen hatte und dessen Umgang mit Klienten hochgeschätzt wurde. Seine ungewohnte Intoleranz ließ ihn weniger verläßlich erscheinen, was seine Kollegen ihm nach einer Weile übelnahmen. Es kostete ihn größte Anstrengung, zu seinem alten Selbst zurückzufinden, und der Druck, unter dem er stand, machte sich zu Hause bemerkbar. Harriet hatte jedoch kein Mitleid mit ihm. Statt dessen behandelte sie ihn noch ungerechter, fand er.

Einmal hatte er vergessen, eine Nachricht von Kommissar Graham über die Ergebnisse des an Leo Jackson vorgenommenen DNS-Tests auszurichten, und Harriets Wut hatte ihn zu dem Ausspruch verleitet, immer sei er der »Sündenbock«. Wie hatte sie gespottet, ihn ausgelacht und behauptet, er interessiere sich ja doch nur für sich selbst, der arme, arme kleine Sam, der »Sündenbock«, wie schrecklich. Sie hatten eine fürchterliche Auseinandersetzung, die für sie so unüblich war, daß noch Tage danach die Auswirkungen spürbar blieben. Ihre ganze Beziehung beruhte nämlich auf Sams Weigerung, sich zu streiten. Seinen Zorn oder Groll zeigte er gewöhnlich dadurch, daß er in Schweigen verfiel oder aber im wahrsten Sinne des Wortes verschwand, das Haus verließ, bis der Anlaß, der Harriet und ihn an den Rand einer verbalen Auseinandersetzung gebracht hatte, verraucht war. Als sie ihn aber in diesem Augenblick verhöhnte, geriet er plötzlich derart außer sich und war so gekränkt, daß er Harriet beinahe zum ersten Mal in ihrer Ehe beschimpfte. Er nannte sie scheinheiliges Miststück, beschuldigte sie, Joe bewußt gegen ihn aufzuhetzen, und als sie erwiderte, er sei ein unsensibler Klotz, der sich ausschließlich für sich selbst interessiere, hätte er sie beinahe geschlagen. Er konnte es nicht ertragen, daß sie annahm, allein sie würde leiden, ihm gegenüber jedoch weder anerkannte noch zugestand, daß auch er ein Anrecht habe auf seine Form von Schmerz, der, weil von ihrem verschieden, nicht weniger ernst zu nehmen war. Er fühlte sich von ihnen, von Harriet und Joe, verfolgt, ohne zu wissen warum, was hatte er nur verbrochen?

Nichts. Harriet wußte, Sam hatte nur die Unterlassungssünde begangen, nicht zu erlauben, daß der Überfall auf Joe alles andere in ihrer beider Leben überschattete. Sobald er tagsüber das Haus verließ, sobald er arbeitete, vermutete sie, lastete das Gewicht ihrer Tragödie nicht länger auf ihm. Sie wünschte, ihr fiele es genauso leicht. Nur für kurze Zeit gelang es ihr, Joe wenn nicht aus ihrem Bewußtsein, so doch in dessen Hintergrund zu verbannen. Zuerst hatte sie geglaubt, nie wieder arbeiten zu können. Wie hätte sie auch, wo sie sich so schlecht konzentrieren konnte? Sie blieb sechs Wochen zu Hause, um Joe zu pflegen, und ihr Geschäft wäre beinahe bankrott gegangen. Sie konnte es niemandem wirklich anvertrauen, außer dem Mädchen, das im Laden angestellt und zu kaum mehr fähig war, als diesen unwesentlichen Teil gerade eben aufrechtzuerhalten. Das eigentliche Geschäft, das Entwerfen, das Überwachen der Zulieferer, hing von ihr ab und wäre ohne sie zusammengebrochen. Und als sie wieder in ihrer Werkstatt stand, hatte sie gedacht, sie sei am Ende, sie habe nicht eine Idee im Kopf, all ihre Kreativität sei versiegt, gelähmt. Sie hatte nur weitermachen können, indem sie geradezu peinlich einfaches Design entwarf. Selbst dann war sie so langsam gewesen, daß es Tage dauerte, bis sie eine Mohnblume auf einen einfachen weißen Schal gedruckt hatte. Sie konnte sich keine Mohnblume *vorstellen*, und doch fiel ihr nichts anderes ein. Eine Mohnblume. Blutrot. Ein Symbol des Leidens. Es hatte Wochen gedauert, bis sie diese unkreative Phase hinter sich gelassen hatte, und als es ihr schließlich gelang, als die ersten Stunden vorüber waren und sie darüber Joe vergessen hatte, überkamen sie Schuldgefühle, daß sie sich so viel besser fühlte. Was immer noch in ihr schlummerte, war nicht tot, es rührte sich nach wie vor, Lust war da, Lust und Befriedigung und die einstige Genugtuung, etwas geleistet zu haben. Sie weinte, weil sie es in sich spürte. Wenn doch Joe es nur spüren würde, aber es gab keinerlei Anzeichen einer solchen inneren Gesundung, die sie in ihren elendsten Momenten aufrechthielt.

Sie fragte sich, ob Joe wohl das Datum bewußt war. Er erwähnte es nicht. Sie ebensowenig. Niemand tat es, außer ihrer Schwester Virginia. »Nächsten Samstag ist es ein Jahr her«, sagte Ginny, als sie bei ihr in ihrer Küche saß. Harriet ging darüber hinweg, wandte sich ab und flüchtete sich wie gewöhnlich in emsige Essensvorbereitungen. »Tu doch nicht so, als ob du es nicht gehört hast, Harriet. Warum sollte ich es nicht erwähnen? Es wäre ungesund, es nicht zu tun, du *solltest* darüber reden.«

»Überlaß das mir«, sagte Harriet.

Sie und Ginny waren sich erst vor kurzem, seit dem Tod ihrer Mutter, wieder nähergekommen, obgleich sie von jeher am selben Ort lebten, dem Ort, wo sie geboren waren und sich mit monotoner Regelmäßigkeit Woche für Woche gesehen hatten. Ginny hatte keine Söhne. Sie hatte zwei Töchter, die eine ein Jahr jünger, die andere ein Jahr älter als Joe. Sie sagte ärgerlicherweise mit Vorliebe: »*Denk* doch nur, wenn es eine meiner Töchter gewesen wäre, gar nicht auszudenken«, worauf sie es sich lauthals ausmalte. »Ein Jahr, und du bist dünner denn je zuvor«, setzte sie noch hinzu und musterte Harriet prüfend. »Du wirst dich noch kaputtmachen mit all dem und der Arbeit. Du solltest Urlaub machen, einfach losfahren. Das hab ich schon immer gesagt.« Das stimmte, wieder und wieder, wie eine Litanei. Und noch viele andere hatten sie und Sam gedrängt, Joe zu nehmen und »einfach loszufahren«. Niemand ahnte, wie gern sie an eine so simple Sache wie einen Urlaub geglaubt hätte – Sonne, blauer Himmel, eine andere Umgebung, was sprach eigentlich dagegen? Joe wollte nicht. Er wollte zu Hause bleiben.

Nicht zuletzt um Ginny zum Schweigen zu bringen, platzte sie damit heraus: »Ich habe seiner Mutter geschrieben, sag aber Sam nichts davon. Versprochen?«

»Wessen Mutter?«

»Seiner – nun, seiner Großmutter.«

Ginny starrte sie an. Sie registrierte voller Genugtuung, daß ihre Schwester erst verblüfft und dann entsetzt reagierte. »Du meinst doch nicht etwa …«

»Sie hat mir zuerst geschrieben, wie sehr es ihr leid tue.«

»*Leid tue*? Ich dachte immer, du haßt Mitleid.«

»Das tu ich auch. Es war nicht diese Art Mitleid. Sie wollte mich wissen lassen, wie leid es ihr tut, wie sehr sie sich schämt. Darum habe ich ihr geantwortet. Ich werde sie hoffentlich treffen.«

»Oh, Harriet. Oh, Harriet, ich bin sicher, daß das keine gute Idee ist, glaub mir, ich bin sicher, daß es gefährlich ist.«

»Wieso sollte es? Warum gefährlich?«

»Es wird dich nur durcheinanderbringen. Ich meine, wozu sollte das gut sein? Denk noch mal drüber nach.«

»Ich habe an nichts anderes mehr gedacht, seit ihr Brief kam. Ich finde, sie hat viel Mut bewiesen.«

»Indem sie dir schrieb?«

»Ja. Stell dir vor, stell dir bloß vor, es wäre dein Enkel gewesen, eigentlich dein Sohn, dafür hält sie ihn jedenfalls. Stell dir vor, was du empfinden würdest.«

»Ich würde ganz bestimmt nicht an die Mutter des Opfers schreiben, vor allem nicht Monate, nachdem mein Sohn, mein Enkel oder wer auch immer vor Gericht gestellt und überführt und verurteilt worden ist, das kommt mir so verdächtig vor, so lange danach.«

»Aber beweist es denn nicht, daß sie dasselbe tut wie ich?«

»Und das wäre?«

»Darüber nachdenken, unentwegt, bis sie krank davon wird, außerstande, es zu begreifen oder zu vergessen, ein Gefühl der Verzweiflung ...«

»Ich sehe darin nichts von alledem. Du läßt dich mitreißen. Wenn du ihr gegenüberstehst, fängt alles wieder von vorn an.«

»Red keinen Unsinn, Ginny ... es kann gar nicht wieder von vorn anfangen, denn nichts ist abgeschlossen. Darum geht es ja, ein Treffen mit ihr könnte vielleicht zu einer Lösung beitragen.«

»Was für einer?«

»Ich weiß nicht.«

Ginny sah ihre Schwester forschend an. Sie war schmal geworden. Sie hatte mindestens sechs Kilo abgenommen, wenn nicht sogar mehr. Ihr Gesicht war ebenfalls schmal, verhärmt. Sie war nicht mehr hübsch. Ihr Aussehen hatte schon immer davon abgehangen, wie angeregt sie war, und davon konnte jetzt keine Rede sein. Jammervoll, sie so antriebslos zu sehen. Die Leute fragten sich, ob sie wohl krank sei. Die Leute in der kleinen Stadt, die sie und Harriet von jeher kannten, hielten Ginny auf der Straße an und fragten sie, ob mit ihrer

Schwester etwas nicht in Ordnung sei. Es ging sogar das Gerücht, sie habe einen Nervenzusammenbruch erlitten, was Ginny entschieden bestritt. Harriet *hatte* nicht etwa einen Zusammenbruch erlitten, sie erlitt ununterbrochen einen Zusammenbruch, der um so schlimmer war, als sie ihn sich nicht eingestehen wollte. Was war überhaupt ein Zusammenbruch? Das hatte Ginny sich schon immer gefragt, bis sie im vergangenen Jahr eine Antwort erhielt. Es war kein Kollaps, keine langanhaltende Ohnmacht, sondern das, was Harriet durchmachte, ein unablässiger, gewaltiger Druck, die Unfähigkeit, sich auch nur eine Sekunde lang zu entspannen, ein Leben in einer immerwährenden Krise. Joe griff sie tagtäglich an, nutzte sie aus, und sie ließ es mit sich geschehen. Sie war hier, in dieser Küche, dabeigewesen und hatte mit eigenen Ohren gehört, wie gemein Joe seine Mutter beschimpfte, sie wegen ihrer angeblichen Dummheit mit Vorwürfen überhäufte. Das war, vermutete Ginny, noch längst nicht alles. »Der schreit ja förmlich nach einer Ohrfeige«, hatte Ginny einmal wütend gesagt, als sie sah, wie verzweifelt ihre Schwester nach einer Szene war, bei der Joe sie angebrüllt hatte. Harriet hatte ihr nur einen Blick zugeworfen, und danach hatte ihre unüberlegte Bemerkung eine Barriere zwischen ihnen errichtet. Daß sie gesagt hatte, man solle Joe ohrfeigen, war unverzeihlich.

Das nahm Ginny jedenfalls an. Es tat ihr leid, daß sie das gesagt hatte, als sei Joe ein Dreijähriger, der mutwillig das Spielzeug eines anderen Kindes kaputtgemacht hatte. Als sie jedoch darüber nachdachte, stellte sie fest, daß sie den Gedanken, der hinter dem Gesagten stand, alles andere als bereute. Sie gab Sam recht. Harriet war zu weich, zu nachsichtig Joe gegenüber. Sie hatte sich selbst zu seinem Prügelknaben gemacht. Was immer Joe sagte oder tat, wurde damit entschuldigt, was er durchgemacht habe – Harriet hatte aus ihm einen lebenslänglichen Sonderfall gemacht, und das war falsch. Joe nützte das aus. Er wußte, daß seine Mutter mit ihm litt, und schien sie nicht schützen zu wollen. Sie war auch immer so heiter mit ihm und zeigte ihm, soweit Ginny es beurteilen konnte, nie, wie weh er ihr tat. Manchmal dachte sie, welche Wirkung es womöglich haben würde, wenn Harriet losließe, wenn sie tatsächlich zusammenbräche, dann wäre Joe an der Reihe und könnte endlich der Starke sein. Sie hatte mit Sam darüber gesprochen, dem armen Sam, der von beiden geschnitten wurde, worauf er nur mit den Schultern gezuckt und gesagt hatte, Harriet würde glauben, sie sei der Fels, an den Joe sich klammere, und wenn sie untergehe, gebe es für ihn keine Hoffnung mehr. Sam hatte ihr gereizt davon erzählt, und Ginny hatte es sich nicht minder gereizt angehört. Beide waren sie der Meinung, daß Harriet ausgesprochen eigensinnig sei.

Dieser verrückte Einfall, die Mutter des Täters, oder was auch immer sie war, aufzusuchen, war typisch für ihren Eigensinn. Es sah Harriet ähnlich, erst zu handeln und dann über mögliche Folgen nachzudenken.

»Du hast doch noch nicht wirklich drüber nachgedacht, Harriet«, fing Ginny wieder an.

»Doch, das habe ich. Mit aller Sorgfalt.«

»Was ist mit Sam? Was mit Joe? Hast du dir überlegt, was sie dazu sagen werden?«

»Ich hab dir doch gesagt, daß sie nichts davon erfahren.«

»Woher weißt du, daß sie nicht irgendwann dahinterkommen? Die Frau könnte anrufen – wer weiß – und sich als Nervensäge herausstellen, dann würden sie auch hineingezogen.«

»Das werden sie nicht, dazu wird es nicht kommen.«

»Ich werde dich begleiten.«

»Was?« Harriet wandte sich lachend um. Ginny machte ein so finsteres, so ernstes Gesicht. »Das wirst du nicht.«

»Ich denke, ich sollte es, du weißt doch gar nicht, was dich erwartet, es wäre sicherer ...«

»Ginny, es geht hier nicht um ein Duell im Morgengrauen, verdammt noch mal, sei nicht kindisch, sondern nur um ein Treffen zwischen zwei Frauen ...«

»Von denen der eine Sohn den anderen um ein Haar ermordet hätte.«

»Ginny!«

»Tut mir leid, aber ich muß es nun mal so deutlich sagen, damit du begreifst, daß es nicht *normal* ist, Harriet, sondern höchst anormal. Du mußt dich in acht nehmen, du weißt nichts über diese Frau ...«

»Doch. Und du auch. Ich habe eine Menge bei Gericht über sie erfahren. Sie ist eine anständige, verantwortungsvolle ältere Frau. Ihre Tochter kam in Afrika ums Leben, und sie machte den ganzen weiten Weg, um ihren Enkel nach Hause zu holen und sich um ihn zu kümmern, den ganzen Weg, eine Frau, die fast nie ihren Heimatort, geschweige denn ihr Land verlassen hat. Ganz allein, sie fuhr ganz allein, flog zum ersten Mal in ihrem Leben. Eine bessere Mutter hätte man sich für den Jungen gar nicht wünschen können.«

»Das können wir nicht beurteilen ... aber wie *erklärst* du dir eigentlich diese plötzliche Begeisterung für ihre Person, Harriet? Mir ist das unbegreiflich. Als ob ...« Ginny hielt inne. Sie wußte selbst nicht, was sie meinte.

Vielleicht hatte sie ja sagen wollen, es komme ihr so vor, als sei ihre Schwester in diese Fremde, diese Mrs. Armstrong, verliebt. Sie war froh, sich gerade noch besonnen zu haben, denn darum ging es nicht. Eher schien Harriet sich in einer Weise dieser Frau anschließen zu wollen, die ihr verdächtig vorkam. Warum wollte jemand mit der Mutter oder Großmutter des Jungen, der beinahe den eigenen Sohn umgebracht hatte, auch nur im geringsten etwas zu tun haben? Ihr fiel auf, daß Harriet nicht »Als ob, was?« gesagt hatte, als sie mitten im Satz stockte. Sie bat sie um keine Erklärung. Bestimmt weil sie selbst wußte, daß Ginny recht hatte, irgend etwas Merkwürdiges ging da vor sich, auch wenn man es nicht in Worte fassen konnte. »Jedenfalls«, sagte Ginny wenig überzeugend, »ich denke, ich sollte dich begleiten.«

»Nein. Ich will keine Begleitung. Ich will sie allein treffen, zu meinen eigenen Bedingungen.«

»Vielleicht hat sie jemanden bei sich.«

»Das bezweifle ich, das glaube ich nicht.«

»Sag mir wenigstens, wann du fährst.«

Harriet lachte. »Damit du, falls ich nicht zurückkomme, einen Suchtrupp losschicken kannst?«

Sie sahen einander an. Diese schlagfertigen Antworten. Ginnys Ehemann Michael hatte den Suchtrupp zusammengestellt, der Joe gefunden hatte. Es war verletzend, wie sehr Sam ihm dies übelgenommen hatte. Sam hatte einen Suchtrupp nicht für nötig gehalten. »Um Himmels willen«, hatte er verärgert gesagt, »es ist doch erst elf Uhr. Er wird bei einem Freund übernachten und vergessen haben anzurufen.« Selbst als mit allen Freunden, die in Frage kamen, Kontakt aufgenommen worden war, hatte er einen Suchtrupp noch immer für übertrieben gehalten. Er mochte Michael nicht. Er fand ihn wichtigtuerisch und haßte den ganzen Fitneßkram, den Michael trieb. Harriet war jedoch so besorgt, und Michael war zufällig vorbeigekommen, um Ginny abzuholen, und sie hatte sich seinem Eifer, nach Joe suchen zu wollen, nicht widersetzen können. Mehr war bis Mitternacht nicht geschehen, nur daß Michael in seinem Tatendrang loslief, um nach Joe zu suchen. Ein Suchtrupp wurde erst eine Stunde später daraus, und Sam hatte recht, Michaels Feuereifer hatte etwas Abstoßendes gehabt, die Selbstgefälligkeit, mit der er verkündet hatte, er habe einen Suchtrupp organisiert. Sam, der sich inzwischen ebenfalls Sorgen machte, es nur nicht zugeben mochte und sich hinter schlechter Laune versteckte, indem er gegen Joes Rücksichtslosigkeit wetterte, hatte nach wie vor abgelehnt, sich daran zu beteiligen. Er hielt es für sinnvoller, die Polizei zu benachrichtigen, was er auch tat, bevor jedoch die Polizei eintraf, hatte Michael Joe bereits gefunden, einen Krankenwagen gerufen und Erste Hilfe geleistet. Er muß, wie Sam später sagte, triumphiert haben.

Als Ginny Harriets Gesichtsausdruck sah, nachdem sie sich über den Suchtrupp lustig gemacht hatte, war sie unendlich bedrückt. Ihre Schwester konnte doch unmöglich ihr Leben lang durch bloße Wortassoziationen aus dem Gleichgewicht geworfen werden. Sie sah, wie ihre Miene sich veränderte, verschloß, die Erinnerungen sich in ihr abzuspulen begannen, und anstelle von Mitleid überkam sie Verzweiflung. So konnte es nicht ewig weitergehen, sie mußte aus der Depression herausfinden. Sie wußte sehr wohl, wie gewagt ihr Gedanke war, aber sie hatte recht. Joe war nicht tot. Tagtäglich las man in den Zeitungen von Teenagern, Kindern, die überfallen worden waren und dann starben. Irgend etwas mußte Harriet ihr verschwiegen haben, das den Überfall auf Joe schlimmer machte, als er auf den ersten Blick schien, etwas, das Joe vermutlich nur seiner Mutter erzählt hatte, von dem sie aber wußte, mit Sex hatte es nichts zu tun. Das war Ginnys allererster Gedanke gewesen, als Harriet auf etwas Entsetzliches anspielte, über das man nicht sprechen konnte, aber auf ihre vorsichtige Frage, ob es mit sexuellem Mißbrauch zu tun habe, hatte Harriet mit einem entschiedenen Nein geantwortet. In Ginnys Vorstellung konnte dieses zusätzliche Greuel deshalb nicht so schlimm gewesen sein, sie war aber klug genug gewesen, dies nicht zu sagen – Harriet selbst hatte es offensichtlich als sehr schlimm empfunden.

Sosehr Joe also auch gelitten haben mochte, und sie wußte sehr wohl, daß dem so war, sie hatte seine Wunden gesehen, gesehen, wie sehr er seinen Mut verloren hatte, er war weder tot noch ein Krüppel, noch hatte man ihn sexuell mißbraucht. Wie ihre Mutter gesagt hätte, und wie selbst Harriet einmal unter Tränen zugestand, es gab allen Grund, dankbar zu sein. Was sie allerdings wieder vergessen hatte. Sie schien dieser Tage für nichts dankbar zu sein. Sie hatte sich von Joe derart niederdrücken lassen, daß sie unfähig war, sich wiederaufzurichten. Ginny wußte nicht, ob sie wagen sollte, zu ihr zu sagen: »So fürchterlich ist es doch gar nicht, Harriet.« Harriet war felsenfest davon überzeugt, es *sei* fürchterlich, und sah keine Hoffnung für Joes vollständige Gesundung. Einmal hatte sie zu Harriet gesagt, es würde seine Zeit dauern, bis Joe sich mit dem, was ihm angetan worden sei, abfinden würde, worauf Harriet außer sich geraten war, sie angeschrien hatte, wie sehr ihr dieser bedeutungslose Ausdruck »sich abfinden« zuwider sei, sie hasse ihn, jeder würde ihn gedankenlos gebrauchen, es sei bloßer Jargon, glatt, ihn überhaupt mit einer Bedeutung zu belegen, die er gar nicht verdiene, mache ihn auch nicht weniger dumm, es ließe sich sowieso nicht in Worte fassen ... Sie hatte weiter und weiter geschimpft, und Ginny erschrak. Sie hatte den Ausdruck nie wieder benutzt, und jedesmal wenn sie ihn las, erinnerte sie sich an Harriets Einwände, die ihr in zunehmendem Maße begründet erschienen.

Sie versuchte nunmehr, klar und einfach zu denken. Wenn Harriet keine Späße über Suchtrupps ertrug, ohne von Erinnerungen eingeholt zu werden, die allesamt schlimm waren, dann hieß das, es gelang ihr nicht, diese Erinnerungen auf die Müllhalde ihres Gedächtnisses zu werfen. Es gelang ihr nicht zu sagen: »Es ist nun einmal geschehen, es ist vorbei, jetzt blicken wir nach vorn.« Und was hinderte sie daran? Ginny beschloß, es ihr auf der Stelle zu sagen.

»Du denkst an Michaels Suchtrupp, der Joe fand, nicht wahr?« sagte sie recht laut, keineswegs in dem sanften, einfühlsamen Tonfall, mit dem sie sonst jetzt immer mit Harriet redete.

»Sprich nicht darüber«, sagte Harriet und widmete sich wieder geschäftig ihren Essensvorbereitungen.

»Und ob ich darüber sprechen werde«, sagte Ginny. »Ich bin es leid. Du hast ja keine Ahnung, was du dir antust, mit dieser ganzen Selbstkasteiung. Irgendwann muß Schluß damit sein, aber erst, wenn du endlich zugibst, daß all das, was passierte, *vorbei ist.* Das ist es nämlich wirklich.«

Harriet lehnte sich über das Spülbecken und hörte

auf, wie wild an den Karotten herumzuschaben. »Du hast Joe doch selbst gesehen, Ginny«, sagte sie mit tränenerstickter Stimme. »Wie kannst gerade *du* sagen, es sei alles vorbei? Das ist es nicht. Niemand versteht es. Das ist es wirklich nicht, und wird es auch nie sein, er wird nie wieder derselbe sein, nie wieder.«

Ginny ging zu ihr hinüber, drehte sie zu sich um und nahm sie in die Arme. »O Gott, du bist ja nur noch Haut und Knochen«, klagte sie, und: »Hör zu, Harriet, ich bin nicht sehr gescheit, ich weiß, ich geh dir auf die Nerven und rede dummes Zeug, aber ich behaupte ja gar nicht, daß Joe je wieder derselbe sein wird, ich will damit doch nur sagen, warum sollte er nicht ein anderer sein, ein anderer Joe, aber genauso gut, genauso glücklich, wie er früher war? Und, Liebling, unter uns gesagt, einfach ist er noch nie gewesen, oder? Er hatte doch schon immer Probleme? Nein, nein, jetzt verabscheue mich nicht, ich meinte doch nur, daß du dich mit Joe seit dem Tag seiner Geburt schwergetan und versucht hast, mit seinen Schwierigkeiten fertig zu werden. Dies hier hat ihn nicht erst schwierig werden lassen. Du hast schon immer gesagt, er sei kompliziert, schwer zufriedenzustellen, aber jetzt machst du mit einem Mal den Überfall für alles verantwortlich, glaubst nicht mehr daran, daß er, was geschehen ist, verarbeiten und sich aufraffen und wieder auf die Beine kommen kann, was immer er auch würde tun müssen ... oje, ich rede nur Unsinn, tut mir leid, hab den Mund nicht halten können, mich hinreißen lassen, dabei mache ich mir Sorgen um *dich*, Harriet. Um dich, nicht nur um Joe, nicht einmal vor allem um Joe.«

Harriet weinte. Ginny hielt sie in den Armen, fühlte sich wie ihrer beider Mutter. Groß war sie, weich gepolstert, genau wie ihre Mutter, und Harriet so zerbrechlich, ihr Leben lang beneidenswert schlank, und jetzt auf einmal dürr wie ein Stecken, knochig, nicht angenehm in den Arm zu nehmen. Sie fragte sich flüchtig, während sie ihre Schwester weiter im Arm hielt, wie ihr Liebesleben nach all dem wohl aussah. Nicht daß sie je darüber gesprochen hätten, aber sie spürte Harriets feindselige Gefühle Sam gegenüber und wußte, daraus mußten Probleme erwachsen. Sam sah mürrisch aus, ganz anders als sonst, Harriet indessen hatte nur allzu deutlich wenig Zeit für ihn. Zeit hatte sie nur für Joe. Glücklicherweise war Louis nicht zu Hause, sonst hätte er gewiß etwas daran auszusetzen gehabt, daß die Gedanken seiner Mutter ausschließlich um Joe kreisten. Man hatte schon immer viel zuviel Nachsicht mit ihm gehabt, aber schließlich war er der Jüngste, und man drückte seinetwegen immer wieder ein Auge zu. Der Jüngste, der eigentlich ein Mädchen hätte sein sollen, dachte sie immer, obgleich Harriet sich heftig dagegen verwahrte und sagte, sie habe gehofft, es würde kein Mädchen, und inständig um einen zweiten Sohn gebetet, den Gedanken an eine Tochter entsetzlich gefunden hatte.

Ihr ging es nicht gut, während sie Joe erwartete. Bei Louis verlief alles reibungslos, eine unkomplizierte Schwangerschaft, eine leichte Geburt. Doch bei Joe hatte die ganze Zeit hindurch bis zum sechsten Monat die Gefahr einer Fehlgeburt bestanden, selbst danach hatte es noch Probleme gegeben. Das Kind mußte mit Kaiserschnitt entbunden werden, worüber sie sehr unglücklich war – sie befürchtete, die Bindung zu dem Baby könne eine andere sein, obgleich jeder ihr versichert hatte, so sei es keineswegs, jedenfalls nicht unbedingt. Und dann hatte Joe nicht wie Louis ausgesehen, der ein großes, gesundes, schönes Baby gewesen war. Joe sei, hatte Sam gespaßt, das kleinste Ferkel des Wurfes, ein Fünf-Pfund-Schwächling mit einem Wackelhals. Harriet hatte sich von Anfang an Sorgen um ihn gemacht, und selbst als er mit zwei Jahren beinahe so kräftig und aufgeweckt war wie Louis im gleichen Alter, war sie nie ganz gelassen. Er war wie sie, dachte sie, und das wollte sie nicht, er sollte sein wie sein Bruder, der nach seinem Vater und dessen Familie schlug, allesamt Kennedys mit ihrer unbekümmerten Art, ihrer Vorliebe für Sport, Naturburschen, offen und geradeheraus. Joe war, wie Ginny festgestellt hatte, nichts dergleichen. Altersmäßig genau zwischen ihren beiden Töchtern, hatte sie ihn als Kind oft erlebt und kannte ihn gut. Zu ihrer eigenen Schande hatte sie sogar insgeheim triumphiert, daß Harriet endlich erfahren würde, was es hieß, ein Kind zu haben, das introvertiert und von lauter seltsamen Ängsten geplagt war, ein Kind, das kaum je zufriedenzustellen und in vielerlei unerwarteter Hinsicht beängstigend reif war – genau wie ihre ältere Tochter Natasha. Sie hatte es so satt, Harriet prahlen zu hören, sie könne, was Louis betrifft, jede Nacht durchschlafen, habe bei ihm noch nie einen richtigen Wutanfall erlebt und keine Probleme gehabt wegen der Schule, während sie, Ginny, Natashas fünf erste Lebensjahre als eine einzige Nervenprobe empfunden hatte. Dann kam Joe, und alles wurde anders.

»Jetzt fange ich schon genauso an wie du«, sagte Ginny, nachdem sie minutenlang dagestanden und Harriet getröstet hatte, worauf ihre Schwester zu weinen aufgehört und sich wieder über die verflixten Karotten hergemacht hatte. »Ich verbringe die Hälfte meiner Zeit damit, in Erinnerungen zu schwelgen, bin in Gedanken woanders und frage mich, wie alles so hat kommen können. Oh, nicht etwa Joe«, setzte sie eilig hinzu, als Harriet zu einer Gebärde des Protestes ansetzen wollte. »Natasha, ich mußte plötzlich an Natasha denken. Weißt du noch, wie sie immerzu weinte? Unentwegt, bei jeder Kleinigkeit weinte, weinte, weinte sie, es machte mich ganz verrückt. Erinnerst du dich? Ich dachte, es läge an mir, jammerte, was für eine schreckliche Mutter ich sein müsse, irgend etwas mache ich offensichtlich falsch. Dann hörte sie ganz plötzlich damit auf. Ich weiß nicht einmal wann. Und heute ist sie das vergnügteste, selbstsicherste Mädchen, das du dir vorstellen kannst. Unglaublich, wie sie sich verändern.«

»Oh, Ginny«, sagte Harriet lächelnd, »um Himmels willen, du bist wie ein offenes Buch, verschone mich damit bitte.«

»Aber ich wollte damit gar nichts sagen. Ich habe einfach nur so vor mich hin gefaselt, ehrlich ...«

Schließlich lachten beide, die Stimmung war jetzt besser.

»Ich muß los«, sagte Ginny. »Laura kommt gleich nach Hause.«

»Wie geht's ihr?«

»Gut. Unverändert, sagt man. Es ist sogar weniger ernst als zunächst befürchtet und wird sich vielleicht auch nicht verschlimmern, man hat die Sache im Griff.«

»Wie schön.«

Ginny zögerte, und dann, als die Tür bereits offenstand, sagte sie: »Erzähl mir aber wenigstens, wie euer Treffen *war.* Versprochen?«

»Versprochen«, sagte Harriet. Wohlwissend, daß sie es nicht tun würde.

Ginny hatte den Eindruck, Tränen hätten ihr Gutes.

Harriet war sicher, daß sie, zufrieden vor sich hin summend, weggegangen war, überzeugt, es könne ihr nur gutgetan haben, »sich mal so richtig auszuweinen«. Aber dem war nicht so. Weinen kostete Kraft, und nach solchen tränenreichen Szenen ging es ihr nie besser, nichts war dadurch erreicht. »Man läßt Dampf ab«, sagte Ginny immer ganz vertraulich zu ihr, als würde sie ihr eine große Neuigkeit eröffnen. »Es entspannt deine Nerven, komm, weine nur.« Was für ein Nonsens! Alles, was sie davon bekam, waren Kopfschmerzen und rote Augen. So rot umrandete, blutunterlaufene Augen, daß sie eine Ausrede erfinden müßte, wenn Joe hereinkäme. Sie ließ es nie zu, daß er sie weinen sah, niemals. Sie wollte nicht, daß er dachte, sie weine seinetwegen, und ihn damit nur noch weiter belasten. Selbst bei ihrem Besuch im Krankenhaus waren ihre Augen vollkommen trocken geblieben. Sam hatte geweint, als er Joe zum ersten Mal sah, und sie hatte ihn deswegen verachtet … sie durften nicht weinen. Joe wollte ihre Tränen nicht, noch brauchte er sie, davon war sie überzeugt. Er wollte sie gefaßt, stark. Er als einziger hatte das Recht zu weinen und tat es nie, bis auf ein Mal.

Als Joe aus der Schule kam, wandte sie den uralten Trick an, Zwiebeln zu schälen, als Erklärung für ihre geröteten Augen. »Diese Zwiebeln«, stieß sie hervor, »der Saft spritzt mir in die Augen.«

»Nimm doch deine Brille«, sagte Joe ganz freundlich.

»Gute Idee, aber ich bin fast fertig.«

Er setzte sich an den Küchentisch, in sich zusammengesunken. Sie warf ihm einen flüchtigen Blick zu. Blaß sah er aus, wie gewöhnlich. Die Stirn war jetzt ständig tief gerunzelt.

»Da gibt es einen Skiausflug«, sagte er, »nächsten Januar.«

»Oh.« Sie fragte nicht, ob er daran interessiert sei, das könnte verhängnisvoll sein.

»Nach Österreich, nicht in diesen beschissenen Ort in Frankreich.«

»Klingt vielversprechend.«

»Louis war dort, weißt du noch? In der vierten Klasse, bevor die sich für den beschissenen Ort entschieden haben.«

»Ach ja.«

»Was meinst du mit ›Ach ja‹? Warum sagst du nicht einfach, was du sagen willst? Frag, verdammt noch mal, frag mich, ob ich hinfahren will, das ist es doch, was du wissen willst, oder? Es klingt so *falsch*, wie du mit mir redest, diese ganze verdammte Höflichkeit, dieses so *behutsame* Umgehen mit mir, Vorsicht, Joe könnte beißen.«

»Also gut, *möchtest* du hinfahren?«

»Und ob!« brüllte er. »Himmel noch mal! Warum würde ich es wohl sonst verdammt noch mal erwähnen?«

»Es hätte ja auch bloß leeres Gerede sein können ...«

»Leeres Gerede? Ich *mache* kein leeres Gerede, leeres *Gerede*!«

»Tut mir leid.«

»Leid? Warum? Warum tut's dir leid? Ich benehm mich daneben, und dir tut's leid. Was ist eigentlich los?«

»Tut mir leid, daß ich dich geärgert habe. Ich ...«

»Warum solltest du mich nicht ärgern? Was ist an mir so besonders, daß man mich nicht ärgern darf? Wie?«

»Ich meinte nur, ich sage anscheinend immer das Falsche ...«

»Dann halt doch den Mund.«

Er schlug die Küchentür hinter sich zu und stürmte hinauf in sein Zimmer. Noch eine Tür schlug zu. Wieder schossen ihr zu ihrem eigenen Entsetzen Tränen in die Augen. Er konnte doch nichts dafür, sie wußte, er konnte nicht anders, so machte sich sein ganzer Kummer Luft, in dieser häßlichen Weise. Mit keinem anderen ging er so um, nur mit ihr. Selbst wenn er sich Sam gegenüber schlecht benahm, dann nicht so. Sie mußte es eben schlucken, ihm zeigen, daß sie alles ertragen konnte, ohne mit der Wimper zu zucken. Sie war die einzige, die ihn so sehr liebte, *so* sehr, daß es ihrer Liebe nichts anhaben konnte, wie immer er sie auch behandelte. Sam hatte, als sie ihm dies zu erklären suchte, natürlich gesagt, das sei hochgestochener Unsinn. Joe brauche Grenzen, die er nicht überschreiten dürfe. Ohne sie beide würde er sich weiter so rücksichtslos verhalten, und das tue ihm nicht gut. Sie wußte aber, daß Sam sich irrte. Was Joe brauchte, war das, was sie, nur sie allein, ihm gab: unbedingtes Verständnis und Hingabe, die sie genauso gegeben hätte, wenn sie Leo Jacksons Mutter gewesen wäre, obgleich der bloße Gedanke sie in Panik versetzte. Würde sie das tun? Würde sie das wirklich tun? Wenn Joe, nicht Leo Jackson, einen Jungen niedergestochen hätte? Ihn getreten und geschlagen hätte? Tatenlos mitangesehen hätte, wie man ihn zwang, all das andere zu tun?

In Wahrheit wußte sie es nicht. In Wahrheit wollte sie aus eben diesem Grund Mrs. Armstrong treffen, um zu sehen, ob *ihre* Mutterliebe so weit reichte, daß sie einen solchen Alptraum verkraftete. Und wenn dem so war, dann wollte sie daraus Kraft schöpfen. Ginny hatte recht, es war ungesund, war verdächtig, war anormal.

Die Erregung, mit der sie dem Treffen mit *seiner* Mutter, seiner Großmutter, entgegenfieberte, war in der Tat pervers. War aber Mrs. Armstrongs Geste ebenso pervers? Entsprang sie denselben Motiven? Sie wußte es nicht. Die Tatsache, daß Mrs. Armstrong so rasch auf ihren ersten Brief, in dem sie sich auf ein Treffen freute, einen zweiten hatte folgen lassen, mit dem sie die Zusammenkunft absagte, bewies lediglich, wie verwirrt, wie voller Zweifel sie war. Harriet würde jedoch die Absage einfach ignorieren. Sie hatte geantwortet, noch bevor sie sie in Händen hielt, und gesagt, sie komme, wie vorgeschlagen, am kommenden Mittwoch um zwei Uhr nachmittags. In ihrer Absage hatte Mrs. Armstrong geschrieben: »Bitte teilen Sie mir mit, ob mein Brief Sie erreicht hat und Sie dafür Verständnis haben.« Sie nahm ihn einfach nicht zur Kenntnis. Sie würde Mrs. Armstrong nichts dergleichen mitteilen, würde so tun, als ob sie diesen Brief nie erhalten hätte, und sollte bis nächsten Mittwoch noch ein zweiter eintreffen, würde sie auch den ignorieren, wie gemein das auch wäre. Sie hatte bereits alles für die Fahrt vorbereitet. Sam wußte Bescheid. Sie wußte selbst nicht, warum sie sich die Mühe gemacht hatte, sich eine möglichst überzeugende Geschichte auszudenken, wo es ihn doch nicht im geringsten interessierte. Er sagte nur: »Das wird bestimmt ein schöner Tagesausflug«, und mehr nicht. Sie hatte auch Joe davon erzählt, der, wie vorauszusehen, nur gesagt hatte: »Warum erzählst du mir das? Dann wirst du also wahrscheinlich nächsten Mittwoch um vier nicht hiersein … Gott im Himmel, Mum.« Sie würde fahren, selbst wenn Mrs. Armstrong ihr die Tür vor der Nase zuschlüge. Wozu sie allen Grund hätte.

# Fünftes Kapitel

Sheilas Vater, Eric James Armstrong, der frühere Schlachter, hatte es gern, wenn seine beiden Vornamen verwendet wurden. Er legte Wert auf James und sagte betont »Eric *James*«, wenn sein Name beispielsweise in einem Krankenhaus aufgerufen wurde, »Eric *James* Armstrong muß es richtig heißen«, und strahlte. Er lebte allein in einem kleinen Reihenhaus, nur ein paar Straßen entfernt von seinen beiden Töchtern. Die Leute sagten ihm immer, er könne von Glück reden, in heutiger Zeit und in seinem Alter von seiner Familie umgeben zu sein, und er knurrte dann: »Ich falle keinem zur Last, daß das ganz klar ist.« Es stimmte. Er war keine Last. Eine Sorge, eine Plage, ein Ärgernis, aber nach außen hin keine Last. Im Alter von neunundachtzig Jahren sorgte er noch immer für sich allein, hielt sein kleines Haus sauber und ordentlich, wie seine Frau (seit zwanzig Jahren tot) es getan hatte, wusch seine Kleider, sogar sein Bettzeug, in der Badewanne, obwohl ihn beide Töchter anflehten, vernünftig zu sein und sie seine Bettwäsche und Handtücher in einer ihrer Waschmaschinen waschen zu lassen. Er lief täglich mehr als einen halben Kilometer, um seine Einkäufe zu machen und heimlich die Wetten abzuschließen, zu denen er sich nie und nimmer bekennen würde – offiziell wettete er nur beim Derby und Grand National. Er sah immer smart aus, mit geputzten Schuhen, den Filzhut schräg auf dem Kopf oder eine Kappe ins Gesicht gezogen, und den Stock, den er bei sich hatte, seitdem er siebzig war, benutzte er in einem Bus nicht selten als Waffe,um ein ungezogenes Kind zu züchtigen.

Er bestand darauf, den Bus zu benutzen, obgleich ihm immer wieder Mitfahrgelegenheiten angeboten wurden. Sein Bus fuhr bei ihm vorbei, und er nahm ihn gern. »Ich bin unabhängig«, erklärte er mit Vorliebe unüberhörbar laut, und den Bus zu nehmen war ein Teil seiner Unabhängigkeit. Das Ein- und Aussteigen war eine Vorstellung für sich, qualvoll mitanzusehen – er hatte solche Schwierigkeiten, sich die zwei steilen Stufen hochzuhieven und die Balance zu halten, während er seinen Ausweis vorzeigte. Manchmal sagten die Fahrer: »Schon gut, Opa«, wenn er nach seinem Ausweis suchte, dann zog er die Stirn in Falten und sagte, sie würden ihren Job nicht richtig machen, wenn sie seinen Ausweis nicht prüften, und er würde sie melden. Der ganze Bus atmete immer erleichtert auf, wenn er endlich Platz genommen hatte, und alle waren zusehends angespannt, wenn Mr. Armstrongs Haltestelle nahte. Helfen durfte man nicht. Jeder mußte dann mitansehen, wie er zu den gefürchteten Stufen stolperte und taumelte, und viele, die ihn näher kannten, schlossen ihre Augen, wenn er sie wieder einmal hinunterstieg

Aber jetzt bewunderten sie ihn alle, auch die, die ihn früher so wenig leiden konnten, wie sie seine Frau geschätzt hatten. Es war ein Stadtbezirk, der sich über viele Jahrzehnte erstaunlich gleichgeblieben war – die Leute waren wirklich in dieser Gegend geboren und hatten ihr ganzes Leben hier verbracht, und obgleich die Stadt selbst seit dem Krieg ständig wuchs und sich veränderte, lebten ganze Generationen noch in denselben Mietshäusern, die ihre Urgroßeltern einst bewohnten. Genau das hatte Pat, Sheilas Tochter, als so schrecklich und erdrückend empfunden, aber gerade das war es, was ihr Großvater so liebte. Er war stolz auf die Beständigkeit des Bezirks. »Man braucht nicht umzuziehen«, pflegte er zu sagen, »hier gibt's alles, was man sich nur wünschen kann, das steht fest. ›Osten und Westen, zu Haus ist's am besten‹, sag ich immer.« Er war zwar weder im Osten oder Westen noch gar im Norden oder Süden gewesen, schien sich aber seiner Sache sehr sicher. Zog jemand weg, war er ein Dummkopf und ein Verräter. »Die werden schon zurückkommen«, knurrte er dann, »und das mit eingezogenem Schwanz«, und taten sie das nicht und schrieben, wie schön sie es dort fänden, wo sie hingezogen waren, glaubte er ihnen nicht. Alle waren Lügner.

Seine Töchter, Sheila und Carole, waren jetzt nachsichtig ihm gegenüber. Beide waren von ihrem Vater herumkommandiert und schikaniert worden, aber sie behaupteten sich ihm gegenüber, reagierten auf Drohungen mit Verachtung, auf seinen Zorn mit ihrem eigenen. Das Schlimmste, was Eric James einer von ihnen an den Kopf werfen konnte, war bekanntermaßen: »Gott ist mein Zeuge, ihr seid eurer Mutter in nix ähnlich, in *gar nix*!«, und wenn eine von ihnen wagte, zurückzuschreien, »Also gut, wer will das auch schon?«, wurden sie mit einem Gürtel geschlagen. Es kam praktisch einer Todsünde gleich, der heiligen Jane nicht ähnlich sein zu wollen, und natürlich wollten sie in Wirklichkeit sein wie sie, die sie vergötterten, nur wußten sie, daß es ihnen nie und nimmer gelingen würde.

In Wahrheit glichen sie Eric James – stark, tapfer, unabhängig, auf niemandes Schutz angewiesen. Nicht daß er sie deshalb bewundert hätte. Alles war verkehrt an ihnen. Ihre Mutter war klein und zart mit flaumigem, mausgrauem Haar und wundervoller Haut, während sie beide grobknochig, grob-Armstrong-knochig, und groß waren, mit den bedrohlich dunklen Augenbrauen ihres Vaters, die sie in vielen qualvollen Stunden in ihrer Jugend auszupften. Sie waren Armstrong-Frauen, wie Eric James' Mutter, die Mutter, über die er niemals sprach und an die er sich angeblich nicht erinnern konnte, doch die wenigen Fotos, die erhalten geblieben waren, erzählten die ganze Geschichte. Armstrong-Frauen, wild, herausfordernd, hübsch, aber sie brauchten eine starke Hand, vor allem Sheila.

Ja, sie erinnerte sich, wie sie mit ihrem Vater, als sie klein war, sechs oder sieben, gekämpft, ihm mit Fäusten auf die Schenkel geschlagen hatte, wie sie von ihm gepackt und wild um sich tretend und schreiend hochgehalten worden war, ihre Arme von seinen großen Händen umklammert, so daß sie sich vorkam wie eine Marionette. Sie hatte gekreischt, sie hasse ihn, und ihm sogar einmal ins Gesicht gespuckt, und zuerst hatte er gelacht, sie dann geschüttelt, eine kleine Katze genannt und schließlich geschlagen, wenn auch nur auf die Beine, und aus der Tür geschubst, wo sie zusammengebrochen war und nach ihrer Mutter geweint hatte, die am Ende kommen, sie hereinholen und Vaseline auf die roten Stellen streichen durfte. »Du solltest ihn nicht reizen«, sagte ihre Mutter müde und abgeschlagen, und Sheila schluchzte, er sei schuld an allem, und noch einmal, sie hasse ihn. »Tust du nicht«, sagte ihre Mutter bestimmt. »Ihr gleicht euch wie ein Ei dem anderen, das ist das Problem.« Als sie zwanzig war, mußte Sheila sich wohl oder übel eingestehen, daß ihre Mutter recht hatte. Ein schlimmer Gedanke, aber sie *war* wie ihr Vater, und daran ließ sich nichts ändern, es sei denn, sie versuchte, ihm weniger ähnlich zu sein. Wann immer sie sich dabei ertappte, auf irrationale Eric-James-Weise die Beherrschung zu verlieren oder zu spotten, wie er es tat, grundlos, nahm sie sich zusammen und schlug bewußt einen anderen Kurs ein. Je älter sie wurde, desto mehr hatte sie den Eindruck, daß es ihr auch tatsächlich gelang, und als sie heiratete, war sie der Ansicht, daß sie es geschafft hatte, ihr Wesen zu ändern.

Alan hatte das Seine dazu beigetragen. Ihr Vater war außer sich, als sie verkündete, sie werde Alan Armstrong heiraten. Zunächst, noch bevor sie ihn nach Hause brachte, war Eric James begeistert gewesen ob der Übereinstimmung der Familiennamen, so häufig er in diesem Teil der Welt auch vorkommen mochte. »Muß aus gutem Holz sein, wenn er ein Armstrong ist«, grinste er und fragte nach Alans Herkunft in der Hoffnung, es gebe da irgendeine Verbindung. Es gab keine. Alan stammte aus einer anderen Armstrong-Familie. Erst einmal keine grobknochigen Leute. Allesamt eher von der kurzen Sorte, und die Knochen so gut gepolstert, daß sie nicht sehr in Erscheinung traten. Sheila war tatsächlich fast fünf Zentimeter größer als Alan, was zusätzlich gegen ihn sprach. Ihr Vater wollte nicht glauben, daß sie sich mit einem, wie er es nannte, Liliputaner eingelassen hatte. »Warum mußtest du dir einen verdammten Liliputaner aussuchen?« brüllte er. »Ich fasse es nicht, also wirklich, ein Mädchen heiratet einen Kerl, der kleiner ist als sie.« Ihr hatte Alans geringe Körpergröße eigentlich auch nicht gefallen, doch als ihr Vater diese wie eine Verunstaltung hinstellte, verteidigte sie Alan leidenschaftlich und hörte gar nicht mehr damit auf. »Ich hasse große Männer«, erklärte sie ihrem ein Meter fünfundachtzig großen Vater, »große kräftige Männer – oah, wer will die schon.« Eric James hatte gelacht. »Ach, wirklich?« hatte er gesagt und sich mit ungläubiger Miene abgewandt. Sie war einsfünfundsiebzig, Alan einssiebzig, keineswegs ein Liliputaner, als sie aber bei ihrer Hochzeit den Gang zum Altar am Arm ihres Vaters und zurück an dem von Alan schritt, hatte sie gewußt, wer von beiden besser aussah.

Sie liebte alles an Alan, worin er sich von ihrem Vater unterschied – seine ruhige Art, seine Geduld, seine gute Laune, seine gleichbleibende Liebenswürdigkeit. Sie störte sich nicht an seiner, wie es sogar ihre Mutter nannte, »Weichheit«, womit diese seinen Mangel an Kraft, an Tatendrang und Ehrgeiz meinte. Es stimmte, Alan hatte wenig Tatendrang. Sie würde sogar zugeben, daß er faul sei. Nicht derart faul, daß er seinen wenig anspruchsvollen Job hätte verlieren können, aber gerade faul genug, um beruflich nicht weiterzukommen. Er besaß ein wenig Geld, als sie heirateten, von der mütterlichen Seite der Familie, und Sheila glaubte, dieses schmale Erbe sei ein Teil von Alans Problem. Sie kauften damit gleich nach der Heirat ein Haus, und schon bald brauchte Alan sich um Geld keine Sorgen mehr zu machen. Er hatte vorsorglich den Rest des Erbes in eine Baugenossenschaft investiert, und von den Zinsen hatten sie leben können, wie sie es von seinem eigentlichen Gehalt nicht gekonnt hätten. Lange Zeit kein Auto, aber Sheila brauchte auch nicht zu arbeiten. In diesem so abgesicherten, behaglichen Leben hatte sie sich vollkommen verwandelt, auch die leiseste Spur von Ähnlichkeit mit ihrem Vater war, wie sie hoffte, für immer gebannt.

Bis Pat tödlich verunglückte. Damals fühlte sie, wie Eric James sich in ihr bemerkbar machte – seine Entschlossenheit, seine Hartnäckigkeit, sein Mut. Zum ersten Mal in ihrem Leben hatte sie Alan verachtet, seine Hilflosigkeit, seine Überzeugung, daß nichts getan werden konnte oder sollte. Ihr Vater war bei ihnen gewesen, als die Nachricht eintraf. Er aß gerade zu Mittag, wie jeden Sonntag – Mittagessen bei Sheila, Tee bei Carol. Alan hatte den Anruf entgegengenommen, während sie und ihr Vater weiter Roastbeef und Yorkshire Pudding aßen – »nicht schlecht, aber nicht so gut wie bei deiner Mutter« –, und er hatte nicht aufgehört, ihn hinunterzuschlingen, während Alan die schreckliche Nachricht stammelte, hatte gegessen, bis der ganze Teller leer war. Dann, als Sheila wie erstarrt dasaß, hatte er sein khakifarbenes Taschentuch hervorgezogen, damit über seine Braue gewischt und gesagt: »Großer Gott«, gefolgt von einem »Verdammt, verdammt« und einem Schütteln seines Kopfes. Eine Ewigkeit hatte sie dagesessen und gespürt, daß er sie heimlich beobachtete. Sie wußte warum. Er wartete nur darauf, sie zusammenbrechen zu sehen, hatte Angst, sie würde weinen, was sollte er dann tun? Er, der niemals auch nur den geringsten Trost gespendet und immer nur gesagt hatte: »Das ist nun mal so« und »Da kann man nix machen«, in der Hoffnung, seine eigene fatalistische Haltung könne sich durchsetzen und alle Emotionen eindämmen. Sie hatte nicht geweint, aber nicht etwa seinetwegen, was immer er denken mochte.

Er war nach Hause geschlurft. Ohne sie zu berühren. Ohne jegliche Umarmung. Er hatte gesagt, er würde zur Stelle sein, wenn man ihn brauche, und sich auf den Heimweg gemacht. Zu Hause hatte er nach und nach die gesamte Familie angerufen, nicht nur Carol, sondern auch Vettern, Tanten, alle, um es ihnen zu erzählen. Carol sagte er, sie solle am besten sofort zu Sheila rübergehen – sie würde vermutlich geben können, was er nicht geben konnte. Er fand, es sei richtig so. »Ist Carole gekommen?« hatte er später an jenem Abend gefragt, als er vor dem Zubettgehen noch einmal anrief. »Ja.« – »Hab ich mir gedacht«, sagte er triumphierend, »braves Mädchen.« Ihr war nicht nach Streiten zumute. Aber später hatte es viele Auseinandersetzungen gegeben. Eine davon betraf Pats Leiche. Er war der Ansicht, sie solle nach Hause gebracht und dort begraben werden, wo ihre Großmutter, seine Frau Jane, begraben lag. Er fand, das gehöre sich so. Sie machte ihm klar, was das kosten würde, und er wurde nicht etwa bleich. Es gehöre sich so, beharrte er, und er würde dazu beitragen, was er für seine eigene Beerdigung zurückgelegt habe. Er schüttelte verächtlich seinen Kopf, als er hörte, die beiden Toten seien bereits dort drüben begraben worden. Nur in Leos Fall war er hilfreich gewesen. »Der Junge ist einer von uns«, hatte er gesagt, »da führt kein Weg dran vorbei, Blut ist Blut, da gibt's keine Wahl. Der Junge hat keine Mam mehr, nix is schlimmer, nix is schlimmer.« Er wurde sichtlich ruppig und abweisend, als Alan die Ansicht vertrat, es sei grausam, einen dreijährigen Mischlingsjungen zu verpflanzen. »Grausam?« sagte Eric James. »Du meinst wohl, grausam, ihn ohne seine Mam zu lassen. Er braucht unsere Sheila, da gibt's kein Wenn und Aber.« Als Alan sagte, ihm gehe es vor allem um Sheila, mit ihren beinahe sechzig Jahren sei es nicht leicht, einen Dreijährigen anzunehmen – war

Eric James dazwischengefahren, hatte mit seinem Stock gehämmert und gesagt: »Beinahe sechzig? Sie ist eine Armstrong Armstrong, die geben doch mit sechzig nicht auf. Sie könnte noch ganz andere Dreijährige annehmen, ohne mit der Wimper zu zucken, was zum Teufel redest du überhaupt, he?«

Er hatte es gar nicht erwarten können, Leo zu sehen, trotz seiner früheren lautstarken Einwände gegen die Hautfarbe seines Vaters. All das war vergessen. Leo war Pats Junge, und damit basta. Recht mußte Recht bleiben. Und natürlich liebte er Kinder, zumindest bis zu ihrem siebten Lebensjahr. Er konnte sogar gut mit ihnen umgehen – alle seine Enkelkinder vergötterten ihn. Seine eigenen Töchter mochten keine Erinnerung an irgendwelche Zärtlichkeiten, gemeinsame Spiele und besondere Zuwendung haben, aber bei seinen Enkelinnen war das anders. Er hätte Sheila begleitet, um Leo einzufordern, hätte seinen stolzen Rekord, niemals seine Heimat verlassen zu haben, gebrochen, wäre er nur jünger gewesen. Das warf er immer wieder mit einem Blick auf Alan ein. »Ein Glück, daß *sie* wenigstens Rückgrat hat«, sagte er spitz. »Ein Glück.« Die ganze Zeit, in der Sheilas so schwierige Reise geplant wurde, lobte er sie, weil sie »am Ball« bliebe, und wenn ihn auch all die fremden Ortsnamen und Fahrpläne, die er nicht verstand, ängstigten, so hatte er sie im selben Maß ermutigt, wie Alan versucht hatte, sie von der Reise abzuhalten.

Als sie zurückkehrte, stand ihr Vater mit Alan in Manchester am Flughafen, um sie und Leo zu begrüßen. Eine größere Geste konnte er gar nicht machen, als in seinem hohen Alter mit Alan den ganzen weiten Weg zu einer Stadt zu fahren, vor der er sich fürchtete. Nichts, was Alan sagte, konnte ihn davon überzeugen, daß niemand eine solche Tortur von ihm erwartete – er sei doch zu Hause besser aufgehoben, als sich solchen unnötigen Strapazen auszusetzen. Aber nein, er wollte dasein, um den kleinen Jungen richtig willkommen zu heißen und ihm zu zeigen, worum es ging, wie er sich geheimnisvoll ausdrückte. Als sie dann mit Leo durch den Zoll in die Ankunftshalle kam – schwankend, vom langen Fliegen ganz verkrampfte Beine und Leo todmüde –, war das erste Gesicht, das sie erblickte, das von Eric James, der wild dreinschauend durch die Sperre spähte. Er lächelte nicht, als er sie sah – Lächeln war nicht seine starke Seite, und wenn er es tat, schienen seine Lippen sich dabei nie wohl zu fühlen und glitten, so schnell es angebracht war, in ihre normale grimmige Form zurück –, statt dessen hob er seinen Stock in die Höhe. Er war der letzte Mensch, den sie sehen wollte. Den beruhigenden Alan, den stillen Alan wollte sie sehen, oder Carole, die so rührend für einen sorgen konnte.

Ihren Vater dabeizuhaben, machte alles noch einmal so schwierig. Er ging so langsam an seinem Stock und blieb immer wieder stehen, um ungehalten irgendeinen Schwachkopf zu beschimpfen, den er beschuldigte, er wolle ihm ein Bein stellen. »Hau bloß ab«, bellte er, aber seine Stimme ging im allgemeinen Tumult unter. Leo nahm ihn gar nicht zur Kenntnis. Er wurde, seinen Kopf an ihre Schulter geschmiegt, halb schlafend von Sheila getragen. Sie saß hinten im Auto, Leos Kopf lag nun in ihrem Schoß und sein übriger kleiner Körper unter einer Wolldecke auf dem Sitz zusammengerollt. Ihr Vater saß vorn und gab ihr und Alan Anweisungen. »So ist's richtig, laß den Jungen nur schlafen, ist das Allerbeste, weck ihn ja nicht«, sagte er zu ihr, und »Immer mit der Ruhe, immer mit der Ruhe, nur keine Eile« zu Alan. Von Zeit zu Zeit drehte er sich mühsam um, verfluchte seinen Sicherheitsgurt, mit dem er sich beinahe strangulierte, und warf einen Blick auf Leo. »Klein«, murmelte er, »wie Pat, hat nichts von uns Armstrongs.« Sie sagte kein Wort und hielt ihre Augen geschlossen, was ihn allerdings nicht davon abhielt, Fragen zu stellen. »Wie war er, der Junge?« Sie brachte mühsam ein »Gut« hervor, was eine Welle von »Braver Junge« auslöste. Später war es »War wohl heiß, eh? Wette ich«. Sie nickte. »Der Junge wird den Unterschied merken, muß er ja.« Sein verzweifeltes Bemühen zu sprechen, sich Leo anzunähern, war so offensichtlich, daß er ihr bei all ihrer überwältigenden Erschöpfung doch leid tat. Furchtbar, dachte sie schläfrig, Anteilnahme und Zuneigung vermitteln zu wollen und es nicht zu können, all diese aufgestauten, ungewohnten Empfindungen in ihm, die er nicht als Gefühlsregung zuließ.

Während des ersten schwierigen Monats hatte Eric James herumposaunt: »Ich hab sie vom Flughafen abgeholt, ich war dabei, als der kleine Kerl auf britischem Boden landete.« Als habe er zumindest einer Krönung beigewohnt. Die übrige Familie kam, um Leo kennenzulernen, aber keinem gelang dies, ohne von Eric James begleitet zu sein. Er übernahm es, alle Besuche zu organisieren, rief sämtliche Mitglieder der Armstrong Armstrongs an und sagte ihnen, wenn sie die Absicht hätten, zu Sheila zu gehen, sollten sie ihm unterwegs Bescheid sagen, denn »der Junge ist an mich gewöhnt, ich gehe am besten mit euch«.

Sheila hatte nicht die Kraft, ihn davon abzuhalten,

sie ließ es einfach geschehen. Leo war den größten Teil der Nacht wach wie sie, die bei ihm saß und ihm Geschichten vorlas, mit ihm schmuste, ihm beruhigende Getränke einflößte, weil sie nichts anderes wollte, als bei ihm zu sein. Alan schwor, sie habe seit ihrer Rückkehr nicht eine ganze Nacht in ihrer beider Bett verbracht. Nicht daß er sich beklagte – er verstand, wie sehr Leo seine Großmutter brauchte. Tatsächlich kam alles genau so, wie er es vorausgesagt hatte: Sheila wurde wieder ganz und gar Mutter, ging vollkommen darin auf, nichts und niemand zählten mehr. Langsam schaffte sie es, daß Leo seine neue Umgebung akzeptierte, sorgte für so viel Liebe und Zuwendung, daß er nicht daran zweifeln konnte, geborgen und in Sicherheit zu sein. Und Eric James tat dazu das Seine. Er war Teil der täglichen Routine, pünktlich wie ein Uhrwerk, Teil jenes Sheila eigenen Systems aus konzentrierter Aufmerksamkeit. Alan war freundlich, aber dennoch distanziert – er konnte nicht anders, als tatenlos und unsicher im Hintergrund zu stehen, während Eric James sich mit großer Verve um Leos Liebe bemühte. Nicht daß er je dieses Wort in den Mund genommen oder geglaubt hätte, er tue all das nur, um Liebe zu erflehen oder Liebe zu schenken. Leo war einfach für ihn eine Quelle unendlicher Faszination.

Bis er sieben war. Vier Jahre vollkommener Harmonie zwischen dem alten Mann und dem Jungen, dann begannen die ersten Risse aufzutreten. Feine Haarrisse in der wunderbaren Beziehung, nichts, worüber man sich Sorgen machen mußte. Aber Sheila erkannte sie und war besorgt. Als sie ihren Vater zum ersten Mal sagen hörte: »Du sollst nicht tun, was ich tue, sondern was ich sage … Punktum«, seufzte sie. Leo war klug. Er war wißbegierig. Er wollte für alles Erklärungen, Gründe, Rechtfertigungen haben. Gesagt zu bekommen, etwas nicht zu tun, was sein geliebter Großvater tat, nur weil der alte Mann es verboten hatte, ohne jegliche vernünftige Erklärung, ärgerte ihn. Logik war etwas, worüber Eric James sich nie Gedanken gemacht hatte, aber für Leo hatte sie von klein auf große Anziehungskraft. Dann seine Ablehnung gegenüber eher kindlichen Spielen, die Eric James erdacht hatte. Das waren Kränkungen. »Dann mach doch, was du willst«, sagte sein Großvater und schlurfte beleidigt davon, wobei man ihm seine Enttäuschung nur allzu deutlich ansah. Das Schlimmste waren ihre unterschiedlichen Vorstellungen in puncto Verhaltensregeln. »Wenn er dich schlägt, schlägst du noch härter zurück, wirf ihn zu Boden, schlag ihm die Zähne ein, das wird ihm eine Lehre sein«, hatte Eric James Leo geraten, als er in seine erste Schlägerei geriet. Leo starrte ihn an. »Ich will mich nicht prügeln«, sagte er. »Es geht nicht darum, was du willst, Junge, sondern darum, was du tun mußt, sonst wird aus dir noch ein Schwuler.«

»Was ist ein Schwuler?«

»Erfährst du noch früh genug.«

Da war es wieder, Gründe, Erklärungen wurden *nie* gegeben. Aber Leo prügelte sich. Als er mit einer gespaltenen Lippe, die untere Hälfte seines Gesichts voller Blut, aber ohne zu weinen, nach Hause kam, freute sich Eric James. »Wie sieht der andere Kumpel aus, eh?« Und als Leo berichtete, sein Angreifer habe wirklich eingeschlagene Zähne und krümme sich noch immer wimmernd auf der Erde, war sein Großvater begeistert. »Braver Bursche, braver Bursche«, lachte er in sich hinein. Ihm entging, wie unglücklich Leo über seinen Sieg war und wie sehr ihm die Freude seines Großvaters mißfiel. Es konnte nicht richtig sein, ebensowenig, wie bei Eric James' ständigen kleinen Mogeleien mitzumachen – sich vorzudrängeln in der Schlange, ohne zu zahlen durch die Seitentür ins Kino zu schleichen, dumme, unwichtige Dinge, aber sie summierten sich. Eric James war kein leuchtendes Beispiel großväterlicher Rechtschaffenheit, und je deutlicher er das erkannte, desto mehr zögerte Leo, es ihm gleichzutun, wie er es früher getan hatte. Als er dreizehn war, brachte Eric James ihn immer häufiger in Verlegenheit. Damals war Leo schon groß. Er hatte sich, gegen alle Erwartung, schließlich doch in einen Armstrong Armstrong (keiner erwähnte die Jackson-Seite) verwandelt. Er war lang, breitschultrig und schon sehr kräftig gebaut.

»Werd ein Boxer«, drängte Eric James. »Schwarze sind gute Boxer.«

»Ich bin kein Schwarzer«, sagte Leo, »und benutze das Wort nicht.«

»Ich werd verdammt noch mal das Wort benutzen, das mir paßt«, brüllte sein Großvater. »Da hast du mir gar nix vorzuschreiben, Junge.«

»Hab ich auch nicht, ich meinte nur ...«

»Schon gut, schon gut, du weißt doch, was sich gehört, du mußt Respekt vor Älteren haben.«

»Das werde ich, wenn sie Respekt vor mir haben«, sagte Leo, und Sheila hatte im Hintergrund gelächelt und ihn insgeheim angefeuert. Aber als Leo sich später ärgerte und sagte, wie er es hasse, wenn sein Großvater ihn einen Schwarzen nenne, hatte sie ihn zu ihrem eigenen Erstaunen verteidigt.

»Er ist ein alter, alter Mann, Leo«, sagte sie besänftigend, »es hat nichts zu bedeuten, wirklich. Du mußt immer daran denken, er hat ein beschränktes Leben geführt, er denkt nicht nach ...«

»Das sollte er aber.«

»Ich weiß, er sollte es, aber er ist nun mal festgefahren in seinen Gewohnheiten, man kann ihn nicht mehr ändern, nimm es ihm nicht übel, es ist nur Unwissenheit.«

»*Nur* Unwissenheit?« fragte Leo plötzlich mißmutig und verbittert.

Von da an war es nicht leicht für ihn. Sie beobachtete, wie er sich nach und nach immer mehr in sich selbst zurückzog, wie er seine frühere Offenheit verlor, die so anziehend gewesen war. Still war er immer schon gewesen, aber nie mürrisch, still in einer aufmerksamen, wachen Art und Weise, während er jetzt in eine düstere Stimmung versunken war, wo sie ihn nicht erreichen konnte. Sie glaubte nicht, daß er sich selbst darüber im klaren war, warum seine Persönlichkeit eine so tiefgreifende Veränderung durchgemacht zu haben schien. Ihre Schwester Carole sagte, sie seien sich alle gleich, alle Jungen würden so, aber Sheila fragte sich, wie sie das denn wissen könne, wo sie selbst doch nur Töchter hatte. Allein schon die körperliche Veränderung war kraß und beunruhigend – mit sechzehn war Leo über einsachtzig groß und wog 82 Kilogramm. Er hatte Schuhgröße 47, kein Pullover hatte genügend lange Ärmel. Und er war gar nicht mehr hübsch. Alles an seinem Gesicht wirkte vergröbert, und seine Augen, einst groß in seinem kleinen Gesicht, schienen düster und kleiner geworden, während alles übrige an ihm immer größer wurde. Er füllte ihre kleinen Räume aus, stieß sich den Kopf an den Türrahmen, war tapsig, während er früher doch so beeindruckend geschmeidig gewesen war. Sie fand es so schwierig, damit fertig zu werden, und ihm, spürte sie, erging es nicht anders.

Aber sie waren einander noch immer nah, waren noch immer Freunde. Er war ein guter Junge, hilfsbereit, aufmerksam. Carole gab ständig ihre Kommentare dazu ab – »Glaubst du, einer von meinen Leuten würde je für mich einkaufen gehen?« oder »Willst du wirklich meine Fenster putzen? Das meinst du doch nicht im Ernst.« Leo kümmerte sich um sie, ohne viel Aufhebens und ohne eine Belohnung oder ein Lob zu erwarten. Oft hatten sie ernsthafte Gespräche, nicht daß sie mit ihm Schritt halten konnte, er wußte zuviel, er war zu klug. Aber er hörte ihr zu, nahm ihre ungebildeten Ansichten ernst, sagte nie zu ihr, sie sei dumm, wie Caroles Kinder es getan hatten. Er liebte sie, da gab es keinen Zweifel, auch wenn er längst dem Stadium entwachsen war, wo er ihr dies offen eingestehen, seine Arme um ihren Hals legen, sich an sie schmiegen und sie küssen konnte und sagen: »Ich liebe, liebe, liebe dich, Mam.« Vielleicht hätte sie ihn nie korrigieren, ihn nie darüber aufklären sollen, daß sie seine Großmutter war. Es hatte ihn außer Fassung gebracht, so als hätte sie ihn auf irgendeine Weise verraten und zugleich daran erinnert, daß seine Mutter tot war. Er konnte sich überhaupt nicht an sie, an Pat, erinnern, an absolut gar nichts, auch nicht an den Unfall. Seine früheste Erinnerung war, wie sie im Krankenzimmer die Hand nach ihm ausstreckte. Das und das Flugzeug, und wie die Stewardeß ihm einen Teddybär schenkte. Sein Leben begann mit ihr.

Er sagte einmal: »Was wäre aus mir geworden, wenn du mich nicht geholt hättest?« Er war etwa acht oder neun, als er das fragte. Sie hätte auf diese Frage vorbereitet sein, eine passende Antwort parat haben müssen, aber sie war es nicht und wußte keine. Erschrocken hatte sie die Wahrheit gesagt, sie wisse es nicht. Dann hatte sie hinzugefügt, wie nett alle gewesen seien, man hätte sich gewiß gut um ihn gekümmert. »Aber wer wäre meine Mam gewesen?« sagte er angsterfüllt. Sie setzte sich zu ihm, froh, daß man gerade noch mit ihm schmusen konnte, und erzählte ihm, in jedermanns Leben gebe es Fragen, die nicht zu beantworten seien, und es sei nicht gut, sich mit ihnen herumzuquälen. Sie sei seinetwegen gekommen, und das allein zähle. Zumindest war sie jetzt vorbereitet auf die nächste bange Frage – »Könnte jemand aus Afrika kommen und mich zurückholen?« Was für eine Erleichterung war es, mit Bestimmtheit sagen zu können, dies sei absolut unmöglich, er gehöre ausschließlich zu ihr und Alan. Es war Alan gewesen, der, was immer er von der ganzen Sache halten mochte, dafür gesorgt hatte, daß alles seine Richtigkeit hatte. Sie zeigte Leo sogar die Adoptionspapiere, und er war zufrieden. Aber im Laufe der Pubertät spielte Afrika nach und nach wieder eine größere Rolle. Er fragte nach seinem Vater und freute sich, als er hörte, er sei Arzt gewesen. Über John Jacksons Familie konnte sie ihm jedoch nichts erzählen. Sie hatte nie viel gewußt, und obgleich sie alle Briefe von Pat aufbewahrt und Leo an seinem sechzehnten Geburtstag ausgehändigt hatte, enthielten sie überraschend wenig Konkretes, nur vereinzelt Fakten. Die meisten waren voller lyrischer Beschreibungen der Landschaft, der Tiere und der Sonnenuntergänge. »Sie liebte Afrika«, sagte Leo ganz erstaunt, und Sheila mußte ihm zustimmen. Pat hatte Afrika geliebt. So entstand in Leo der

Gedanke, er müsse dorthin fahren und es mit eigenen Augen sehen, und plötzlich wuchs in ihr die große Angst, er könne sich, war er erst einmal achtzehn, auf und davon machen und sie für immer verlassen, wie Pat.

Noch, dachte sie, würde er keine Gelegenheit dazu haben. Man würde ihm vermutlich kein Visum erteilen, nicht mit seiner Vorgeschichte. »Schick ihn doch zurück nach Afrika«, hatte Eric James irgend einmal grausam gesagt. »Da gehört er hin, in den Dschungel, wenn er so weitermacht, wie ein Tier.« Ihr Haß auf ihren Vater war so übermächtig gewesen, daß sie unter seinem Druck, einem geradezu brennenden Druck in ihrem Inneren, beinahe ohnmächtig geworden war. Dieses eine Mal hatten sein hohes Alter, seine Gebrechlichkeit ihn nicht vor ihrer Verachtung bewahren können. »Ich denke, *du* solltest zurückgehen, in dein eigenes Haus, wenn das alles ist, was du zu sagen hast«, sagte sie.

»Also, du mußt doch zugeben, eine verdammte Schande, sich zu benehmen wie ein Tier …«

»Was weißt du schon darüber.«

»Ich weiß, daß er's verdammt noch mal getan hat, ich weiß es, und alle anderen in der Stadt wissen es auch.«

»Ich will nicht darüber reden.«

»Kein Wunder, ich auch nicht, und er schon gar nicht, nicht ein Wort von seiner Seite.«

»Genau.«

»Hä?«

»Niemand weiß wirklich, was vorgefallen ist, Leo hat nichts darüber gesagt.«

»Er hat nicht abgestritten, daß er dort war, ein Messer hatte und es verdammt noch mal benutzt hat, er hat es nicht abgestritten und konnte es auch nicht, nachdem sie das Messer und die Fingerabdrücke und die richtige Blutgruppe gefunden hatten und all die …«

»*Dad*, um Himmels willen! Ich ertrage es nicht, hör auf!«

Er hatte aufgehört. War weggeschlurft. Später wurde ihr klar, daß seine innere Qual aus ihm sprach, nur so konnte er sich von seinem Kummer befreien. Sie hatten niemals wieder ein Wort darüber verloren. Sie und Alan sprachen nie davon, nicht nach der ersten schrecklichen Nacht. Sie fanden beide, es tue nicht gut. Und das ängstigte sie am meisten an Mrs. Kennedys Absicht zu kommen – sie wollte womöglich darüber reden, über das eigentliche Verbrechen, es noch einmal durchsprechen. Vielleicht wußte sie mehr. Dieser Polizist, der Kriminalkommissar, hatte etwas angedeutet, und ihr Herz hatte gerast. Er machte ständig Andeutungen. Überheblich. Tippte dann mit dem Finger an die Nase und sagte, er habe so seine Vorahnungen, nannte das seinen sechsten Sinn. Er wagte doch tatsächlich, ihr zu sagen, er habe da so ein Gefühl, warum Leo es getan haben könnte. Er deutete an, der Grund sei etwas Unerfreuliches. Sie weigerte sich, ihn zu fragen. Er sollte ruhig seinen Verdacht, was immer er besagte, für sich behalten. Sie wollte auch keine eigenen Vermutungen anstellen. Sie blieb bei dem, was sie immer gesagt hatte: Leo sei ein guter Junge, und das sei er schon immer gewesen. Sie sei seine Großmutter, die wie eine Mutter für ihn gewesen sei, und müsse es ja schließlich *wissen*. Es sei unmöglich, den Jungen dreizehn Jahre aufgezogen zu haben und ihn nicht durch und durch zu kennen. Ja, den Beweis von Leos Schuld müsse sie akzeptieren, nicht jedoch, daß damit feststehe, er sei verkommen und böse. Eine Nacht, vierzig Minuten lang, ja, das sei nicht zu leugnen, aber davor nicht, nie, und das müsse doch etwas bedeuten. »Mütter«, hatte der Polizist grinsend gesagt, »sind doch alle gleich, wenn es um ihr Unschuldslämmchen geht.«

Aber Leo schien von ihrer Loyalität und ihrem Glauben an ihn nichts wissen zu wollen. Er war wie ein Zombi, er konnte nicht mehr mit ihr reden. Wenn Mrs. Kennedy käme, um irgendwelche Erklärungen zu finden, würde sie keine bekommen. Sie könnte über Leos Kindheit, Leos Charakter und so weiter sprechen, aber sie würde ihr nichts zum Überfall sagen können. Wenn sie damit anfinge, hatte Sheila sich überlegt ... würde sie Mrs. Kennedy die Tür weisen. Bestimmt würde die Frau kommen. Auf ihren zweiten Brief, mit dem sie ihre vorherige Einladung zurückgenommen hatte, war keine Antwort gekommen, und inzwischen war Mrs. Kennedys eigene Antwort, die besagte, sie werde am Mittwoch kommen, eingetroffen. Sie mußte einfach akzeptieren, daß sie, indem sie zustimmte, einen Fehler gemacht hatte, und die ganze Sache jetzt so schnell wie möglich hinter sich bringen. Sie war beinahe siebzig, sie sollte eigentlich damit fertig werden, und das mit einiger Würde. Sie nahm es auf sich, am Montag zum Friseur zu gehen, und wenn sie auch nicht so töricht war, sich etwas Neues zum Anziehen zu kaufen, so gab sie doch ihr bestes Kleid in die Reinigung. Sie wollte nicht mitleiderregend und schäbig aussehen. Mrs. Kennedy hatte sie im Gericht ganz düster in Grau gesehen. Ihr schönstes Kleid war hellblau, und sie war froh darüber, sie wollte nicht gequält aussehen, wollte zeigen, das Leben gehe weiter und sie tue, wenn auch traurig über das Geschehene, beschämt und unglücklich, ihr Bestes.

Und sie backte zwei Kuchen, um Mrs. Kennedy ein Stück anzubieten, einen Dundee-Kuchen, ihre Spezialität, und einen Honigkuchen. Sie sorgte dafür, daß beide am Sonntag zum Tee bereitstanden und eine tüchtige Portion von beiden Kuchen schon gegessen wurde, damit sie nicht so aufwendig aussahen. Sie wollte nicht ihr bestes Porzellan aus dem Glasschrank nehmen und auch nicht im Wohnzimmer decken. Zu steif, man saß zu weit voneinander entfernt. Die Küche war zwar klein, aber freundlicher. Sie konnten am Tisch sitzen, am Fenster, wo die Sonne hereinschien und man die Geranien im Blumenkasten sah. Sie würde zwar *sagen*: »Möchten Sie gern ins Wohnzimmer gehen oder lieber in die Küche?«, war sich aber sicher, Mrs. Kennedy würde, wenn die Frage so geschickt gestellt war, die Küche wählen. Jede Frau würde das tun. Dann wäre es einfach, den Tee zu machen. Sie hatte gar keinen richtigen Kaffee oder eine Kaffeemaschine und wollte keinen Pulverkaffee anbieten, auch wenn alle anderen es taten. Dies war ein Tee-Haushalt, und Tee würde gereicht, außer Mrs. Kennedy würde ihn unverblümt ablehnen. Dann würde sie Pulverkaffee auf den Tisch stellen. Nichts von alledem war wichtig, Sheila wußte das, weder für sie noch für ihren Gast. All das war nebensächlich – der Tee, der Kuchen, das beste Kleid, das Haar –, nebensächlich, aber nicht unwesentlich. Sie bildeten die Kulisse. Das Ganze war unnatürlich, und die richtigen Requisiten würden nur helfen …

Als es am Mittwoch zwei Uhr schlug, war Sheila einigermaßen gelassen.

# Sechstes Kapitel

Um dreizehn Uhr zwanzig hielt sie am Ende von Mrs. Armstrongs Straße. Eine Straße mit kleinen Reihenhäusern, die direkt auf den Bürgersteig führten. Ganze Zeilen von ihnen, schnurgerade ausgerichtet, in einer Flucht zur Hauptgeschäftsstraße. In der Nähe gab es eine Eisenbahnbrücke, und man konnte deutlich hören, wie die Züge darüber hinwegsausten. Sie war an zwei Fabriken vorbeigekommen, riesigen Backsteinbauten mit hohen, schmalen Fenstern. Es gab keine Bäume, keine Gärten, und doch waren diese düsteren Straßen nicht völlig trostlos. Sie stellte fest, daß sämtliche Türen hell gestrichen waren und die meisten Türklopfer aus Messing hatten. Die Fenster glänzten, und einige hatten Blumenkästen auf weißgestrichenen Fensterbänken. Nirgends sah sie Abfall, nirgends auch nur eine Spur von Schmutz. Es war, als würde jemand regelmäßig den grauen Stein des Gehwegs und den Asphalt der Straße waschen und polieren. Harriet fuhr ein kleines Stück weiter, dann bog sie in eine andere Straße ein und parkte. Sie konnte nicht vierzig Minuten im Wagen sitzenbleiben, daher stieg sie aus und spazierte so zielstrebig wie nur irgend möglich die Straße entlang. Leider war es eine Sackgasse, und sie mußte umkehren und den ganzen Weg wieder zurückgehen. Der Wind zerzauste ihr Haar, und obgleich sie auf solche Dinge eigentlich keinen Wert legte, wollte sie doch nicht ungepflegt vor Mrs. Armstrongs Haus erscheinen. So mußte sie sich noch einmal in ihren Wagen setzen. Sie bürstete ihr Haar und musterte sich erstaunt in dem kleinen Spiegel, der an der Sichtblende über dem Mitfahrersitz angebracht war. Darin sah sie eine Frau aus einem Haus kommen und stehenbleiben, um das fremde Auto neugierig zu betrachten. Natürlich fiel in einer solchen Straße jeder Fremde oder jedes fremde Objekt auf.

Es war dumm, so früh gekommen zu sein, aber sie hatte Angst gehabt, die Straße nicht zu finden und sich zu verspäten, und war deshalb nervös gewesen. Sie hatte doppelt soviel Zeit eingeplant, wie die Fahrt ihrer Berechnung nach tatsächlich dauern würde, und bereute es nicht. Sie wollte die Ruhe bewahren, denn sie war immer in Gefahr, vor lauter Angst unpünktlich zu sein, die Fassung zu verlieren. Jetzt war sie ruhig. Ruhig, aber nervös. Sie hatte nicht die leiseste Ahnung, was sie sagen sollte, und doch lag die Verantwortung bei ihr. Mrs. Armstrong hatte schließlich versucht, das Treffen abzusagen, hatte geglaubt, es sei besser so. Sie war womöglich ärgerlich, überlistet worden zu sein, oder würde sich zu Recht überlistet fühlen. Oder vielleicht war sie ja auch gar nicht zu Hause, da sie keine Bestätigung auf ihr letztes Schreiben hin erhalten hatte. Ich muß, dachte Harriet, auf alles gefaßt sein, und ich darf vor allem keine Emotionen zeigen. Bei diesem Treffen ging es nicht um Emotionen. Auch wenn sie nicht wußte, worum es eigentlich ging, um diese ging es jedenfalls nicht.

Da ihr noch weitere zwanzig Minuten blieben, holte sie die Mappe mit den Zeitungsausschnitten hervor. Sie widerten Sam an, und Joe ahnte nichts von ihrer Existenz. Sie wußte nicht, warum sie die Berichte ausgeschnitten und aufbewahrt hatte, zunächst vom Überfall, dann von der Festnahme des nicht namentlich genannten Leo Jackson und schließlich vom Prozeß. Sie hatte es heimlich getan. Alle Ausschnitte stammten vom *Daily Telegraph*, ihrer eigenen Tageszeitung, und aus dem Lokalblatt. Keiner der Artikel war bebildert, weil beide Jungen zu jung waren und nicht mit Namen genannt werden durften. In Wirklichkeit waren diese Ausschnitte, wie sie jetzt feststellte, eher nichtssagend. Sie waren ziemlich rührselig. Abgedruckt auf der ersten Seite der Lokalzeitung, allerdings nur in einer Seitenkolumne, und lediglich eine Notiz auf Seite drei im *Telegraph*. Die Fakten wurden erwähnt, und das war so gut wie alles. Außer wenn es um Leo Jacksons Kindheit ging. Sein Großvater habe gesagt, das Ganze sei ihm ein Rätsel, und seine Großmutter – »bekannt als seine Mutter« - erinnere sich, daß er immer ein lieber Junge gewesen sei. Erstaunlich, wie wenig Beachtung man der Sache geschenkt hatte.

Letzten Endes waren der Überfall und Joes Schicksal nichts Außergewöhnliches. Kommissar Graham hatte bei dem mißglückten Versuch zu trösten taktloserweise darauf hingewiesen. Nichts Außergewöhnliches. Willkürliche Gewalt sei nichts Außergewöhnliches, im Gegenteil, ganz alltäglich, nichts, worüber man sich aufregen müsse. Nichts Außergewöhnliches oder ein Fall wie jeder andere, Graham war wie gewohnt nicht zimperlich mit seinen Klischees. Er habe doch nur versucht, behauptete Sam, ihnen zu versichern, daß das, was Joe zugestoßen war, kein Einzelfall und deshalb seine Genesung nicht unmöglich sei. »Die Leute kommen darüber hinweg«, hatte Graham gesagt, »sie glauben, sie könnten es nicht, aber sie schaffen es. Und er ist jung, junge Leute erholen sich rascher.« Wie hatte sie sich darüber geärgert. Er wußte nichts über Joe und war dennoch felsenfest davon überzeugt, er würde sich rasch erholen und es zu guter Letzt vergessen. Er hatte nicht die leiseste Ahnung, was all das in Joe angerichtet hatte. Einmal hatte er sogar scheinheilig gesagt: »Um Sie, Mrs. Kennedy, mache ich mir Sorgen, Sie nehmen es so schwer.« Er hatte traurig seinen Kopf geschüttelt und versucht, sie mit einem seiner seelenvollen, vielsagenden Blicke zu umgarnen. Von seiner gräßlichen Sympathie angewidert, hatte sie sich abgewandt. Er hatte sich ihr gegenüber damit gebrüstet, daß er vor Polizisten einen Vortrag – *einen Vortrag* – gehalten habe über den »Umgang mit Opfern von Gewaltverbrechen«, und sie hätte sich bei dem Gedanken daran beinahe auf der Stelle übergeben –, so eklig fand sie es.

Sie fragte sich, ob Graham wohl die Armstrongs besucht habe. Wahrscheinlich. Und wie mochte er sich ihnen gegenüber verhalten haben? Würde es einen Unterschied machen, daß sie die Großeltern des Angreifers waren? Möglicherweise nicht, vielleicht war er dort ja ebenso eitel und von der Wichtigkeit seiner Rolle überzeugt aufgetreten. Das wäre etwas, dachte sie, worüber sie mit Mrs. Armstrong reden könnte, aber vermutlich würde sie es nicht tun. Noch zehn Minuten. Es würde nichts machen, wenn sie etwas verfrüht käme. Sie startete den Wagen, wendete und fuhr zurück in die richtige Straße. Das Haus der Armstrongs war beinahe das letzte. Es gab genügend Platz zum Parken. Sie hielt ganz am Ende der Straße. Ziemlich forsch ging sie auf die Haustür zu, die sich, noch bevor sie läuten konnte, öffnete.

»Treten Sie ein«, sagte Mrs. Armstrong und trat einen Schritt zurück, um die Tür so weit wie möglich aufzuhalten, als wolle sie Harriet davon überzeugen, daß keine Löwen auf sie lauerten.

»Ich danke Ihnen.« Harriet trat ein und wartete. Mrs. Armstrong machte kleine glucksende Geräusche, während sie voranging. »Ich dachte in der Küche, da ist es ganz gemütlich, wenn Sie aber lieber ...«

»Oh, in der Küche«, sagte Harriet und sah Mrs. Armstrongs zustimmendes leises Lächeln.

Die Küche war klein. Gemütlich heißt wohl eng, dachte Harriet. Kaum Platz für den Tisch zwischen Herd, Kühlschrank und Schränken. Auf dem Tisch lag eine Decke, eine gestickte Decke, die Mrs. Armstrong bestimmt selbst gemacht hatte, und darauf stand ein weißer Krug mit ein paar rosa Blumen. Sie kannte sie nicht. Mrs. Armstrong ging geradewegs zum Wasserkessel und setzte ihn auf. Das Wasser kochte gleich, was bewies, daß es bereits gekocht hatte. Harriet überlegte, ob sie sagen solle, sie möge keinen Tee, verwarf den Gedanken aber – in diesem besonderen Fall mußte sie ihn trinken. Bis auf das schwache Zischen des Wassers, als es in die gelbe Porzellanteekanne gegossen wurde, war es still. Der Kühlschrank sprang an, surrte heiser.

»Setzen Sie sich«, sagte Mrs. Armstrong, »es dauert nur eine Minute.«

Harriet saß mit dem Gesicht zum Fenster. Zum Glück konnte sie wenigstens die Geranien erkennen. »Hübsch, Ihre Geranien«, sagte sie, als Mrs. Armstrong den Teetopf absetzte und Tassen aus dem kleinen Holzschränkchen holte.

»Mein Mann hat Geranien so gern. Alles Helle mag er. Milch?«

Harriet sagte nein. Mrs. Armstrongs Kleid war von einem sehr hellen Blau. Sie war eine stattliche Frau. Seltsam, vor Gericht hatte sie gar nicht so gewirkt. Ihr Haar war weiß, kurz geschnitten, zu kurz, ein eher männlicher Haarschnitt, der ihr nicht stand. Sie sollte einen Knoten tragen, fand Harriet, und einen Mittelscheitel. Ihre Züge waren recht fein, aber der brutale Haarschnitt ließ sie gröber erscheinen. Sie war sich auf einmal bewußt, daß sie lange Zeit dagesessen hatte, ohne zu sprechen, oder sich gar für den Tee, den sie nicht wollte, zu bedanken.

»Mrs. Armstrong ...«, begann sie, wurde aber sogleich unterbrochen.

»Sheila. Ich weiß, ich bin alt, aber nicht altmodisch.«

»Tut mir leid, also gut, Sheila, ich dachte, Sie würden es vielleicht lieber sehen, wenn ich die Form wahre, nachdem ich hier einfach hereingeplatzt bin ...«

»Nein, ich ließ Sie kommen, auch wenn ich mich umentschlossen hatte, ich wußte, Sie würden trotzdem kommen, und hinderte sie nicht daran. Ich hätte Sie ja auch davon abhalten können.«

»Ja. Sie sind sehr freundlich.«

»Wir könnten alle ein wenig Freundlichkeit gebrauchen.« Sheila sah, wie Harriets Hände zitterten, als sie ihre Tasse abstellte. Abstellte, ohne auch nur den kleinsten Schluck getrunken zu haben. Vielleicht war er zu heiß. Tee ohne Milch, frisch aufgegossener Tee, nicht abgekühlt durch Milch, das war's vermutlich. Sicher war es so. Nun faltete sie die Hände unter dem Tisch und räusperte sich. Sheila kannte das Geräusch. Es war dasselbe, das sie einst gemacht hatte, wenn sie versuchte, nicht mehr zu weinen, als sie noch weinen konnte. Weinen würde nichts helfen. Wenn diese Frau nur gekommen war, um dazusitzen und zu weinen, wäre alles sinnlos, vergeudete Zeit. Sie konnte ihr nicht helfen. »Nehmen Sie doch von dem Kuchen«, drängte sie, »er ist selbstgemacht.« Sie dachte, es würde abgelehnt, aber ein Stück Dundee-Kuchen wurde bereitwillig angenommen und auch gegessen. »Ich backe jetzt nicht soviel, jetzt wo Alan und ich allein sind. Und mein Vater, der freut sich über ein bißchen Kuchen, wenn er kommt.«

»Wohnt er in der Nähe?«

»Zu sehr, denke ich manchmal.« Sie lächelten beide. »Er ist beinahe neunzig«, fuhr sie fort, »und ein mürrischer alter Mann, er ist schwierig, war es schon immer. Leben Ihre Eltern noch?«

»Nein. Beide starben vor fünf Jahren, noch ziemlich jung, einer nach dem anderen, beide an Krebs.«

»Jung?«

»Meine Mutter war sechsundsechzig, mein Vater achtundsechzig. Nicht wirklich jung, finde ich.«

»Nein.«

Harriet schloß ihre Augen. Ihr fiel ein, Leo Jacksons Mutter war erst Mitte zwanzig, als sie ums Leben kam. Wie taktlos von ihr, ihre eigenen Eltern als jung zu bezeichnen. Sie sah hastig zu Sheila hinüber, deren Gesicht unbewegt war, und beschloß, sich nicht zu entschuldigen, es würde alles nur noch schwieriger machen. Sie mußte weiterreden, schließlich war sie nicht hergekommen, um über ihre toten Eltern zu sprechen. Zehn Minuten waren schon vergangen – sie konnte ihre Stunde auf der Küchenuhr vor ihren Augen verstreichen sehen. Das ging wirklich nicht.

»Wie gut, daß Sie geschrieben haben«, sagte sie und versuchte, Sheila in die Augen zu blicken.

»Ich hätte es viel eher tun sollen. Habe oft genug darüber nachgedacht, war mir aber nicht sicher ... mir schien ... ich dachte, es würde die Dinge nur noch schlimmer machen, wenn es von mir käme.«

»Nein. Es kann die Dinge nur ein wenig besser machen. Denn gut waren sie in letzter Zeit nicht. Sie standen wieder sehr schlecht.«

»Das ist manchmal so. Als meine Pat verunglückte – nun, es war schrecklich, ich kann heute noch nicht darüber reden, aber ein Jahr danach war es beinahe noch schlimmer. Ich wußte nicht warum. Die Leute meinten, ich sei darüber weg, aber das war ich nicht. Ich hatte noch nicht mal damit angefangen.«

»Angefangen?«

»Darüber wegzukommen, wie sie es erwarteten. Ich wollte gar nicht darüber wegkommen. Darum allein geht es den Leuten, sie wollen hören, daß man darüber wegkommt, nicht?«

»Ja. So ist es.«

»Aber Ihr Junge ist nicht tot.«

»Nein. Ich muß für vieles dankbar sein. Das ist eins der Probleme. Die Leute sagen mir ständig, ich müsse für so vieles dankbar sein. Sie hätten ihn ja nicht umgebracht.«

Sheila stand plötzlich auf. »Noch Tee?« fragte sie laut.

Die Uhr im Wohnzimmer nebenan schlug die halbe Stunde. Gut. Halbzeit. Unentschieden. Sie wollte keine Verlängerung, soviel stand fest, konnte es sich nicht leisten, wo Alan und ihr Vater bald zurück sein würden.

»Nein, keinen Tee mehr, danke. Tut mir leid.«

»Leid? Oh, machen Sie sich nur deswegen keine Gedanken …«

»Nein, ich meinte, daß ich vom Töten gesprochen habe. Das wollte ich nicht, ich wollte sowieso nicht darüber reden, was geschehen ist.«

»Das ist doch verständlich, daraus kann man Ihnen keinen Vorwurf machen.«

»Aber ich wollte es nicht, ganz gewiß nicht. Es ist sinnlos. Es hat nichts mit Ihnen zu tun, mit uns, all das.«

»Ich wollte, ich wäre mir da ebenso sicher.«

»Klang ich meiner Sache so sicher?«

»Nun, Sie sagten es. Meinem Gefühl nach kann es einfach nicht wahr sein. Es wäre zwar eine Erleichterung, aber ich selbst kann nicht glauben, daß es wahr ist. Sie ja, aber ich nicht.«

»Warum?«

»Es muß mit der Erziehung zu tun haben, muß es. Er konnte sich nicht einfach so in ein Monster verwandeln. Wir haben irgendwo etwas falsch gemacht.«

»Ich auch.«

»Na, na!«

»Das hab ich. Da führt kein Weg dran vorbei. Ich habe mir noch und noch Vorwürfe gemacht. Irgend etwas muß mit Joe gewesen sein, und dann, wie er reagiert hat …«

»Nein, nein.«

»Ich wollte eigentlich nicht darüber sprechen.« Harriet gelang es, ein wenig von dem inzwischen kalten Tee hinunterzuschlucken. Ihre Abneigung gegen den Geschmack wappnete sie. »Mein Mann weiß nicht, daß ich hier bin«, sagte sie.

»Meiner auch nicht.«

»Er wird ärgerlich sein.«

»Meiner auch. Er wird sagen, ich sei nicht bei Trost, als erste zu schreiben, er wird es ganz und gar nicht gut finden.«

»Die Sache ist, daß Sam findet, ich würde in all dem schwelgen, ich meine, er denkt, alles wäre in Ordnung, wenn ich einfach so tun würde, als wäre es das.«

»Wie alt sind Sie?«

»Fünfundvierzig. Sam ist sechsundvierzig.«

»Alt genug, die Männer zu kennen. Sie sind alle gleich. Wollen, wenn etwas geschieht, einfach nichts sehen, auch wenn sie direkt davorstehen. Als unsere Pat verunglückte, hat Alan nie darüber gesprochen, was in seinem Kopf vor sich ging. Er hat allerdings geweint. Viel geweint, und ich denke, das ist untypisch.«

»Sam weint nicht, oder einmal hat er es getan, als er Joe im Krankenhaus sah ...« Harriet sah Sheila an und hielt inne. Es war unmöglich. Bei Sheila lief alles auf ihren Kummer über den Tod ihrer Tochter hinaus und bei ihr alles auf Joes Leiden. Wie konnten sie miteinander reden, ohne diesem alles überschattenden Schmerz zu erliegen?

»Ich kann nicht weinen«, sagte Sheila, obwohl sie aussah, als würde sie gleich in Tränen ausbrechen. »Es ist eigenartig. Alle weinen, nur ich nicht. Die Leute finden das seltsam, glauben, ich sei hart, zumindest die, die mich nicht kennen, wie dieser Polizist. Er dachte, ich sei abgebrüht, bestimmt.«

»Kommissar Graham?«

»Ich weiß seinen Namen nicht mehr. Ein magerer Kerl, wie ein Whippet, das Haar glatt zurückgekämmt.«

»Graham. Ich konnte ihn nicht ausstehen.«

»Er tut nur seine Pflicht, hieß es. Selbstgerecht war er, hat es genossen. Hat alles durchgewühlt. Ich hab danach das ganze Haus von oben bis unten geschrubbt. Hab die Teppiche gereinigt, alle, nicht weil Fußspuren auf den Teppichen zurückgeblieben waren, ich hatte nur das Gefühl, sie würden dort sein. Ich wollte am liebsten umziehen, das Haus verkaufen und umziehen.« Sheila wurde bei der Erinnerung, die sie heraufbeschwor, ganz starr. Ihr Rücken versteifte sich, und sie streckte ihr Kinn in die Luft, so daß sie auf Harriet plötzlich bedrohlich wirkte. Sie hatte nie erfahren, wie die Polizei auf Leo gekommen war, obgleich Alan gesagt hatte, es sei bestimmt ein leichtes gewesen – wie viele schwarze Jungen gebe es denn in dieser kleinen Stadt? Wenn eine Bande mit einem schwarzen Jungen in Joe Kennedys Gegend gesehen und in dem Pub, wo sie gewesen waren, als aus der Stadt stammend erkannt worden sei, dann hätte die Polizei keine großen Nachforschungen anstellen müssen, um auf Leo zu kommen. Alle Probleme in ihrer Stadt würden dort in dem einen Nachtklub beginnen, und Leo sei nach eigenem Geständnis dort gewesen. Ein leichtes, wie Alan sagte. Aber sie war so voller Vertrauen gewesen, als sie die Haustür öffnete und zwei Polizisten an einem Sonntagmorgen dort standen. Ja, hatte sie ohne Argwohn gesagt, Leo Jackson wohne hier, ja, er sei zu Hause und schlafe noch, und ja, sie könnten ihn sehen, sie würde ihn rufen – aber sie waren an ihr vorbeigestürmt und polternd die Treppe hinaufgerannt …

Es fiel ihr schwer, in die Gegenwart zurückzufinden, und sie sah Harriet verlegen an. Es war so still. Sie beide saßen da, ganz still. Das leiseste Klirren eines Teelöffels auf der Untertasse war schockierend laut, die geringste Handbewegung schien wie ein Schrei die Stille zu zerreißen. »Ich wollte am liebsten umziehen«, wiederholte sie, und dann noch einmal, »ich wollte das Haus verkaufen und umziehen.« Sie sah Verständnis in den Augen der anderen Frau. Harriet kannte diese Frau, wußte, warum diese Pause entstanden war, warum Sheila sich ein paar Minuten lang ganz in sich selbst zurückgezogen hatte, und jetzt half sie ihr, so zu tun, als sei nichts geschehen, als habe es in ihrer gekünstelten Unterhaltung keinerlei Bruch gegeben.

»Ja, Sam hat das auch vorgeschlagen«, sagte Harriet. »Er dachte, ich möchte es, aber ich wollte es nicht. Wohin sollten wir auch ziehen, wo es so friedlich und hübsch wäre wie bei uns?«

»Ich bin in den Ferien immer dorthin gefahren, wo Sie wohnen, ein paarmal wenigstens. Schön ist es, da haben Sie recht. Schöner als hier, aber wir leben hier seit unserer Heirat, all die Jahre. Wir könnten nicht umziehen.«

»Ich denke sowieso nicht, daß damit irgend jemandem geholfen wäre. Es ist eine Flucht. Es hätte vielleicht an der Oberfläche eine Wirkung gehabt, aber nicht in der Tiefe, wo es wichtig wäre.«

Es entstand wieder eine lange Pause. Jetzt war Sheila auf der Hut. Sie wußte nicht, was sie sagen sollte, und konnte sehen, daß es Harriet nicht anders erging. Sie beobachtete sie, ganz ungeniert, ganz unverhohlen. Ihr Blick konnte, ohne zu übertreiben, dreist genannt werden. Sie wußte, es lag so etwas wie Trotz darin. Sie wollte dieser Frau trotzen, sich nichts von ihr vorwerfen lassen und im gleichen Zuge möglichen Vorwürfen begegnen. Aber sie konnte keinen Vorwurf erkennen, nicht eine Spur. Sie sah nichts als mühsam unterdrückte Verzweiflung. Harriet zitterte, zitterte sichtlich, ihre Augenlider flatterten die ganze Zeit heftig, ihre Lippen bebten, als stottere sie, dabei gaben sie keinen Laut von sich, und sogar ihr Haar schien in Bewegung geraten zu sein. Die Spannung war unerträglich. Es ist mein Haus, dachte Sheila, und ich muß dem Ganzen ein Ende machen, ich muß mir irgend etwas ganz Alltägliches einfallen lassen, was ich sagen kann.

»Sie arbeiten, nicht wahr?« sagte sie schließlich.

»Ja, ich habe ein kleines Geschäft. Ich entwerfe und drucke Stoffmuster.«

»Das hilft sicher.«

»Das tut es, wenn ich mich konzentrieren kann. Zuerst gelang es mir nicht, dann hab ich mich zusammengenommen, aber jetzt entgleitet sie mir wieder, die Konzentration meine ich. Ich hab das Gefühl, als verbringe ich die Hälfte der Zeit damit, in der Vergangenheit herumzustöbern. Es ist lächerlich ...«

»Es ist normal. Ich tue es auch, hab es schon immer getan.«

»Nein, normal ist es nicht, nicht wie ich es jetzt tue. Ich kann es nicht erklären, für mich ist es wie eine Droge, und es hat denselben Effekt, es macht mich ganz benommen. Meine Schwester sagt, es sei nicht normal.«

»Stehen Sie sich nah?«

»Ziemlich. Jetzt mehr als früher. Sie ist sehr direkt, sehr praktisch. Ich bin immer die Träumerin gewesen. Sie wohnt ganz in der Nähe, wir sehen uns häufig. Sie hat sich toll verhalten, wirklich. Sie hat ihre eigenen Probleme, eins ihrer Mädchen, sie hat zwei Töchter, die jüngere hat Diabetes ...«

»Das ist schlimm.«

»Ja. Also Ginny, Virginia, so heißt meine Schwester, regt sich leicht über mich auf – wissen Sie –, alle haben Probleme und müssen damit fertig werden. Ich bewundere sie, sie ist großartig. Ich habe schreckliche Tagträume. Ich schäme mich deswegen. In ihnen überlege ich, was mir wohl lieber wäre, daß Joe Diabetes hätte oder überfallen würde, als ob man das vergleichen könnte, es ist furchtbar.«

»Wenn ich Pat zurückbekommen könnte, würde ich alles dafür geben. Ich würde das Leben anderer Leute eintauschen gegen ihres.«

Beide blickten einander wieder lange an. Harriets Augen waren jetzt voller Tränen, Sheilas waren klar und starr. Jede spürte die Intensität der anderen. Sheila streckte ihre Hand aus und berührte die von Harriet, ihre war kalt, Harriets warm. Eine ganz leise Berührung, nur der Hauch einer Berührung, und gleich wieder hastig zurückgezogen. Die Uhr nebenan schlug drei. Beide fuhren zusammen. Harriet sprang auf, Sheila erhob sich langsamer, erstaunt, wie eine ganze Stunde nur so schnell hatte vergehen können.

»Ich muß los«, sagte Harriet auf einmal verlegen. »Joe wird bald nach Hause kommen, der Weg ist ziemlich weit, und ich möchte dasein, wenn er kommt, auch wenn er sich darüber ärgert. Danke, daß ich Sie besuchen durfte.«

»Ich wünschte, ich könnte glauben, daß es Ihnen ein wenig gutgetan hat, meine Liebe.«

»Oh, das hat es. Einfach nur zu reden.«

»Zumindest hat es nicht geschadet, hoffe ich.«

»Nein, nein, gewiß nicht. Vielleicht haben Sie eines Tages ja Lust, mich zu besuchen? Wir könnten spazierengehen, am See, wenn Sie mögen, Sie sagten doch, Sie mögen das, nicht wahr?«

»Ja, gern. Vielleicht eines Tages.«

Sie waren an der Tür. Sheila hatte das Gefühl, Harriet Kennedy nie wiederzusehen, und das tat ihr leid. Fünfundzwanzig Jahre lagen zwischen ihnen, ohne daß man es merkte. Sie hatte jetzt noch mehr Mitleid mit ihr als zuvor. Im Gerichtssaal hatte Harriet unnahbar und selbstbewußt gewirkt, deutlich aus einer anderen Klasse, und die ganze Zeit über hatte man den Klassenunterschied gespürt. Jetzt nicht. Ein anderer Akzent, ganz andere Kleidung, eine andere Generation, doch alles zusammengenommen ergab das keineswegs jene Kluft, die man erwartete. Sheila empfand sich als die Stärkere. Sie fühlte sich nicht länger alt und niedergeschlagen. Diese junge Frau war in einer schlechteren Verfassung, und sie tat ihr leid. Nicht ein böses oder vorwurfsvolles Wort war über Harriets Lippen gekommen, sie hatte Leo kein einziges Mal haßerfüllt erwähnt, für ihn und all jene, die zu ihm gehörten, keine tiefe Ablehnung gezeigt. Sie merkte, wie erleichtert sie war, daß sie nicht über Leo hatte sprechen, sich nicht hatte rechtfertigen müssen. Alle anderen, die Familie, Freunde, Nachbarn, Polizei, Bewährungshelfer, Fremde – sie alle forderten Rechenschaft von ihr, Erklärungen, Beweggründe. Das hatte sie auch bei diesem Treffen befürchtet und war bereit gewesen, ihre Strafe anzunehmen.

Sie sah Harriet wegfahren, winkte verhalten und lächelte, und als sie das Haus wieder betrat, kam es ihr eintönig vor. Sie ging nach oben, zog ihr blaues Kleid aus und Rock und Bluse an. Harriet hatte eine Art weites Hemd über Leggings getragen. Ungewöhnliche Sachen, nicht wirklich angebracht für eine Frau um die Vierzig, nur heutzutage bedeutete um die Vierzig zu sein gar nichts ... Ihre Gedanken kreisten ziellos um banale Dinge. Sheila starrte sehnsüchtig auf ihr Bett. Sie wollte sich hinlegen und sich unnützem, wohltuendem

Nachsinnen über Kleider und Haare und Aussehen und Moden überlassen und Erinnerungen daran, was ihre Mutter getragen hatte und sie und Pat, Pat in ihrer Hippiephase, als sie zurückkehrte in all dem Trödel aus Indien, Käsestoff hieß das, hauchdünnes Gewebe, durch das man hindurchsehen konnte … sie besaß herzlich wenig Kleider, als sie starb. Nichts Farbenfrohes. Ein paar Shorts und Hosen, einige Hemden, zwei, drei schlichte Kleider, ganz gewöhnlich. Nichts, was sich lohnte, aufbewahrt zu werden, nichts, was einen nostalgisch hätte stimmen, was eines Tages für Leo hätte von Bedeutung sein können. Abgesehen davon war er ja ein Junge, er hätte nichts haben wollen, es hätte ihn nur peinlich berührt. Sie hatte die Fotos und die Perlenkette mitgenommen, die Pat von ihnen zu ihrem einundzwanzigsten Geburtstag bekommen hatte, die sie nie hatte leiden können und für reine Geldverschwendung hielt, Geld, das sie zum Reisen hätte gebrauchen können. Und einen Ring, einen silbernen Ring. Es hieß, er habe auf ihrem Finger gesteckt. Sie hatte ihn anprobiert, aber nicht einmal auf ihren kleinen Finger bekommen. So klein und schmächtig war Pat gewesen …

Die Haustür ging und riß sie aus ihren Träumen, und sie eilte die Stufen hinunter, ihr Herz pochte, als sei sie bei irgendeinem kleineren Vergehen ertappt worden.

»Sheila?« Warum klang Alan, wenn sie nicht in der Küche war und auf der Stelle vor ihm stand, nur immer so aufgeregt? Das ärgerte sie.

»Was?« rief sie schlechtgelaunt.

»Oh, da bist du ja.«

»Natürlich bin ich da, wo sollte ich denn sonst sein, in Timbuktu?«

»Was ist los?«

»*Nichts* ist los. Um Himmels willen.« Sie machte sich in der Küche zu schaffen, zog ihre Schürze an, obgleich das gar nicht nötig war, stellte den Kessel wieder auf, hantierte herum. Es standen immer noch zwei Tassen auf dem Tisch.

»Besuch?« fragte Alan und starrte erstaunt auf die Tassen.

Mein Gott, ihrer beider Leben, *ihr* Leben war so vorhersehbar, daß schon das Vorhandensein einer zweiten Tasse Aufmerksamkeit erregte.

»Carole«, sagte sie lebhaft.

»Oh? An einem Mittwoch? Was wollte sie denn?«

»Sie ist nur mal vorbeigekommen.«

»Carole?« sagte Alan ungläubig. »Nur mal vorbeigekommen?«

»Oh, mein *Gott*«, schrie sie. »Bist du ein Echo, oder was? Kann meine eigene Schwester nicht eine Tasse Tee bei mir trinken, ohne daß gleich der Himmel einstürzt?«

Alan starrte sie betroffen an. »Was hat sie gesagt, daß sie dich so durcheinanderbringen konnte, eh?« fragte er ruhig.

»Sie hat mich nicht durcheinandergebracht. Sie hat überhaupt nichts gesagt. Ist nur vorbeigekommen.«

»Das soll mal einer glauben. Rumgeschnüffelt hat sie, könnt ich wetten, mal sehen, was los ist. Sie kann die Dinge nicht auf sich beruhen lassen. Kümmere dich nicht um sie.«

»Werd ich auch nicht«, sagte Sheila und mußte jetzt beinahe darüber lachen, wie Alan alles mißverstehen und sich selbst für so schlau halten konnte. Es hatte zwischen ihm und Carole Streit gegeben, die, wie ihr Vater, unverblümt über Sheilas Besuche bei Leo hergezogen war. Carole fand, das solle sie seinlassen. Sie sagte, Sheila mache sich nur krank mit diesen Besuchen. Alan war zwar derselben Meinung, ärgerte sich jedoch darüber, daß seine Schwägerin sich anmaßte, darauf hinzuweisen.

»Wie dem auch sei«, sagte Alan, »wir haben all seine Setzlinge bekommen, und ich habe ihn glücklich wie einen Schneekönig beim Einpflanzen zurückgelassen.«

»Das ist gut.«

Und dann war sie vorbei, diese kurze erregte Phase, obgleich sie gar nicht wußte, warum sie eigentlich so erregt gewesen war, sie fürchtete sich nicht vor Alan. Nie, noch nie hatte sie sich vor Alan gefürchtet. Mit ihrem Vater war das anders. Vor ihm hatten sie sich alle, sogar noch als Jugendliche, gefürchtet, und selbst heute stand es in seiner Macht, in ihnen allen, wenn auch nicht Angst, so doch Besorgnis zu erregen. Er war alt, gebrechlich, hatte keine Kraft, und trotzdem beherrschte er sie nach wie vor. Der einzige Mensch, dem er von einem bestimmten Zeitpunkt an keine Angst mehr einjagen konnte, war Leo. Leo war aufgewachsen, ohne zu wissen, was Angst hieß. Er wurde nie geschlagen, nie geohrfeigt, nie angeschrien. Aber das war auch nie nötig gewesen. Sanftmütig, Leo war immer sanftmütig gewesen.

Jetzt hatte sie gelogen. Hatte Alan eine unverblümte, unverkennbare Lüge erzählt. Vielleicht würde sie sogar ertappt. Wenn Carole und Alan sich das nächste Mal träfen, würde er darauf zu sprechen kommen. Er würde es sich nicht verkneifen können. Aber sie machte sich nichts daraus – soll er doch dahinterkommen. Eine Frau in ihrem Alter hatte Anrecht auf ein Geheimnis, und wenn sie, um es zu bewahren, lügen mußte, dann war das eben so. Jedenfalls gehörte all das längst der Vergangenheit an, eine abgehakte Sache, ihre Sache.

Den ganzen Heimweg über dachte Harriet immer wieder über jedes einzelne Wort nach, das gesagt worden war, und empfand entsetzt deren Leere – in Wirklichkeit war nichts gesagt worden, darum blieb es ihr auch unverständlich, daß der Austausch ihr so gutgetan hatte. Sheila Armstrong war eine nette Frau. Es konnte unmöglich Böses von ihr großgezogen worden sein. Sie war freundlich gewesen und hatte doch Distanz gewahrt. Es schien ihr nichts ausgemacht zu haben, daß Harriet nicht wußte, was sie sagen sollte, nicht zum Ausdruck bringen konnte, warum sie dieses Treffen gewollt hatte. Es war, als habe die alte Frau darauf gewartet und sei nun froh, daß das Warten vorüber war. Sie hatten mit keinem Wort das, was geschehen war, den eigentlichen Grund ihres Zusammenseins berührt. Noch hatten sie über ihre Jungen gesprochen.

Davor hatte ich Angst, dachte Harriet, Angst, nach *ihm* zu fragen. Gerade das machte sie so ängstlich, zu wissen, daß sie unbedingt etwas über ihn erfahren wollte. Zu Anfang hatte sie gar nicht an die Täter gedacht, inzwischen aber kreisten ihre Gedanken die ganze Zeit um sie. All die Monate und auch jetzt noch tauchten schattenhafte Figuren, riesig und bedrohlich, in ihren Tagträumen auf. Sie hatte nur Leo Jackson gesehen, nicht seinen viel gefährlicheren Komplizen. Ihr war jedoch, als habe sie ihn noch nie gesehen, brachte ihn nicht mit dem brutalen Kerl in ihrer Vorstellung in Verbindung. Er, die beiden »Er«, waren woanders. Sie machte sich ganz krank, weil sie unbedingt jede kleinste Kleinigkeit über sie erfahren wollte, um sich am Ende, wußte sie erst einmal Bescheid und kannte die jeweilige Vorgeschichte, alles erklären zu können. Dennoch hatte sie nach nichts gefragt, nach gar nichts. Sie hatte zum Beispiel nicht sein Zimmer gesehen. Sie errötete, als sie auf der Heimfahrt allein in ihrem Wagen saß, bei dem Gedanken, daß sie sein Zimmer hatte sehen wollen. Wie mochte wohl das Zimmer eines brutalen Jungen aussehen? Was würde an seinen Wänden hängen? Welche Hinweise würde es geben?

Sie stoppte den Wagen knapp einen Kilometer von ihrem Zuhause auf einer Ausweichstelle, von wo aus man den See an seinem schmalsten Ende erkennen konnte. Sie mußte sich beruhigen, dies war nicht gut. Abscheu vor ihrer eigenen Neugier ließ sie erschauern. Wäre Sheila, Mrs. Armstrong, eine andere Frau gewesen ... sie hätte es niemals fertiggebracht, darum zu bitten, sein Zimmer zu sehen. Es hätte höchstens geschehen können, wenn man sie dazu gedrängt hätte, um zu beweisen, daß Leo Jackson ein braver Junge gewesen sei, bis zu jener halben Stunde, als er im Wahn gehandelt habe ... »Sehen Sie sich sein Zimmer an«, hätte eine andere Frau womöglich gesagt. »Sehen Sie nur die Poster von Elefanten und Walfischen, alles, was er, mein Leo, im Kopf hatte, waren Tiere und was er tun könnte, um sie zu schützen, sehen Sie seine Bücher, das *National Geographic Magazine*, etwas anderes hat er nicht gelesen, wir haben ihm ein Abonnement zu seinem Geburtstag geschenkt, sehen Sie die Figuren, er hat sie selbst geschnitzt, und die Trompete, er hat so gut darauf gespielt, sehen Sie ...« Sie konnte in ihrem Kopf eine schrille Stimme hören, eine Stimme, die ganz anders klang als die von Sheila Armstrong, sie konnte sie immer weiter und weiter reden hören und sich selbst sehen, wirklich sich selbst dabei *zusehen,* wie sie umherwanderte in diesem erfundenen lächerlichen Zimmer, das sie auf Leo Jackson zugeschnitten hatte, voll von Dingen, die vor Gericht erwähnt worden waren …

Schrecklich. Schrecklich war dieses dringende Bedürfnis. Sie fürchtete, Joe oder gar Sam könnte dahinterkommen. Das letzte, was Joe wollte, war, daß aus Leo Jackson ein menschliches Wesen gemacht wurde. Als er zum ersten Mal wieder zusammenhängend sprechen konnte, hatte er sich fortwährend gefragt, *warum* dies wohl geschehen sei – »Ich hab doch nichts getan. Hab keinem von denen irgendwas getan. Ich bin einfach nur die Straße runtergegangen, es war nicht mal dunkel oder spät. Warum hatten sie es gerade auf mich abgesehen?« –, und sie hatte versucht, ihn zu trösten, und gesagt, es gäbe keinen Grund, warum gerade ihm das zugestoßen sei, vermutlich aber Gründe dafür, warum die, die ihn überfallen hätten, so böse und grausam seien, und er hatte sie angeschrien, er wolle nicht ein Wort der Rechtfertigung hören, nicht ein einziges Wort, er wolle nicht hören, seine Angreifer stammten aus zerrütteten Familien und hätten ihr Leben lang leiden müssen und würden jetzt nur andern das antun, was man ihnen angetan habe, er wolle diesen Scheiß nicht hören. Er hatte geschluchzt. Sie war erschrocken über seine derart heftige Reaktion. Als sich dann aber herausstellte, daß zumindest Leo Jackson nicht aus so schrecklich benachteiligten Verhältnissen stammte, hatte seine Wut sie wiederum erschreckt. Es traf ihn mehr, nicht etwa weniger, daß es keine offensichtlichen

Beweggründe dafür gab, warum dieser andere Junge sich an solch einem Verbrechen beteiligt hatte. Vor Gericht all diese Lobeshymnen auf Leo Jackson – über seine ausgezeichneten Schulzeugnisse, sein Trompetespielen, seine Tierliebe – mitanhören zu müssen, hatte Joe fast verrückt gemacht. Dann das große Gewicht, das auf den Tod seiner Mutter und seines Vaters gelegt wurde, um Mitleid mit ihm zu erwecken. Es machte Joe rasend, ebenso wie der Anblick des Jungen. Groß, ja, und gut gebaut, kräftig, ja, aber ein grobes, intelligentes, ruhiges Gesicht, nicht schön, aber auch nicht brutal, alles andere als brutal. Und für Joe mußte er unbedingt ein brutaler Kerl sein.

Harriet blickte starr auf den See in der Ferne und staunte, wie unnatürlich es von ihr war, nicht von Leo Jackson loszukommen. Darüber konnte sie mit niemandem reden. In ihrer Phantasie suchte sie den Jungen auf. Sie saß ihm gegenüber – sie kannte so etwas aus Filmen, vom Fernsehen, auch das Dekor – und stellte ihm Fragen. Nicht darüber, was, sondern warum er es getan hatte. All die Fragen, die ihm andere gestellt hatten und auf die er mit keinem einzigen Wort eingegangen war. Aber ihr würde er antworten. In ihrer Phantasie erzählte er *ihr* alles. Sie war ihm so nah. Sie konnte die Poren seiner Haut sehen, so nah war sie ihm, daß sie den leisesten Atemzug von ihm spürte. Sie war aufgeregt, ihr Herz pochte, während sie auf seine Antworten wartete, und er gab sie mit leiser, undeutlicher Stimme, erzählte ihr, wie er einfach nur herumgelungert habe, allein, gelangweilt, und nur aus reiner Verzweiflung in die Diskothek gegangen sei, wo er sich zuerst gar nicht wohl gefühlt habe und gleich wieder hatte gehen wollen, dann hätten ihm jedoch die Atmosphäre, die Dunkelheit und der Lärm und die vielen Menschen und seine Anonymität immer mehr zugesagt, und er sei geblieben, und auf einmal habe ihn einer aus seiner Klasse gesehen, kein Freund, nur irgend jemand, und er habe einen Drink mit ihm genommen, dann noch einen, und sich danach immer besser gefühlt, unbeschwert, nach nur zwei halben Bier, und er sei in eine Gang geraten und von ihr mitgerissen worden und froh gewesen, dazuzugehören, und dann habe er plötzlich in irgendeinem Auto gesessen und sei sehr schnell gefahren und irgendwo angekommen, er wisse nicht wo, in einem Pub, und plötzlich habe er draußen gestanden, in der frischen Luft, mit irgend jemandem, den er nicht kannte, der ihm etwas in die Hand drückte, und er habe es genommen, denn er habe gedacht, er sei sowieso nicht er selbst und könne es ruhig nehmen, und im nächsten Augenblick habe er ein Messer in der Hand gehalten ...

Nein! Was für ein Unsinn. Es konnte unmöglich so gewesen sein. Wenn sie nur, wenn sie nur wüßte, wie sich alles abgespielt hatte. Sie fragte sich, ob er es wohl seiner Großmutter erzählt hatte. Ob Sheila Armstrong wohl als einzige Bescheid wußte? Würde *sie* die einzige sein, der Joe davon erzählte? Nun, sie war es. Sie war der einzige Mensch, seine Mutter, dem er das letzte entsetzliche Detail anvertraut hatte. Er sagte, er werde es nie, nie in seinem ganzen Leben noch einmal irgend jemandem erzählen. Manchmal glaubte sie, das sei der alleinige Grund, warum es momentan nicht gut zwischen ihnen stand, daß sie allein jenes Äußerste wußte, das Joe am meisten verfolgte ... Michael hatte ihn gesehen, bedeckt mit Blut und Exkrementen. Sie und Sam nicht. Als sie im Krankenhaus ankamen, war Joe im Operationssaal. Michael und der Polizist und die Leute von der Ambulanz, die Schwestern und Ärzte – sie alle hatten den armen Joe gesehen, alle waren sie vor seinem Anblick zurückgeschreckt, vor seinem dünnen, nackten, völlig verdreckten Körper, seinem von dem hineingeriebenen Kot verfilzten Haar … Er war sauber, als sie ihn sah. Ein weißes Laken unter ihm, ein weißes Laken bis zur Hüfte hochgezogen, weiße Bandagen, alles weiß. Sie mußte den Schmutz nicht ansehen. Sie erzählten ihr davon, aber ansehen mußte sie es nicht. Es sich nur vorstellen, ausmalen … hatten sie wirklich auf ihm ihren Darm entleert? Hatten sie, oder auch nur einer von ihnen, es in einer Ecke getan, ihren eigenen Kot dann aufgenommen und Joe ins Haar geschmiert? Hatten sie ihn dazu gezwungen? Sie wußte es nicht, sie konnte nicht danach fragen. Kommissar Graham konnte es und tat es auch. Er erzählte es ihr. Er sagte, er müsse es wissen. Und Joe hatte es ihm erzählt. Aber er hatte Graham nicht erzählt, daß er ihn gegessen hatte. Das hatte er ihnen nicht erzählt. Er hatte es ihr erzählt, schreiend und schluchzend war es eines Nachts aus ihm hervorgebrochen, und er hatte sie dabei beobachtet, sie, während er all das aussprach, offensichtlich gehaßt, hatte gesagt, einer von ihnen habe in seinen Mund uriniert und er habe die Hälfte davon geschluckt und wieder herausgewürgt, und dann die Scheiße … sie hätten seine Unterhose als Knebel benutzt und dann herausgezogen und dann die Scheiße in seinen Mund gestopft, seine Lippen darüber zusammengepreßt, und er habe gekeucht, gewürgt und geschluckt … und dann kotzen müssen, wieder und wieder, und ihr Gelächter gehört …

Der See war blau, doch dunstig, die Hügel in Nebel

gehüllt. Alles was wunderschön und friedlich und heiter war, lag ausgebreitet vor ihren Augen. Die Natur wirkte heilend, aber nur auf die Zonen, die sie erreichen konnte. Sie heilte ihre Augen und Ohren, nicht aber ihr Herz. Die Augen schmerzten weniger, waren weniger angestrengt, reingewaschen von der Sanftheit der Landschaft, und ihre Ohren ruhten aus, die dumme Stimme aus ihren Phantasien war durch die Stille zum Schweigen gebracht. Doch tief in ihrem Innern gab es noch immer den gleichen Hunger, dieses Rätsel zu lösen, das sie so quälte, und keine Seen oder Hügel konnten da helfen. Ihr Instinkt war so stark, sie wußte, wenn sie nur Leo Jackson und seinen Kumpel zu fassen bekäme, wäre sie zufrieden. Sie verabscheute das Geheimnis und die Ungewißheit, den Mangel an Wirklichkeit, wo doch das, was geschehen war, so außerordentlich wirklich war. Sie konnte Sheila Armstrong nicht so einfach ziehenlassen. Sie hatte die Gelegenheit verpaßt und mußte eine weitere besser nutzen. Beim nächsten Mal wäre sie direkter. Sie kannte die Frau jetzt, wußte, mit welcher Art Mensch sie es zu tun hatte. Sie konnte ihr trauen. Konnte sich ihr offenbaren und sie um Hilfe bitten. So einfach war das.

Joe war da, als sie nach Hause kam. Er sah Tennis im Fernsehen. Sie rief nach ihm, aber er antwortete nicht, und dieses eine Mal war sie froh, von ihm nicht beachtet zu werden. Sie wollte ihn nicht belügen. Bei Sam war es nicht so wichtig, für ihn hatte sie sich schon ein Szenario zurechtgelegt. Sam konnte ein oder zwei Lügen vertragen, es würde ihn nicht wirklich stören, wenn er dahinterkäme, jedenfalls nicht die Tatsache an sich, belogen worden zu sein. Aber Joe verabscheute Lügen, sogar die kleinen. Seine ganze Kindheit über war er unerbittlich gewesen. »Du hast aber gesagt« waren Worte, die er immer auf den Lippen trug – »Du hast aber *gesagt,* es gibt Eiskrem zum Nachtisch«, und wenn sie gestehen mußte, sie habe gerade festgestellt, es sei keiner mehr da, schrie er: »Du hast *gelogen*!« Dumm war das damals, wirklich. Sie hatten sich über ihn lustig gemacht, ihn den kleinen Georgie Washington genannt. Er hatte eben Prinzipien, unser Joe. Sie war stolz auf ihn gewesen. Aber trotzdem war sie anstrengend, seine strikte Haltung in so vielen Dingen.

Nach einer Weile kam er, der Fernseher lief im Hintergrund weiter, stand einfach da und beobachtete sie. Sie spürte, sie hätte irgend etwas sagen sollen, doch alles, was ihr einfiel, taugte nichts, keiner ihrer sonstigen Späße war jetzt angebracht, sie waren nicht länger Teil ihrer Plaudereien. Sie wartete, versuchte, sich allmählich zu einer harmlosen Bemerkung vorzutasten, aber er machte alles so schwierig. Das war es, was Sam am meisten ärgerte, wie *schwierig* Joe die Dinge machte. Unter seiner grüblerischen bedrückten Stimmung litten sie alle, und sie konnten ihm nicht sagen, er solle damit Schluß machen. Er fragte sie nie etwas, was sie betraf, ihr Leben, ihre Arbeit. Alles drehte sich um ihn. Aber heute stand er sichtlich herum, wußte nichts mit sich anzufangen, wollte irgend etwas, wenn sie nur gewußt hätte was. Wenn sie das Falsche sagte, würde sie es nie erfahren, wartete sie jedoch zu lange, würde er aufgeben und verschwinden. Sie probierte es mit Sarkasmus, einer Belanglosigkeit.

»Du willst nicht zufällig etwas, junger Mann?« fragte sie ihn. Er lächelte tatsächlich.

»Ich denke, ich sollte den Skiurlaub mitmachen. Morgen muß das Geld, die Anzahlung, eingegangen sein.«

Vorsicht, sagte sie sich, jetzt bloß nicht zuviel Begeisterung. »Na bitte, das ist doch schön, gut. Ich werde den Scheck ausschreiben. Wieviel muß angezahlt werden?«

»Fünfzig Pfund.«

»In Ordnung. Gib mir meine Tasche, sie liegt auf dem Tisch. Ich mach das gleich.«

»Du kriegst es von mir wieder. Ich fang in der Bootswerft an, wenn er mich haben will.«

»Bestimmt will er dich …«

»Warum? Weil ihm der kleine Joe leid tut?«

»Nein, überhaupt nicht, sondern weil er sagte, du seist der beste Teilzeitarbeiter, den er je hatte.«

»Jetzt ist wohl wieder Joes-Ego-Anheizen angesagt, oder?«

»Warum mußt du mir immer alles im Munde umdrehen? Natürlich versuche ich nicht, dein Ego anzuheizen, oder …«

»Wie gut, das wär auch nicht leicht, ich hab nämlich keins, hab's verloren, wo, weiß ich nicht, muß mal suchen gehen, hast du mein Ego irgendwo gesehen?«

Sie starrte ihn an. Machte er einen Scherz? War er übermütig? Durfte man lachen?

»Warum siehst du so besorgt aus?«

»Bin ich nicht. Ich hab nur gerade überlegt, ob ich daran gedacht habe, noch etwas Käse einzukaufen.«

»Lügnerin.«

»Nein, hab ich wirklich, das Dumme ist, ich ging …«

»Hör auf, Mum. Verschone mich.«

»Dann *verschon* du *mich* aber auch.« Was hatte sie da gesagt? »Ich wollte sagen, du bist so, so …«

»So?«

»Ich weiß selbst nicht wie. Du weißt schon, was ich

meine. Du kritisierst ständig an mir herum. Ich kann nichts sagen, ohne daß du es in den falschen Hals kriegst.«

»Und wie soll ich's in den richtigen kriegen?«

»Oh, Joe, fang nicht schon wieder damit an, mit all dieser Wortklauberei, du weißt ganz genau, was ich meine.«

»Dann sag's mir endlich. Allmählich wird es langweilig.«

»Also, hier ist der Scheck.«

»Hast keine Fragen gestellt.«

»Warum sollte ich Fragen stellen?«

»Weil du's gern tun würdest. Du möchtest wissen, warum ich plötzlich doch Ski fahren gehen will, mich anders besinne, heißt das etwa, mir *geht es besser*. Das ist es doch, was du fragen willst. Du wirst es Dad erzählen, und er wird sagen, Oh, gut, dann muß es ihm ja *bessergehen*, wird auch Zeit, daß er *drüber wegkommt*, und du wirst ihm raten, da nicht so sicher zu sein, es treffe nicht zu, daß es mir *bessergehe*, oh, du wirst ihn anpfeifen, und dann sagen, daß trotzdem Hoffnung bestehe, und es werde ihm guttun zu verreisen, du hättest schon immer gedacht, Urlaub würde helfen ...«

»Joe, bitte, ich wünschte, du würdest damit aufhören.«

»Und ich wünschte, *du* würdest aufhören. Sieh mal, du willst etwas fragen, dann *frag* doch, oder bringst du das nicht fertig?«

»Also gut. Was hat dich darauf gebracht?«

»Langeweile. Ich erwarte kein Vergnügen, aber es wird die Zeit totschlagen. Ich muß meine Zeit mit irgend etwas füllen. Solange ich das Ganze noch nicht hinter mich gebracht habe, muß ich irgend etwas tun.

Ferien machen, wieder bei der Bootswerft arbeiten, dabei wird die Zeit vergehen.«

Sie schwieg. Jegliche Vorfreude aufs Skifahren, die sie in ihm gespürt hatte, war verflogen. Auf alles reagierte er verbittert. Sie wußte, er beobachtete sie, und ein seltsames, nur eben angedeutetes Lächeln huschte über sein Gesicht.

»Das gefällt dir nicht, oder?«

»Natürlich nicht.«

»Du magst die Wahrheit nicht.«

»Wen wundert's, wenn das die Wahrheit sein sollte?«

»Da gibt es kein ›Wenn‹, Mum. Tut mir leid, aber das ist die Wahrheit.« Er ging, wie sie fand, beinahe triumphierend nach oben.

Es lag klar auf der Hand, dachte sie, was dieses »das Ganze noch nicht hinter mich gebracht« bedeuten sollte. Selbstmord. Nein, es war absurd, sie wußte, er hatte das nicht damit sagen wollen, war nur etwas melodramatisch. Er würde sich nie, nie und nimmer umbringen, nicht, weil er überfallen und gedemütigt worden war. Sie machte sich deshalb keinerlei Sorgen, überhaupt nicht. Wenn er so durcheinander gewesen wäre, um dies zu tun, hätte er es längst getan, aber doch nicht jetzt. Solches Gerede war eher ein typisches Zeichen jugendlicher Depression, wie sie aus eigener Erfahrung wußte, dieses schreckliche Gefühl, daß das Leben keinen Sinn ergibt, was sollte also das Ganze? Man mußte nur Geduld haben mit dieser Art Gefühl, und es würde allmählich vergehen, das tat es immer. Aktivität vertreibt es, und genau darum war der Skiurlaub das richtige. Nur schade, daß sie in so weiter Ferne lag, diese Reise – wenn sich doch nur in naher Zukunft etwas ergeben würde. Sollte er aber wieder anfangen, an

Wochenenden und in den Ferien zu arbeiten, Geld zu verdienen, dann wäre er ja auch beschäftigt, dann würde etwas bewirkt und er zumindest dazu gebracht, sein Zimmer zu verlassen …

Das Telefon unterbrach ihre Gedankengänge, aber es machte ihr nichts aus, sie meldete sich vergnügt, denn sie rechnete mit einem Anruf von Sam oder Ginny. »Mrs. Kennedy?« sagte eine Stimme, und sie erkannte sie sofort, noch nach all der Zeit. »Hier spricht Kommissar Graham. Es tut mir leid, Sie belästigen zu müssen, aber es hat sich da etwas ergeben. Wir haben einen Verdacht hinsichtlich des zweiten Täters. Kann ich gleich vorbeikommen, oder wann würde es Ihnen passen?«

# Siebtes Kapitel

Kommissar Graham brauchte gar nicht in die Kennedy-Akte zu sehen. Er kannte sie bis in alle Einzelheiten, erinnerte sich an jedes Datum, jeden Tatbestand und darüber hinaus noch an einiges mehr. Von Anfang an war ihm dieser Fall außergewöhnlich erschienen, und das lag allein an diesen beiden Frauen; Mrs. Kennedy und Mrs. Armstrong. Keine von ihnen war typisch. Wieder und wieder hielt er Polizeianwärtern Vorträge darüber, daß es so etwas wie eine »typische Mutter« nicht gab, dabei gab es sie. Die typische Mutter eines Opfers, die typische Mutter eines Täters. Er hatte sie beide gesehen, zigmal. Die Mutter des Opfers erst fassungslos, dann hysterisch auf Rache bedacht, nur zufriedenzustellen mit einer unverzüglichen Verhaftung, einer Verurteilung durch den Crown Court und einem langen Freiheitsentzug; die Mutter des Täters, erst ganz und gar ungläubig, dann entweder blindlings an dem Bild ihres Sohnes festhaltend, wie es in ihrer Erinnerung aussah, das jedoch mit dem Jungen selbst nichts zu tun hatte, oder aber entschlossen, Abstand von ihm zu nehmen, ihn zu verstoßen.

Doch Mrs. Kennedy paßte nicht in dieses Schema. Sie hieß Harriet, forderte ihn aber nie auf, sie mit ihrem Vornamen anzusprechen. Das war sein erster Mißerfolg. Gewöhnlich gelang es ihm ziemlich schnell, Kontakt herzustellen, was durch den Gebrauch des Vornamens bekräftigt wurde. Jeglicher Versuch, mit Mrs. Kennedy Kontakt aufzunehmen, war gescheitert. Er glaubte, sie halte ihn für dumm, und hatte nichts dagegen – wenn sie ihn für dumm halten wollte, dann sollte sie es nur tun. Er wußte, daß es nicht zutraf, wußte, daß das bei ihr ein Abwehrmechanismus war, und zwar ein ganz offensichtlicher. Sie mußte einfach jemanden hassen wegen der Tortur, die ihr Sohn hatte über sich ergehen lassen müssen, und er war eben zur Hand. Er hatte sich dem gebeugt, es ihr nicht übelgenommen. Was er aber dieser Mutter übelnahm, war ihre Annahme, er sei unsensibel. Sie wollte ihm nicht glauben, daß er ihre Gefühle teile. Er hatte ihr erzählt, er habe selber zwei Söhne, die jetzt erwachsen seien, und wisse, wie sie fühle, worauf ein Ausdruck tiefster Verachtung über ihr Gesicht geglitten war. Sie hätte ihn um ein Haar angespien, und das machte ihm etwas aus. Das Problem war, sie wollte keine Sympathie. Das war sehr untypisch. Gewöhnlich wirkte Sympathie, wenn sie ehrlich gemeint war, Wunder. Nicht bei Mrs. Kennedy. Sie fühlte sich deutlich dadurch verletzt.

In der ersten Woche war er täglich bei den Kennedys zu Hause. Der Junge, Joe, kehrte am fünften Tag zurück, nachdem seine Verletzungen keineswegs so gravierend waren, wie zunächst befürchtet, und die Familie es kaum erwarten konnte und es sich auch zutraute, von nun an die Pflege zu übernehmen. Er hatte sich in diesem Haus nie willkommen gefühlt. Man bot ihm Tee oder Kaffee an, und der Kaffee, der gebracht wurde, war ausgezeichnet, immer in einer Kaffeekanne, nicht so ein Nescafé-Zeug, das Polizisten sonst vorzogen, aber er war nicht willkommen. Auch nachdem er alle ihm bekannten Methoden, eine angespannte Atmosphäre zu entschärfen, angewandt hatte, lockerte sie sich nicht auf. Mrs. Kennedy sträubte sich dagegen. Sie wollte steif, förmlich und feindselig bleiben. So mußte er die ganze Zeit dagegen ankämpfen, und das war harte Arbeit. Es wäre unprofessionell gewesen, es persönlich zu nehmen, er nahm es jedoch persönlich, fühlte sich diskriminiert als Mann, nicht als Polizist. Selbstverständlich ließ er sich sein Unbehagen nicht anmerken. Er blieb weiterhin höflich und ging auf Mrs. Kennedys Wünsche ein. So, wie er es gelernt hatte.

Doch die Dynamik der Familie blieb ihm ein Rätsel. Man war versucht anzunehmen, Mrs. Kennedy sei der Boß. Sie sprach die meiste Zeit, sie war es auch, die den Zugang zu dem Jungen kontrollierte. Mr. Kennedy war viel liebenswürdiger. Er lächelte, war bereit, über das Wetter zu reden, den Garten und all die üblichen Dinge, die einen Kontakt überhaupt erst möglich machten. Er fügte sich seiner Frau, sobald es um ihren Sohn ging, war aber trotzdem kein Schwächling. Graham war keineswegs überzeugt, daß Mrs. Kennedy im Haus das Sagen hatte. Er fing mehrfach warnende Blicke von Mr. Kennedy auf, und die unausgesprochene Warnung enthielt deutliche Zeichen von Strenge. Was sich zwischen ihnen abspielte, wenn sie allein waren, konnte er nur ahnen, was er allerdings ahnte, waren Auseinandersetzungen, und zwar heftige. Aber eins konnte man sagen, sie waren ein liebendes Paar, diese Kennedys. Die Spannungen zwischen ihnen hatten ausschließlich mit dem brutalen Anschlag auf ihren Sohn zu tun.

Ehen zerbrechen häufig daran, an der Reaktion darauf. Er hatte Väter und Mütter sich voneinander entfernen sehen, meistens, weil einer es schwerer nahm als der andere, aber auch, weil sie unterschiedliche Vorstellungen darüber hatten, wie sie sich verhalten sollten. Der eine verdrängte seinen Zorn und Kummer, der andere versank darin. Der eine wollte sich ihm anvertrauen, der andere nicht. Tatsächlich vertraute keiner der beiden Kennedys sich ihm an. Mr. Kennedy mochte freundlicher sein, doch selbst er wollte nicht wirklich einlenken, es gab keine Hoffnung auf eine restlos offene Aussprache. Er wünschte sich ihn so bald wie möglich aus dem Haus, während seine Frau es unverblümt zu erkennen gab. Sie bedankten sich bei ihm, nur war es keine echte Dankbarkeit für eine gut geleistete Arbeit. Als Leo Jackson verhaftet wurde und seine Schuld zugab, war von Glückwünschen und Anerkennung des Erfolgs für die Polizei keine Rede.

Nicht daß er Dank erwartete. Wenn er das täte, wäre er ein Dummkopf, zur Polizei gegangen zu sein. Aber er erwartete von intelligenten Bürgern der Mittelschicht wie den Kennedys, daß sie anerkannten, wie sehr seine Station sich bemüht hatte, die Angreifer aufzuspüren, und wie erfolgreich sie gewesen waren, den einen so schnell geschnappt zu haben. Es war ärgerlich und zugleich verwunderlich, daß sie gar nicht begeistert zu sein schienen. Dabei hätten sie es sein sollen. Den Verbrecher in einem Fall wie diesem zu fangen war entscheidend für das psychische Wohlbefinden des Opfers. Dies war ein weiterer Punkt, auf den er in seinen Vorträgen besonders hinwies: Bei jeder willkürlichen Gewalttat besteht für das Opfer nur dann Aussicht auf Genesung, wenn der Täter gefaßt und bestraft wird. Es verstand sich von selbst, mußte aber dennoch betont werden.

Sie hatten so schwer gearbeitet, wenn die Kennedys nur wüßten, wie schwer. Er hatte gar nicht erst eine Urlaubssperre verhängen müssen, die gesamte Station verzichtete von selbst auf Freizeit. Die Stimmung war hervorragend gewesen, das Gespür für die Dringlichkeit wunderbar. Er hatte versucht, die allgemeine Euphorie zu dämpfen – es tat nicht gut, sich derart zu überarbeiten –, aber es gelang ihm nicht. Sie entwickelte eine Eigendynamik. Die zuerst am Tatort gewesen waren, berichteten den anderen, in welcher Verfassung sie den Jungen gefunden hatten, außerdem waren Fotos gemacht worden, bevor er gesäubert worden war. So etwas war ihnen einfach noch nie begegnet. Noch nie hatten sie es mit einem solchen Fall zu tun gehabt, und ihre einzige Sorge bestand darin, ihn womöglich nicht selbst lösen zu können. Der ganze Stolz der Station hing davon ab, und die Erleichterung, als sie Leo gefaßt hatten, war groß, die ausgelassene Stimmung beinahe unangebracht. Sie wußten, die Täter waren nicht aus der Gegend, und jemanden so weit jenseits ihres Bereiches ausfindig gemacht und verhaftet zu haben, war ein Triumph.

Er hatte die Neuigkeit den Kennedys persönlich überbracht. Er war zu ihnen gegangen und hatte dabei kaum ein Lächeln unterdrücken können. »Ich bringe gute Nachrichten«, hatte er gesagt, als Mrs. Kennedy die Tür öffnete. Sie sah ihn verblüfft an, bat ihn nicht herein, und da er es kaum erwarten konnte, ihr davon zu erzählen und sie glücklich zu machen, drängte er ein wenig und sagte: »Darf ich hereinkommen?«, was er nicht hätte tun sollen. Sie führte ihn ins Wohnzimmer und blieb in der Mitte des Raumes stehen, und da sie ihm keinen Stuhl anbot, war er irritiert und sagte: »Darf ich mich eine Minute setzen?« Vielleicht hatte es etwas sarkastisch geklungen, was er nicht hoffte. Sie bat um Entschuldigung, sagte, natürlich dürfe er, und ob er eine Tasse Kaffee möge. Er lehnte ab und gefiel sich darin. »Ihr Mann ist bei der Arbeit?« fragte er. Ja, das sei er, er komme in etwa einer Stunde nach Hause. Er fragte, wie es Joe gehe, und erfuhr, er werde wohl bald von der Intensivstation entlassen. Sie fragte ihn nicht, was denn die gute Nachricht sei, was ihn erstaunte. Er mußte es noch einmal sagen – »Ich bringe gute Nachrichten.«

»Ja, das sagten Sie.«

»Möchten Sie denn nicht wissen, worum es geht?«

»Doch. Ich fürchte nur, ich kann mir kaum irgend welche Nachrichten vorstellen, die gut sein sollten.«

»Das ist schade, denn dies sind *gute* Nachrichten, Mrs. Kennedy, daß wir uns da nicht falsch verstehen. Nachrichten, die für Ihren Jungen wichtig sind – wir haben einen der Täter verhaftet, und er hat gestanden, es zugegeben.«

Es herrschte Totenstille. Sie stand noch immer, hatte sich nicht, wie er, gesetzt. Sie schluckte mehrmals, er konnte sehen, wie sich ihre Kehle bewegte, und lächelte dann leise, ein bitteres Lächeln. »Nun gut«, sagte sie mit heiserer und womöglich – er war sich da nicht ganz sicher – tränenerstickter Stimme. »Nun, ich freue mich, wenn es gute Nachrichten sind. Na, gut.«

Er war verzweifelt. »Sie wollen doch bestimmt«, sagte er, »daß derjenige, der Ihrem Sohn diese schrecklichen Dinge angetan hat, gefaßt und bestraft wird?«

»Ja, vermutlich, ja, das tu ich. Aber es kommt mir so belanglos vor. Was hat man davon?«

»Viel. Es wird Joe helfen. Wenn wir nicht jemanden

verhaftet hätten, würde er Angst haben, sie liefen dort draußen noch immer frei herum, und wissen, daß sie ungestraft davongekommen sind. Glauben Sie mir, es macht alles viel schlimmer, die Täter nicht zu fassen.«

»Ja, das verstehe ich. Tut mir leid.«

Er stand auf. »Ich wollte es Ihnen nur persönlich sagen. Morgen werde ich Joe im Krankenhaus besuchen.«

»Warum?«

»Ich muß wieder mit ihm sprechen und ...«

»Oh, nein!«

»Mrs. Kennedy«, sagte er trotz seiner wachsenden Verzweiflung so geduldig wie nur irgend möglich, »wir werden Joe brauchen, um unseren Verdacht zu erhärten.«

»Aber Sie sagten doch, er habe gestanden.«

»Das hat er, aber das ändert nichts daran. Wir brauchen Joe, um sicherzustellen, daß er es war. Sie brauchen sich keine Sorgen zu machen, er wird ihm nicht gegenübergestellt, es wird alles hinter Spiegeln, hinter Glas stattfinden. Er braucht nur hinzusehen und mit dem Finger zu zeigen.«

»Aber er ist krank, er hat ein gebrochenes Bein und all diese Stichwunden und blauen Flecke. Er ist in keiner guten Verfassung ...«

»Zuerst werden wir ihm Fotos zeigen, mit der Gegenüberstellung können wir bis nächste Woche warten, oder sobald wir es einrichten können, ihn so bequem wie möglich zur Polizeistation zu bringen.«

»Oh, *Gott.*«

Sie setzte sich ganz plötzlich hin, endlich. »Es wird eine Verhandlung geben«, sagte sie, feststellend, nicht fragend.

»Natürlich.«

»Joe wird erscheinen müssen.«

»Vermutlich, sogar höchstwahrscheinlich.«

»Wann?«

»Oh, das hat noch Zeit.«

»Es wird sich endlos hinziehen, er wird mehr und mehr durchmachen müssen.«

»Da führt kein Weg dran vorbei, Mrs. Kennedy, und in der Tat ist es oft heilsam, eine Verhandlung durchzustehen, wirkt sich kathartisch aus.«

Sie lachte und wiederholte: »Kathartisch?«, als sei es das komischste Wort, das sie je gehört hatte, zumindest aus seinem Mund. Er beschloß, es sei Zeit zu gehen.

Und jetzt, Monate später, würde er zu den Kennedys zurückkehren und dieselbe Geschichte noch einmal aufrollen müssen, allerdings nicht ganz dieselbe. Man hatte einen gewissen Gary Robinson verhaftet, aber er hatte nicht gestanden wie Leo Jackson. Er stritt momentan alles ab, und Leo Jackson hatte den anderen nie namentlich erwähnt. Alles hing jetzt davon ab, daß Joe ihn identifizierte, um den Fall hieb- und stichfest zu machen, auch wenn sie sich ihrer Sache noch so sicher waren. Alles Beweismaterial könnte von einem geschickten Verteidiger als belanglos abgetan werden – Leo oder Joe, am besten beide, wurden gebraucht, um die Sache zum Abschluß zu bringen. Wenigstens hatte Gary Robinson keine Mutter, die alles nur noch verkompliziert hätte. Er *war* typisch: in Pflege gegeben mit zwei Jahren, geringfügige Straftaten ab zehn, Verurteilungen wegen Körperverletzung, Einbruch und Drogenhandel mit zwanzig. Ein ganz schön schmutziges Strafregister, ein Vergnügen, da noch was draufzulegen. Er war verpfiffen worden, sonst hätten sie ihn nach so langer Zeit nie gefaßt. In jeder Hinsicht entsprach er genau Joes Beschreibung. Er handelte noch immer mit Drogen, terrorisierte nach wie vor Kunden und verhängte Strafen über säumige Schuldner. Aber der Schuldner, der ihn verpfiffen hatte, würde vor Gericht kneifen. Er wäre eine Katastrophe, sie würden nicht wagen, ihn als Zeugen beizubringen.

Er würde weder den Kennedys noch Joe davon erzählen. Er brauchte Joe sobald wie möglich für eine Gegenüberstellung, ohne allzu viele Erklärungen. Diesmal würde er so kühl und distanziert sein wie Mrs. Kennedy, sogar eher schroff. Er hatte nur den einen Wunsch, ohne den Umweg über seine Eltern an den Jungen heranzukommen, aber das war unmöglich. Er würde viel Zeit damit zubringen müssen, sich mit der Mutter auseinanderzusetzen, bevor er zu dem Sohn vordrang, und auch dann war es kein Honiglecken. Der Junge war ein Alptraum. Die Mutter war zwar schwierig, Joe jedoch im Umgang ungleich komplizierter. Er war clever, scharfsinnig, hatte eine hervorragende Aussage geliefert und Mut bewiesen, was auch immer er von sich selbst denken mochte. Unter den entsetzlichen Umständen, in denen er sich befunden hatte, war er vernünftig gewesen, auch wenn er seinen eigenen gesunden Menschenverstand verachtete und jämmerlich demütigend fand. Er hätte getötet werden können. Gary Robinson wies alle Merkmale eines Psychopathen auf – wenn es Gary Robinson überhaupt war, man durfte nicht schon im voraus überzeugt sein, ein Zeichen, daß er nachließ und auf sich achten mußte.

Er selbst hatte Joe ganz zu Anfang verhören müssen, als er noch die ersten vierundzwanzig Stunden auf der Intensivstation lag. Das war immer schwierig. Die

Schwestern waren dagegen, und die Familie konnte den Gedanken nicht ertragen, aber es war ihm dennoch gelungen, zehn Minuten mit Joe allein zu sein. Es gab Dinge, die er herausfinden mußte, Fragen, die vor der Mutter nicht leicht zu stellen waren, vor jeder Mutter, schon gar nicht vor Mrs. Kennedy, und er wollte es hinter sich bringen. Obgleich Joe, das Bein in einer Hebevorrichtung, lauter Schläuche und überall Bandagen, aufmerksam und, zumindest in diesen wenigen Minuten, schmerzfrei gewesen war. »Joe«, hatte er mit sanfter leiser Stimme zu ihm gesagt und dabei an seine eigenen Ermahnungen seinen Schülern gegenüber gedacht, »Joe, ich weiß, du wurdest niedergestochen und geschlagen, aber ich muß dich das fragen, haben sie dir sonst noch etwas angetan? Was immer es auch war. Du kannst es mir erzählen, es braucht dir nicht peinlich zu sein.« Er hatte versucht, Mitgefühl in seine Stimme zu legen, um Vertrauen zu erwecken, aber offene Ablehnung in Joes Augen gesehen. Und doch hatte er deutlich vernehmbar und verständlich geantwortet. »Nein«, hatte er gesagt, »nein. Sie zogen mir meine Kleider aus« - er bemerkte, daß seine Augen sich jetzt mit Tränen füllten –, »aber sie haben nichts getan.« Möglicherweise log der Junge, aber er sagte: »Gut.« Es war immerhin möglich, daß der Zustand, in dem er gefunden worden war, nicht das bedeutete, was er vermutet hatte. Da waren seine Nacktheit, seine Wunden und all das andere, der ekelhafte Schmutz. Er fragte ihn noch einmal, um ganz sicherzugehen. »Haben sie sich sexuell an dir vergangen, Joe?« Der Junge hatte seine Augen geschlossen und beinahe geschrien: »Nein«, und eine Schwester war hereingekommen, um ihn hinauszuschicken. Er hatte natürlich den Doktor befragt und den Polizeiarzt: keinerlei Hinweise auf ein Sittlichkeitsdelikt, damit war das geklärt, und er konnte es abhaken.

Manchmal dachte er, er sollte es Mrs. Kennedy gegenüber zur Sprache bringen. Vermutete sie etwas Schlimmeres als die offensichtlichen Verletzungen? Es schien so, nachdem sie ständig Andeutungen machte und wieder zurückzog, und dann fiel ihm ein, sie konnte Joe gar nicht gefragt haben, und er hatte die Information nicht preisgegeben, weil er nicht wissen konnte, daß sie sie haben wollte. War es also der Kot, der sie so verzweifelt machte? Joe war damit eingeschmiert, als sie ihn fanden, mit Blut, Urin und Kot. »Voller Scheiße«, hatte der entsetzte junge Polizist berichtet. Mrs. Kennedy wußte das. Jeder wußte es. Es stand in den Zeitungen, es machte das Verbrechen noch abscheulicher. Joe konnte nicht abstreiten, daß sie – oder einer von ihnen – auf ihn gepißt und geschissen hatten, auch wenn er es gewollt hätte, denn zu viele Leute hatten den jammervollen Körper gesehen, zu viele hatten mitgeholfen, ihn zu säubern, ihn vorzeigbar zu machen, bevor seine Eltern ihn zu Gesicht bekamen. Für den Fall, daß seine Eltern nicht Bescheid wußten, hatte er ihnen gleich erzählt, daß er, abgesehen von den beiden Messerstichen, dem gebrochenen Bein und den blauen Flecken, in Kot gewälzt worden war. Vielleicht hatte Mrs. Kennedy ihn von diesem Moment an gehaßt, aber was hätte er sonst tun sollen? Einer mußte es ihr schließlich sagen, und ihm war sehr bald klar, daß der Junge diese letzte Demütigung am schwersten verwinden würde. »Die Selbstachtung zu verlieren«, hatte er seine jungen Polizeianwärter ermahnt, »ist das Allerschlimmste – vergeßt das nie.«

Er selbst hatte es nie vergessen, aber es hatte ihn nicht weitergebracht. Vielleicht wurde immer noch etwas verschwiegen. Er war seiner Zweifel überdrüssig, seiner Antennen, die ihn nicht in Ruhe ließen. Mrs. Kennedy traute ihm keine zu, merkte gar nicht, daß er Dinge wahrnahm. Sie machte alles für den Jungen schwerer, das hatte er wahrgenommen. Und daß sie sich so quälte, belastete ihn noch mehr. Der Junge sah, was all das seiner Mutter angetan hatte, wodurch seine Schuldgefühle und seine Scham nur noch größer wurden. Die Tatsache, daß sie anscheinend ihr Leid nicht offen zeigen wollte, ganz im Gegenteil entschlossen war, damit fertig zu werden, indem sie es vor ihm, wenn nicht gar vor jedermann verbarg, machte alles nur noch schlimmer. Die Botschaft, die von ihr ausging, lautete: *Wir* brechen nicht zusammen, *wir* verlieren nicht die Nerven, Joe mußte also ihrem Beispiel folgen. Er war immer gelassen, ging wieder zur Schule, sobald er konnte, überspielte konsequent seine Verzweiflung. Und er hatte keine Beratung oder psychiatrische Betreuung gehabt – fatal. Er wußte, die Leute waren immer erstaunt, wie sehr er für therapeutische Beratung plädierte, man erwartete das nicht von einem einfachen Polizisten, aber er selbst hatte eine Ausbildung als Therapeut bei posttraumatischen Belastungszuständen in Erwägung gezogen. Leider fehlte ihm dazu die Zeit.

Jetzt mußte er erst mal die Kennedys über sich ergehen lassen, vergessen, daß sie etwas gegen ihn hatten. Dann würde er sich auf den Weg machen und die andere Mutter, oder vielmehr Großmutter, aufsuchen müssen und sehen, ob sie nicht dabei behilflich sein konnte, Leo Jackson zum Reden zu bewegen. Alles war gewiß jetzt anders durch Gary Robinsons Verhaftung. Von nun an brauchte Leo nicht mehr zu schweigen, wie er es beinahe von dem Moment seiner Verhaftung an getan hatte. Es hatte sich an jenem Morgen eine sehr eigenartige Szene abgespielt. Eine stille Straße, ein ruhiger Stadtteil, wo ehrbare Kleinbürger wohnten, die ihre eigenen Häuser besaßen. Die meisten ältere Leute, die dort schon seit langem lebten. Keine dürftigen Vorhänge. Peinlich saubere Spitzengardinen. Frisch gestrichene Türen, glänzende Türklopfer. Und geöffnet hatte eine recht imposante ältere Frau, sorgfältig gekleidet, ruhig, ohne ein Anzeichen von Schuldgefühl oder auch nur Besorgnis. Es war ihm einen Augenblick peinlich, ihren Sonntagmorgen zu stören. Dann waren sie nach oben gegangen, und dort schlief der Junge, noch immer in seinen blutigen Kleidern. Die Frau war totenblaß geworden, so blaß, daß er dachte, sie bekäme einen Schlaganfall. Sie hatten ihr geholfen, sich im Zimmer des Jungen zu setzen. Sie beobachtete, wie man ihn weckte. Sah ihn mit dem Kopf nicken, als er in offiziellem Wortlaut nach allen möglichen Namen und Zeitangaben befragt wurde. Er erklärte sich sofort für schuldig. Der Ausdruck auf Mrs. Armstrongs Gesicht war beunruhigend. Zweifel, natürlich, aber auch Wut und Entsetzen, Entsetzen im Kampf mit Ekel. Er war besorgt um sie gewesen und hatte vorgeschlagen, der Polizist, der mit ihm gekommen war, solle ihren Mann ausfindig machen, der, wie sich herausstellte, frühmorgens zum Fischen gegangen war, sie hatte jedoch wütend auf seinen Vorschlag reagiert. Der Junge hielt seine Augen geschlossen. Er saß aufrecht, aber seine Augen waren geschlossen, sein Kopf abgewandt. »Es ist eine Verwechslung, Sie werden schon sehen«, hatte die

Großmutter gesagt und die Hilfe, die er und der Polizist ihr die Treppe hinunter leisten wollten, energisch abgewehrt.

Sie nahmen ihn mit zur Wache und erhoben dort Anklage gegen ihn. Mrs. Armstrong schwieg den ganzen Weg, und der Junge ebenso. Er sah sie nicht an. Erst als es an der Zeit war, ihn zu verlassen, sagte sie: »Du hast mir das Herz gebrochen, das hast du.« Es war ergreifend, so wie sie es sagte. Sehr ergreifend. So leise, ohne jede Heftigkeit. Matt. Und er konnte sehen, daß der Junge weinte, obgleich seine Tränen sich hinter den noch immer geschlossenen Lidern stauten. Sobald seine Großmutter gegangen war, versiegten sie. Der Junge besann sich jetzt auf seinen Stolz. Hob seinen Kopf, schlug die Augen auf und gab eine kurze Erklärung ab. Er beschrieb, wie er in die Diskothek gegangen sei, dort getrunken, Drogen genommen habe, in eine ihm völlig unbekannte Gang geraten und mit ihr weggefahren sei, auf einmal habe er mit einem Messer in der Hand dagestanden, und vor ihm auf der Erde ein nackter Junge, den er genausowenig kannte. Da habe er das Messer fallen lassen und sei weggelaufen. Er gab vor, nicht zu wissen, wie er nach Hause gekommen sei, wie er die fünfundsechzig Kilometer zurückgelegt habe. Und dann wollte er kein Wort mehr sagen, fragte nur, ob der Junge am Boden tot sei.

Er wollte nicht sagen, wer sonst noch dabei war, obgleich er zugab, nicht allein gewesen zu sein – daran zumindest erinnerte er sich. Graham hatte ihm gesagt: »Denk ja nicht, du bist ein Held, wenn du die Schuld auf dich nimmst, denn das bist du nicht. Das macht dich sogar zu einem noch größeren Feigling. Wer immer es war, wird es, das weißt du ganz genau, wieder tun, und beim nächsten Mal ist es dann deine Schuld, verstanden?« Aber dadurch hatte sich nichts geändert. Laut Mrs. Armstrong hatte der Junge nicht einmal ihr gegenüber geredet. Nun, das mußte sich ändern.

Sie wußte nicht, wie sie es Joe sagen sollte, aber er mußte es erfahren, gleich, und zu Hause sein, wenn Graham käme. Es war so schwer zu sagen: »Dieser Polizist kommt noch einmal – sie haben einen verhaftet, von dem sie glauben, daß er der zweite Täter war, und wollen, daß du zur Gegenüberstellung erscheinst.« Einfache Wörter, und so schwer über die Lippen zu bringen. Sie konnte sich seine Reaktion vorstellen. Es würde ihn überwältigen, alles würde wieder auf ihn einstürzen, sie könnte es von seinem Gesicht ablesen, und ihr eigener Körper würde beim Erinnern beben. Es war schrecklich, ihm dies zuzumuten, und was, wenn alles umsonst, wenn es der falsche Mann wäre? Die Wirkung all dieser wieder ausgegrabenen Dinge wäre verheerend, gerade jetzt wo er dabei war, darüber hinwegzukommen. Aber da widersprach sie sich selbst, das wußte sie. Wenn er, wie sie Sam gegenüber immer behauptete, noch nicht darüber hinweg war, wenn ihr diese Worte ungehobelt und beleidigend erschienen, wie konnte sie dann argumentieren, die Gegenüberstellung würde alles wieder aufwühlen? Es war nichts begraben und vergessen, das war es nie gewesen, es war nach wie vor an der Oberfläche, für jedermann erkennbar.

Sie war erschöpft, als Joe nach Hause kam. Alles wurde noch verschlimmert dadurch, daß er heiter gestimmt war, sogar ein wenig lächelte, er kam herein wie immer, warf seine Schultasche auf den Boden, ging schnurstracks auf den Kühlschrank zu, um etwas zu essen zu holen. Sie sah ihn plötzlich vor sich, wie er von seinem ersten Tag in der Schule hereinstürmte, begeistert, ganz aufgeregt und voller Neuigkeiten, hereinstürmte, weil er ihr so viel zu erzählen hatte, sein Gesicht strahlend und angeregt – niemand wollte so gern seine Freude oder seinen Kummer mit jemandem teilen wie der junge Joe. Sie pflegte stundenlang seinem Geplapper zuzuhören, amüsierte sich und bewunderte, wie er all die Leute nachahmte, die in seinem kleinen Tagesablauf vorkamen. Nie mußte man Joe danach fragen, was er erlebt hatte – er wollte alles erzählen, in genauer Reihenfolge. Er war damals so voller Leidenschaft. Sie konnte es nicht anders als Leidenschaft nennen, wahre Leidenschaft, womit Energie, Geist und Wärme gemeint waren … Er wandte ihr den Rücken zu, als er mit ihr sprach, weil er nach einer der Joghurtsorten Ausschau hielt, die er mochte. »Der alte Ralph meint, ich könne nächsten Sonnabend anfangen«, sagte er. »Du hattest recht, er *hat* gesagt, ich sei die beste Aushilfskraft, die er je hatte. Und den Lohn hat er auf drei Pfund die Stunde erhöht. Gut, was?« Sie hätte weinen können. In Gedanken weinte sie, beschwor, um sich abzulenken, ein Bild herauf von Tränen, die innen am Fleisch ihrer Wangen hinabflossen und aus ihren Mundwinkeln sickerten …

»Joe«, sagte sie.

»Ja?«

»Kommissar Graham kommt in etwa einer halben Stunde. Dieser Polizist, du weißt schon. Sie haben jemand anderen verhaftet. Sie brauchen dich für eine

Gegenüberstellung, die sie sobald wie möglich organisieren wollen.«

Er aß weiter seinen Joghurt. Das wollte schon etwas heißen. Aber sein Gesichtsausdruck wurde finster und verschlossen. Sorgfältig kratzte er den Becher aus, sorgfältig tat er ihn in den Abfalleimer, sorgfältig wusch er den Löffel ab, den er benutzt hatte. Dann verließ er einfach die Küche und ging hinauf in sein Zimmer.

Sie hatte alles falsch gemacht. Harriet legte ihren Kopf in die Hände und preßte ihre Handflächen auf die Augen, bis ihre Augäpfel schmerzten. Ihr Begräbniston – ganz falsch, sie hätte es beiläufig erwähnen sollen oder zumindest sachlich, statt dessen war ihre Stimme zittrig, Unheil verkündend gewesen. Und dabei hätte sie zuerst etwas über Ralph und die Bootswerft sagen, ihre Freude zeigen und die seine teilen sollen. Aber nein. Unbeholfen war sie. Wie Kommissar Graham. Sie sah auf die Uhr. Er konnte jeden Augenblick kommen, und sie müsse Joe rufen. Sie hätte sich so sehr gewünscht, daß sie beide zusammen wären, ruhig dasäßen und gemeinsam der Sache ins Auge sähen. Nun würde Graham merken, daß dem nicht so war. Er würde ihr Gesicht sehen. Würde genau registrieren, warum nach Joe gerufen werden mußte …

Er war pünktlich wie immer. »Tag, Mrs. Kennedy.«

»Guten Tag. Kommen Sie herein.« Sie senkte ihren Kopf, wich seinem Blick aus. Sie nahm ihn mit in die Küche, was sie noch nie getan hatte, weil sie ganz einfach deren Schutz brauchte, sich zu schaffen machen mußte, während all das vor sich ging. Es blieb ihr nicht die Zeit, ein frostiges Verhalten an den Tag zu legen. »Verzeihen Sie«, sagte sie, »ich war gerade dabei, etwas vorzubereiten, was in den Backofen soll.«

»Lassen Sie sich nicht stören.«

Sie ließ sich nicht stören, denn sie wußte, daß er jede ihrer Bewegungen beobachtete, sich nichts mehr wünschte, als vertraulich zu plaudern. Sie schnitt Zwiebeln, Karotten, wie üblich, häufte sie auf das Fleisch im Schmortopf, den sie dann in den Ofen schob. Sie wusch sich eilig die Hände und trocknete sie mit Küchenpapier ab.

Er sagte: »Ich hab Sie lange nicht gesehen. Wie geht's Joe?«

Sie schluckte, wurde rot. Sie konnte doch unmöglich für diesen Mann in wenigen Worten zusammenfassen, wie es Joe ging. Sie schüttelte ihren Kopf, versuchte, eine hoffnungslose Miene aufzusetzen, um damit auszudrücken, wie unmöglich es war, hierauf eine Antwort zu geben. Jetzt war er irgendwie im Vorteil.

»Ist Joe da?« fragte er.

»Ja. Er macht oben in seinem Zimmer Hausaufgaben.«

»Ein guter Junge.«

Pause. Er zog die Brauen hoch, senkte den Kopf. Jetzt war sie an der Reihe. Diesmal war er nicht bereit, so zu tun, als seien sie Freunde. Er hatte eine ungewohnte Schroffheit an sich, die sie irritierte. Sie ging zur Treppe und rief Joe. Er kam gleich herunter, wofür sie geradezu rührend dankbar war.

»Joe«, sagte Graham, »wie geht's?«

»Gut.« Aber er sah alles andere als gut aus. Harriet fragte sich, ob er sich wohl übergeben habe, dann hätte sie ihn jedoch sicher zum Badezimmer stürzen hören. Sie bemerkte erstaunt, daß er sich umgezogen hatte. Bewies das auch, daß er erbrochen, ein anderes Hemd gebraucht hatte?

»Gut. Du weißt sicher von deiner Mutter, daß wir einen Mann verhaftet haben, den wir für den eigentlichen Täter halten« – er machte eine Pause, fügte jedoch, als Joe schwieg, hinzu –, »deshalb möchten wir, daß du zur Station kommst und an einer Gegenüberstellung teilnimmst. Ich weiß, es ist eine Tortur, wir werden sie aber so kurz und schmerzlos machen wie nur möglich. Es wird folgendermaßen vor sich gehen ...«

»Ich weiß«, sagte Joe, »ich weiß, wie es vor sich geht. Ich hab das schon einmal erlebt, erinnern Sie sich?«

»Richtig«, sagte Graham und schüttelte den Kopf. »Also, wir wollen dich von deinen Hausaufgaben nicht mehr als nötig abhalten, wenn dir also ein Tag in der nächsten Woche besser paßt als ein anderer ...?«

»Dienstag«, sagte Joe ausdruckslos. »Dienstag vormittag.«

»In Ordnung. Wir werden's versuchen. Es liegt sowieso genug gegen ihn vor, um ihn für lange Zeit einzusperren.«

»Ist das alles?« sagte Joe.

Graham sah überrascht aus und sagte ziemlich fest: »Nun, ja, ich glaub schon.«

Joe ging einfach. Er hätte höflicher sein sollen, dachte Harriet. Es gab keinen Grund, so grob zu sein. Sie war sich aber auch bewußt, daß er nur ihrem Beispiel gefolgt war, *ihr* Verhalten hätte man grob nennen können.

Graham war aufgestanden. »Ich gehe jetzt«, sagte er, »ich ruf Sie Montag an, um den Dienstag zu bestätigen und einen Termin festzulegen. Ich werde kommen und Joe abholen.«

»Nein, ich werd ihn bringen.«

»Es besteht keine Notwendigkeit, Sie dieses Mal mit hineinzuziehen, Mrs. Kennedy ...«

»Und ob sie besteht! Ich werde ihn das Ganze doch nicht allein durchmachen lassen, mein Gott, allein die Vorstellung.« Sie erhob ihre Stimme und klang aggressiv. »Tut mir leid, Sie scheinen nicht zu begreifen ... Sie scheinen nicht ...«

»Oh, doch, Mrs. Kennedy, das tue ich. Ich wollte lediglich darauf hinweisen, daß Joe selbst es möglicherweise leichter fände, wenn ...«

»Ja«, sagte Joes Stimme vom Treppenabsatz. Beide gingen sie zur Treppe und sahen hinauf. »Ich würde lieber allein gehen, Mum«, sagte er, verschwand in sein Zimmer und schloß die Tür. Sie legte die Hand auf ihren Mund. Es war wie ein Schlag ins Gesicht. Graham verhielt sich rücksichtsvoll, ging leise zur Haustür, und erst als er sie öffnete, sagte er: »Machen Sie sich keine Sorgen, Mrs. Kennedy, das ist ganz normal. Ich würde mir keine Sorgen machen, lassen Sie ihm doch einfach seinen Willen«, und damit ging er.

Im Auto unterwegs zu den Armstrongs lächelte Graham zufrieden. Er wollte Mrs. Kennedy dort nicht haben. Sie war eine einzige Katastrophe, bestand nur aus Gefühlen, auch wenn sie sich selbst für beherrscht hielt. Der Junge würde ohne sie besser zurechtkommen. Er hatte so viele Opfer ängstlich den Korridor entlanggehen, durch das Glas die Verdächtigen betrachten und beim Anblick ihrer Angreifer beinahe ohnmächtig werden sehen. Einige fielen tatsächlich in Ohnmacht. Manche schrien oder brachen in Tränen aus. Andere mußten überredet werden, überhaupt die Augen aufzumachen. Selbst die wenigen, die sich erhobenen Hauptes der ganzen Prozedur unterzogen und triumphierend auf ihre Peiniger wiesen, erlitten, sobald alles vorüber war, einen Rückschlag. Mütter machten, wenn sie dabei waren – wenn die betroffenen Jungen noch zu jung waren, mußte das sein –, alles nur noch schlimmer.

Er wäre bei dieser Gegenüberstellung nur allzu gern dabeigewesen. Er wollte die ganze Sache in die Hand nehmen und mit Joe gemeinsam erleben, aber das fiel nicht in seinen Zuständigkeitsbereich, der diensthabende Offizier würde dagegen sein. Ihm wurde bewußt, daß er, abgesehen von den zehn Minuten im Krankenhaus, Joe nie ohne seine Mutter gesehen hatte. Selbst wenn sie sich in einem anderen Raum aufhielt, spürte man ihre Anwesenheit, sie war immer da, ängstlich, defensiv. Joe war damals natürlich noch jünger, keine sechzehn. Jetzt war er beinahe siebzehn und eher imstande, sich von seiner Mutter zu lösen, wenn er es wollte. Er war gewachsen, hatte jedoch an Gewicht verloren und sah auch nicht mehr so gut aus. Er machte einen buckligen Eindruck, allerdings zogen viele Jugendliche ihre Schultern ein, um nicht so groß zu wirken oder einfach nur, um nicht aufzufallen. Es hatte nicht unbedingt etwas zu bedeuten, ebensowenig wie die dunklen Schatten unter den Augen des Jungen. Seine Mutter hatte die gleichen schwarzen Schatten. Was auch immer in dieser Familie vor sich gehen mochte, zweifellos litten sie alle, waren nicht darüber hinweg, und wenn diese Mutter so weitermachte wie bisher, würde sie nie darüber hinwegkommen.

Als er bei den Armstrongs klingelte, wußte er, daß er

auch hier nicht willkommen sein würde, was er allerdings auch nie erwartet hatte. Es war nicht nötig gewesen, mehr Kontakt als unbedingt erforderlich zu den Armstrongs herzustellen. Es ging ihn nichts an, dieses ältere Ehepaar. Sie taten ihm leid, aber er hatte sonst nichts mit ihnen zu tun. Ihr Elend kam nur allzu häufig vor und interessierte ihn nicht sonderlich. Er hatte so viele Eltern gesehen, die nicht wahrhaben wollten, daß ihr Sohn getan hatte, was auch immer er getan haben mochte, selbst wenn ein unterschriebenes Geständnis vor ihnen lag. »Das müssen Sie aus ihm herausgeprügelt haben«, sagten die, die ganz besonders skeptisch und zornig waren. Eine Folgeerscheinung von Boulevardpresse und Fernsehen. Und dennoch hatte er den Eindruck gewonnen, daß Mrs. Armstrong ein großartiger Mensch war. Sie hatte ihren Enkel bei der Festnahme lange Zeit angestarrt. Sie fragte nicht *warum*, das machte sie so besonders, sie fragte nicht, was in ihn gefahren sei, oder überlegte laut, womit sie das verdient habe. Sie saß nur da und starrte ihn an, schließlich stand sie auf, sagte den einen Satz: »Du hast mir das Herz gebrochen, das hast du ...« und verließ den Raum. Keine Tränen. Nicht eine einzige Träne. Er war sehr beeindruckt gewesen.

»Mrs. Armstrong? Kommissar Graham«, und er zeigte seinen Ausweis, obgleich er sehen konnte, daß sie ihn sehr wohl wiedererkannte. »Kann ich eine Minute hereinkommen?«

Sie führte ihn wortlos ins Wohnzimmer. Er machte keine Umstände: »Ich bin gekommen, weil wir glauben, den anderen gefaßt zu haben, der Joe Kennedy überfallen hat. Sie werden sich fragen, warum ich hier bin, Ihnen das zu sagen; der Grund ist, daß ich auf Ihre Hilfe angewiesen bin. Für uns ist es wichtig, daß dieser Mann eindeutig identifiziert wird, was wir von dem jungen Joe Kennedy erwarten, aber wir brauchen Ihren Enkel, damit auch er ihn identifiziert. Es würde die Dinge erheblich erleichtern.«

»Leo wird nicht reden.«

»Ja, ich weiß, aber vielleicht tut er es ja doch, jetzt wo dieser Kerl gefaßt ist und sowieso für Drogenhandel bestraft wird.«

»Ich meine, er spricht nicht mit mir, nicht ein Wort. Hat man Ihnen das nicht erzählt? Bei jedem Besuch sitzt er jetzt einfach nur schweigend da.«

Graham zögerte. Das hatte man ihm nicht gesagt, obgleich dazu eigentlich auch keine Veranlassung bestand. Wie gut, daß diese Mutter ruhig blieb. Sie hielt ihre Arme vor der Brust verschränkt und sah ihn unendlich distanziert an, als sei er ein Hausierer, der ihr Staubtücher verkaufen wolle, die sie ihm nie und nimmer abkaufen würde.

»Oh«, sagte er, »wenn dem so ist, nein, das wußte ich nicht, aber trotzdem, könnten Sie nicht versuchen herauszufinden, ob Leo den Namen kennt? Ihn Anfang nächster Woche besuchen, Montag oder Dienstag, und nur den Namen Gary Robinson ihm gegenüber erwähnen? Sehen, wie er reagiert? Es würde sehr helfen. Und es könnte in Leos Interesse sein. Dieser Gary ist ein wirklicher Verbrecher, er ist es gewesen, nicht Ihr Enkel, der …«

»Ich weiß«, sagte sie ruhig. »Das brauchen Sie mir nicht zu sagen. Ich habe immer gewußt, daß Leo nicht die Hälfte von dem, was man ihm zur Last legt, hätte tun können, aber das ändert wohl nichts, oder? Er war dort, er hat Beihilfe geleistet. Es entlastet ihn nicht, selbst wenn sich herausstellt, daß dieser Gary die Hauptschuld trägt, und wird auch Joe Kennedy nicht helfen.«

Sie wollte ihn jetzt aus dem Haus haben. Daß er da so wichtigtuerisch herumstand, machte sie wütend, aber sie würde sich ihre Wut in seiner Gegenwart nicht anmerken lassen. Er wollte sie benutzen, das war alles. Er wollte diesen Fall gelöst sehen. Von ihr nahm er an, sie wolle nichts als »helfen«, was immer er unter »helfen« verstand, aber das hieß nur, ihm selbst helfen. Ihn interessierte es nicht im geringsten, was dieser Besuch in ihr anrichtete, noch würde er, war er erst einmal gegangen, auch nur einen Gedanken daran verschwenden, wieviel Verzweiflung er zurückgelassen haben mochte. Sie hatte ihm gesagt, Leo spreche nicht mit ihr, und er war einfach darüber hinweggegangen, hatte nicht innegehalten, um ihren so großen Kummer zu verstehen. Wie, fragte sie sich plötzlich, mochte er sich wohl Harriet Kennedy gegenüber verhalten? Würde Harriet anders behandelt werden? Und wenn schon, sie hatte es nötiger.

»Werden Sie ihm gegenüber zumindest den Namen Gary Robinson erwähnen? Falls er nichts sagt, nun gut, dann ist auch noch nichts verloren. Ich werde den diensthabenden Polizeibeamten beauftragen, ihn streng zu überwachen …«

»Sie überwachen ihn sowieso. Wir werden immer überwacht. Ich bin nie mit ihm allein.«

»Glauben Sie, Sie könnten den Namen aus ihm herauslocken, wenn Sie es wären?«

Da war sie wieder, diese unverblümte *Gier*, ein Resultat zu erzielen, das gänzliche Übergehen des Schmerzes, der sich hinter ihren Worten verbarg. Wer hatte diesen Mann nur erzogen? Wer war seine Mutter? »Keine Ahnung«, sagte sie.

»Denn das könnte arrangiert werden, wenn Sie bereit wären, das Risiko auf sich zu nehmen, und auch nichts dagegen hätten, vorher und nachher durchsucht zu werden, durch einen weiblichen Offizier, natürlich, und dann ...«

»Ich hätte etwas dagegen.«

»Wie bitte?«

»Ich hätte etwas dagegen, durchsucht zu werden. Ich wäre weder vorher noch nachher dazu bereit.«

»Es ist bloß eine Vorschrift, eine Sicherheitsmaßnahme ...«

»Nein, das ist es nicht. Es ist nicht bloß irgend etwas. Ich bin eine ältere Frau und weigere mich, durchsucht zu werden.«

»Das könnte Schwierigkeiten geben, doch vielleicht ...«

»Vielleicht könnten Sie ja eine Ausnahme machen, wenn Sie der Meinung sind, daß es sich lohnt?«

»Vielleicht.«

Er hatte den Spott in ihrer Stimme nicht einmal herausgehört – das war bemerkenswert. Sie wollte gerade jegliche Form von Übereinkunft aufs heftigste von sich weisen, als sie die Hintertür aufgehen und ihren Vater laut ihren Namen rufen hörte. »Hier, Dad«, schrie sie, und er kam schimpfend in die Küche, beklagte sich, daß sein Essen nicht auf dem Tisch stand wie an jedem Freitagabend, was das denn solle. Sie sagte nichts, ließ ihn hereinkommen und mit Kommissar Graham zusammentreffen.

»Oh«, sagte Eric James, »Besuch. Da geh ich lieber.«

»Ich wollte gerade aufbrechen«, sagte Graham. »Danke, Mrs. Armstrong. Ich werd mich melden, und falls Sie Ihre Meinung ändern sollten …«

»Wird sie nicht«, sagte Eric James blitzartig, »sie ist meine Tochter, und Sie werden nicht erleben, daß sie ihre Meinung ändert. Wer sind Sie überhaupt?«

»Kommissar Graham.«

»O ja, ich erinnere mich, Sie haben unseren Jungen eingesperrt, stimmt's?«

»Ich habe ihn verhaftet und Anklage gegen ihn erhoben, ja.«

»Und hat Ihnen das noch nicht gereicht, eh? Was woll'n Sie noch? Mehr gibt's hier nicht, da ist die Tür … raus!«

Sheila hätte über Grahams Gesicht lachen können, aber der Zorn ihres Vaters war zu lächerlich. Er versuchte, der alte Eric James zu sein, er dachte wirklich und wahrhaftig, er *sei* sein früheres Selbst, und es war schmerzlich, die Anstrengung mitanzusehen. Die Stimme, die eigentlich wie ein Bellen hätte klingen sollen, laut genug, um die Nippes im Porzellanschränkchen zu erschüttern, war eher ein heiseres Geflüster, und der Arm, den er so dramatisch ausgestreckt hatte, zitterte. Es war so traurig, ihn die Rolle spielen zu sehen, die er einst so gern gespielt hatte, und zu merken, daß ihm die Kraft dazu fehlte. Er könnte in sich zusammensacken, könnte einen Herzanfall erleiden und auf der Stelle vor dem Polizisten sterben. Und Graham sollte nicht wissen, daß diese Vorstellung sowieso Lug und Trug war. Er hörte sich an wie Leos Verfechter, nicht wie sein Richter. Sie sah Graham aufbrechen, ohne sich noch bei ihm entschuldigen zu wollen, und hörte erleichtert die Haustür gehen.

»Verdammte Unverschämtheit«, sagte ihr Vater. Sein

Gesicht war krebsrot, und ihm stand der Schweiß auf der Stirn. »Was ist los? Warum war er hier?«

»Komm und iß dein Abendbrot«, sagte sie und führte ihn ganz liebevoll zurück in die Küche.

Als Graham zu Hause ankam, versuchte er, sich seiner üblichen Wochenendroutine zu überlassen, aber er konnte die Depression, die ihn beim Anblick dieses seltsamen alten Mannes befallen hatte, nicht abschütteln. Jedermanns Feind, die Polizei, keine Frage. Es sei nicht gut, zur Polizei zu gehen, sagte er seinen Schülern immer, wenn man beliebt sein wolle, denn das würde man nie sein. Beliebt zu sein sei unwichtig. Wirklich *wichtig* sei Unparteilichkeit. Wenn man nicht unparteiisch sein könne, werde man nie ein guter Polizist. Und er war ein guter Polizist. Das wußte er. Gut bei der Ermittlungsarbeit, gut, was menschliche Beziehungen betraf. Diese beiden Mütter, diese beiden Frauen, Mrs. Kennedy und Mrs. Armstrong, waren nur noch nicht zur Ruhe gekommen, und das war alles, was ihn deprimierte.

Als er den Grund seiner Depression erkannt hatte, fühlte er sich auf der Stelle besser.

# Achtes Kapitel

Am Samstag kam Louis nach Hause, sein Semester war zu Ende. Sie holte ihn vom Bahnhof ab, aufgeregt wie immer vor lauter Freude, ihn zu sehen, ihn zu Hause zu haben, wenn auch nur für kurze Zeit. Er hatte sie gleich darauf vorbereitet, sein Aufenthalt würde nur kurz sein – er führe am kommenden Donnerstag nach Amerika, wo er einen Ferienjob in irgendeinem Camp habe. Er komme nach Hause, um sein Zeug abzuladen, seine Wäsche zu waschen, das sei alles. Und sie redete sich ein, und das mit einer Vehemenz, die Sam zynisch belächelte, sie nehme es ihm nicht übel. Andere Mütter mochten sich beklagen, ihr Haus sei doch kein Hotel, aber sie fand nichts dabei, war eher stolz darauf, wie offen und tolerant sie war. Sie war überzeugt, es sei der richtige Weg, mit ihren Söhnen befreundet zu bleiben, indem sie sich nicht an sie klammerte, ihnen kein schlechtes Gewissen machte, wenn sie woanders lieber sein wollten als zu Hause.

Jedesmal wenn sie Louis nach einer langen Abwesenheit wiedersah, liebte sie den Augenblick, bevor sie ihn erkannte – nur einen Augenblick, eine Sekunde lang war er ein Fremder, bevor die Vertrautheit wieder durchbrach. Er sah so attraktiv und interessant aus, sie fragte sich, wer das wohl sei, dieser junge Mann mit den tiefliegenden Augen und so gut aussehend wie ein Spanier, und wenn sie dann sah, daß es Louis war, empfand sie Stolz. Sie lief auf ihn zu und küßte ihn, und er ließ es gutmütig geschehen, ohne verlegen zu sein wie früher. Er hatte sein Fahrrad mitgebracht und einen großen Rucksack und zwei riesige Reisetaschen, so dauerte es ewig, alles zum Auto zu bringen und zu verstauen. Er wollte fahren, doch sie blieb dabei – Louis' Fahrstil machte ihr angst, er fuhr viel zu schnell. Das Fahrrad auf dem Dachträger beunruhigte sie, auch wenn er schwor, es sei sicher befestigt. Sie plauderten zwanglos während der Fahrt, berichteten einander, was es an Neuigkeiten gab, sonst nichts, sie nutzten die Zeit, um den alten Mutter-Sohn-Tenor wiederzufinden. Ihr war vor langer Zeit klargeworden, daß Louis es geschafft hatte, er hatte sich gelöst, hatte die Nabelschnur so endgültig durchtrennt, als habe sie nie existiert. Gut. Das redete sie sich immer wieder ein, *gut.* So mußte es sein. Er liebte seine Familie, davon war sie überzeugt, sie bedeutete ihm viel, er würde nie einfach so verschwinden, nur fühlte er sich nicht länger an sie gebunden. Andere hatten jetzt Vorrang. Charlotte, wer immer sie war. Sam nannte sie das »Orakel«, weil Louis sie ständig zitierte, wenn er nach Hause kam. Sie hatten sie noch nicht kennengelernt. Louis wollte sie gerade nach Hause bringen, als die ganze entsetzliche Geschichte mit Joe geschah, und seither hatte sich nie wieder ein passender Zeitpunkt ergeben.

»Und wie geht es Charlotte?« fragte sie schließlich.

»Gut. Nächstes Jahr ziehen wir zusammen.«

»Oh. Mit noch anderen?«

»Nein, nur wir. Es ist ganz klein, nur ein ›besseres‹ möbliertes Zimmer, aber wir sind froh, daß wir es bekommen haben. Und ganz nah beim College, wir werden ein Vermögen an Fahrgeld sparen.«

»Dann seid ihr also ein festes Paar, du und Charlotte?«

»Wir sind schon fast ein Jahr ein festes Paar, Mum«, sagte Louis gelangweilt, nicht ohne eine Spur Sarkasmus. »Du hast es nur noch nicht gemerkt.«

»Wie sollte ich das auch, wo ich sie doch noch gar nicht kennengelernt habe?«

»Ich hab's dir erzählt.«

»Hast du nicht.«

»Mum, laß uns nicht damit anfangen. Es ist nicht so wichtig. Ich mach dir ja keine Vorwürfe.« Er seufzte in jener kränkenden Art und Weise, die sie nicht leiden konnte.

»Was meinst du damit, du machst mir keine Vorwürfe? Weswegen?«

»O Gott ...«

»Nein, ich will wissen weswegen? Weswegen machst du mir keine Vorwürfe, Louis?«

»Ich meinte nur, ich weiß, daß du mit deinen Gedanken woanders warst«, sagte er übertrieben geduldig, was sie wahnsinnig machte. »Du warst besessen von Joe, das ist doch normal ...«

»Du lieber Himmel, ich war nicht derart besessen, daß ich es nicht in mich aufgenommen hätte, wie ernst es ist mit Charlotte, wenn du mir davon erzählt hättest.«

»So war es nicht, ich hab's dir nicht erzählt, es gab nichts zu erzählen ...«

»Das klingt ja, als wäre da ... als ist da ...«

»Herr Gott, Mum.« Er rieb verzweifelt sein Gesicht mit den Händen und seufzte erneut. Ostentativ sah er aus dem Fenster und machte irgendeine Bemerkung über das Wetter.

Sie war erregt, brachte die Gänge durcheinander, als

es einen Hügel hinaufging, und er zuckte zusammen. Als sie schließlich den Wagen wieder unter Kontrolle hatte und zügig fuhr, versuchte sie es noch einmal. »Also, es tut mir leid, Louis«, sagte sie, »aber wenn ich den Fehler gemacht habe, die Anzeichen nicht richtig zu deuten, so nicht wegen Joe, sondern weil ich sie wirklich nicht erkannt habe.«

»Ich weiß. Ich hab ja gesagt, daß es nicht wichtig ist.«

»Es *ist* wichtig. Ich möchte nicht, daß du denkst, ich würde derart in Joe aufgehen, daß ich keine Zeit mehr für jemand anderen habe ...«

»Ich habe nichts dagegen, ich verstehe es ... beruhige dich.«

»Sprich nicht mit mir, als sei ich verrückt oder ein Kleinkind oder sonstwas, so von oben herab.«

»Also gut. Fangen wir noch mal von vorn an. Charlotte und ich sind, und zwar seit beinahe einem Jahr, ein festes Paar, und ich hab es offensichtlich nicht klar ausgedrückt, was ich hiermit tue.«

Sie wollte weiterreden, ihr wegen Joe angeblich fehlendes Interesse zu Ende diskutieren, aber sie wollte nicht im Streit zu Hause ankommen, was nicht gut für Joe wäre. Mehr als einen Kilometer schwieg sie, versuchte, ruhig zu bleiben. Louis pfiff. Er wirkte so überlegen, aber das durfte sie jetzt nicht beachten. Bisher hatte er sie noch nicht nach Joe gefragt, aber sie mußte ihm erzählen, was los war. Sie räusperte sich und sagte rundheraus: »Sie haben den anderen Täter verhaftet, den, der angeblich für die Messerstecherei verantwortlich sein soll.«

»Wirklich?«

»Angeblich. Joe muß am Dienstag zur Polizeiwache gehen wegen einer Gegenüberstellung.«

»Wie verkraftet er's?«

»Schwer. Er redet nicht drüber.«

»Warum sollte er auch?«

»Vielleicht redet er ja mit dir?«

»Das bezweifle ich. Er war in letzter Zeit nicht an mir interessiert.«

»Er war an niemandem interessiert, das ist ja das Problem. Gerade sah alles besser aus, nur ein bißchen, aber immerhin. Er arbeitet seit heute wieder auf der Bootswerft und hat sich für eine Klassenreise zum Skilaufen eingeschrieben ...«

Louis hörte nur vage zu. Sie erzählte und erzählte, eher unzusammenhängend, dies von Joe und das von Joe, ganz aufgeregt und beharrlich. Nicht daß ihm Joe gleichgültig war, ganz im Gegenteil, er hatte monatelang selbst ausschließlich an ihn gedacht, und nur Charlotte wußte, wie besorgt er gewesen war. Aber nicht wie seine Mutter. Sie machte sich verrückt. Jedesmal wenn er nach Hause kam, war es schlimmer – sie wurde immer dünner, immer weinerlicher, immer ruheloser und angespannter. Er wußte nicht, wie sein Vater das aushielt. Und für Joe mußte es eine einzige Hölle sein. Er wollte und brauchte sie nicht, all diese mütterliche *Angst*, all diese ergebene Gefühlsballung. Und doch traf es zu, niemand außer ihr konnte mit Joe zurechtkommen. Er hatte es versucht. Er hatte ihn ein Wochenende zu sich geholt, für alle möglichen Veranstaltungen und Überraschungen vorgesorgt, seine Freunde zusammengetrommelt und sie gebeten, nett zu ihm zu sein, und das Ganze war eine einzige Katastrophe gewesen. Gleich von dem Moment an, als er ihn in Euston abgeholt hatte. Er und Charlotte hatten alles so gutwillig, so besorgt vorbereitet. Sie hatten wieder und wieder überlegt, wie sich Joe wohl fühlen mochte und wie sie am besten auf ihn eingehen könnten. »Er würde es nicht wollen, daß man ihn allzu behutsam anfaßt«, hatte Charlotte gesagt, und er war derselben Ansicht gewesen. So hatten sie sich bewußt zwanglos gegeben, ihn nicht allzu überschwenglich willkommen geheißen. Aber sobald Joe Charlotte sah, erstarrte er und schien ihretwegen verärgert zu sein. Sie war so freundlich, zu freundlich, so *nett* zu ihm, er gab ihr jedoch nur einsilbige Antworten. Er murrte: »Wird sie etwa die ganze Zeit hier herumlungern?«, als sie zurück zum College gingen. Es war peinlich, aber Charlotte hatte sich großartig verhalten, sie war allein losgefahren, obgleich sie eigentlich das Wochenende hatten gemeinsam verbringen wollen. Doch ihre Abwesenheit hatte Joe kein bißchen glücklicher gemacht. Louis hatte ihn zu einem Drink mitgenommen, aber er wollte mit niemandem reden, stand einfach nur mürrisch da.

Am letzten Tag lud Charlotte sie in ihrem Zimmer zum Essen ein. Er wollte nicht absagen, er wußte, sie hatte sich soviel Mühe gegeben, Joes Lieblingsessen zu kochen, von dem er ihr erzählt hatte, Spaghetti alle vongole. Es war köstlich, aber Joe sagte kein Wort und hat sich kaum bei ihr bedankt. Und dann hat Charlotte, nachdem sie gegessen hatten, nur gesagt: »Wie fühlst du dich, Joe?«, was ihn *verrückt*, absolut verrückt machte, worauf er sie fragte, was sie verdammt noch mal damit meine. Sogar da hatte Charlotte noch Zugeständnisse gemacht. Sie hatte ganz sanft gesagt, sie frage sich nur … weiter war sie nicht gekommen. Joe war mit krebsrotem Gesicht aufgesprungen und hatte behauptet, sie frage sich nur, ob er noch nach Kot rieche. Es war lächerlich, dumm. Charlotte war vollkommen vor den Kopf gestoßen, denn natürlich hatte sie nichts dergleichen gemeint. Danach wollte Joe nur noch nach Hause zu seiner heißgeliebten verständnisvollen Mum.

Es war zwar eine Binsenwahrheit, aber Joe *war* verwöhnt. Seine Mutter sagte, sie seien beide verwöhnt worden, wenn mit verwöhnt geliebt und allzu verständnisvoll erzogen gemeint sei. Aber Joe wurde es nach wie vor. Man faßte ihn mit Glacéhandschuhen an, und er hat die Familie von Anfang an beherrscht, einmal wegen seiner zarten Konstitution und dann wegen seiner schwierigen Art. Jetzt gab es natürlich keine Hoffnung mehr, daß dies je anders würde. Bevorzugung bis ans Ende seiner Tage. Nicht daß er ihn beneidete, wer konnte das schon, aber er mußte zugeben, daß er sich in letzter Zeit manchmal über den Mangel an Fürsorge seiner Mutter *ihm* gegenüber ärgerte. Nicht wirklich Fürsorge, er wollte nicht ein Objekt ihrer Fürsorge sein, und es war ihm jetzt wichtiger, was Charlotte, nicht was seine Mutter dachte …

»Du hörst mir nicht zu, Louis«, sagte seine Mutter.

»Doch.«

»Dann sag doch was.«

»Dazu gibt es nichts zu sagen. Ich kann da nichts machen.«

»Du sollst ja nur dran denken, mehr nicht.«

»Mum, wie sollte ich nicht dran denken, so wie er aussieht und all das übrige. Kein Wunder, daß du erschöpft bist.«

»Wer sagt das? Ich habe nie gesagt, ich sei erschöpft …«

»Ich seh's dir an. Du und Dad, ihr braucht beide Urlaub …«

»Oh, ich könnte nie …«

»... Joe allein lassen?«

»Ja, das könnte ich nicht, noch nicht, es wäre herzlos.«

»Wenn du das sagst.«

»Er würde nicht allein zurechtkommen.«

»Das brauchte er ja auch nicht. Er könnte zu Ginny gehen.«

»Das fände er schrecklich.«

»Ich könnte mich um ihn kümmern, wenn ich aus Amerika zurück bin. Es sind dann noch drei Wochen, kein Problem.«

»Das ist nett von dir, Louis, vielleicht könnten wir's, woll'n mal sehen, mal sehen, wie die Dinge sich entwickeln.«

So kamen sie schließlich in Güte zu Hause an. Sam war vom Golf zurück, und die Überschwenglichkeit, mit der er Louis begrüßte, zeigte Harriet, wie froh er über einen Verbündeten war. Sam und Louis waren gleich wieder miteinander vertraut, redeten über Sport, Fußballmannschaften, Kricketspiele, tauschten Meinungen und Neuigkeiten aus. Sie wußte, Louis war erleichtert, nicht mehr mit ihr allein zu sein. Er war nicht gern eingesperrt im Auto mit ihr und gezwungen, sich ihr monotones Gerede anzuhören. Er und sein Vater würden miteinander nicht über Joe reden. Ganz bestimmt nicht, Gott bewahre. Alles andere, nur das nicht.

Es war Abend, bevor sie alle zusammensaßen, nachdem Joe den ganzen Tag bei der Bootswerft verbracht hatte. Das Essen verlief gut. Sie wußte, der bloße Gedanke – »Das Essen verlief gut« – verriet, wie unnatürlich die Atmosphäre noch war, aber immerhin gab es die Gewißheit, daß es so gewesen war. Sie aßen nicht draußen, sie hatte es aus irgendeinem Grund nicht vorzuschlagen gewagt, obwohl Louis sie neckte – »Was, drinnen, Mum, wo draußen die Sonne scheint, was ist los?« Sie lächelte nur und ließ es dabei bewenden. Joe sah sie verwundert an, und sie begann rasch zu reden, aus Angst, er könne Louis' Bemerkung aufgreifen. Louis stand natürlich im Mittelpunkt. Er erzählte von dem zurückliegenden Semester, dem Job, den er haben würde, und von Charlotte. Sie und Joe hatten sich Blicke zugeworfen, und Joe rollte mit den Augen, ohne daß Louis es sah, und sie war so glücklich. Bitte, hörte sie sich insgeheim flehen, bitte, laß es so bleiben. Bitte, laß dieses Glück bestehenbleiben, laß es nicht entkommen, laß es andauern und andauern und niemals unterbrochen werden, ich will alles dafür geben, wenn nur unser Leben auch weiterhin so verläuft wie jetzt. Alles.

Bahn, Bus, Bus. Die gleiche langwierige Reise, die sie auswendig kannte. Sheila las im Zug, aber während der beiden Busfahrten sah sie aus dem Fenster und hörte den Gesprächen der anderen Leute zu. Sie saß im ersten Bus gegen die Fahrtrichtung, und die beiden Frauen vor ihr merkten nicht, daß sie hinter ihnen saß. Es war erstaunlich, wie trivial ihre Unterhaltung war – sie redeten so angeregt über Strickjacken, die sie zu ihren Röcken passend gekauft hatten, über Enkelkinder mit Masern und das Problem, einen neuen Fensterputzer zu finden, obgleich es doch so viele Arbeitslose gab … Sie staunte über den Eifer, mit dem sie all diese unendlich langweiligen unwichtigen Informationen austauschten. Ihre Schwester Carole war genauso, sie konnte *stundenlang* plappern über nichts und wieder nichts. Sheila unterbrach sie nie. Sie hatte Carole immer reden lassen, wie einen Wasserfall, in dem Bewußtsein, daß die Quelle all dessen nie versiegen würde. Sie wünschte sich, sie könnte auch über weite Strecken ihres Lebens Belanglosigkeiten von sich geben. Statt dessen sprach sie wenig und wollte, daß das, was sie sagte, zu gebrauchen war. Alan behauptete, sie grüble. Vielleicht hatte er recht. Sie wußte, sie dachte über ernste Dinge nach, war anders als Carole und die Frauen im Bus. Alan sagte manchmal: »Woran denkst du gerade?«, und sie beunruhigte ihn, indem sie wahrheitsgemäß antwortete: »Ich dachte gerade an Bomben« oder »Ich mußte gerade an all diese verhungerten Kinder in Äthiopien denken«. Nie ging es um die Fleischpreise, die Farbe der Strickwolle. Nie.

Im zweiten Bus, dem Sonderbus, mit dem alle aus demselben Grund an dasselbe Ziel fuhren, fanden so gut wie keine Gespräche statt. Alle saßen schweigend da, bis auf zwei, alles Frauen und Kinder. Nun starrte Sheila in Ruhe auf Felder und Hecken. Durch das Grün schlängelten sich Heckenrosen, Geißblatt fiel wallend über den Hagedorn, Fingerhut hielt Wache. Rosa, weiß, rot und purpur. Alles durcheinander und wunderschön, alles ungeordnet und herrlich. Ein Gutes hatte ihr Vater, er liebte die Natur. Eric James kannte sämtliche wilden Blumen. Er ging mit ihnen beiden, als sie und Carole noch Kinder waren, Feldwege und kleine Pfade wie diese entlang und hat sie ihnen gezeigt. Sie sammelten sie um die Wette. Er hatte dasselbe mit Leo getan. Ihn mitgenommen und ihm die wilden Blumen gezeigt und dann Brombeeren gepflückt. Als er alt und arthritisch geworden war und auf die langen Wege verzichten mußte, hatte Alan die beiden zu ihren Streifzügen mit dem Auto an Ort und Stelle gebracht und später wieder abgeholt. Leo liebte das auch als Teenager noch. Die Streifzüge hatten nur aufgehört, weil Eric James ihnen nicht mehr gewachsen war.

Einmal stürzte Leo in einen Fluß. Er war erst vier und noch sehr klein und leicht. Kaum war er im Wasser, da war Eric James auch schon zur Stelle – es bestand zu keinem Zeitpunkt irgendeine Gefahr. Er hatte seine Tweedjacke ausgezogen, den zitternden Knaben darin eingehüllt und nach Hause getragen, bleich vor Angst, und immer wieder beteuernd, es bestehe kein Grund zur Sorge. Er hatte mehr gelitten als Leo. Der erste Hinweis darauf, wieviel Leo ihm bedeutete, und Sheila hatte es zur Kenntnis genommen und ihre Meinung über ihn zurechtgerückt, ohne ein Wort darüber zu verlieren. Sanft war er geworden. Gluckte hinter dem Jungen her wie eine Henne. Und wo waren sie geblieben, diese Gefühle? Sie sah sich verstohlen im Bus um. All diese Frauen plagten sicher die gleichen Gedanken: Warum war das geschehen, warum hatte die ganze Liebe hierzu geführt? Aber vielleicht auch nicht. Sheila sah wieder aus dem Fenster. Vielleicht hatten manche von ihnen Antworten hierauf gefunden, ganz im Gegensatz zu ihr. Drogen. Eine zumindest. Das war ihre einzige Antwort, aber sie ließ noch viele Fragen offen. Warum hatte er überhaupt *irgendeine* Droge genommen? Warum gerade diese, eine so gefährliche? Woher kam dieses Bedürfnis, so plötzlich etwas auszuprobieren, sich in die Klauen dieses Gary Robinson zu begeben?

Sie wollte es versuchen. Es gab keine Veranlassung dazu, aber sie würde tun, worum man sie gebeten hatte. Sie würde den Namen erwähnen und sehen, ob irgendeine Reaktion erfolgte. Kommissar Graham mochte denken, sie fände sich dazu bereit, um ihm einen Gefallen zu tun, es tun, weil sie in seinen Augen als gute Bürgerin dazu verpflichtet war, aber dem war nicht so. Ihre eigene Wißbegier war die treibende Kraft – sie wollte sehen, ob der alte Leo wieder ins Leben zurückgerüttelt werden konnte. Vielleicht sollte sie ihm auch von Mrs. Kennedys Besuch erzählen. Warum nicht? Und von ihrem Brief, in dem sie sich entschuldigt hatte und der ihre Treffen zur Folge hatte. Sie könnte lügen und sagen, sie habe auch Joe gesehen. Aber warum sollte ich das wollen, dachte sie erschrocken und war über sich selbst erstaunt. Lieber Himmel, was war los mit ihr? Wie dumm. Es würde Leo sowieso nicht interessieren. Es wäre ihm egal, da war sie sich ganz sicher. Bei den ersten paar Besuchen hatte er zwar kaum gesprochen, aber wenigstens etwas gesagt. Und er hatte gelernt, sie anzusehen. Vielmehr hatten sie beide gelernt, einander anzusehen. Das war der schwierigste Schritt gewesen, zu lernen, den forschenden Blick des anderen zu ertragen. Seine Augen waren überall umhergeirrt, nur nicht zu ihr, im Zimmer hin und her geschossen, ihren aber ausgewichen. Er war so nervös. Unverwandt hatten ihre Augen auf ihm geruht, er sollte sie offen und ehrlich ansehen, und schließlich, nach einem zunächst nur flüchtigen Blick, der sogleich wieder zurückschnellte, verschränkten sich ihre Augen ineinander. Die Erleichterung nahm ihr fast die Besinnung, einfach nur zu wissen, daß es ihn – ihren Leo, ihren Jungen – noch gab. Was immer geschehen, was immer er getan haben mochte. Sie war so glücklich, diesen Kontakt wieder aufgenommen zu haben, daß sie ihn nicht gefährden wollte, indem sie endlich die Fragen stellte, die ihr so sehr auf der Seele brannten. Später, später würde der Moment dafür gekommen sein, der richtige Moment.

Aber er kam nie. Die erste Frage, die sie nach mehreren Wochen stellte, war, warum er Alan, seinen Großvater, nicht sehen wolle. Er hatte nicht geantwortet. »Er spürt das«, sagte sie ihm, »und leidet darunter. Er ist immerhin dein Großvater.« Er schüttelte nur den Kopf. Es war eigentümlich. Alan war so harmlos, warum sollte er ihm verbieten zu kommen? Sie konnte sich nur vorstellen, daß er sich vor Alan mehr schämte als vor ihr, und selbst wenn das zuträfe, blieb es ihr ein Rätsel. War sie denn nicht diejenige, der gegenüber er die meisten Schuldgefühle haben müßte? Sie stand ihm näher, hatte fast alles für ihn getan. Dieses eine Mal hatte Alan recht, es ergab keinen Sinn. Aber es war ein Fehler, die Frage gestellt zu haben. Anfangs saß er noch da und reagierte, wenn sie ihn etwas fragte, mit kurzen sachlichen Antworten. Ohne irgendwelche Informationen preiszugeben. Dann hatte er aus irgendeinem nicht ersichtlichen Grund ganz damit aufgehört. Er war unzugänglich geworden. Sie konnte lediglich annehmen, er habe sich in Trance versetzt, um seine Haft zu überstehen.

In ihrer Tasche hatte sie zwei Bücher, eine Zeitschrift und irgendeine Tageszeitung. Nichts zu essen. Keine Zigaretten oder Süßigkeiten. Das hatten die anderen Frauen gewöhnlich bei sich. Alle möglichen Leckerbissen, um die Anstaltskost erträglicher zu machen. Aber sie wußte, Leo wollte solche Dinge nicht. Er hatte sich mit den Entbehrungen abgefunden. Daher kaufte sie Bücher, die auszusuchen ihr große Mühe machte, und Zeitschriften, was ihr leichter fiel. Sein *National Geographic* und eine Musikzeitschrift. Sie ging jeden Monat zu W.H. Smith und versuchte, die Taschenbücher auszusuchen. Nichts über Gewalt, nichts Pornographisches. Sie suchte nach Reisebeschreibungen, Reisen, die Leute unternommen hatten, und nach Abenteuergeschichten. Leo sagte nie, ob sie ihm gefielen, außer einmal, als sie die Bemerkung machte, es sei Geldverschwendung, Bücher zu kaufen, wenn er sie nicht lese, als er tatsächlich gesagt hatte: »Tu ich doch.« So brachte sie ihm auch weiterhin welche und bildete sich immer ein, er nehme sie begierig entgegen, obgleich er nie einen Kommentar über ihren Inhalt abgab.

Heute hielt sie die Bücher zurück, ließ sie in ihrer Tasche, als sie sich setzte. Sie hatten Glück, niemand war direkt neben ihnen zur Linken, und zur Rechten flüsterte ein Gefangener angeregt mit seinem Besucher. Manchmal war es so laut, daß ihr der Kopf weh tat, und es schien sinnlos, überhaupt sprechen zu wollen, besonders wenn von Leo so wenig Resonanz kam. Aber manchmal wurden auch deutlich vernehmbar so deprimierende Dinge gesagt, daß sie nur noch schwieg. Frauen, die ihren Jungen eröffneten, sie könnten nicht mehr kommen, es sei ihnen zuviel, worauf die Jungen weinten, oder Frauen, die sagten, sie hätten ihre Arbeit verloren und könnten die Miete nicht mehr bezahlen, und die Geschwister seien krank – fürchterliche Litaneien der Not. Aber heute hatte sie Glück. Die ganze Atmosphäre war eher gedämpft, nichts Unangenehmes ging vor sich, und sie hatten nicht die Wache im Nacken. Sie beugte sich vor, versuchte Leo in die Augen zu sehen, aber er wich ihr aus und sah bewußt über sie hinweg. Sie sagte es ganz plötzlich, geradeheraus, ohne auch nur die geringste Begrüßung – »Gary Robinson!«

Seine Augen trafen sich sogleich mit den ihren, wie seit Monaten nicht, in ihnen lag deutlich Angst. Sie lächelte und setzte sich zurück. »Sie haben ihn verhaftet«, sagte sie. »Ich dachte, das würde dich interessieren. Wegen etwas anderem, Drogenhandel, aber sie sind überzeugt, daß er Joe Kennedy die Messerstiche beibrachte. Er kommt sowieso ins Gefängnis, aber wenn du, wie auch Joe Kennedy, ihn identifizierst, würde das alles erheblich leichter machen.« Er sagte nichts, senkte nur den Kopf. »Mehr sage ich nicht, Leo«, sagte sie sanft. »Ist auch nicht nötig, oder? Brauch ich auch nicht. Aber jetzt wo sie ihn haben, bist du dran. Denk nur an den Jungen, der gezwungen ist ...« Er stand plötzlich auf, stieß seinen Stuhl so heftig zurück, daß er mit lautem Poltern auf den Boden fiel und die Wache aufsprang. Sie hörte ihn sagen: »Ich möchte gehen«, worauf die Wache ihm bedeutete, er solle sich hinsetzen, sich anständig benehmen und an seine Großmutter denken. Er stand da, mit dem Rücken zu ihr, und weigerte sich trotzig, auf seinen Platz zurückzukehren. Ein Aufseher kam herüber. Sie nahm die Bücher und die Zeitschrift aus ihrer Tasche und legte sie auf den Tisch, dann stand auch sie auf und ging langsam aus dem Raum, um es ihm leichter zu machen.

Als Harriet am nächsten Morgen in der Dämmerung aufwachte, lag sie ganz still. Ihr Bett knarrte schrecklich seit einigen Tagen – sie brauchte sich nur umzudrehen oder Sam sich zu bewegen, und schon begann dieses furchtbare Knarren. Es mußte an den Schrauben liegen, die das hölzerne Kopfteil an beiden Seiten festhielten. Ein entsetzlich klagendes Geräusch. Sie spürte, daß sie gut geschlafen hatte. Sie waren kurz nach elf zu Bett gegangen, und sie hatte bis jetzt geschlafen. Fünf, vielleicht auch sechs Stunden Schlaf. Ein Rekord in den letzten zwei Jahren. Die Jungen waren zur selben Zeit hinaufgegangen. Sie lagen in ihren Betten, warm zugedeckt, bildlich gesprochen, und waren lange vor Mitternacht eingeschlafen.

Sie hatte, als die Jungen noch klein waren, stürmische Winternächte gern gehabt, stürmische Winde, die auf das Haus einschlugen, draußen in den Bäumen heulten, an den Fensterrahmen rüttelten, und sie alle geborgen und warm in ihren vier Wänden. Sie hatte gezittert und sich an Sam geschmiegt, und ihre Sicherheit inmitten des Sturms zugleich als etwas Aufregendes und Beruhigendes empfunden. Sie vermißte das. In der ersten Zeit, als Louis zur Universität ging, hatte sie stürmische Nächte gehaßt. Sie hatte sich gefragt, wo er wohl sei, ob draußen in Regen und Kälte, und ihn sich zurückgewünscht in sein Bett, unter ihr Dach. Bei Joe war es noch schlimmer. Er war nicht oft nach zehn Uhr noch draußen, so gut wie nie, wenn es aber doch vorkam, konnte sie nicht zu Bett gehen. Der Wind und der Regen verstärkten noch hundertfach ihre Angst um ihn, und ihre Phantasie quälte sie mit Visionen, in denen er noch einmal überfallen wurde, mit Messerstichen verletzt und … was unsinnig war. Es war Sommer gewesen. Hell, nicht spät. Kein Wind. Kein Regen. Ein richtiger Sommertag … NEIN!

Sie schlüpfte so leise wie nur irgend möglich aus dem Bett und ins Badezimmer. Sie drehte den Hahn mit dem kalten Wasser auf, wusch sich das Gesicht und putzte ihre Zähne, dann schlich sie die Treppe hinunter. Bruno rührte sich und knurrte, sie ging zu ihm und gab ihm einen kleinen Klaps; er drehte sich um und schlief weiter. Wie wundervoll, alle lagen sie dort oben in tiefem Schlaf, sicher und zufrieden. Sie öffnete die Verandatür, und die Sonne fiel herein, drängte sich durch Nebelschichten, um ihr Gesicht zu bescheinen. Sie stand mit geschlossenen Augen in der noch kaum wärmenden Sonne und atmete tief durch. Sie war entschlossen, glücklich zu sein. Heute wollte sie bewußt damit beginnen, glücklich zu sein, die Vergangenheit hinter sich, weit hinter sich zu lassen. Sollte sie kommen und an die Tür ihres Gedächtnisses klopfen – diese so unsichere, leichtgebaute dünne Tür –, wollte sie durch die Hintertür in die Zukunft rennen. Sie wollte an Louis und seine Charlotte denken. Was konnte man sich da nicht alles zusammenphantasieren. Wie sah Charlotte aus? Louis hatte sie ihr sicher beschrieben. Und was las sie? Studierte sie, wie Leo, Naturwissenschaften? Sie wartete ungeduldig darauf, daß er aufstand und sie ihn fragen konnte …

Heute würden sie ein Picknick machen. Wie in alten Zeiten. Die Jungen würden sie verwöhnen. Sie würden irgendeinen Hügel erklimmen und oben angekommen picknicken, vielleicht, wenn sie wieder unten waren, schwimmen, oder sogar ans Meer fahren, es war nicht weit. Nur sie allein gegen den Rest der Welt. Es würde Joe guttun. Wenn Louis mitginge, würde er nichts dagegen haben, und Louis, der nur für vier Tage zu Hause war, ebensowenig, da war sie ganz sicher. Sie begann, über das Picknick nachzudenken, was sie wohl im Kühlschrank und in der Speisekammer hätte. Sie nahm Brot aus der Gefriertruhe, eine Baguette, es wäre aufgetaut, bis sie losfuhren. Sie rechnete mit halb elf. Jetzt war es erst halb sechs. Zeit genug. Um acht würde sie Sam Kaffee bringen und die Jungen wecken, ihnen auch eine

Tasse anbieten. Sie würde glücklich sein. Ihnen sagen, sie sollten aufstehen, den herrlichen Tag begrüßen und sich fertigmachen für eine Kletterpartie und ein Picknick. Sie würden stöhnen und protestieren, ohne es ernst zu meinen. Sie würde in ihrer Mitte gehen, so klein unter diesen drei großen Männern, obgleich sie gar nicht so klein war, und sehr, sehr stolz sein. Sie war eine Romantikerin. Das stimmte. All die häßliche Wirklichkeit des zurückliegenden Jahres konnte ihre angeborene romantische Ader nicht zunichte machen. Heute würde sie ihr freien Lauf lassen, nichts würde ihr das verderben …

Am See würde viel Leben sein. Urlauber, Ausflügler würden in Scharen hereinbrechen, die kleine Stadt verstopfen, aber das schadete nichts, die Einwohner wußten, wie man den Massen aus dem Weg gehen konnte. Sie würden diese schwitzenden Horden, unter denen viele Flegel waren, Flegel, die dort nichts zu suchen hatten, einfach sich selbst überlassen, weil es für sie nichts gab, keine Vergnügungen, nichts. Gott weiß, warum sie kamen … Sie öffnete ein Fenster und biß sich fest auf die Lippe. Schlüsselworte. Flegel. Sie mußte sie vermeiden. »Flegel«, sagte sie laut zum Fenster hinaus und schaute auf den kreisrunden Rasen mit dem Sonnenfleck genau in der Mitte. »Flegel – und wenn schon?« Flegel, Prügel, Rüpel – nur Worte. Sie würden keine Macht über sie haben. Sie eilte rasch hinaus in den Garten und schaute in den Himmel, der jetzt mehr und mehr aufklarte und von Minute zu Minute blauer wurde. Vögel, Schafe, das leise Rauschen des nahen Wasserfalls. Sie war so töricht gewesen, sich selbst in dem ganzen Schmerz und Elend einzukerkern, anstatt sich all dem zuzuwenden und Vertrauen daraus zu schöpfen, Vertrauen, daß *dies* größer war als *das* und daß *dies* durch *das* nicht zerstört werden konnte.

Sam verblüffte sie. Er kam eine Stunde später herunter in seinem Jogginganzug, als sie unter dem Birnbaum saß und Kaffee trank. Er sagte nichts. Er lächelte, winkte mit der Hand, und schon rannte er los, und Bruno mit ihm. Halb sieben, und Sam joggte! Noch um einiges glücklicher ging sie ins Haus, nahm eine Dusche und zog sich an. Sie war gealtert. Sie wußte es. All das, was geschehen war, hatte sie älter gemacht. Nicht etwa weißes Haar, nichts dergleichen, nicht einmal mehr Falten. Nein. Sie war gealtert, wie Joe gealtert war, indem auf einmal etwas fehlte. Es war kein Leben mehr in ihrem Gesicht, kein Leuchten, keine Bewegung. Sie verbarg aus ständiger Angst, noch jetzt von plötzlichem Kummer überwältigt zu werden, ihr Gesicht hinter einem Schleier von Unergründlichkeit. Sie mußte diesen Schleier lüften, durfte nicht so mißtrauisch aussehen. Sonst hatte sie keinen Schaden genommen, der nicht wiedergutzumachen gewesen wäre. Der Gewichtsverlust war keine schlechte Sache.

Joe sollte dasselbe tun. Sie wußte, er könnte es. Er war jünger, viel jünger, und da sollte es leichter fallen.

Aber als Sam zurückkam, rot im Gesicht und selbstbewußt, als er geduscht hatte und mit ihr draußen saß, das Haar noch naß und mit noch immer erhitztem Gesicht, da mußte sie weinen. Wieder. Sie hatte mehr Kaffee gemacht, die Croissants aufgebacken, alles säuberlich, wie sie es gern hatte, auf ein Tablett gestellt und zu dem kleinen weißen Eisentisch unter dem Baum getragen; sie hatte sich gesetzt und Sam spöttisch, aber mit ernstem Unterton sagen hören: »Ach, ist das ein

Leben!«, und da war sie in Tränen ausgebrochen. All ihre guten Vorsätze waren im Nu verflogen.

»Nein!« schluchzte sie, als Sam seine Arme um sie legte. »Nein, nein. Ich *weine* nicht, nein, ich bin glücklich, wirklich. Ich weiß auch nicht, was mit mir los ist.«

»Heuschnupfen?« sagte Sam, und sie begann zu lachen.

»O ja«, sagte sie, »das wird's sein, Heuschnupfen.«

Sheila war sich nicht sicher, was sie tun sollte. Es würde einen Bericht geben nach einer solchen Begebenheit. Es würden Fragen gestellt werden, und man würde Kommissar Graham, wenn er jetzt Zugang zu Leo haben wollte, zweifellos erzählen, was vorgefallen war. Davon abgesehen konnte niemand gehört haben, wie sie Gary Robinsons Namen genannt hatte, niemand außer Leo. Sie sollte Graham anrufen, ihr war aber nicht danach, und was hätte sie ihm denn auch sagen können? Nur, daß Leo bei dem Namen zusammengezuckt war und ihn nur allzu offensichtlich kannte. Aber was hatte sie für Beweise. Keine. Leo hatte nicht gesprochen. Sie wußte nicht, ob Graham überhaupt mit all dem etwas würde anfangen können.

Ihr Vater war da, als sie nach Hause kam, der letzte Mensch, den sie sehen wollte. Er saß in der Küche und sah die Katze grimmig an. »Die mag nicht mehr«, sagte er und wies mit dem Kopf in Richtung Katze, »will sich nicht mehr quälen.«

»Sie quält sich nicht.«

»Und ob. Eine Katze mit drei Beinen quält sich, nicht?«

Sie ging nicht darauf ein. Er wußte ganz genau, daß ihre Katze sich längst an den Verlust ihres Beines gewöhnt hatte. Von Zeit zu Zeit tat er es immer wieder, nörgelte er an der Katze herum. Es war der Code für irgend etwas, wenn er das tat, aber sie hatte keine Lust, ihn zu entschlüsseln.

»Wo bist du gewesen?« fragte er und beobachtete sie, beide Hände auf seinen Stock gelegt und das Kinn auf seine Hände gestützt.

»Weg.«

Er lächelte, deutete zumindest ein Lächeln an. Sein verdrießliches altes Gesicht weigerte sich wie gewöhnlich zu lächeln. »Und wo?«

»Hab jemanden besucht.« Sie brachte es nicht fertig zu sagen, es gehe ihn verdammt noch mal nichts an.

»Wen? Carole?«

»Ja, Carole«, log sie.

Er amüsierte sich. »Ist ja komisch«, sagte er und schlug mit seinem Stock auf, »ich komme gerade von Carole und hab dich da gar nicht gesehen. Komisch, eh?«

»Sehr komisch.« Sie goß weiter ein wenig Tee auf, auch für ihn, natürlich, obgleich er ihn höchstwahrscheinlich nicht trinken würde. Eine Tasse zum Frühstück, eine zum Mittagessen, und das war alles an Tee für Eric James. Er konnte die Leute endlos langweilen, indem er ihnen erzählte, daß er früher auch eine Tasse Tee zum Abendbrot getrunken habe, es aber aufgegeben hätte, um seine, wie er es nannte, nächtliche »Inkontinenz« in den Griff zu bekommen. Er liebte das Wort »Inkontinenz« und sprach es, begleitet von einer schwungvollen Handbewegung, perfekt aus.

»Was führt dich an einem Samstag hierher?« wagte

sie zu fragen. Da ihm Routine über alles ging, fand sie die Frage, wenn auch nicht gerade genehm, so doch naheliegend.

»Ich brauche Alan. Mein Rasenmäher streikt, und ich kann ihn nicht in Gang setzen. Hab's den ganzen Nachmittag versucht und nicht geschafft, darum bin ich gekommen, um Alan zu bitten, daß er mir hilft.«

Eine wahrscheinliche Geschichte, in etwa so wahrscheinlich wie ihre eigene über ihren Besuch bei Carole. »Nun, da wirst du lange warten müssen«, sagte sie gleichgültig, »er ist nämlich zum Angeln gegangen.«

»O ja, hab ich ganz vergessen.«

Lügner. Er vergaß nie etwas, leider.

»Ruf Peter an«, riet sie. »Soll ich ihn gleich anrufen?«

»Nein, nein, Peter versteht nichts von Maschinen, macht sich nicht gern die Finger schmutzig.«

»Ich werd Alan sagen, er soll zu dir rüberschauen, wenn er heimkommt. Oder morgen.«

»Morgen regnet's vielleicht.«

»So?«

»Ich will, daß mein Gras gemäht wird.«

»Na gut, ich schick ihn nachher zu dir.«

Aber er blieb weiter dort sitzen. Sie konnte es nicht ausstehen, wenn er sie so prüfend anstarrte. Es mußte wundervoll sein, dachte sie oft, einen Vater zu haben, der weise war, an den man sich wenden konnte. Alt und weise und bereit, einen an seiner Weisheit teilhaben zu lassen. Eric James war einfach nur alt. Nicht weise. Das Leben hatte ihn, soweit sie es ermessen konnte, nichts gelehrt. Seine beinahe neunzig Jahre hatten offensichtlich in dieser Hinsicht nicht viel gebracht. Seine Ansichten – man konnte sie nicht Prinzipien nennen – waren noch immer, davon war sie überzeugt, genau dieselben wie damals, als er ein Junge war. Von Reife konnte nur im rein körperlichen Sinne die Rede sein. Jegliche wie auch immer geartete Lebenserfahrung schien an ihm abgeprallt zu sein. Er hatte sich als immun dagegen erwiesen.

»Du hast diesen Jungen besucht«, sagte Eric James mit stechendem Blick. Eine Feststellung, keine Frage.

»Das hab ich.«

»Es war doch noch nicht wieder an der Zeit, du warst gerade erst dort.«

»Stimmt.«

»Zwei Besuche in der Woche sind gar nicht erlaubt.«

»Nein.«

»Gab's was Besonderes, eh?«

»Ich wüßte nicht, warum dich das interessieren sollte«, sagte sie ziemlich aggressiv. »Du hast doch selbst gesagt, du willst mit ihm nichts mehr zu tun haben ...«

»Mit ihm vielleicht nicht, aber mit dir.«

»Das ist dasselbe.«

»Sei nicht blöde, es ist überhaupt nicht dasselbe.«

»Für mich ist es das. Du kannst uns nicht so einfach voneinander trennen, er ist mein Enkel und wird es immer bleiben, was er auch getan haben mag. Nicht wie du, du hast gesagt ...«

»Ich weiß, was ich gesagt habe. Also, hör mal, ich weiß doch, was ich gesagt habe.«

Er hatte geschrien. Er hatte versucht, sie unter Druck zu setzen, wie er es immer, sein ganzes Leben, getan hatte. Aber er war verzweifelt. Es überraschte sie immer, durch die große Schreierei hindurch zu spüren, daß er verzweifelt war, und es dann selbst nicht zu ertragen, ihn verzweifelt zu sehen. Seine Verzweiflung brachte wiederum sie um ihre Fassung, und dazu hatte sie kein

Recht. Er war alt, sehr alt, wehrlos alt, und darin bestand der ganze Unterschied.

»Hör mal, Dad«, sagte sie, »ich hab dir doch erzählt, was geschehen ist, du hast den Polizisten hier ja gesehen. Ich bin zu Leo gegangen, um einen Namen zu erwähnen und zu sehen, wie er darauf reagiert. Es war ein besonderer Besuch zu einem besonderen Zweck. Und ich bin müde. Ich möchte meine Füße hochlegen.«

»Dann leg sie hoch. Ich hindere dich nicht daran.«

Sie ging ins Wohnzimmer, setzte sich auf einen Sessel, legte wirklich ihre Füße auf einen Hocker und schloß die Augen. Sie hörte ihn umherschlurfen und fand sich gemein, ihn dort allein zu lassen.

»Ich geh jetzt lieber«, rief er aus der Küche.

»Ich werd Alan zu dir schicken«, rief sie zurück. Sie hoffte, Alan würde noch lange fortbleiben. Sie wollte das Haus für sich, wollte beide Männer los sein. Sie hörte die Hintertür gehen, dann das Zuklappen der Pforte und seufzte. Ruhe. Ruhe, um darüber nachzudenken, was sie tun sollte. Ihr Gewissen war eine solche Plage, immer wollte sie das Richtige tun. In diesem Sinne hatte sie Leo erzogen, immer das Richtige tun zu wollen. Wie Alan, wenn er auch kein allzu überzeugendes Beispiel abgab. Nur ihr Vater, der böse alte Eric James Armstrong, hatte Gefallen daran gefunden, Leo in eine andere Richtung zu lenken. Aber wer konnte einem alten Mann das übelnehmen? Niemand, sie jedenfalls nicht. Er hatte keinen schlechten Einfluß auf Leo ausgeübt, ganz und gar nicht, er hatte dem Jungen das Gefühl gegeben, geliebt zu werden. Der Einfluß kam von ihr, das wußte sie.

Leo hatte einmal frech zu ihr gesagt, sie sei zu gut,

um wahr zu sein, und hinzugefügt, sie habe keine Ahnung von der wirklichen Welt da draußen. Er war vom Supermarkt nach Hause gekommen mit Wechselgeld für eine Zwanzigpfundnote und nicht für die Zehnpfundnote, die sie ihm für ein Glas Honig und sechs Eier mitgegeben hatte. Er kaufte gern für sie ein, liebte überhaupt Geschäfte, vor allem Supermärkte. Wie alt war er damals gewesen? Vielleicht zehn, vielleicht auch jünger, doch wild darauf bedacht, Besorgungen zu machen, und so hatte sie ihn geschickt, Honig und Eier einzukaufen, und, obgleich es lächerlich war, denn es gab ein entsprechendes Geschäft an der Ecke, ihm erlaubt, den Bus zu nehmen und die Dinge aus dem Supermarkt zu holen. Er hatte gelacht, sich diebisch gefreut über das zuviel herausgegebene Wechselgeld. Sie ließ ihn zurückgehen. Was für ein Kampf war das gewesen. Er hatte gesagt, er mache sich doch nur lächerlich, dies sei ein *Supermarkt*, sie würden denken, er sei verrückt, das Mädchen würde sich nicht einmal daran erinnern. Sie war vor lauter Moral mit ihm gegangen, hatte ihn dabei beobachtet, wie er in den Supermarkt hinein- und direkt zur Kasse gegangen war. Erst später, sehr viel später fand sie das Geld in einer Bierdose in seinem Schrank. Er hatte sie irgendwie überlistet und das Wechselgeld behalten; ihr blieb als einziger Trost der beruhigende Gedanke, daß er es zumindest nicht ausgegeben hatte, es war schmutziges Geld geworden.

Es war richtig und ihre Pflicht, Kommissar Graham über Leos Reaktion auf die Namensnennung zu informieren, auf welch schwachen Füßen ihre Beweise auch stehen mochten. Sie mußte es ihm unbedingt vor der angekündigten Gegenüberstellung erzählen, noch bevor man Joe Kennedy diese Tortur durchstehen ließ. Sie fragte sich, ob man Leo, ob er wollte oder nicht, auch hinbestellen würde, um seine Reaktion mit eigenen Augen zu sehen. Aber Leo würde dann nicht reagieren. Er war vorgewarnt und würde nichts preisgeben. Sofern ihn Furcht nicht verriete, seine eigene mögliche Furcht vor diesem Gary Robinson. Wenn sie ihn kommen ließen, würde sie darauf bestehen, auch zu kommen. Konnten sie das verhindern? Sie müßte versuchen, mit ihnen zu verhandeln, solange sie dazu in der Lage war. Sie war dort gewesen, als Leo selbst an der Gegenüberstellung teilnehmen mußte, in einer Reihe mit acht anderen. Sie war an seiner Seite gewesen, hatte mit ihm gewartet, die Demütigung schmerzlich mitempfunden. Es gab natürlich keine Zweifel, er hatte ja bereits sein Geständnis abgelegt, aber aus irgendeinem Grund waren sie noch nicht zufrieden und wollten, daß er in der Reihe erscheint. Er war soviel ansehnlicher als all die anderen acht. Er stand aufrecht, groß, offensichtlich furchtlos da. Hart haben sie es genannt. »Ein knallharter Typ«, hatte ein Polizist gemurmelt. »Der gibt nicht klein bei.« Aber sie wußte, er irrte sich. Leo war nicht hart. Was immer er getan oder nicht getan hatte – er würde sie nicht aufklären, nur bestätigen, er sei dabeigewesen, und Joe Kennedy selbst war sich ja nicht einmal darüber im klaren, wer genau was getan hatte –, er war nicht hart. Er konnte so tun, als sei er gar nicht vorhanden – aber das war keine Härte. In Momenten von Streß und Kummer konnte er sein inneres Selbst verschwinden lassen, sich von jedermann, sogar von ihr, entfernen. Er hatte diese Fähigkeit schon als kleiner Junge besessen, von dem Moment an, als sie ihre Rechte an ihm einforderte. Diese Fähigkeit, sich in eine

Art Trance zu versetzen, unerreichbar zu werden, war seine geheime Waffe.

Sie vermißte Pat. Als sie so dasaß, vermißte sie sie so sehr, daß es weh tat. Wäre Leo ein Mädchen gewesen, dann wäre womöglich nichts dergleichen passiert. Sie hätte mit ihm eng verbunden bleiben können, wie mit Pat, auch wenn sie weit voneinander getrennt wären. Pat hatte sich nie in dieser Weise von ihr zurückgezogen. Nichts, was sie durch Pats Schuld durchgemacht hatte, war vergleichbar mit dem Leid, das Leo ihr zufügte. Sie hatte immer das Gefühl gehabt, Pat zu kennen, auch wenn sie sich noch so sehr veränderte, doch Leo kannte sie gar nicht. Es war falsch, dem, was geschehen war, die Schuld daran zu geben. Es hatte alles nur schlimmer gemacht, war aber nicht die Ursache. Vielleicht lag die ja darin, daß Leo selbst das Gefühl hatte, sich losgelöst zu haben, zu treiben auf der Suche nach etwas, das sie ihm nicht länger geben konnte? Vielleicht war sie ja die Ursache? Vielleicht lag darin die Erklärung, nach der Alan immer gesucht hatte? Irgendwie war alles, das ganze Durcheinander, ihre Schuld.

# Neuntes Kapitel

Louis ging ans Telefon, ganz lässig, und ärgerte sich, daß es nicht Charlotte war, die anrief. Er ließ den Hörer baumeln und rief: »Mum, für dich!«, und Harriet griff danach, ohne die geringste Ahnung, wer es sein könnte, eher desinteressiert und eilig, da sie noch einiges am Vormittag erledigen wollte. Mit Sheila Armstrongs Stimme hatte sie nicht gerechnet. Zunächst wußte sie, selbst als der Name gefallen war, nichts damit anzufangen, dann erinnerte sie sich daran und entschuldigte sich, und gleich kehrte die ganze Spannung, die im Verlaufe des so glücklichen Wochenendes von ihr gewichen war, wieder zurück. »Wie schön, von Ihnen zu hören«, sagte sie rein mechanisch.

»Es tut mir leid, daß ich Sie störe ...«

»Nein, nein, überhaupt nicht. Ich habe nichts weiter getan, wirklich.« Wie fremd die Stimme der Frau klang, mit so starkem hiesigen Akzent, dabei war er ihr bei ihrem Besuch gar nicht so aufgefallen.

»Ich hab mich nur gefragt, ob Sie vielleicht ein paar Minuten für mich Zeit haben ... wenn nicht, macht es auch nichts, ich komm schon zurecht.«

Dieses »Ich komm schon zurecht«, die offensichtliche Verlegenheit, ließ Harriet aufhorchen. »Selbstverständlich«, sagte sie, »fahren Sie nur fort.«

»Ich hab gedacht, wir könnten uns vielleicht treffen, bald, weil es nämlich leichter wäre zu sprechen, aber wenn Sie zu tun haben, oder es nicht für richtig halten ...«

»Eine gute Idee. Wann dachten Sie?«

»Nun, heute, wenn möglich ...«

»Oh, heute paßt es mir nicht so gut, und morgen ...«

»Ich weiß. Da ist diese Gegenüberstellung. Er hat mir davon erzählt, der Kerl von der Polizei. Es geht um diese, um diese Identifizierung, ich wollte etwas weitergeben, aber nicht an ihn. Es ist nicht der Rede wert, wirklich. Ich würde es nur gern weitergeben ...« Ihre Stimme verstummte.

Harriet war bestürzt über ihre eigene Erregung. Sie wollte Sheila nicht sehen, wollte jetzt da sie beschlossen hatte, alles hinter sich zu lassen, nicht einmal am Telefon mit ihr sprechen. Sheila Armstrong war Teil »dessen«. Dabei hatte sie selbst alles in Gang gebracht, sie durfte jetzt nicht feindselig sein, nachdem die andere Frau doch alles andere als feindselig gewesen war. Und da war dieses »Etwas«, das sie weitergeben wollte.

»Wir könnten uns auf halbem Wege treffen«, sagte Sheila und nannte eine Stadt. »Ich muß sowieso dorthin, ich fahre mit dem Zug, wir könnten uns am Bahnhof treffen, wenn Ihnen das möglich wäre.«

»Wenn es so dringend ist ...«

»Ich weiß nicht, ob es das ist. Oh, vergessen Sie doch lieber das Ganze, ich sollte Sie nicht belästigen. Ich kann ja auch diesen Polizisten anrufen ...«

Es war der Überdruß in der Stimme, der Harriet ihre Entscheidung treffen ließ – derselbe so schmerzvolle Überdruß, den sie selbst empfunden hatte, bei dem man überdrüssig ist, nachzudenken, überdrüssig, sich zu erinnern, und das in einem solchen Maße, daß ein geistiger Stillstand eintritt und man nicht mehr ein noch aus weiß. »Nein«, sagte sie. »Wir sollten uns treffen, ich möchte es so. Ich kann gegen zwölf am Bahnhof sein, paßt Ihnen das? In der Imbißstube, wenn es so etwas gibt, oder im Wartesaal?«

»Sehr gut.«

Ihr ganzer Tag war jetzt dahin. Sie hatte sich extra viel vorgenommen, um nur ja nicht an morgen zu denken. Joe sprach nicht davon. Er sah besser aus und klang auch besser nach dem Wochenende, und mit Louis im Haus hatte sie nicht das Gefühl, daß die ganze Sorge darüber, wie er auf die Gegenüberstellung reagieren würde, allein auf ihr lastete. Louis würde ihn vielleicht sogar begleiten. Darüber war noch nicht gesprochen worden, sie redete sich jedoch ein, daß immerhin die Möglichkeit bestehe, und ihr gefiel der Gedanke. Brüder, Solidarität zwischen Brüdern. Louis hatte sich so bereitwillig gezeigt, aber Joe sich so gesträubt – er wollte keine Hilfe, war mißtrauisch, vor allem wenn sie von Louis kam. Louis mußte ihn enttäuscht haben, sie wußte nur nicht, auf welche Weise. Aber vielleicht würde Louis, wäre erst einmal der nächste Morgen gekommen und Kommissar Graham vorgefahren, für ihn wieder zählen. Sie würde es Louis nicht nahelegen – lieber sollte es sich von allein ergeben. Daran könne man erkennen, was für Fortschritte sie gemacht hatte, entschied sie. Das ganze vergangene Jahr hatte sie damit zugebracht, für Joes Rückhalt zu sorgen. Damit war nun Schluß. Sie würde Louis *nicht* in eine Ecke ziehen und flüstern: »Vielleicht würde es Joe helfen, wenn du …«

Der Bahnhof war leicht zu finden. Wie gewöhnlich

war sie zu früh und hatte genug Zeit, sich den Imbiß und den Wartesaal anzusehen. Trostlos. Ihr schauderte davor. Im Wartesaal für Frauen herrschte gähnende Leere, bis auf eine Bank, eine hölzerne Bank mit hartem schwarzem Lederpolster, entlang einer Wand. Der Fußboden war mit dunkelbraunem Linoleum mit großen Rissen ausgelegt – ein fürchterlicher Ort, mehr als nur den Kopf durch die Tür zu stecken brachte sie nicht über sich. Die Imbißstube war auch nicht viel besser. Zwar heller und freundlicher, aber klein, nur sechs rote Plastiktische, die eng nebeneinanderstanden, und alles roch penetrant nach Hamburgern. Hier wollte sie genausowenig sitzen. Doch gleich neben dem Bahnhof, in einer Seitenstraße, entdeckte sie ein langgestrecktes, schmales Café mit geblümten Decken auf den runden Tischen und Plakaten an der Wand. Sie ging nicht hinein, aber es würde sich eignen. Sie würden dort für sich sein können, ohne von einer scheußlichen Umgebung erdrückt zu werden.

Falls Sheila Armstrong sich etwas aus der Umgebung machte, sie überhaupt wahrnahm. Ich weiß gar nichts über sie, dachte Harriet, als sie draußen vor der Imbißstube auf dem Bahnsteig wartete. Weder über ihren Geschmack noch über ihre Vorlieben und Abneigungen. So etwas kommt nur nach und nach zum Vorschein. Sie versuchte, sich Sheilas Haus vorzustellen, die Küche, in der sie gesessen hatte, und konnte sich an kaum etwas erinnern. Geranien in einem Blumenkasten, das war so gut wie alles. Sie hätte Sheila zu sich einladen müssen, es aber aus vielerlei Gründen nicht getan, nicht nur wegen Joe. Sie wollte nicht, daß Sheila in ihr Territorium eindrang und somit zu einer weiteren Erinnerung würde. Sie wollte *seine* Mutter nicht in ihrem Haus haben, und das war so unfair, sie schämte sich deswegen. Es bewies einmal mehr, wie schuldig sie sich fühlte, Sheila überhaupt zu treffen. Sam hätte gleich gewußt, daß es so enden würde, eine Zumutung, eine unüberlegte Handlung, die nur zu Komplikationen führen konnte. Ginny übrigens auch.

Sie konnte Sheila kaum ausfindig machen, obgleich nur wenige Leute den Bahnsteig entlangkamen, war sich erst nicht sicher, ob sie es war, bis sie beinahe vor ihr stand, und dann verlegen, sie nicht erkannt zu haben. Es lag an dem Mantel, diesem grauen Mantel, den sie bei Gericht getragen hatte, er machte sie unscheinbar. Zu Hause hatte das blaue Kleid sie zu einem Individuum werden lassen, jetzt nahm man sie wieder nur verschwommen wahr. Beide fühlten sich nicht wohl bei dem Treffen, noch weniger als beim ersten Mal. Keiner übernahm die Verantwortung, die Initiative, die Führung, bot Tee an. Harriet wußte nicht, ob sie die Hand reichen oder einfach nur lächeln sollte. Sie war froh, ein Kleid mit Taschen zu tragen, so konnte sie ihre Hände bis zum letzten Augenblick darin steckenlassen. Sheila lächelte nicht. Sie sah älter aus, war nervös, zögerte. Sie tat Harriet leid. Ihr schoß der Gedanke durch den Kopf, daß Sheila wie die Mutter eines Opfers aussah, nicht sie. Eine Weile war es sehr laut, während ein Zug abfuhr und ein anderer eintraf, und sie wies in Richtung Ausgang und ergriff Sheilas Arm, um sie mit sich zu ziehen. Als sie draußen standen, erzählte sie ihr von dem Café, und beide machten sich, Seite an Seite, feierlich und schweigsam, auf den Weg.

Erleichtert setzten sie sich, so weit wie möglich von der Theke entfernt. Sonst war niemand da, bis auf die Bedienung, die denkbar wenig Interesse bekundete.

Harriet bestellte absichtlich eine Kanne Tee, obgleich es herrlich nach Kaffee duftete und sie ihn nur zu gern getrunken hätte. Bis er gebracht wurde, wechselten sie kaum ein Wort, als jedoch das Getränk in ihre Tassen eingeschenkt worden war und nun beruhigend vor ihnen dampfte, sah Sheila schon entspannter aus. »Ich will mich kurz fassen«, sagte sie, »Sie werden bald gehen müssen.«

Harriet sagte kein Wort. So muß ich gewirkt haben, dachte sie, so bedürftig, so offensichtlich auf Trost angewiesen. Sie wollte um keinen Preis überlegen wirken, darum schwieg sie und spielte mit ihrem Teelöffel.

»Ich habe gestern meinen Enkel besucht«, sagte Sheila, »in ... Sie wissen schon ... dort drin. Der Polizist hat mich darum gebeten.« Bei dem Wort »Polizist« senkte sie ihre Stimme, obgleich niemand da war, der es hätte hören können. »Er wollte, daß ich Leo gegenüber einen Namen erwähne. Den einen – Sie wissen schon – morgen ...«

»Ja.« Harriet wollte ihn genausowenig aussprechen.

»Ich hab ihm nicht gesagt, ich würde es tun, hab es aber doch getan. Und es gibt keinen Zweifel, er *ist* es, er war's. Leo hätte es nie gesagt, aber ich hab es ihm angesehen. Ich sollte es eigentlich der Polizei erzählen.« Sie klang bei dem Gedanken so niedergeschlagen, daß Harriet unweigerlich sagte: »Ich werde es ihnen erzählen. Das heißt aber nicht, daß sie es nicht von Ihnen hören wollen.« Sie trank einen Schluck Tee. »Nun, ich denke, Joe wird ihn auch identifizieren. Und das wär's dann. Danach eine weitere Verhandlung, das Ganze noch einmal. Ich frage mich, ob er eine Mutter hat, dieser brutale Kerl?«

Sheila sagte kein Wort. Harriet Kennedy schien innerhalb eines Monats ein anderer Mensch geworden zu sein. Gelassener, nicht mehr so leicht erregbar. Vielleicht lag es an dem Ort, wo sie waren, an diesem seltsamen Café, vielleicht blühte sie ja in einer unpersönlichen Umgebung auf, wohingegen ich zusammenschrumpfe, dachte Sheila, ich fühle mich unbehaglich. Sie nicht. Es war falsch, hierherzukommen. Sie wußte nicht, warum sie dieses lächerliche Treffen angeregt hatte. Je schneller es vorüber wäre, desto besser.

»Sagt *Ihnen* der Name irgend etwas?« fragte Harriet.

»Nein. Nichts.«

»Dann war er also kein Freund Ihres Enkels?«

»Leo hatte keine Freunde, keine engen Freunde. Er war schon immer lieber allein. Sein Großvater, besser gesagt sein Urgroßvater, mein Vater, war früher sein bester Freund, und dann ich. Jedenfalls hab ich's gedacht.«

»Ich frage mich, wie er in all das geraten ist ...«, fing Harriet an und erschrak, als sie sah, wie Sheila mühsam aufstand.

»Ich sollte lieber gehen. Ich wollte nur weitergeben ...«

»Bitte, es tut mir leid, was habe ich da nur gesagt? Trinken Sie Ihren Tee aus, bitte, trinken Sie wenigstens diese Tasse aus.«

Zwei Frauen betraten das Café, beladen mit Einkäufen, und unterhielten sich lauthals miteinander. Sheila beobachtete sie, wie sie Platz nahmen, ihre Sachen überall verstreuten, Suppe und Brot und einen Salat bestellten, sich den Ort zu eigen machten. Sie war froh, daß sie gekommen waren. Geräusche, ein bißchen Leben, das hatte gefehlt, anstelle dieser so bedrückenden Atmosphäre zwischen ihr und Harriet Kennedy. Sie sammelte sich wieder, indem sie plötzliche Geschäftigkeit vortäuschte. Sie trank ihren Tee aus und sagte: »Tut mir leid, meine Liebe. Ich kann es nur leider nicht ertragen, wenn man mich fragt, wie Leo dazu gekommen ist, zu tun, was er getan hat, ich halte es nicht aus, auch nicht, wenn es von Ihnen kommt, wenn man es in noch so freundliche Formulierungen kleidet. Damit berührt man bei mir einen wunden Punkt, ich mag nicht darüber nachdenken.«

»Natürlich. Es war mein Fehler. Ich habe nicht nachgedacht.« Harriet hielt inne, wollte nicht noch einmal denselben Fehler machen. Sie sagte äußerst behutsam: »Es ist gar nicht erwiesen, daß Ihr Leo meinem Sohn irgend etwas Schreckliches angetan hat. Joe war erschüttert, daß der andere nicht gefaßt wurde. Sie haben sogar bei Gericht gesagt …«

»Ich weiß, was sie gesagt haben. Es mache keinen Unterschied. Leo weiß, daß es so ist. Er war dabei, hat zugesehen, und er hatte ein Messer in der Hand …« Sheila schüttelte den Kopf.

»Und das soll man sich alles noch einmal anhören«, sagte Harriet plötzlich entsetzt, und dann brach es leidenschaftlich aus ihr hervor, daß die beiden Neuen ihr Gespräch unterbrachen und sich umwandten: »Ich will ihn weder sehen noch hören.«

»Nein«, sagte Sheila. »Ich auch nicht. Ich habe Angst davor.«

»Ich wollte keinen von beiden sehen, und dann, als Ihr Leo festgenommen wurde, wollte ich es plötzlich. Ich wollte ihn sehen, nur um zu wissen, ob alles dadurch hundertmal schlimmer würde. Ich wollte, daß in meinen Alpträumen Gesichter, wahre Gesichter, erscheinen.«

»Ich wollte Ihren Jungen nicht sehen. Er sah so anständig aus. Das alles anhören zu müssen, und dann Leo dort, der mitgemacht hatte. Fürchterlich, fürchterlich. Sein Leben ist ruiniert, er wird sein Leben lang damit leben müssen.«

»Joe auch.«

»Oh, ich stelle keine Vergleiche an, das tu ich nicht, ich weiß, es ist nicht dasselbe, aber für Ihren Jungen war es ein Unfall, es hätte jedem anderen auch passieren können, er muß nicht damit leben, Teil des Bösen zu sein. Ich hab nie an das Böse geglaubt, nie. Aber jetzt tu ich's. Es ist überall, überall, und läßt sich nicht aufhalten.«

Die beiden anderen Frauen lachten schallend, rot im Gesicht vor lauter Ausgelassenheit. Harriet räusperte sich. Es gab offenbar nichts Tröstliches zu sagen, und sie wußte nicht einmal, ob sie überhaupt versuchen sollte, irgendwelchen Trost zu spenden. Noch während Sheila sprach, stellte sie jedoch zu ihrem eigenen Erstaunen fest, daß sie anderer Meinung war. Hätte nicht sie eigentlich diese Dinge über das Böse sagen müssen? Aber sie konnte es nicht. Sie glaubte nicht an das vollkommene Böse, an irgendeine grundlos existierende böse Kraft. Sie sträubte sich gegen den Gedanken. Alles Böse *mußte* seine Beweggründe haben, selbst dieses willkürliche Böse, das Joe auserwählt hatte. Es mußte einen Grund dafür geben, daß der Enkel dieser Frau beim Überfall auf Joe dabeigewesen war und warum der andere seine Verbrechen begangen hatte. Wenn diese Beweggründe doch nur erkennbar wären, dann könnte man das Böse zwar nicht dulden, das keinesfalls, aber doch wenigstens begreifen. Sie konnte jedoch nichts von alledem in Sheilas Gegenwart äußern. Es war unpassend, hätte scheinheilig geklungen. Sheila trug an einer anderen Last. Ihr Enkel, der, wie sie überzeugt war, den Makel des Bösen trug, würde bald entlassen werden, dann würde sie mit ihm leben, um einen Weg kämpfen müssen, der ein gemeinsames Leben erträglich machte. Ihr eigenes Leben war bereits durch das, was sie von ihm wußte, überschattet, vergiftet, zunichte gemacht. Und sie war überzeugt, restlos versagt zu haben. Harriet stellte mit einem Mal fest, wie absurd ihr eigenes Gefühl war, Joe gegenüber versagt zu haben – Sheilas Schuldgefühle, *darin* lag das eigentliche Versagen.

»Es ist alles so ungerecht«, sagte Harriet schließlich. »Es ist schrecklich für Sie. Und für mich.«

Sheila suchte ihre wenigen Sachen zusammen und erhob sich. »Ich sollte mich auf den Heimweg machen«, sagte sie.

»Jetzt gleich?« sagte Harriet. »Aber ich dachte ...«

»Ich wollte Sie nicht den ganzen Weg machen lassen, hab nur so getan, als würde ich sowieso hierherkommen, jedenfalls hat es keine große Mühe gemacht.« Sie lächelte ein wenig. »Dumm, nicht? In meinem Alter. Mein Mann würde sagen, ich werde allmählich verrückt.«

Sie gingen gemeinsam zum Bahnhof zurück und reichten sich die Hand, sie wollten einander berühren, nicht jedoch umarmen.

»Ich werde mich melden«, sagte Harriet.

Sheila nickte ungläubig. Sie würde also Kommissar Graham selbst anrufen müssen. Sie hatte es die ganze Zeit über gewußt. Erbärmlich, dies war nur ein Vorwand gewesen, um Harriet noch einmal zu treffen. Ein Fehler.

Kommissar Graham war um acht Uhr auf der Polizeistation, weil er die Vorbereitungen für die Gegenüberstellung unbedingt persönlich überwachen wollte. Das war kränkend. Er schien seinen Untergebenen nicht zu trauen, was zutraf, jedenfalls nicht, wenn jede Einzelheit, jede kleinste Einzelheit stimmen mußte, worauf er selbst immer achtete. Sie hätten es fertiggebracht, mindestens zwei in die Reihe zu stellen, die mehrere Zentimeter kleiner und zwölf Pfund leichter waren als Gary Robinson. Er wollte, daß sie alle einsachtzig groß waren und achtzig Kilo schwer, mit kahlgeschorenen Köpfen und Ohrring. Der diensthabende Beamte, der sich ohnehin wegen seiner Einmischung ärgerte, war entsetzt, als er darauf bestand – das sei zuviel verlangt, sie müßten dafür tagelang die Straßen durchkämmen. »Kämmt sie durch«, hatte er gesagt.

Am Ende ergab das einen finster dreinblickenden Haufen, obgleich darunter, wie man ihm erzählte, einer Medizinstudent und ein anderer Tänzer war. Wie sie alle in einer Reihe dastanden, die eine Hälfte grinsend, die andere mit finsterer Miene, und es kaum erwarten konnten, das Geld einzustreichen, vier Pfund für jeden, um sich dann auf und davon zu machen, war furchterregend, und das noch ohne Gary Robinson. Graham wollte ihn zunächst unter vier Augen sehen, ihm unmißverständlich zu verstehen geben, was geschehen würde, wenn er auch weiterhin zu keiner Zusammenarbeit bereit wäre. Er kannte den Typ, von sich eingenommen, nicht im geringsten davon beeindruckt, wenn man ihm Handschellen anlegte oder eins verpaßte. Großtuerisch, auch jetzt noch, wo ihm eindeutig eine Gefängnisstrafe drohte. Er trat ihm gegenüber, baute sich vor ihm auf und starrte ihn an. Er hätte ihn natürlich am liebsten geschlagen. Ganz richtig, ihm am liebsten Gewalt angetan. Und Gary Robinson wußte, daß er es zu gern getan hätte, aber auch, daß er es nicht tun würde, und der Triumph darüber war ihm ins Gesicht geschrieben. Ein schreckliches Gesicht, feist, mit riesigem Mund und eingeschlagener Nase. Graham dachte an Joe Kennedy, der diese kraftstrotzende, aufgeblasene Gestalt würde ansehen müssen und sich erinnern würde. Jedem würde davon übel werden. »Ich will ihn als Nummer drei«, sagte er.

Sie standen alle in einer Reihe, bereit loszugehen. Gary Robinson hielt sich gesondert im Hintergrund, bis sie hineingingen. Graham spürte die Beklommenheit, die in der Luft lag. Die übrigen – unschuldigen – Männer waren jetzt unruhig, die allgemeine Spannung hatte sich auch auf sie übertragen, sie stellten sich auf einmal vor, man würde sie zu Unrecht herauspicken und ihnen nicht glauben. Eine solche Gegenüberstellung war immer dramatisch. Die gesamte Polizeistation war fasziniert. Und in diesem Fall wünschte sich jeder, Gary Robinson würde herausgepickt und möglichst lebenslänglich eingesperrt werden. Als alles bereit war, ging Graham, um Joe zu holen.

Der Junge hatte seinen Bruder bei sich. Der war gerade mit Joe aus dem Haus gekommen, als Graham bei den Kennedys vorfuhr, in der Annahme, er könne mitkommen, aber er war ziemlich höflich, wie sein Vater, und jeder andere war der Mutter vorzuziehen. Ihm hatte gefallen, wie der Bruder, Louis, unterwegs geredet hatte. Ohne geschwätzig zu sein, hatte er lakonische Bemerkungen gemacht zu allen möglichen Dingen, die er im Vorbeifahren sah und die Joe offensichtlich amüsierten. Dieser Louis war um den Jungen nicht so besorgt. Er strahlte nicht dieselbe bange Sorge aus wie die Mutter. Er wies Joe sogar zurecht, als der beim Aussteigen vor der Polizeistation die Autotür zu heftig zuschlug. Die Mutter, Mrs. Kennedy, hätte es statt dessen durchgehen lassen, ihm einen bedauernden Blick zugeworfen, Joe jedoch nicht durch eine Bemerkung verärgern wollen. Als sie erst einmal auf der Polizeistation waren, sah er, daß Louis sich interessiert zeigte. Er machte Joe auf einen Anschlag aufmerksam, und beide lachten. Besser, viel besser als die Mutter. Der Junge war so entspannt, wie es in einer solchen Situation überhaupt möglich war. Es könnte natürlich alles anders kommen, aber zumindest gingen sie in diese Tortur mit einem Opfer, das gefaßt war und nicht etwa vor lauter Angst so ungereimtes Zeug stammelte, daß es nicht einmal sein eigenes Gesicht erkennen würde, wenn man es ihm vorführte.

Er beobachtete Joe, als sie nebeneinanderstanden und durch den Spiegel blickten, von ganz nahem. Ein junges Gesicht war nie wirklich gelassen, ging es ihm durch den Kopf, obwohl er sich an das von Leo Jackson erinnerte, eine Ausnahme, die die Regel bestätigte. Erwachsene, manche Erwachsene konnten es sich anerziehen, aber das Gesicht eines Jugendlichen ist so veränderlich, weil die Muskeln und Nerven auf die kleinste Gefühlsregung reagieren. Joe versuchte krampfhaft, eine ausdruckslose Miene aufzusetzen. Kaum betrat jedoch hinter dem Spiegel der erste in der Reihe den Raum, da zuckte es schon um seinen Mund, und das Augenzwinkern wurde immer rascher. In dem Augenblick, als Gary Robinson hereintrampelte, war die Wirkung auf Joe dramatisch – sein Gesicht gerötet, die Augen geweitet, war er so erregt, daß sein Finger im wahrsten Sinne des Wortes zitterte, als er ihn ausstreckte und sagte, das sei derjenige, die Nummer drei, ganz sicher. Graham behielt ihn jedoch da. Er ließ Joe auch die fünf anderen genau ansehen, von vorn, von der Seite, von beiden Seiten. Wie grausam es auch sein mochte, er wollte, daß Joe Gary Robinson aus jedem Blickwinkel sah. Er fragte ihn wieder und wieder, ob er sich absolut sicher sei, er solle nur immer wieder sorgfältig hinsehen. Erst als auch der letzte draußen war, ließ er Joe gehen. Alle waren natürlich begeistert. Alle strahlten, die Nachricht verbreitete sich in Windeseile. Einen Augenblick sah es so aus, als würde Joe die allgemeine Begeisterung teilen ... er lächelte, als er seinem Bruder erzählte, er habe den Hauptschuldigen identifiziert, und als Graham ihm auf den Rücken klopfte und sagte: »Gut gemacht, Joe«, schien er sich zu freuen. Seine Euphorie verflüchtigte sich jedoch, noch bevor er die Polizeistation verließ. Als er mit Louis im Auto saß und darauf wartete, nach Hause gefahren zu werden, lehnte Joe sich auf dem Sitz zurück, schloß die Augen und zitterte mit einem Mal am ganzen Körper: »Ich will nicht nach Hause«, sagte er zu Louis. »Noch nicht. Ich will nicht, daß Mama mich so sieht. Mir ist übel.« Der Fahrer warf Louis im Rückspiegel einen Blick zu und wartete auf Anweisungen. Louis schien keine zu haben. Er runzelte die Stirn und sagte: »Mum wird zur Arbeit gegangen sein, oder? Das hatte sie jedenfalls vor.«

»Das wird sie nicht«, sagte Joe. »Sie wird dasein. Ich weiß es. Ich kann es nicht ertragen.«

»Wie wär's dann mit einem Spaziergang, und einem Kaffee? Wir könnten einen Bus nehmen.«

»Okay.«

Befangen gingen sie den Fluß entlang. Ein ungewohnter Anblick an einem Dienstag morgen, zwei Brüder, die wortkarg den Fluß entlanggingen. Joe hielt seinen Kopf gesenkt und kickte Steine. Louis ging mit erhobenem Kopf, sah auf den Fluß und fragte sich, warum er noch nie auf den Gedanken gekommen war zu angeln. Er gähnte. »Tut mir leid, ich langweile dich«, sagte Joe wütend, »laß uns nach Hause gehen.«

»Red keinen Unsinn, ich kann doch nichts dafür, wenn ich gähnen muß, Himmel noch mal. Sei nicht so verdammt empfindlich.«

»Ich bin langweilig. Ich denke nur an das, was passiert ist, dabei ist es ewig her. Ich bin zu nichts zu gebrauchen. Ich jammere nur herum. Dabei war es doch gar nicht mal so fürchterlich ...«

»Es war bestimmt fürchterlich, du brauchst dir keine Sorgen zu machen.«

»... Hunderte von Leuten erleben viel Schlimmeres, sie behalten lebenslange Narben.«

»Du hast auch Narben.«

»Hab ich nicht ... fang bloß nicht damit an, mit all dem Gerede, genau das tut Mum, armer kleiner Joe, all dieser Nonsens von wegen ... wäre mein Arm ab, würden die Leute begreifen, weil's aber in meinem Kopf ist ...«

»Was?«

»Ach nichts, sie bringt alles durcheinander, meint, ich hätte Narben, nur seien sie in meinem Kopf.«

»Vielleicht hat sie ja recht?«

»Hat sie *nicht.* Es ist nur Selbstmitleid, mehr nicht. Ich suhle mich darin, denke unentwegt daran, ich hab's satt, hab es *satt.* Ich wünschte, ich hätte nie ein Wort gesagt.«

»Das hätte auch nichts daran geändert, man hätte dich gefunden, dich ins Krankenhaus gebracht, wie hättest du's verschweigen können?«

»Ich meine all das andere, was er mich zwang zu tun.«

»Zu tun?«

»Hör auf, mir alles nachzuplappern, ich hasse das.«

»Was soll ich denn sonst tun, wenn ich verdammt noch mal nicht weiß, wovon du sprichst? Was meinst du mit ›all das andere‹? Wozu haben sie dich gezwungen? Warum erzählt mir niemand in dieser Familie auch nur irgend etwas?«

»So was kann man nicht erzählen. Hab ich auch nicht, nur Mama.«

»All diese Geheimniskrämerei, mir reicht's. Wie soll ich verstehen, wenn ich keine Ahnung habe, he?«

»Du würdest nur darüber lachen.«

Louis blieb plötzlich stehen. Joe war schon ein paar Meter weitergegangen, bevor er ihn wieder einholte. Er packte ihn am Arm und drehte ihn ziemlich unsanft zu sich um. »Warum sollte ich über irgend etwas, das mit dem zu tun hat, was passiert ist, lachen? Du bist ein kleines arrogantes Arschloch, Joe, weißt du das? Du bist natürlich der einzige, der Gefühle hat, unser sensibler kleiner Joe, und ich bin nur ein Rugby spielender Sportler, stimmt doch, oder nicht? Dem alten Louis braucht man nichts zu erzählen, genausowenig Dad, nur Mum und ihr so kostbares kleines Pflänzchen empfinden wirklich was. Okay. Gut so. Laß uns nach Hause gehen. Ich hab genug. Außerdem hab ich noch was zu erledigen, ich fahre am Donnerstag.«

»Das ist es ja.«

»Und was soll das nun wieder heißen?«

»Warum wunderst du dich so, daß man dir nichts erzählt hat? Dir ist doch alles egal. Du schaust nur ab und zu mal vorbei und tust nur so als ob. Im Grunde kannst du's gar nicht erwarten, wieder abzuhauen.«

Sie drehten sich um und gingen zurück, dieses Mal hatte Joe den Kopf zurückgeworfen, und Louis starrte verbissen auf den Weg. Sie waren im Nu wieder auf der Brücke, und der plötzliche Verkehrslärm machte es beiden leicht. Sie fanden die Bushaltestelle, und als der Bus kam, stiegen sie ein und setzten sich ganz nach hinten. Joe fühlte sich besser, Louis hingegen schlechter. Als der Bus sich der Endstation näherte, sagte Louis: »Tut mir leid, daß ich geschrien habe. Hätte ich nicht tun sollen. Entschuldigung.« Er hatte sich schon immer entschuldigen können. Ihm fiel es leicht zu sagen, es tue ihm leid. Ganz anders als Joe, der sich nie entschuldigte. Er versuchte, höchstens zu zeigen, daß ihm etwas leid tat. Wenn Louis an die Szenen dachte, die es gegeben hatte, als er ein Kind war und versucht hatte, dieses so einfache Wort aus ihm herauszuholen ... »Schon gut«, sagte Joe jetzt, »ich weiß, ich bin ein Idiot.«

»Bist du nicht. Ich bin zu nichts zu gebrauchen. Das sagt auch Charlotte. Ich bin tolpatschig, sage immer im entscheidenden Moment das Falsche.«

»Dies war kein entscheidender Moment ...«

»So fühlte es sich aber an. Ich hab nur alles verschlimmert, anstatt zuzuhören und abzuwarten. Charlotte sagt ...« Joe stöhnte. »Was ist los?«

»Du redest über Charlotte, als gehörte sie zur Familie, dabei hast du sie noch nicht mal mit nach Hause gebracht.«

»Ich weiß. Es schien nie der richtige Moment zu sein, wie wär's mit ...«

»Du meinst mich. Danke. Hab dir eine wundervolle Einführung in die Familie vermasselt, tut mir leid, ich kann dich nicht zu mir nach Hause bringen, mein kleiner Bruder ist durchgedreht, alles höchst unerfreulich, zu schrecklich für deine zarten Ohren, Liebling, laß uns warten, bis alles vorüber ist und ich meine Familie wieder vorzeigen kann ...«

Der Bus hielt, Joe sprang auf, im Nu war er draußen und rannte die Straße hinunter. Louis versuchte erst gar nicht, hinter ihm herzulaufen. Er hätte ihn mit Leichtigkeit einholen können, ihm war aber nicht danach. Er konnte nicht mit Joe umgehen. Er fühlte sich erschöpft, dabei hatte er doch nur eine Stunde mit ihm allein verbracht. Als er langsam hinter ihm her ging, verspürte er mit einem Mal eine bisher nicht gekannte Bewunderung für seine Mutter. Wie hatte sie es ausgehalten? All diese Selbstquälerei bei Joe, dieses Außer-sich-Geraten bei jedem geringsten Anlaß, dieses Übelnehmen.

Er konnte den Donnerstag kaum erwarten, wenn er ins Flugzeug steigen würde.

Harriet war stolz auf sich. Es war ihr tatsächlich gelungen, den Dienstag als ganz normalen Tag anzusehen, und sie war nicht nur zur Arbeit gegangen, sondern hatte überdies auch noch gut gearbeitet. Sie hatte nicht einmal auf die Uhr gesehen und sich gefragt, was wohl gerade auf der Polizeistation vor sich gehe. Das war ihr neues Ich, der Anfang eines neuen Lebens. Es machte ihr Freude, sich darauf zu konzentrieren, einen wunderschönen, von ihr violett gefärbten Seidenstoff mit einem vierblättrigen Kleeblatt als Muster zu bedrucken.

Glück. Hoffnung. Sie würde optimistisch sein und ihr eigener Optimismus auf Joe bestimmt ansteckend wirken. Die Probleme hatte jetzt nicht sie, sondern Sheila Armstrong. Wenn dieser Gary Robinson wirklich derjenige welcher war, dann würde man ihn verurteilen und für lange Zeit einsperren, und Joe könnte wirklich nach vorn blicken. Kommissar Graham hatte recht gehabt, die Verhaftung von Joes Angreifer war wirklich eine gute Nachricht. Man würde endlich über andere Dinge im Leben nachdenken können. Urlaub. Sie und Sam würden richtigen Urlaub machen, irgend etwas Exotisches, vielleicht auf den Westindischen Inseln, wohin Sam schon immer hatte reisen wollen. Es wäre ein Akt des Vertrauens, Vertrauen darin, daß Joe ohne sie auskam. Er war beinahe siebzehn und sollte für voll genommen werden …

Es war unglaublich, wie anders sie sich fühlte. Sie hatte sich schon knapp eine Woche lang nicht mehr in die Vergangenheit zurückgezogen – all ihre Phantasien richteten sich auf die Zukunft, und sie hatte so große Freude daran.

Kommissar Graham rief Mrs. Armstrong selber an und dankte ihr, daß sie ihm die Reaktion ihres Enkels auf den Namen Gary Robinson mitgeteilt hatte. Er erzählte ihr bei der Gelegenheit, es sei ohnehin nicht so wichtig, zumal Joe Kennedy ihn eindeutig identifiziert habe. Sie würden jetzt ohne Leos Hilfe auskommen, auch wenn er ihnen nach wie vor vieles berichten könne, was sie gern erführen, falls er sich je zu einer Aussage entschließen sollte. Sie selbst solle sich keine Sorgen machen.

Sheila legte lächelnd den Hörer auf. Was wußte ein selbstgefälliger Kerl wie Graham schon von Sorgen? Sie war aber glücklich über die Nachricht, daß Joe diesen Schläger identifiziert hatte. Ausgesprochen glücklich. Seiner Mutter würde ein Stein vom Herzen gefallen sein. Es würde eine Menge darüber in der Lokalpresse stehen, indem die ganze Geschichte noch einmal aufgerollt würde, vor allem, da Gary Robinson zweiundzwanzig war und namentlich genannt werden durfte. Sie würde sich gegen die Blicke und indirekten Anspielungen wappnen müssen. Sie würden alles von Anfang bis Ende noch einmal berichten. Nun, sie machte sich nichts daraus, wie man sie behandelte, wirklich nicht. Sie hatte sich in sich zurückgezogen, schon vor Jahren. Ihr Vater und Alan und sogar ihre Schwester und deren Mann würden verärgert sein, sich außerstande fühlen, einen Laden zu betreten, aus Scham, wegen des Makels, der ihnen anhaftete.

Sie war überrascht, als die Bewährungshelferin, diese Helen, wieder auftauchte. Sie sagte, sie wolle nur mal nach dem Rechten sehen, »ganz generell«.

»Wie nett von Ihnen«, sagte Sheila mit einem Hauch von Sarkasmus in der Stimme. »Tja, ganz generell machen wir tapfer immer so weiter, danke.«

»Und wie geht's Leo?« fragte Helen. »Ich selbst kann aus ihm nicht viel herausbekommen.«

»Sie sollten diejenigen fragen, die Bescheid wissen«, sagte Sheila ziemlich scharf, »und zu denen gehöre ich nicht. Er sieht aber ganz fit aus, finden Sie nicht?« Helen stockte.

»Die Sache ist die, Mrs. Armstrong«, sagte sie, »diese Gerichtsverhandlung von Gary Robinson könnte für Leo so manches ändern.«

»Wie das?«

»Nun, es war nie klar, welche Rolle Leo bei dem Überfall auf Joe Kennedy tatsächlich gespielt hat, außer daß er dabei war.«

»Das reichte doch schon. Und er hielt ein Messer in seiner Hand, vergessen Sie nicht, man hat es gefunden, mit seinen Fingerabdrücken.«

»Ja, aber es könnte herauskommen, daß Leo nichts *getan* hat, daß er womöglich ein Opfer war wie Joe, daß dieser Robinson ihn nur benutzt hat.«

Sheila schwieg. In ihrem Kopf drehte sich alles – allein der Gedanke, Leo könne ebenfalls eine Art Opfer gewesen sein, auf den sie nie und auch kein anderer, der ihr einfiel, je gekommen war, machte sie schwindelig. Ohne daß sie es wollte, durchlief sie plötzlich ein freudiger Schauer, allerdings wollte sie Helen nichts davon spüren lassen.

»Joe Kennedy hat Leo nie wirklich belastet«, sagte Helen, »er sagte nur, er sei dabeigewesen.«

»Tja«, sagte Sheila und versuchte, angewidert zu wirken.

»Die Anklage ging nämlich davon aus, Leo sei ebenfalls mit dem Messer auf Joe losgegangen«, gab Helen zu bedenken, »weil auf dem Messer, das man gefunden hat, seine Fingerabdrücke waren, außerdem Joes Blut auf seiner Kleidung, und als er es nicht abstritt, nur sagte, er sei dort gewesen, und nicht mehr …«

»Richtig, das ist es ja. Wenn er nichts getan hätte, würde er es doch gesagt haben, oder? Er würde es abgestritten haben.«

»Vielleicht kann er sich wirklich nicht mehr daran erinnern, was er getan oder auch nicht getan hat, er stand unter …«

»Ich weiß, worunter er gestanden hat, danke. Unzurechnungsfähig. Und wie kam er dazu, dieses Zeug zu nehmen? Das ist doch schlimm genug.«

»Ganz gleich, Mrs. Armstrong, ich meine ja nur, daß bei diesem Robinson-Prozeß womöglich noch viel mehr zutage kommt, das ein neues Licht auf Leo werfen könnte. Ich möchte nur, daß Sie sich darauf einstellen. Vielleicht ist er ja weniger schuldig, als er es zu sein scheint. Indem er geschwiegen hat, ist er selbst sein ärgster Feind gewesen.«

Sheila erzählte niemandem von Helens fürsorglichem Besuch. Sie hütete dieses Geheimnis als etwas, das zu unglaublich und zu schön war, um ausgesprochen zu werden. Drogen zu nehmen war eine Sache, besonders die Droge, die Leo genommen hatte, auch wenn es nur dieses eine Mal gewesen war, wer weiß, doch war es nichts im Vergleich zu einer Beteiligung, ja tatsächlichen Mittäterschaft an dem Überfall auf Joe Kennedy. Sie war auf einmal besorgt, womöglich nie deutlich ihre Meinung geäußert zu haben, Leo sei unschuldig. Das stimmte. Sie hatte lediglich gesagt, sie könne nicht *glauben*, daß er irgend etwas verbrochen habe. Das war etwas anderes. Wenn sie überzeugter und sicherer aufgetreten wäre, in Leos Gegenwart zur Polizei gesagt hätte: »Leo hat nie im Leben Joe Kennedy etwas angetan, das *weiß* ich genau«, vielleicht hätte Leo ja dann geredet. Aber da waren diese Beweise – Joes Haare auf Leos Kleidern, Joes Blut darauf, was unzweifelhaft bewies, daß der Junge sich gegen ihn gewehrt haben mußte. Es stimmte, sie hatte nicht ihr unbedingtes Vertrauen in Leos Unschuld gezeigt, das man von einer Mutter erwarten konnte. Sie hatte sich davon überzeugen lassen, daß Leo in irgendeinem Rausch, unter dem Einfluß von Drogen, Joe Kennedy tätlich angegriffen hatte. Oh, es war nicht auszudenken, wenn sich dies als unwahr herausstellen sollte! Was, wenn Leo Joe nie ein Haar gekrümmt, sondern nur geschwiegen hatte, weil er befürchtete, es in seinem wahnhaften Zustand doch getan zu haben (und was war mit den Haaren, dem Blut ...?).

Die letzte Person, die sie sehen wollte, war ihr Vater, aber es war Freitag, und das hieß, daß er zum Abendessen dasein würde. O Gott, diese Routine, diese so starre Routine, sie hatte so genug davon. Hätte sie ihn angerufen und ihn gebeten, nicht zu kommen, hätte es nur noch mehr Probleme gegeben – warum, was los sei, usw. Sie beschützte ihn, ihn, der sie nie beschützt hatte. Sie beschützte ihn nunmehr vor allem Unerfreulichen, denn er war alt.

Und an jenem Abend war er ganz besonders unerträglich.

»Irgendwas Merkwürdiges passiert da im Garten«, murmelte er und schaufelte das Fleisch in sich hinein, »die Hälfte der Knollen ist nicht aufgegangen.«

»Ach wirklich?« sagte sie gelangweilt, froh, daß es um ein ebenso harmloses wie absurdes Thema ging. »Und woran liegt das, Dad?«

»Woher soll ich das wissen?« sagte er betrübt. »Seit siebzig Jahren pflanze ich Knollen, und sie sind immer aufgegangen.«

»Vielleicht hast du sie ja verkehrt herum eingepflanzt.«

»Red keinen Unsinn, ist doch völlig egal, wie man Knollen pflanzt, sie gehen immer auf. Auf alle Fälle hab ich sie nicht gepflanzt. Frag dich doch selbst, wer dies Jahr das neue Element war, frag dich doch selbst.«

»Alan? Hat Alan sie für dich reingetan?«

»Ja.«

»Oh, *Dad*, du willst doch wohl nicht im Ernst Alan beschuldigen, dir deine Kartoffelpflanzen gestohlen zu haben ...«

»Hab ich das gesagt? Hab ich nicht, mit keinem Wort. Aber er ist das neue Element. Leo hat sich letztes Jahr drum gekümmert, und das Jahr davor, und sie sind alle aufgegangen, und sie sind immer aufgegangen, wenn ich sie selbst gepflanzt hab. Das meine ich doch nur, mehr nicht.«

»Ich werde es Alan erzählen.«

»Das tust du nicht!« Er warf ihr einen wütenden Blick zu. »Wenn du das tust, kleb ich dir eine. Ist ein guter Kerl, dein Alan, ganz in Ordnung. Laß ihn nur ja in Ruhe.«

Sobald er nach Hause kam, erzählte sie Alan davon, nachdem Eric James gegangen war. Er lachte. In Gedanken war er aber mit anderen, ebenso trivialen, ihm aber nicht weniger wichtigen Dingen beschäftigt.

»Das Auto hört sich komisch an«, sagte er. »Ich mach mir Sorgen, ein klopfendes Geräusch, klingt gar nicht gut, könnte was Größeres sein. Sobald ich über sechzig fahre, fängt es an, dieses Klopfen im Motor.«

»Dann bring es doch zur Werkstatt.«

»Das versuch ich dir ja gerade zu sagen. Ich muß es hinbringen, und es könnte etwas Größeres sein, und was dann?«

»Dann läßt du's eben reparieren.«

»Die Kosten, Sheila, denk an die Kosten.«

»Dann mußt du sie eben zahlen.«

»Es könnte aber in die Hunderte gehen.«

»Dann verkauf es.«

»Sheila, ein Auto mit klopfendem Motor läßt sich nicht verkaufen, verstehst du denn nicht, verflixt noch mal?«

Sie schwieg und ließ ihn weiter vor sich hin brummen. Was scherten sie Kartoffeln oder Automotoren? So vieles arbeitete in ihr, das nur darauf brannte, sich Luft zu machen, dieses Verlangen, ihre Zweifel an Leos Schuld mit jemandem zu teilen, und sie mußte sich dieses blödsinnige Geschwafel ihrer Männer anhören. Sie brachte es nicht fertig, Alan ins Wort zu fallen, ihm zu sagen, er solle den Mund halten und zuhören, denn die Dinge hätten sich in eine wichtige, neue Richtung entwickelt, durch die Verhaftung und Identifizierung von Gary Robinson sehe alles anders aus, sehe *möglicherweise* alles anders aus. Sie aß mit Alan, machte den Abwasch, sah Nachrichten, ging mit ihm zu Bett und sagte kein einziges Wort.

»Du bist heute abend sehr schweigsam gewesen«, sagte Alan zu ihr, bevor er das Licht ausschaltete. »Ist irgendwas los?«

»Nein«, sagte sie, »nichts.«

# Zehntes Kapitel

Bis zu Louis' Abreise würde man den Schein wahren können, Harriet wußte aber, daß es nichts anderes war als Schein, als Heuchelei. Sie spielten alle mit, selbst Joe. Sam ging als einziger ganz darin auf. »Also«, sagte er höchst zufrieden am Dienstag abend, »das war wieder mal ein schönes Essen im Kreis der Familie.« Sie sagte nichts. »War es doch, oder?« beharrte er, ohne einen Hauch von Zweifel in der Stimme, allein auf Zustimmung bedacht. »Wenn du meinst«, sagte sie in der Absicht, ihn nur ja nicht ihre Bestürzung spüren zu lassen, sondern ihren eigenen Optimismus, dieses zarte Pflänzchen, das sie gerade erst zu hegen und zu pflegen begonnen hatte, um jeden Preis aufrechtzuerhalten. Sie versuchte es noch einmal. »Es war schön«, sagte sie, »jedenfalls kein Streit. Vor allem nach einem solchen Tag ...«

»Haben sie dir davon berichtet?« sagte Sam, nunmehr besorgt. Es war schrecklich, daß er daran gewöhnt war, alle wichtigen Neuigkeiten durch sie zu erfahren.

»Nicht viel. Du hättest sie fragen sollen, wenigstens Louis.«

»Ich dachte, vielleicht sollte ich's lieber lassen ... alles schien in Ordnung, ich dachte, ich rühre lieber nicht daran. Was hat Joe erzählt?«

»Eigentlich nichts. Er sagte nur, Gary Robinson sei derjenige welcher, und wollte nicht weiter darüber sprechen. Haben wir dann auch nicht getan.«

»War er denn verstört?«

Sie wußte nicht, was sie antworten sollte. Joe war allein gewesen, als sie nach Hause kam, hatte mit Bruno draußen im Garten an den Birnbaum gelehnt gesessen, ohne etwas zu tun. Alles war draußen leichter, immer. Sie hatte aus dem Schuppen einen Stuhl geholt und sich zu ihm gesetzt. Fest entschlossen, offen und direkt zu sein, ihrem neuen Beschluß treu zu bleiben, sagte sie heiter: »Wie war's? War er's?«, und er nickte. Sie wartete, und als er nichts hinzusetzte, als die Stille immer größer wurde und sie sie nicht länger ertrug, fragte sie ihn, wo Louis sei. Er zuckte mit den Schultern. Sie ärgerte sich, Louis hätte ihn nicht allein lassen sollen, nicht nach einer solchen Tortur, *sie* hätte ihn nie allein gelassen, und dann besann sie sich. Es gab keinen Grund, warum Louis Kindermädchen, Aufseher hätte spielen sollen. Joe war beinahe siebzehn, es war doch absurd. Louis hatte sein eigenes Leben, Freunde, die er treffen, Dinge, die er einkaufen und erledigen wollte, bevor er fuhr. Sie streichelte Bruno, der zurückwich und sich noch dichter an Joe schmiegte. Sie lachte erfreut. »Es besteht wohl kein Zweifel, wen er lieber hat«, sagte sie. Joe rührte sich nicht. Sie spürte, wie dieselben alten Gefühle sie wieder überkamen, panische, kummervolle Gefühle, und kämpfte dagegen an. »Gut«, sagte sie und sprang auf, »ich mach mich ans Abendessen. Wir können draußen sitzen.«

Als Louis nach Hause kam, pfiff er, und sie hätte ihn segnen können für seine Heiterkeit. Sie zog ihn in die Küche, weg vom Fenster, durch das Joe, der noch immer regungslos unter dem Baum saß, sie hätte sehen können. »Wie war's?« fragte sie. Louis berichtete ihr. Er erzählte von Joes Reaktion auf die Gegenüberstellung und von ihrem Spaziergang. »Ich hab also alles vermasselt«, schloß er, »er wollte partout nicht darüber sprechen und lief einfach davon. Ich habe ihn gelassen. Es hat ihm nicht gutgetan. Tut mir leid.«

»Nicht deine Schuld«, sagte sie automatisch, »er ist im Garten, sagt kein Wort, liegt nur da.«

»Laß ihn.«

»Er will es aber nicht wirklich, er braucht Gesellschaft, irgend etwas, das ihn ablenkt. Es wird sich alles wie wild in seinem Kopf drehen ...«

»Mum, bitte.«

»Was?«

»Du kannst es ihm nicht abnehmen.«

»Was soll das heißen?«

»Ach, du weißt schon.«

Dann rief Charlotte an, und Louis stürzte nach oben, um mit ihr vom Nebenanschluß aus zu sprechen.

Sie wußte nicht, was sie Sam antworten sollte. Ja, Joe war offensichtlich verstört. Was hieß jedoch in diesem Zusammenhang »verstört«? Er war einfach nicht da, war fern, bedrohlich mit sich selbst beschäftigt. Seine Energie ängstigte sie von neuem. Eine Person nur, aber mit tausendfacher Kraft ausgestattet. Sie hatte nie geahnt, daß Kummer in einem solchen Maße die Oberhand gewinnen konnte. Sie ertrug es nicht, ihn anzusehen, mit ihm im selben Raum zu sein. Man konnte ihn nicht trösten, und das war am allerschlimmsten. Plötzlich regte sich Haß in ihr, Haß auf Gary Robinson, und gleichzeitig eine beängstigende Welle von Gewalt. Sie stellte sich vor, wie sie Gary Robinson schlug, ihn zwang, sich auszuziehen, ihn verhöhnte und lachte, als sie die Angst in seinem Gesicht sah …

»Also«, sagte Sam, »die letzten Tage waren doch recht erfreulich. Gutes Wetter, gutes Essen, gute Gespräche, und ich denke, sogar das Ergebnis der Gegenüberstellung war positiv. Die Dinge wenden sich zum Besseren. Schade, daß Louis wegfährt. Joe wird ihn vermissen.«

»Nur weil er die Atmosphäre auflockert«, sagte sie, »nur weil Joe nicht gern mit uns allein ist.«

»Oh, ich weiß nicht, ich dachte, sie verstehen sich gut, wie es aussieht, sind sie einander recht nahe. Ich bin sicher, Louis hat Joe geholfen …«

»Hat er nicht. Tut er nicht. Joe erwartet es immer, aber er tut es nicht. Ich wünschte, er würde es tun.«

»Schade, daß nicht Joe wegfährt.«

»Das sagst du immer, du willst ihn nur loswerden.«

»Das stimmt nicht. Ich meine, ich will ihn nicht loswerden, ich will doch nur, daß sich seine Gedanken von der Vergangenheit abwenden, will, daß er sich selbst eine Chance gibt, glücklich zu werden …«

»Und Glücklichsein bedeutet für dich wie eh und je Aktivität.«

»Ja, und das nicht zu knapp. Würde er zusammen mit anderen etwas unternehmen, bestünde wenigstens die Aussicht, daß er abgelenkt würde …«

»Abgelenkt?«

»Harriet, hör auf, du tust es ja schon wieder, verhöhnst mich, behandelst mich wie einen Idioten. Ich *weiß*, es klingt so, als würde ich das, was geschehen ist, und seine Auswirkungen auf Joe auf die leichte Schulter nehmen. Das ist nicht der Fall. Aber der Gedanke, daß er hier den ganzen Sommer, ohne was zu tun, herumlungert …«

»Er wird bei der Bootswerft arbeiten.«

»Teilzeit, mehr nicht. Und nicht am Abend. Das tut ihm nicht gut, man muß ihn zwingen, wieder unter Menschen zu gehen ...«

»Joe läßt sich zu nichts zwingen.«

»Stimmt. Er sagt, wo's langgeht.«

»Oh, red doch nicht solch albernes Zeug, es geht hier nicht um irgendein dummes Melodram. Es geht um Joes Tragödie, diese Kraft, sie hat ihm letztes Jahr durch all seine Prüfungen geholfen, ihm Antrieb gegeben, wo jeder andere das Handtuch geworfen hätte. Sie hindert ihn aber auch daran, sich helfen zu lassen, er kann einfach keine Schwäche zeigen, denkt, er muß allein damit fertig werden ...«

»Er hat ja dich.«

»Ich bin zu nichts nütze. Ich mache alles nur schlimmer.«

»Red keinen Unsinn ...«

»Nein, wirklich. Ich mache alles nur schlimmer. Das hat er mir selber gesagt. In der Schule kommt er sehr gut zurecht. Zu Hause, mit mir, da geht's überhaupt nicht gut.«

»Weil er sich nicht verstellen muß. Es ist bestimmt eine Erleichterung, wenn ...«

»Nein, es ist keine Erleichterung. Es ist eine Last. Ich bin für ihn eine Belastung.«

»Harriet, um Gottes willen, was redest du da?«

Sie hielt inne. Sie wußte nicht, wovon sie gerade sprach, hatte jedoch das Gefühl, sie sei, während sie Sam gegenüber nur so dahinredete, unverhofft auf eine Wahrheit gestoßen, für die andere bereits ihr die Augen zu öffnen versucht hatten: Sie war für Joe eine Belastung. Ihr Schmerz um ihn war eine Belastung, ihre qualvolle Betroffenheit ein Stein um seinen Hals. Er konnte sich nicht von seinen Erinnerungen befreien, sich nicht von ihr befreien. Deshalb sagte sie zu Sam, ja, sie würde mit ihm wegfahren, an ihrem Hochzeitstag, an jenem Wochenende. Sie mußten ihn feiern, und eine Party kam nicht in Frage. Ihr war nicht nach einer solchen Art von Feier zumute, es war ihr zuviel, wo sie doch so wenig Freude in sich verspürte. Sie wollte auch nicht weit fahren. Schottland war weit genug. Vielleicht Edinburgh. Ihr Hochzeitstag war im August, sie würden während des Festivals fahren und ein anregendes Wochenende erleben, ins Theater und zu Veranstaltungen gehen. Joe könnte ja bei Ginny sein. Aber als sie ihm davon erzählte, winkte er ab. Er sagte, er wolle zu Hause bleiben, es komme nicht in Frage, daß er zu Ginny oder sonst jemandem ginge. Sie überlegte, ob Louis bis dann wohl zurück sein würde, und eilte zum Kalender, in den er auf ihre Bitte hin seine Termine eingetragen hatte. 16. August. Ihr Hochzeitstag war am 15. Sam wollte am 14. losfahren und am 18. zurückkommen.

Würde sie Joe zwei Nächte allein im Haus lassen können? Im Haus war schließlich nichts passiert. Es war einen Versuch wert.

»Wir machen einen Ausflug«, sagte Alan, »das wird dich aufmuntern.«

Sheila lächelte lustlos; es war lächerlich. So wie Alan eben zu denken pflegte: einfach. Sie war still und teilnahmslos, so anders als sonst, also mußte ein Ausflug gemacht werden, und im Handumdrehen würde sie wieder munter sein. »Einverstanden«, sagte sie, »wir machen einen Ausflug.«

Es war wunderbar, wie seine Miene sich aufhellte. »Sonntag«, sagte er, »wir fahren am Sonntag zu den Seen. Wir wär's mit Keswick, einer Bootsfahrt auf dem Derwent, eh?«

»Nein«, sagte sie, »nicht Keswick, es wird voller Leute sein am Sonntag, zu dieser Jahreszeit. Ullswater, wie wär's mit dem Ullswater? Oder dem Crummock?«

»Ich würde gern Dampfer fahren«, sagte Alan, »und auf dem Crummock geht das nicht. Dann eben der Ullswater, wir fahren nach Pooley Bridge und gehen dort an Bord.«

»Was ist mit Vater?«

»Was soll mit ihm sein?«

»Wenn es an einem Sonntag ist, du weißt doch, er ißt sonntags immer zu Abend ...«

»Dann geht es eben einmal nicht. Carole und Peter können ihn doch übernehmen.«

»Carole und Peter sind nicht da.«

»Dann soll er eben zu Hause bleiben, er ist verwöhnt.«

»Es würde mir keinen Spaß machen. Können wir ihn nicht doch mitnehmen? Er wäre begeistert.«

»Ich aber nicht. *Ihn* mitnehmen ...«

Sie taten es aber doch. Alan hatte ein weiches Herz. Sie brauchte ihn nicht zu erpressen, brauchte ihm nicht zu sagen, sie würde nicht fahren, wenn Eric James nicht auch mitkommen dürfe. Sie war einfach nur schweigsam, schweigsamer als sonst, und sah Alan vorwurfsvoll an. Es war zum Lachen ... der arme Alan. Es war traurig für ihn. Er wollte mit ihr allein sein, das hatte er schon immer gewollt, selbst bei Pat und vor allem bei Leo. Der uneigennützigste Mann auf Erden, der seine Wünsche nicht durchsetzen konnte. Sie lud Eric James also zu dem Ausflug ein, und er brachte sie, wie nicht anders zu erwarten war, zur Weißglut.

»Ullswater?« sagte er, und anstatt den Enthusiasmus an den Tag zu legen, mit dem sie fest gerechnet hatte, brachte er an Freude lediglich ein »In Ordnung, wenn ihr meint« hervor. »Wann fahr'n wir los?«

Sie sagte, vermutlich gegen zehn oder elf Uhr morgens, um den ganzen Tag vor sich zu haben. »Warum? Ist das wichtig?«

»Natürlich ist es wichtig, wann wir losfahr'n, natürlich. Zehn oder elf, eh? Was denn nun?«

»Ich weiß nicht ...«

»Solltest du aber. Zehn *oder* elf?«

»Dann eben um zehn.«

»Das ist ungünstig.«

»Warum?«

»Ich werd vor zehn nicht zurück sein. Wenn ich überhaupt mitkomme. Dann wird also nichts draus.«

Sie war wütend auf ihn und sagte kein Wort. Na gut, wenn zehn zu früh war, wenn es sich nicht mit der angeblich so dringenden Verabredung vereinbaren ließ, würde sie trotzdem nichts daran ändern. Dann blieb er eben zu Hause, sollte er doch in seinem eigenen Saft schmoren. Alan würde nur froh sein. Aber Alan vertat seine Chance. Als er in diesem Augenblick hereinkam, begrüßte er seinen Schwiegervater mit den Worten: »Freust du dich schon auf Sonntag? Hat dir Sheila davon erzählt?«

»Ja. Wann fahr'n wir los?«

»Oh, so gegen elf, nicht vorher. Paßt dir das?«

»Großartig«, sagte Eric James mit geradezu unanständiger Genugtuung und grinste, indem er Sheilas Blick auswich. »Brauch nur 'n bißchen Zeit, vom Friedhof zurückzukommen. Werd aber trotzdem bereit sein, keine Sorge.«

Er hätte jederzeit auf den Friedhof gehen können, es war nichts Heiliges daran, an einem Sonntag vor zehn dorthin zu gehen. Er ging aber immer zu dieser Stunde zum Friedhof, um am Tag des Herrn dort seine Aufwartung zu machen, wie er sich ausdrückte, er, der mehr als jeder andere mit Religion nichts zu tun haben wollte. Die einzigen Anlässe, bei denen man ihn in einer Kirche sah, waren Hochzeiten oder Beerdigungen. Aber mit dem Tod seiner Frau wurde aus ihm ein Sonntags-Friedhofsbesucher, als sei er ein gottesfürchtiger Mann. Er zog seinen besten Anzug an, setzte den weichen Filzhut auf und machte sich, auch heute noch, schlurfend auf den langen Weg zu Janes Grab, wo er seinen Hut abnahm und sich bekreuzigte. Es war so lächerlich. Früher hatte er immer Leo mitgenommen, zu dessen großem Erstaunen. »Das tut man eben sonntags am Grab seiner Großmutter«, war alles, was er sagte, wenn er mit Fragen nach der Bedeutung dieses Rituals geplagt wurde. »Es ist richtig und gehört sich so«, fügte er als einziges hinzu. Wenn Leo ihn fragte, ob er denn an Gott glaube, pflegte Eric James zu sagen, das gehe ihn nichts an, als Leo dann aber mit zwölf Jahren – in jener Zeit verehrte er seinen Großvater gerade noch –, sagte, *er* tue es ganz bestimmt nicht, trug er ihm auf, sich den Mund auszuspülen und so etwas nie wieder auszusprechen.

Am Todestag ihrer Mutter begleitete Sheila ihn immer ans Grab. Sie bestellte dann ein sogenanntes »Gedenksträußchen« aus verschiedenen Blumen zu acht

Pfund fünfzig. Eric James hatte es zu gern, wenn sie dies tat und eine Notiz in die Lokalzeitung setzte: »Jane Armstrong, verstorben am 1. März 1972, geliebte Ehefrau des Eric James Armstrong und innigstgeliebte Mutter von Sheila und Carole. Schmerzlich vermißt.« Er hob den Ausschnitt auf. Jahr für Jahr inszenierte er das Ganze, das immer wieder von Anfang bis Ende durchgespielt werden mußte. Sie sorgte dafür, daß der Tag für ihn ein Erlebnis war. Sie holten den Strauß ab und gingen den mittleren Weg des Friedhofs entlang, immer dieselbe Strecke. Als Kind kam Leo auch mit und durfte die Blumen tragen, was er gern tat. Sheila mochte es nicht. Den ganzen Weg zum Grab ihrer Mutter dachte sie an Pats Grab dort in der Ferne unter sengender Sonne, verstaubt und vergessen, das hölzerne Kreuz womöglich ganz zerfallen, von Ameisen zerfressen, kein steinerner Engel, um den Ort zu kennzeichnen, niemand, der je dort Blumen niederlegte. Sie konnte es kaum ertragen. Ihr Vater dachte jedoch, ihr Gesicht wirke aus Trauer um ihre Mutter so gequält, und das gefiel ihm. Er murmelte sogar auf dem Heimweg »Is' ja gut« und »Braves Mädchen« und befahl Leo, still zu sein, seine Großmutter sei traurig. Leo brauchte man so etwas nicht erst zu sagen. Ihm erzählte sie schließlich die Wahrheit. Danach war er nie wieder mitgekommen.

Sie holten Eric James um elf Uhr ab. Er stand im Mantel an der Tür, und, indem er sich mit aller Kraft dagegen lehnte, prüfte er, ob sie auch wirklich geschlossen war. Er setzte sich natürlich auf den Beifahrersitz, und sie saß hinten. Kaum hatte er im Auto Platz genommen, da fragte er auch schon: »Und was machen wir mit dem Essen?«

»Wir essen heute abend warm, wenn wir zurückkommen«, sagte Sheila und wußte, welches Entsetzen sie damit hervorrief. »Und zum Mittag habe ich ein Picknick vorbereitet.«

»Na, wenigstens etwas«, sagte er. »Und was, wenn es regnet?«

»Dann essen wir im Auto.«

Aber es regnete nicht. Die Sonne schien herrlich, und beim ersten Blick auf den Ullswater waren sie begeistert. Eric James wurde immer munterer und gesprächiger, fragte sie die ganze Zeit, ob sie sich an diesen oder jenen Tag, an sämtliche Ausflüge ihrer Kindheit erinnere. Das tat sie. Er war mit ihnen im Bus gefahren, eine weite Reise, erst nach Penrith, dann nach Pooley Bridge. Als sie dort ankamen, waren sie ganz erledigt. Die Dampferfahrt war das große Erlebnis, die ganze Strecke bis nach Glenridding und zurück. Leo hatte sie auch zurückgelegt, aber bequemer, im Auto, in nur knapp einer Stunde bis zur Anlegestelle. Er hatte es so genossen. Wie Pat. Sie erinnerte sich noch so lebhaft daran, wie die achtjährige Pat mit strahlendem Gesicht zu ihr hinaufgeblickt und gesagt hatte: »Wenn ich groß bin, fahre ich auf einem großen Schiff, dann segle ich über die sieben Weltmeere.« Sie hatte gelacht. Das stammte natürlich aus einem Märchen. Pat wußte nicht einmal, welches die sieben Weltmeere waren. Mit Leo war es dasselbe. Er hatte den Dampfer erst gar nicht verlassen wollen. Sie hatten zum ersten Mal eine fürchterliche Auseinandersetzung. Er wollte damit nach Afrika fahren.

Der Dampfer war nicht allzu voll. Sie fanden mühelos Sitzplätze, noch dazu gute, am Bug. Eric saß so aufrecht da, wie er nur konnte, blickte um sich, wies auf Vögel und andere Boote, war ganz in seinem Element.

»Großartig«, sagte er häufig, und »Einmalig«. Alan verschwand, wahrscheinlich, um sich ein Bier zu holen, dachte sie. Sie blieben zurück und genossen die Sonnenstrahlen und die Brise auf ihren Gesichtern. Sheila hielt ihre Augen geschlossen. »Gibt einem zu denken«, sagte Eric James plötzlich. Sie sagte kein Wort. Das war auch nicht nötig. Er wollte nicht wie andere ermuntert werden und verachtete den üblichen Meinungsaustausch. »Ja, das gibt einem zu denken. Erst Pat, dann er. Und als wär's erst fünf Minuten her. Fünf Minuten.« Der geheimnisvolle Eric James, wie er leibte und lebte. Dennoch wußte sie genau, was er mühsam zu sagen versuchte. Sollte sich ruhig abmühen. »Man weiß nie«, fuhr er fort, »wie alles ausgeht. Wer hätte das gedacht? Hier hat er gesessen und meine Hand gehalten, so nett, wie man es sich nur wünschen kann. Man kann sich nur wundern.« Sie hatte nicht die Geduld, seinem Gedankengang zu folgen, und schlug die Augen auf, um nach Alan Ausschau zu halten. Dann überraschte er sie. »Jedenfalls war's nicht deine Schuld«, sagte er. »Schlag dir das endlich aus dem Kopf.«

»Was?« fragte sie unweigerlich.

»Vergiß es. Ist schon gut. Schlag's dir aus dem Kopf.«

»Wenn ich wüßte, was du meinst, könnte ich's vielleicht.«

»*Du* weißt schon.«

»Du meinst ...«

»Wir wollen uns den Tag nicht verderben. Ich hab genug gesagt. Lassen wir die Sache ruhen.«

Sie ließ sie ruhen, und der Tag wurde nicht verdorben. Es war ein rundum schöner Tag. Genauso schön, wie damals die anderen gewesen waren. Sie gingen in Glenridding von Bord und suchten sich einen Platz für ihr Picknick. Eric James war gut zu Fuß. Manchmal, wenn er besonders störrisch sein und eine bestimmte Richtung partout nicht einschlagen wollte, behauptete er, er könne nicht laufen. An jenem Tag war er jedoch guten Willens und voller Tatendrang und saß auf einem Felsblock, auf den sie Alans Jackett gelegt hatten. Leo hatte Picknicks, überhaupt Essen im Freien, geliebt, und Eric James schwelgte in Erinnerungen an all jene, zu denen er ihn mitgenommen hatte, manchmal nur im Park mit einer Tüte Chips, ein paar Schokoladenkeksen und einer Dose Cola, aber immerhin war es ein Picknick. Während sie ihm zuhörte, fiel Sheila mit einem Mal auf, daß er über Leo sprach, als sei er tot. Leo gehörte, wie Pat, zu seinen Erinnerungen, seinen glücklichen Erinnerungen, und damit hatte es sich. Sie überlegte, wo Leo wohl sei, was er mache, während sie dort am Ufer des Sees saßen. Dann versuchte sie sich Leo in der Zukunft vorzustellen. Bei einem Picknick. Mit ihnen. Sie alle glücklich. Eine Familie. Leo, vielleicht mit Frau und Kindern, Leo, der das Auto, sein Auto, nach Pooley Bridge fuhr. Leo, der Verantwortliche. Leo, der alles überwunden, für alles gebüßt haben würde. Wie konnte er aber büßen? Er hatte nicht die geringsten Hinweise gegeben, daß er es vorhatte, weder Bedauern noch Reue gezeigt. Das war das Schlimmste daran. Nichts. Wußte er überhaupt, was er Joe Kennedy angetan hatte? Wußte er es? Wußte es überhaupt irgend jemand? Er war intelligent, phantasievoll, er mußte es wissen. Vielleicht würde er sich ja entschuldigen, Joe ausfindig machen, wie sie Harriet ausfindig gemacht hatte. Dann würde alles anders werden, dann hätte er eine Zukunft.

Er würde nach Pooley Bridge fahren, mit seiner Frau,

seinen Kindern, und mit ihr. Sie würden den Dampfer nehmen, ein Picknick machen ...

Sie konnte es sich nicht vorstellen. Konnte es einfach nicht. Wagte es nicht.

Die letzte Schulprüfung war am 23. Juni, Joes siebzehnter Geburtstag am 25. Harriet traute sich fast nicht, von einer »Feier« zu sprechen, dabei brannte es ihr auf der Zunge. Im vergangenen Jahr hatte Joe nicht einmal gemerkt, daß sein Geburtstag war. Geburtstage waren auf einmal schrecklich. In Zukunft würde sein Geburtstag immer von den Geschehnissen unmittelbar davor überschattet sein. Und was die Prüfungen betraf, so wollte er darüber nicht sprechen. Sie seien nicht wichtig, sagte er, obgleich sie wußte, daß sie es waren, daß die Zulassung zum Abitur von ihnen abhing.

Sie hatte nie erfahren, wie er seine Mittlere Reifeprüfung bestanden hatte, die eigentlich in dem Juni fällig gewesen wäre. Statt dessen absolvierte er sie, als die anderen ihre Nachprüfungen machten. Das ganze übrige so qualvolle Jahr hatte er sich zur Schule geschleppt, den Vorschlag, alles um ein ganzes Jahr zu verschieben, abgelehnt, dabei fiel es ihm denkbar schwer, sich zu konzentrieren. Er hatte schluchzend auf dem Fußboden über seinen Mathematikaufgaben gelegen – er könne es nicht, sei einfach zu dumm, würde durchfallen ... Sie war heimlich zur Schule gegangen, und beide Mathematiklehrer hatten sie nur ungläubig angestarrt, ihr versichert, Joe sei so gut, schlimmstenfalls bekäme er eine Zwei. Und er bekam eine Eins, überall eine Eins, bis auf Kunsterziehung; eine Eins in acht

Fächern, nur eine Zwei. Oh, wie glücklich war sie gewesen! Was für ein Triumph! All die Einser *unter solchen Umständen.* Der Triumph des Geistes über ... sie wußte nicht genau worüber, jedenfalls etwas Ungeheures. Joe zeigte jedoch keinerlei Freude. Nicht die geringste. Dadurch wurde alles nur noch schlimmer. »Was heißt das schon?« sagte er betrübt. »Das heißt gar nichts«, worauf sie erwiderte: »Als ich das sagte, als du dachtest, du würdest durchfallen, hast du aber anders geredet.« Er hatte nur geschwiegen. »Ich empfinde eben keine besondere Freude«, hatte er gesagt. »Ich empfinde gar nichts.«

Also keine Feier. Dieses Jahr würde kein besonderes sein, bis aufs Autofahren. Mit siebzehn durfte er eine vorläufige Fahrerlaubnis bekommen. Es war schon alles vorbereitet, und zwölf Fahrstunden waren bei einem Lehrer gebucht. Das war das Geschenk für ihn. Sie wußte, er würde sich freuen – Autofahren war eine der wenigen Aktivitäten, zu denen er sich noch bekennen würde. Dahinter verbarg sich nicht nur der übliche Wunsch eines Heranwachsenden. Sie wußte, warum er so unbedingt Auto fahren wollte: um der Sicherheit willen. Wenn er in jener Nacht Auto gefahren wäre, wenn er vom Kino nicht allein nach Hause hätte gehen müssen, wenn ... es war dumm, so zu denken, aber nicht für ihn.

Er hatte sich angewöhnt, Stiefel zu tragen, große, schwere, klobige Dinger. Er trug sie im Sommer wie im Winter, schwarze Bleiklumpen am Ende seiner langen, dünnen Beine. Er wollte sich nicht von ihnen trennen, ließ seine Turnschuhe und die Mokassins, die ihm einst so viel bedeuteten, einfach stehen. Und er machte aus seinen Beweggründen keinen Hehl: In seinen Stiefeln habe er mehr Selbstvertrauen. Er höre gern seine Schritte, ihren Widerhall auf dem Pflaster. Sie würden ihm helfen, anders aufzutreten, mehr Eindruck zu machen. Er habe das Gefühl, er könne damit zutreten. Sie hatte sich bei dieser Bemerkung abwenden müssen. Wie jämmerlich, wie bemitleidenswert. Er würde nie im Leben zutreten. Die Stiefel waren eher dazu angetan, ihn behäbiger zu machen, ein Handikap zu sein.

Er würde die Schuhe bestimmt nicht beim Autofahren tragen können, davon war sie überzeugt. Sie würden ihn beim Lernen nur stören, selbst wenn viele Männer sie trugen. Sie hoffte, ihn wieder zu seinen Turnschuhen überreden zu können, einem nagelneuen Paar, auch das ein Geschenk. Es würde ihr Freude machen, nicht ihm, und was war so schlimm daran? Neue Turnschuhe, neue Socken, ein neuer Joe. Jedenfalls ein neu aussehender Joe. Sie legte so großen Wert darauf, wie er aussah, und wußte, daß das falsch war. Sie hatte ihre Lieblingshemden, ihre Lieblingspullover für ihn, so wie sie sie einst für Louis gehabt hatte. Nach dem Überfall hatte sie die Kleider, die er getragen hatte, aufbewahrt. Kommissar Graham hatte angenommen, sie würde sie nicht wiederhaben wollen. »Wir werden sie verbrennen, sobald die Gerichtsmedizin damit durch ist, keine Sorge«, hatte er gesagt. Die Kleidungsstücke waren in einzelne Plastiktüten verteilt. Ein kurzärmeliges blaues Hemd mit Buttondown-Kragen, am Rücken vollkommen aufgerissen und voller Blutflecken; ein Paar hellblaue Jeans, heil, aber mit noch größeren, dunkleren Blutflecken das ganze eine Bein entlang; eine schwarze Pilotenjacke aus Segeltuch, fleckenlos; ein Paar weiße Adidas-Turnschuhe, makellos; ein Paar weiße Baumwollsocken, eine wie neu, die andere verfärbt; und seine Unterhosen, blau, aus Baumwolle … Sie hatte alles verbissen zurückverlangt, ohne Joe davon zu erzählen. Sie hatte alles gewaschen und ausgebessert und dann versteckt. Verstohlen. Hinten in ihrem Schrank, auf einem Regal. Joe hatte natürlich nie nach seinen Kleidungsstücken gefragt, nur nach seinem Schlüssel und seinem Busausweis.

Beide waren nicht wieder aufgetaucht. Bei dem Busausweis war es nicht schlimm, der lief sowieso bald ab, und er besaß einen zweiten, aber der Schlüssel machte ihm zu schaffen. In den ersten Wochen hatte er sich ständig danach erkundigt. Graham sagte, er werde bestimmt irgendwann abgegeben – gewöhnlich, wenn der gerichtsmedizinische Teil abgeschlossen sei –, er tauchte jedoch nie wieder auf, und was konnte die Gerichtsmedizin schon mit einem Schlüssel anfangen? Joe war sicher, daß die Polizei ihn verloren hatte, und steigerte sich in seinen Zorn über deren Nachlässigkeit hinein. Sie ließen das Schloß auswechseln in der Hoffnung, Joe würde sich beruhigen, was nicht geschah, er sagte nur, sie verstünden nicht, worum es gehe. Selbst ein Jahr später noch nörgelte er über den Verlust des albernen Schlüssels. Er hatte versucht, ihn als Waffe zu benutzen. Er war in seiner Tasche gewesen, und seine Hand hatte nach ihm gegriffen, als sie über ihn herfielen, und er hatte zu einem verzweifelten Schlag ausgeholt, vollkommen vergeblich, einfach nur lächerlich.

Als er klein war, hatten sie immer ein Fest für beide Jungen ausgerichtet, für beide gemeinsam, denn Louis hatte am 21. Juni Geburtstag. Sie feierten abwechselnd in einem Jahr den längsten Tag, im anderen die Sommersonnenwende, und jeder der beiden lud sechs

Gäste ein. Sam organisierte das jeweilige Fest – Kricketpartien, verrückte Golfpartien, Kanufahrten, jedesmal ein Erlebnis im Freien. Bis zu Louis' sechzehntem Geburtstag, und dann hörten sie damit auf. Louis hatte seine eigenen Partys, und Joe wollte keine ohne ihn. Sie feierten jedoch nach wie vor, mit einem besonderen Essen oder irgendeiner Freude, nie war sein Geburtstag übergangen worden. Bis zu seinem sechzehnten Geburtstag, oder kurz danach. Was für ein erschütternd düsterer Tag war es gewesen ... Herzlichen Glückwunsch, Joe ... eine Farce. Kommissar Graham hatte ihm ein Geschenk überreicht. Ein Videospiel. Niemand wußte, was darin war, weil Joe es nicht einmal auspacken wollte. Selbst sie war so gerührt, daß sie Kommissar Graham für seine Aufmerksamkeit dankte, und Sam war ganz überschwenglich. »Ich bin eben zu weichherzig«, sagte Graham erfreut, »ich kann es nicht lassen, den Jungen ein bißchen zu verwöhnen, nach allem, was er durchgemacht hat.«

Sie hatte mit Joe gestritten – »Es war freundlich von ihm, das kannst du nicht bestreiten, Joe.« Joe sagte, er wolle keine Freundlichkeit, sie widere ihn an. Damals widerten ihn die meisten Dinge an – Freundlichkeit, Mitgefühl, Zartgefühl, Rücksicht und vor allem Verständnis. Die einzigen Leute, die er wirklich mochte, waren kurz angebunden, desinteressiert, scharfzüngig und kritisch. Dann weinte er. Er mochte sie, aber sie brachten ihn zum Weinen. Die Sanften versetzten ihn in Rage. Um irgendeine Chance bei Joe zu haben, mußte man ein Fremder sein, der nach längerer Abwesenheit in ihre kleine Stadt zurückkäme, nachdem alle den Überfall vergessen hätten und kein Wort mehr darüber verlören, was dem jungen Joe Kennedy zugestoßen war – dann würde Joe den Leuten eine Chance geben, dann würde er, falls man ihn fragte, wie es ihm gehe, weder weinen noch toben. Es machte ihm sogar Spaß, diese so entscheidende Phase seiner jüngsten Vergangenheit einfach zu übergehen. Sie hatte es gehört. Sie hatte gehört, wie er zu einem erst kürzlich aus Australien zurückgekehrten Nachbarn auf die Frage, was er im letzten Jahr wohl so getrieben habe, was denn überhaupt los gewesen sei, geantwortet hatte: »Ach, nichts Besonderes, lauter Prüfungen, und bei der Bootswerft hab ich gearbeitet, ganz schön langweilig.« Er hatte gelächelt, amüsiert darüber, wie einfach es war, die Dinge zu vertuschen, und sie später gewarnt, ja nicht zu wagen, diese Leute eines besseren zu belehren.

In gewisser Hinsicht hatte Sam recht, wenn er sagte, Joe müsse fort von hier, ein neues Leben beginnen, wo niemand etwas über ihn wisse. Hier zu bleiben, mochte ihm Geborgenheit geben, im Kreise derer, die ihn liebten und beschützten, nur war das eine falsche, eine hohle Geborgenheit: Er war nicht beschützt worden. Sam hätte ihn in jenem ersten Sommer, sobald er körperlich genesen war, am liebsten nach Kanada geschickt, zu seinem Bruder in Toronto, sie hatte jedoch gesagt, er sei noch nicht soweit, sei im ganzen zu labil, würde mit der Reise, seinen Vettern und damit, daß er so tun mußte, als gehe es ihm gut, überfordert sein. Er hatte ohnehin nicht fahren wollen. »Wie sollte ich?« hatte er entsetzt gefragt, und damit war der Fall erledigt. Er dachte, er würde wie Kain ein sichtbares Mal tragen.

Sie hätte es gern gesehen, wenn er ein paar Freunde zum Essen, wenn er wollte, auch zu einer Grillparty, eingeladen hätte, obgleich sie Grillpartys haßte, ganz gleich, Hauptsache es geschah irgend etwas. »Was für

Freunde?« hatte er gefragt. »Es gibt niemanden, den ich wirklich mag.« Sie hatte scheu ein paar Namen genannt, vor allem die zwei Mädchen aus seiner Klasse, die ab und zu anriefen. »Nein«, hatte er gesagt, »wir sind nicht wirklich befreundet, das bilden sie sich nur ein, sie haben nur Mitleid mit mir. Aber, Mum, es macht sowieso niemand etwas an seinem siebzehnten Geburtstag, keiner von den Jungs, nur die Mädchen.« Sie schlug also ein Essen mit der Familie vor, im Garten, vielleicht mit Ginny und seinen Cousinen … Er stöhnte. Schließlich kam man zu einem Kompromiß: ein Sonntagsessen an seinem Geburtstag, nur nicht *anläßlich* seines Geburtstags. Und er würde nicht den ganzen Nachmittag über dabeibleiben, nur zum Essen selbst, mehr könnte er nicht ertragen.

Trotzdem gefiel ihr der Gedanke, vor allem jetzt da alles wieder schwieriger wurde.

Bei ihrem nächsten Besuch forderte der Gefängnisaufseher, der ihren Ausweis kontrollierte, Sheila auf, sich zum Büro des stellvertretenden Direktors zu begeben. Sie war ganz niedergeschlagen. Vielleicht würde Leo ja jetzt auch sie nicht mehr sehen wollen, nicht nur Alan. Langsam folgte sie dem Aufseher den Flur entlang und fragte sich, was sie wohl dazu sagen sollte. Welche Rechte hatte sie? Sie wußte es nicht. Selbst wenn sie hätte darauf bestehen können, daß man Leo herschleppte, um ihr gegenüberzutreten, was hätte sie davon, wenn er sie nicht sehen wollte? Sie war müde, ausgelaugt. Diese ganzen Sorgen um ihn, für nichts und wieder nichts. Ohne irgendeine Resonanz.

Der stellvertretende Direktor war freundlich. Ihr war er schon immer lieber gewesen als der Polizist. Er war älter, weniger von sich eingenommen, sie fühlte sich wohler in seiner Gegenwart. Er forderte sie auf, Platz zu nehmen, und bot ihr Tee an, den sie gern nahm, und entschuldigte sich für den klobigen weißen Becher. Vor ihm lagen einige Unterlagen ausgebreitet. Sie betrafen vermutlich Leo.

»Also, Mrs. Armstrong«, sagte er, »wir haben da ein Problem mit Ihrem Jungen.« Sie sagte kein Wort. Wie überflüssig, sich über etwas auszulassen, das ohnehin auf der Hand lag. »Er ist ein guter Junge«, fuhr der Mann fort, »macht keinerlei Probleme, arbeitet hart, aber er muß irgendwann ein Schweigegelübde abgelegt haben, was die Dinge erschwert, auch für ihn. Er gibt einsilbige Antworten, und das auch nur, wenn es gar nicht anders geht, ansonsten kein Sterbenswörtchen.« Er hielt inne, als erwarte er, daß sie hierauf etwas sage, aber sie hatte nichts anzumerken. »Sie werden davon gehört haben, daß Gary Robinson identifiziert worden ist?« Sie nickte. »Nun, es ist möglich, durchaus möglich, daß Ihr Junge nichts als ein bloßer Zuschauer war.«

»Schlimm genug«, sagte sie.

»O ja, schlimm genug, aber nicht schlimm genug für das Strafmaß, darum geht's. Wenn Leo uns erzählen würde, er sei ebenso eingeschüchtert gewesen wie das Opfer …«

»Er stand unter Drogen«, sagte sie, »hatte LSD genommen, war nicht zurechnungsfähig.«

»Ich weiß, wie ist es aber dazu gekommen? Wir wissen nicht, was er getan und was er nicht getan hat, also nahmen wir an, er habe alles getan. Nicht unbedingt fair, oder?«

»Ist seine eigene Schuld.«

»Stimmt, das macht es aber noch lange nicht fair.«

»Und deshalb haben Sie mich herzitiert?« Sie wußte, sie klang barsch, aufsässig, aber sie hatte genug von dem Ganzen, sie wollte es hinter sich bringen und entweder Leo sehen oder den Heimweg antreten. Sie war die ganze Quälerei allmählich leid. Noch eine Frage konnte sie nicht ertragen.

»Unter anderem. Aber da gibt es noch was anderes. Leo wird bald entlassen. Ich dachte, ich sollte sie vielleicht daran erinnern.«

»Was heißt hier erinnern«, fuhr Sheila ihn an. »Ich hab nie etwas davon gewußt. Man hat mir kein Entlassungsdatum genannt. Ich hab versucht, nicht daran zu denken.«

»Er muß ja nicht unbedingt zu Ihnen kommen, wissen Sie, es gibt da ...«

»Natürlich muß er das!« Sie fühlte, wie sie errötete. »Wir sind seine Familie, er hat doch nur die eine.«

»Es könnte Ihnen zuviel werden.«

»Das wird es bestimmt, nur hat es keinen Sinn, sich davor zu drücken. Es ist schon immer ein bißchen zuviel gewesen, nur ist es jetzt zu spät, darüber nachzudenken, ich bin schon eine ganze Weile für ihn verantwortlich.«

»Er möchte nicht nach Hause.«

Sie starrte ihn fassungslos an. Er wirkte verlegen und wühlte in seinen Unterlagen. Sie fühlte eine Mischung aus Verzweiflung und Wut in sich emporsteigen und wußte nicht, was von beiden stärker war. »Reden Sie keinen Unsinn«, schrie sie beinahe. »Natürlich will er nach Hause!«

»Er weigert sich hartnäckig.«

»Er schämt sich, darüber zu reden, das ist alles nur Scham. Er denkt, er kann uns nicht unter die Augen treten. Er kann doch nirgendwo anders hin, nirgendwo anders, was soll er denn machen? Er würde sich noch schlimmere Sachen angewöhnen, hätte dann überhaupt keinen Halt mehr, das wäre das Ende für ihn ...«

»Oder der Anfang. Vielleicht weiß er am besten, was gut für ihn ist?«

»Er ist doch erst siebzehn, er weiß nicht, was am besten ist, das tut doch keiner in dem Alter.«

»Siebzehn ist doch gar nicht so jung«, sagte der stellvertretende Direktor nachdenklich, »und er ist reif für sein Alter.«

»Nicht reif genug, um nicht so verrückte Dinge zu tun wie Drogen nehmen.«

»Viele Jugendliche probieren Drogen aus, Mrs. Armstrong.«

»Ja, Sie sehen ja, wo es sie hinführt.«

»Ich meine nur, er war kein Drogenabhängiger. Das war ja das Problem, sein Körper hat es nicht vertragen, außerdem hatte er getrunken, und er wußte nicht, daß ...«

»Er wußte, daß er eine Droge nahm.«

Sie konnte sehen, wie der Mann sie wachsam musterte. Sie wußte, er hielt sie für unerbittlich, für eine kaltherzige Frau voller selbstgerechter Gehässigkeit. Er dachte vermutlich, daß er an Leos Stelle genausowenig zu seiner Großmutter zurückkehren würde. Er wäre meilenweit davongelaufen. Das war ihr Vater in ihr, Eric James, der sich ungehindert bemerkbar machte. Daran mußte er gehindert werden, so war es nicht gut. »Wir werden es schon verkraften«, sagte sie und bemühte sich um einen vernünftigen Ton, auch wenn ihre

Stimme bebte. »Wir können die Drogen und alles vergessen. Ich wollte nicht so klingen, als ob ich ihm für immer und ewig deswegen Vorwürfe mache. Leo bedeutet mir alles, das tut er. Ich werde ihn bis zum Tode lieben, was immer er getan haben mag.« Sie schluckte kräftig. Sie haßte es, so zu reden, so intime Worte einem Fremden gegenüber zu äußern, haßte es, über Liebe zu sprechen. »Er schämt sich nur«, wiederholte sie, »und zeigt es auf diese Weise, indem er nicht nach Hause kommen will. Wir haben nie über seine Entlassung reden können, das ist das Problem, nie. Es war zuviel, für uns beide. Ich konnte nie mit ihm allein sein, seit er verhaftet worden ist, nie. Es hat sich nie ergeben.«

Der stellvertretende Direktor seufzte. »Tja, ich weiß nicht«, sagte er. »Sie haben mein ganzes Mitgefühl, Mrs. Armstrong.«

»Darf ich ihn sehen?« sagte sie.

»Er will keinen Besuch.«

»Aber ich bin doch seine Mutter – seine Großmutter.«

»Wir können ihn nicht dazu zwingen.«

Die Demütigung nahm ihr alle Kraft. Sie schien außerstande, sich zu rühren oder zu sprechen. Sie spürte ihre Glieder nicht mehr, hatte weiche Knie, als sie sich zu erheben versuchte. Er stand von seinem Schreibtisch auf, um ihr zu helfen. »Trinken Sie doch noch eine Tasse Tee«, drängte er, doch sie schüttelte den Kopf. Je früher sie nach Hause käme, desto besser, wenn sie Leo schon nicht sehen durfte. Er fragte, ob irgend jemand auf sie warte, und sie log und sagte ja, ihr Mann, im Auto. Er begleitete sie zur Tür und wäre den ganzen Weg nach draußen an ihrer Seite geblieben, aber ein Gefängniswärter kam auf ihn zu und bat um seine Aufmerksamkeit. Sie wartete eine Ewigkeit auf den ersten Bus. Es würde noch eine halbe Stunde dauern. Man konnte sich nirgendwo hinsetzen. Es war heiß, und die Bushaltestelle lag in der prallen Sonne. Sie dachte, sie sollte lieber die Zeit damit zubringen, sich ein wenig die Beine zu vertreten, aber ihr fehlte die Kraft, und sie sah alles nur verschwommen. Erleichtert stieg sie in den leeren Bus, als er endlich kam.

Sie wußte nicht, was sie Alan erzählen würde. Oder ihrem Vater. Allein der Gedanke, daß Leo sie alle ablehnte, lieber seiner Wege ging und nie, nie wieder nach Hause käme … Womit hatten sie das verdient? Was hatten sie getan? Was hatte *sie* getan, oder auch nicht getan? Das war noch schmerzlicher als die Offenbarung, daß Leo an der Gewalttat beteiligt war, schmerzlicher noch als die Erkenntnis, daß er so etwas wie ein zweites Leben geführt hatte, haben mußte. Sie hatte geglaubt, ihn in- und auswendig zu kennen, und das tat sie nicht. Die Bande, die sie für unzerreißbar gehalten hatte, waren bei der ersten Belastungsprobe zerrissen. Er war ihr nun fremd – nicht etwa ein Fremder für sie, das nie und nimmer, sondern *ihr* fremd. Und wenn er nie wieder nach Hause käme, würde er es immer bleiben. Nie wieder eine Antwort. Keine Möglichkeit zu verstehen. Keine Gelegenheit, ihre Liebe und Hingabe zu zeigen, konnte aus der Not, aus seiner Not erwachsen.

Die Wut war ohnehin verflogen. Das spürte sie. Vor allem, als sie im zweiten Bus saß, spürte sie es. Keinerlei Wut. Verzweiflung hatte die Oberhand gewonnen. Und Panik, Panik hatte sie ergriffen. Die Ironie in all dem entging ihr nicht – da hatte sie sich vor seiner Entlassung gefürchtet, dabei hatte er die ganze Zeit überhaupt nicht zu ihr kommen wollen. Die Angst war jetzt viel größer und anders. Sie mochte sich vor der Herausforderung gefürchtet haben, Leo, war er erst einmal wieder zu Hause, wieder in die Gesellschaft zu integrieren, der Herausforderung, ihn nicht nur wieder auf die Beine zu stellen, sein Vertrauen von neuem zu gewinnen, wieder Zugang zu ihm zu finden, sondern auch ihm dabei zu helfen, der Zukunft ins Auge zu sehen, aber sie stellte sich Herausforderungen, dabei entwickelte sie ungeahnte Kräfte. Solchen Herausforderungen jedenfalls. Sollte er jedoch den Kontakt abbrechen, nicht nach Hause kommen oder mit ihr sprechen, dann bliebe ihr nichts anderes übrig, als zu versuchen, mit dem Verlust und der Verwirrung fertig zu werden. Sie glaubte nicht, daß sie das ertragen konnte.

# Elftes Kapitel

Harriet saß im Wartezimmer und überlegte, wie wenig ihre Familie doch mit Ärzten zu tun gehabt hatte. Ihre Unterlagen mußten hauchdünn sein. Sie sah, wie den Leuten von der Sprechstundenhilfe dicke Pakete ausgehändigt wurden, bevor sie zum Arzt hineingingen, und staunte über all das, was bei ihnen dem Umfang ihrer Akten nach nicht in Ordnung war. Sam war ein paarmal beim Arzt gewesen wegen seines Rückens, den er sich beim Tennis gezerrt hatte, Louis noch nie, außer für Spritzen, die ihm von der Krankenschwester gegeben wurden; Joe nur zweimal, einmal als er vier war und sich den Arm gebrochen hatte, und natürlich nach dem Überfall wiederholte Male. Gezwungenermaßen allerdings, denn seine Abneigung und seine Vorbehalte Ärzten gegenüber entsprachen in etwa seinem Haß auf die Polizei. Wirklich sonderbar. Dabei hatten die Ärzte ihn doch wieder zusammengeflickt und geheilt. Der eine, Dr. Fenwick, hatte einen verhängnisvollen Fehler begangen, als er am Tag von Joes Entlassung aus dem Krankenhaus zu ihnen ins Haus gekommen war. »Ich fürchte«, hatte er gönnerhaft gesagt, »deine Mutter ist in einem schlimmeren Zustand als du.«

Joe reagierte verächtlich. »Wie kann er nur so etwas sagen? Wie solltest du in einem schlimmeren Zustand sein?« Sie hatte ihm sogleich zugestimmt. Es war taktlos von Dr. Fenwick, und doch wußte sie sehr wohl, was er damit meinte. Danach erwähnte Joe ihn nur noch mit Verachtung – »dieser blöde Doktor«. Ihn dazu zu bewegen, in die Sprechstunde zu gehen, war jedesmal eine mühsame Prozedur, ein großes Theater. Glücklicherweise gab es wenigstens in der Praxis eine Schwester, die Joe nicht verachtete. Harriet mochte Jennifer auch am liebsten. Jennifer kümmerte sich um alle kleineren Verletzungen, um das Ziehen von Fäden, um Impfungen und Spritzen. Sie war sanft und freundlich und schien selbst unter dem größten Streß noch immer Zeit für einen zu haben. Sie wußte mit Joe umzugehen, hatte Verständnis für seine Beschämung und war selbstverständlich über alles, was geschehen war, unterrichtet. Harriet war froh, daß sie heute keinen Termin bei einem der Ärzte hatte, nur Jennifer würde sich um sie kümmern, Jennifer würde den routinemäßigen, aber darum nicht weniger unangenehmen Abstrich und die Brustuntersuchung vornehmen.

Jennifer war so klug, mit einem zu sprechen, während sie die dünnen Gummihandschuhe anzog und sterile Verpackungen öffnete, alles wirkte so angenehm, so wenig bedrohlich, selbst dann, als sie einen aufforderte, die Beine zu spreizen und die Knie auseinander zu halten, und ihre Finger ließen langsam und behutsam das Gerät, was immer es auch sein mochte, hineingleiten. Sie machte den Abstrich, ohne daß es im geringsten weh tat. Es war nicht einmal besonders unangenehm. Und dann gab sie einem das Gefühl, tapfer gewesen zu sein, obgleich keine besondere Tapferkeit erforderlich gewesen war. Während sie den Spatel in eine Tüte schob, die fürs Labor bestimmt war, erkundigte sie sich nach Joe.

Harriet erzählte ihr von Gary Robinsons Verhaftung, wie sehr alles dadurch, daß nun ein weiterer Prozeß bevorstand, nur erschwert wurde, wo Joe doch gerade besser zurechtzukommen schien. »Wenn er dann aufs College geht«, sagte Jennifer beruhigend, »wird alles besser, da bin ich ganz sicher, wenn erst mal der Prozeß hinter ihm liegt und die ganze schreckliche Angelegenheit ...« Sie wurde unterbrochen, weil die Tür zu ihrem kleinen Behandlungsraum aufgerissen wurde und die Sprechstundenhilfe mit einem Baby im Arm hereinstürzte, das im wahrsten Sinne des Wortes Blut zu speien schien, Blut, das in hohem Bogen über die Schulter der Frau sprühte, und dahinter, schreiend, beide Hände vors Gesicht geschlagen, eine junge Frau, selbst voller Blut, das ihr in breiten dunkelroten Streifen an ihrem hellblauen Kleid hinunterlief. Harriet erstarrte, wich zurück in eine Ecke des Raumes, während Jennifer das Baby packte und der Sprechstundenhilfe, die aus dem Zimmer rannte, Befehle zurief. Harriet konnte nicht erkennen, was getan wurde. Sie wußte nur, sie mußte aus dem Weg gehen, und begann, sich auf die Tür zuzubewegen, die noch immer offenstand. Die Mutter des Kindes kauerte schluchzend neben ihr. Sie mußte an ihr vorbeigehen. Dr. Fenwick kam in den Raum gestürzt, stolperte beinahe über die Mutter und sagte: »Irgend jemand soll sie verdammt noch mal hier rausschaffen.«

Harriet legte ihren Arm um die junge Frau und flüsterte ihr belangloses, unwahres Zeug ins Ohr, wie etwa: »Alles wird gut« und »Machen Sie sich keine Sorgen«, und versuchte, ihr aufzuhelfen. Sie war noch ein junges Mädchen, von zierlicher Statur, und ließ alles mit sich geschehen. Ihre Hände verdeckten noch immer ihr Gesicht, aus dem das Schluchzen kam, dieses herzzerreißende, tränenfeuchte, hicksende Weinen. Sie ließ sich von Harriet hochziehen und in das Wartezimmer führen, wo Patienten wie vom Blitz getroffen dasaßen. Die Sprechstundenhilfe, die in Jennifers Behandlungsraum gestürzt war, schrie ins Telefon, ihre Hand vor lauter Blut ganz klebrig, der weiße Hörer blutverschmiert. Harriet lotste die junge Frau in ihren Armen zu der kleinen Kabine, wo, wie sie wußte, die Sprechstundenhilfe ihren Tee zubereitete, und es gelang ihr, sie auf einen Stuhl zu setzen und dann den Kessel aufzustellen. Sie hörte die Sirene eines Krankenwagens. »Da«, sagte sie, »da kommt der Krankenwagen. Ich bin sicher, alles wird gut werden, versuchen Sie, das hier zu trinken, nur einen Schluck, es wird Ihnen guttun ...«

Später, auf dem Nachhauseweg, konnte sie nicht glauben, daß sie all das gesagt hatte. Etwas so Banales, Nichtssagendes. Sie hätte es besser wissen müssen, sie wußte es auch besser, natürlich tat sie das, sie vor allen anderen. Der armen, hysterischen jungen Mutter zu sagen, alles würde wieder gut werden! Sie solle sich keine Sorgen machen! Es würde ihr guttun, wenn sie ein wenig Tee trinke! Alles Dinge, die man vor einem Jahr zu ihr gesagt hatte, und die sie schlimmstenfalls als so beleidigend empfunden hatte, daß sie es kaum ertragen konnte, sie sich anzuhören, und bestenfalls als so sinnlos, daß man sie ebensogut in einer fremden Sprache hätte sagen können. Sie war sich nicht darüber im klaren gewesen, wie schockierend der tiefe Schmerz anderer Menschen sein konnte. Sie kannte dieses Mädchen nicht, und doch berührte sie das Drama, entsetzte sie das Blut, erschütterte sie das Geschrei ... So war es auch anderen ergangen. Vor allem denen, die Joe zuerst gesehen hatten. Michael, sie hatte sich nie darüber Gedanken gemacht, was Michael wohl empfunden haben mochte, als er seinen Neffen dort liegen sah, nackt, blutend, bewußtlos, schmutzig … Statt dessen hatte sie Michael dafür gehaßt, daß er ihn gesehen hatte, und die Polizisten, die mit den Krankenpflegern am Tatort erschienen waren. Sie erinnerte sich an jeden einzelnen von ihnen, an den jungen Polizisten, die zweiköpfige Krankenwagenbesatzung, die sich die Mühe gemacht hatten, sie im Krankenhaus ausfindig zu machen, um ihr Mitgefühl auszusprechen. Sie hatte sich bei ihnen bedankt und sie dann nicht weiter zur Kenntnis genommen.

Sie wußte nicht, was mit dem Baby los war. Die zweite Sprechstundenhilfe war hereingekommen und hatte die junge Mutter ins Krankenhaus gebracht. Alle waren viel zu verzweifelt und beschäftigt gewesen, um irgendwelche Erklärungen abzugeben. Harriet dachte, warum ihr nie zuvor aufgefallen war, daß Statisten, die nur eine Nebenrolle spielten und solche Szenen lediglich am Rande erlebten, derart erschüttert sein konnten. Ihr war übel, und sie fühlte sich schwach, als sie die Haustür öffnete, und war erleichtert wie nie zuvor in ihrem Leben, wieder in ihre Küche gehen und mit der Kaffeemaschine herumhantieren zu können. Sie sah, daß ihre Hände zitterten. Sie hatte jemanden im Wartezimmer des Arztes sagen hören: »Es war nur eine Abnormität …« Was war mit Abnormität gemeint? Worüber sprachen sie überhaupt? Was war dem Baby zugestoßen, daß es dermaßen blutete? Es war furchtbar, nichts darüber zu wissen, sie würde die Sprechstundenhilfe später anrufen, morgen …

Joe kam herein, lungerte herum, musterte sie. Sie ärgerte sich, daß er nicht sah, wie ihre Hände zitterten, als sie den Kaffee abmaß. Warum übernahm er das nicht?

Warum legte er nicht den Arm um sie und ließ sie sich setzen und *fragte sie, was passiert sei*? Wenn er nicht selbst merkte, in welchem Zustand sie war, würde sie ihn nicht noch darauf hinweisen, er mußte es selber sehen. Sie machte schweigend Kaffee. Sie ließ ihn links liegen, nahm ihren Kaffee mit in den Garten und setzte sich auf die Bank an der Südwand. Sie schloß die Augen, hielt ihr Gesicht der Sonne entgegen und atmete bewußt übertrieben tief durch. Sie hoffte, Joe würde kommen und nach ihr suchen, aber er tat es nicht. Sie öffnete die Augen und hielt nach ihm Ausschau. Er war im Haus geblieben. Nun, vielleicht hatte sie sich ja weniger anmerken lassen, als sie vermutete. Vielleicht hatte sie ja vollkommen normal gewirkt, oder war das Zittern ihrer Hände nicht zu erkennen gewesen. Vielleicht.

Als Sam jedoch zwei Stunden später nach Hause kam und sie alle bei Tisch saßen, sagte er: »Du bist so blaß, geht's dir gut?«

Joe stopfte sich weiter Brot in den Mund und spielte mit dem Fisch herum.

»Nein«, sagte sie, den Blick unverwandt auf Joe gerichtet, »nein, mir geht's nicht gut. Mir geht's miserabel.« Während Joe nicht mal mit den Wimpern zuckte, zeigte Sam sich sofort besorgt. »Ich hatte einen solchen Schock«, begann sie und schilderte den Vorfall in der Praxis des Arztes und sagte zum Schluß: »... die arme Mutter war außer sich, sie war in einem fürchterlichen Zustand. Sie tat mir so leid.«

Sie sah Joe verhalten lächeln.

»Findest du das komisch, Joe?« fragte sie und bemühte sich, ihre Stimme normal klingen zu lassen.

»Natürlich find ich's nicht komisch«, sagte er. »Ich hab doch gar nicht gelacht.«

»Aber gegrinst«, sagte sie.

Er zuckte mit den Schultern.

»Warum?« beharrte sie.

»Weiß ich nicht«, sagte er, »wenn ich's überhaupt getan habe. Jedenfalls nicht bewußt.«

Sie ließ die Sache auf sich beruhen, aber beim Zubettgehen sagte sie zu Sam: »Er *hat* gegrinst, oder?«

»Ich weiß nicht, ich hab dich angesehen.«

»Das hat er. Hab ich mich aufgespielt oder so was ähnliches?«

»Nein, natürlich nicht.«

»Ich frage mich, warum dann. Vielleicht dachte er ja, ich würde mich darin sonnen, es genießen, davon zu erzählen ...«

Sam antwortete nicht. Beide erinnerten sich nur zu gut daran, wie Joe seine Tante Ginny hatte berichten hören, was ihm zugestoßen war. Er hatte sie am Telefon ertappt, als sie, wie er behauptete, genußvoll den Horror des Ganzen schilderte. Niemand konnte ihn vom Gegenteil überzeugen.

»Manchmal«, sagte sie, »mag ich Joe nicht. Es ist schrecklich.«

»Manchmal mag ich ihn auch nicht«, sagte Sam. »Er kann ziemlich hart sein.«

»Das ist es nicht. Es ist das Gefühl, daß er sich nichts aus anderen macht. Nicht mehr. Es ist, als dächte er, nur er allein könne leiden oder so was. Was soll nur aus ihm werden, wenn er so ist?«

»Er wird sich ändern«, sagte Sam und versuchte wie immer, einen Scherz zu machen. »Die Liebe einer tugendhaften Frau wird ihn früher oder später verändern.«

Harriet nahm ihn jedoch ernst. »Aber wie sollte

irgendeine Frau ihn lieben können, wenn er so ist? Wenn sogar ich, seine eigene Mutter, mich angewidert fühle?«

In jener Nacht tat sie kein Auge zu. Babys, Blut, Joes Grinsen, alles lief unaufhörlich vor ihrem inneren Auge ab.

Sheila brachte ihrem Vater gegen zwölf sein Essen. Er wollte es pünktlich um halb eins. Er stand am Spülbecken und schälte neue Kartoffeln.

»Laß mich das machen«, sagte sie und setzte ihre Tasche ab.

»Muß mich doch irgendwie beschäftigen«, sagte er, ohne sich umzudrehen. Sie glaubte, seinen Schultern ansehen zu können, daß er niedergeschlagen war, wartete einen Moment und sagte dann: »Warst du denn heute morgen nicht unterwegs?«

»Nein, hatte keine Lust. Hast du das Fleisch mitgebracht?«

»Ja«, sagte sie. Filetsteak, sie erzählte ihm nicht, was es war, sondern sagte nur, es sei ein Stückchen Steak zum Braten. Sie nahm das Fleisch aus ihrer Tasche, schnitt es in feine Streifen und ging zum Schrank, um die Bratpfanne zu holen. Er mußte beiseite treten, damit sie ihn öffnen konnte. »Oh«, sagte sie, »o Gott, was ist los?«

Sein Gesicht, die ganze linke Seite, war grün und blau. Um seinen Mund herum waren lauter kleine Schnitte, und ein Brillenglas, das linke, war zerbrochen. »Bin hingefallen«, murmelte er. »Verdammt lächerlich.«

»Wann?«

»Gestern. Als ich meine Rente abgeholt hab. Wollte mich gerade draußen vor der Post umdrehen, und ich weiß nicht, was dann passiert ist, bin wahrscheinlich der Länge nach auf mein Gesicht gefallen.«

»Wie bist du nach Hause gekommen?«

»Hab's allein geschafft, keine Sorge. Aber jetzt spür ich's, komischerweise.«

»Wo sonst noch, außer im Gesicht?«

»An den Knien, an den Ellbogen. 'n bißchen an den Rippen. Wird schon wieder.«

Sie aßen schweigend. Wenigstens hatte er reichlich Appetit. Acht Kartoffeln, das Fleisch und ein halber Blumenkohl, viel zu weich gekocht, so wie er es gern hatte, pur und nicht etwa verfälscht durch irgend so ein Zeug wie Käsesauce. Er schlang es geradezu hinunter. Stopfte gierig ganze Löffel voll hastig in sich hinein. Es hatte sie schon immer angewidert, wie er aß, so achtlos, fettige Fäden hingen ihm aus dem Mund, Sauce tropfte ihm vom Kinn, und dabei schlürfte er unentwegt Tee. Sein vierter Sturz in diesem Jahr, oder war es schon der fünfte? Es konnte ihm jetzt jederzeit etwas zustoßen, aber es wäre zu traurig zu versuchen, ihn in seiner Selbständigkeit einzuschränken. Traurig und unmöglich. Peter, Caroles Mann, sagte, er gehöre in ein Heim. In seinem eigenen Haus gäbe er zuviel Anlaß zur Sorge. Sie und Carole waren über Peter hergefallen. Dabei hatte er natürlich recht. Irgendwann in naher Zukunft würde er stürzen und sich etwas brechen, dann würden sie einen Platz für ihn finden müssen, es sei denn, Carole oder sie selbst würde zu ihm ziehen. Er wußte das. Sie sah ihm an, daß er es wußte. Es drehte sich in seinem Kopf und deprimierte ihn.

Sie setzten sich nach dem Essen nach draußen, auf die klobige Gartenbank, die sie ihm zu seinem achtzigsten Geburtstag geschenkt hatten. Sie hatte Polster dafür gemacht. Sie war sehr bequem. Sie saßen da, und er machte sie auf die Bienen aufmerksam, die in ein Loch im betonierten Fußweg hinein- und wieder herausflogen. Sie wollte seine Knie sehen, und er krempelte die Hosenbeine auf und zeigte sie ihm. Beide Knie sahen kreideweiß aus, sie waren dick und geschwollen, was vielleicht aber auch an seiner Arthritis liegen mochte. Die blauen Flecke waren viel schlimmer als die auf seinem Gesicht, und sie wagte gar nicht, daran zu denken, wie sie wohl auf seinen Rippen aussahen. Er weigerte sich jedoch, seine Wolljacke auszuziehen oder sein Hemd aufzuknöpfen, um sie ihr zu zeigen. Er behauptete steif und fest, sie seien nicht der Rede wert. Sie saß also da und beobachtete die Bienen und fragte sich, ob seine Rippen wohl gebrochen seien, ob sie seinen Zorn auf sich nehmen und den Doktor rufen sollte. Noch nicht, sie wollte ein oder zwei Tage warten. Die Brille müßte man aber zur Reparatur bringen und …

»Wie geht's dem Jungen?« fragte er. Er erkundigte sich nie nach Leo, hatte gesagt, er wolle diesen Namen in seiner Gegenwart nie wieder hören. Sie wußte nicht, was sie sagen sollte, wußte nicht, wie er reagieren würde, wenn sie die Wahrheit erzählte.

»Gut geht's ihm«, sagte sie.

»Kommt also gut zurecht?«

»Ja.«

»Wenigstens das. Hauptsache, er bringt sich nicht noch mehr in Schwierigkeiten und macht dir *dein* Leben nicht zur Hölle.«

»Er hat mir mein Leben nicht zur Hölle gemacht.«

»Doch, das hat er. Erzähl mir nichts. Ich hab doch Augen im Kopf. Außerdem bist du nicht seine Mutter.«

»Dad, ich will davon nichts wissen …«

»Du willst von 'ner Menge nichts wissen, genau das ist dein Problem, ist es schon immer gewesen.«

Sie war so erregt, daß sie lieber nichts sagte, und ermahnte sich, nicht zu vergessen, daß es ihm nicht gutgehe. Sie sollte ihm seinen Willen lassen. Wenn sie nicht reagierte, würde er sich auch nicht aufregen, so einfach war es.

»Ich hatte mal einen Onkel«, sagte er und hielt inne.

»Du hattest sieben Onkel«, sagte sie erleichtert. »Drei von der Seite deines Vaters, wie hießen sie noch gleich, William, James und …«

»John. John. Und vier von der Seite meiner Mutter, Matthew, Peter, Joseph und Luke. Luke war das schwarze Schaf. Ein riesiger Kerl, wie ein Schmied. Hat zweimal beim Ringkampf in Grasmere gewonnen. Hat, als er noch jung war, 'n Mädchen umgebracht. Man sagte, es sei ein Unfall gewesen, er kam ungeschoren davon, aber keiner hat ihm je geglaubt, keiner. Hat 'ne andere danach geschwängert, wollte sie aber nicht heiraten. 'n Schlimmer war das. Hat seiner Mutter das Herz gebrochen. Es hat die anderen geärgert, wie sehr sie an diesem Luke hing. Waren alle froh, als er starb.«

»Woran ist er gestorben?«

»Blutvergiftung. Hat sich 'ne Mistgabel mit Dung dran in den Fuß gerammt. Und sich nichts weiter dabei gedacht. Hat's mit Wasser ausgewaschen, wie man's eben macht, und sich nichts weiter dabei gedacht, ist aber schlimm ausgegangen.«

»Sepsis«, sagte sie.

»Ja, das wird's wohl gewesen sein. 'n Schlimmer war das.«

Sie fragte lieber nicht, worauf er hinauswollte. Verglich er Leo mit seinem mißratenen Großonkel Luke? Wollte er, daß sie eine Mistgabel mit Dung dran herumliegen ließ, damit Leo hineintrat? Er war aber noch nicht zu Ende, das sah sie ihm an. Die Bienen flogen in das winzige Loch ein und aus, und beide starrten vor sich hin und blieben sitzen.

»Manchmal ist eben 'n schlechter Apfel darunter«, sagte er. »Dagegen kann man nichts machen. Meine Mutter wollte aber nichts davon wissen. Hat gesagt, sie komme aus keiner schlechten Familie, man habe ihn nicht schlecht erzogen, sie könne sich das Ganze nur mit Pech erklären. Pech. Mein Vater sagte zu ihr, jeder sei seines Glückes Schmied, aber sie war damit nicht einverstanden. Sie war 'ne gläubige Frau und war damit nicht einverstanden.«

»Bin ich auch nicht«, sagte Sheila.

»Solltest du aber. Pech, mehr nicht. Und nicht zu knapp. Ich hab davon 'ne Menge abbekommen, und du auch. Man kann aber nicht immer Glück für alles verantwortlich machen oder Pech. Sieh dich doch mal an, eh? Nach der Geschichte mit deiner Pat, wie du damit fertig geworden bist. Hast nicht aufgegeben.«

Sie konnte nicht mehr folgen. Wenn er mit seinem Gefasel nicht in der Lage war, ihr klarzumachen, worauf er hinauswollte, dann konnte sie ihm auch nicht helfen.

»Es liegt an ihm«, sagte er. »Ich hab immer wieder drüber nachgedacht, es liegt an ihm. Nicht an dir. Es liegt nicht an dir. Daran mußt du immer denken. Er ist alt genug. Überlaß ihn sich selbst, das rate ich dir. Wirst sonst nur krank. Wär doch zu dumm.«

Als sie ihn verließ, war Sheila gerührt, nicht etwa wegen seines »Ratschlags«, sondern weil er »immer wieder drüber nachgedacht« hatte. Sie konnte ihn sich vorstellen, wie er in dem schrecklichen durchhängenden Bett lag, von dem er sich nicht trennen wollte – »das wird mich noch überleben« –, mit all den blauen Flecken, die ihn schmerzten, und an sie dachte und sich immer wieder das Leo-Problem durch den Kopf gehen ließ. Er wird, um besser schlafen zu können, einen Whisky getrunken und eine Wärmflasche genommen haben, um die Schmerzen in seinen Rippen zu lindern, auch wenn die Nacht lau war. Dann wird er dagelegen und über seinen Onkel Luke nachgedacht haben und zu dem Schluß gekommen sein, daß Leo ebenfalls ein Schlimmer war, ein Schlimmer, den man besser aufgeben sollte. Wenn er nur wüßte. Sie hätte ihm um ein Haar urplötzlich erzählt, daß Leo derjenige war, der sie alle aufgab, aber ihr fehlte die Kraft, mit seiner Reaktion fertig zu werden. Sie wußte nicht genau, wie sie sein würde, ahnte aber, daß sie sich als Wut entladen würde, und der Gedanke war ihr unerträglich, gegen wen sie auch gerichtet sein mochte. Es war seltsam, dachte sie auf dem Nachhauseweg, daß Leo nach wie vor nie seinen Urgroßvater erwähnte. Er war schließlich beinahe neunzig. Leo hätte doch ruhig mal fragen können, wie es ihm gehe.

Sie hatte Alan noch nichts davon erzählt, daß Leo sich weigerte, zu ihnen, in sein Zuhause, zurückzukehren. Was sie nicht ertragen konnte, war Alans womögliche Erleichterung. Sie würde nicht zu übersehen sein, sie würde sie verletzen. Sie wünschte ihn sich auf ihrer

Seite, als ihre Stütze, was er nicht sein würde. Wer würde das überhaupt sein?

Joe benahm sich besser, als sie zu hoffen gewagt hatte, vor allem weil ihn der Gedanke an die Fahrstunden so euphorisch machte, die tags darauf beginnen sollten. Er lächelte, lächelte wirklich, kein gequältes, nur angedeutetes Lächeln, sondern er strahlte, er wurde rot und schrie: »Oh, phantastisch, danke!« Seine Freude hielt den ganzen Tag an, überdauerte auch das Essen im Kreis der Familie im Garten, auch als Onkel Michael feststellte, wieviel besser er doch aussehe, auch als seine Cousine Natasha – sie hatte ein Jahr zuvor zu ihrem siebzehnten Geburtstag keine Fahrstunden bekommen – voller Neid sagte: »Joe hat immer Glück.« Er zog sogar ein Hemd an, ein sauberes Hemd, und schwarze Baumwollhosen, die sie schon immer an ihm gemocht hatte. Harriet mußte sich wiederholt zurückhalten, um nicht zu ihm zu sagen: »Sieh nur, wie einfach es ist, glücklich zu sein.« Wenn man nur den ersten Schritt tat. Wenn man nur sein Gesicht daran gewöhnte. So einfach war es. Faszinierend.

Die Schwierige war Laura, Ginnys jüngere Tochter. Sie war mürrisch, saß da, ohne zu lächeln oder ein Wort zu sagen, und lehnte so gut wie alles ab, was man ihr anbot. Harriet spürte Ginnys Anspannung, sah, wie ihre Schwester unentwegt auf ihren Lippen herumbiß und ihren Mund vor lauter Aufregung ganz verzerrte. Laura war fünfzehn. Sie hatte in der letzten Zeit stark abgenommen, was für eine Zuckerkranke gefährlich war. Ginny erzählte, sie habe angefangen, wegen des strengen Zeitplans der Mahlzeiten und Zwischenmahlzeiten, den sie rigoros einhalten mußte, herumzuspinnen, fahrlässig zu sein. Sie wollte nicht mehr, daß ihre Mutter jede Kleinigkeit, die sie aß oder trank, notierte, wurde zunehmend gereizt, sagte, es sei ihr egal. Sie spritzte sich die tägliche Dosis Insulin jetzt immer selbst, und Ginny traute ihr nicht, daß sie wirklich daran dachte. Sie sah auch nicht mehr hübsch aus. Die Lycra-Shorts, in denen ihre jämmerlich dürren Beine steckten, sahen unmöglich aus. Völlig unpassend zu den Shorts und einem unförmigen schwarzen T-Shirt trug sie ein rosa Satinband im Haar, das auf dem Kopf zu einer Schleife gebunden war. Über dem abweisend dreinblickenden, mißmutigen Gesicht und der schwarzen Kleidung sah das lächerlich aus; bestimmt wollte sie sich nur über sich selbst lustig machen.

Alles drehte sich um Natasha, nicht um Joe. Harriet stellte fest, wie kokett ihre Nichte geworden war. Sie flirtete nicht nur mit ihrem Onkel Sam, sondern auch mit Joe. Als sie erfuhr, daß Louis abgereist war, zog sie einen Flunsch – »Louis ist so ein toller Kerl«, sagte sie, »das ist nicht fair« –, und alle lachten. Sie war nicht wirklich hübsch, dachte Harriet, aber hatte unbestreitbar Sex-Appeal. Die weiß, wo's langgeht, wie man hier in der Gegend sagte. Sie saß neben Joe und legte ihm jedesmal, wenn sie seine Aufmerksamkeit wünschte, und die wünschte sie häufig, eine wunderschön manikürte Hand mit dunkelroten Fingernägeln auf den Arm. »Wirst du mich fahren, Joe, wenn du erst mal deine Prüfung bestanden hast? Wirst du mich nach Manchester und zurück chauffieren?« Joe wand sich verlegen, lächelte jedoch nach wie vor und sagte, er glaube schon, sofern er das Auto haben dürfe. Sam sagte, er bekäme sein Auto nicht, unter gar keinen Umständen. »Dann gibt deine Mum dir bestimmt ihrs, oder, Harriet?« sagte Natasha. »Ich weiß, du tust es.« – »Könnte sein«, gab ihr Harriet recht, »wenn ich gesehen habe, wie gut er fährt, aber ob bis nach Manchester, weiß ich noch nicht. Nach Carlisle vielleicht.« Natasha und Joe und sogar Laura schrien alle entsetzt auf – doch nicht nach Carlisle, wieso denn nach Carlisle, keine einzige Diskothek in Carlisle, kein Nachtleben, nichts los nachts in Carlisle … wer würde schon zum Vergnügen dorthin fahren wollen?

Die Atmosphäre war daraufhin leicht getrübt, doch Joe überspielte die vorübergehende Spannung. Er fragte Natasha über Manchester aus, wo sie ab Herbst zur Universität gehen würde. Sie sagte, er solle doch kommen und sie besuchen, mit oder ohne Auto, er könne bei ihr übernachten, und sie könnten eine Tour durch die Diskotheken machen. Joe, der noch nie in seinem Leben in einer Diskothek gewesen war und es auch, soweit Harriet wußte, noch nie gewollt hatte, zeigte sich interessiert. Mit Erstaunen hörte sie ihn sagen, er wolle auch an die Universität von Manchester, sie stehe bei ihm an erster Stelle, noch vor Liverpool und Newcastle; er wolle nicht in den Süden wie Louis, London gefalle ihm nicht … Sam warf einen Blick zu ihr hinüber, beide zwinkerten sich zu. Wie ermutigend, wie beruhigend, Joe Zukunftspläne schmieden zu hören. Gut. Sie beteten, daß Natasha ihr gutes Werk fortsetzen würde, und sie tat es. Sie fragte ihn, was er in den Ferien vorhabe. Joe sagte, er werde nur auf der Bootswerft arbeiten, er würde nirgendwohin reisen, Mum und Dad führen im August nach Edinburgh, doch … Natasha sagte: »Oh, dann wirst du also ganz allein sein?« Joe sagte ja, bis Louis zurück wäre. »Wir könnten hier eine Party feiern«, sagte Natasha und strahlte Harriet an. »Joe mag keine Partys«, sagte Harriet. Joe sah zum ersten Mal an jenem Tag verärgert aus, und sie setzte hastig hinzu: »Normalerweise jedenfalls nicht.« – »Ah«, sagte Natasha, sah Joe durch verengte Augen an und streichelte seinen Arm, »das hängt von der Party ab, nicht wahr, Joe?«

Was hatte Sam gesagt? Die Liebe einer tugendhaften Frau würde Joe verändern können. Natasha würde keine tugendhafte Frau sein. Nicht daß aus ihr eine lasterhafte würde, aber Tugend stand ihr nicht gerade ins Gesicht geschrieben. Schon eher Verführung. Und Joe war so verwundbar. Angenommen, irgendeine Art von Natasha würde es jetzt da er so verletzlich war, auf ihn abgesehen haben und ihn erst verführen und dann sitzenlassen ... Harriet stand ganz plötzlich auf, entsetzt über sich selbst, und ging ins Haus, um noch mehr Pudding zu holen. Ginny folgte ihr. Die beiden Schwestern blieben einen Augenblick in der Küche, holten Eis aus dem Tiefkühlfach, wuschen ein paar Löffel ab. Von draußen drang lautes Gelächter herein. Sie lächelten einander zu, vorsichtig, ein wenig nervös, jede in Gedanken mit dem Kind der anderen beschäftigt, mit dessen Problemen. Es war kühl in der Küche, ein wenig dunkel nach dem grellen Licht draußen. »Sie schläft mit dem jungen Richards«, flüsterte Ginny, »geht ziemlich schamlos damit um. Furchtbar ist das.« – »Warum?« sagte Harriet. »Sie ist achtzehn, das ist doch normal. Du klingst wie unsere Mutter damals, wie aus der Steinzeit ... erinnerst du dich noch, wie ...«

»Nein«, sagte Ginny, »er ist nicht der erste, es ist anders, sie ist nicht in sie verliebt oder sonst etwas. Bei manchen hält es nur drei Wochen. Ich kann das nicht leiden.« – »Oh, Ginny«, sagte Harriet, »mach dir keine Sorgen, sie wird schon zurechtkommen, das ist doch nur eine Phase, sie ist gescheit und ehrgeizig, sie hat es in der Hand, es ist nicht der Rede wert.« Ginny stöhnte, dann versuchte sie zu lachen. »O Gott«, sagte sie, »und wenn es sich nicht gerade um Natasha und Sex dreht, dann um Laura, die sich partout ruinieren will. Ich kann mir ein Leben ohne Sorgen nicht einmal *vorstellen.*«

Ein Leben ohne Sorgen. Als Ginny und ihre Familie längst fort waren, ging Harriet der Satz noch immer durch den Kopf. Ginny machte sich noch mehr Sorgen als sie. Wegen solcher Kleinigkeiten. Aber waren eine Tochter mit einer angeblich stark ausgeprägten sexuellen Neugier und eine zweite leicht (aber immerhin) an Diabetes erkrankte denn kein Anlaß zur Sorge? Sie war offensichtlich ganz schön arrogant geworden. Die Sorgen von niemand anderem waren so groß wie die ihren. Sie erinnerte sich, was sie Sheila Armstrong über Möglichkeiten einer Wahl hatte sagen wollen. Hätte sie die Wahl gehabt, hätte jemand zu ihr gesagt, entscheide dich: Entweder wird Joe überfallen und verletzt (nicht schwer), *oder* er wird zuckerkrank, für welche der beiden Möglichkeiten hätte sie sich entschieden? O Gott, es war widerlich, aber sie überlegte weiter hin und her. Diabetes und so manch andere vergleichbare Krankheit waren unheilbar. Also würde sie natürlich den Überfall wählen. Aber der Überfall war genauso unheilbar, seine Nachwirkungen immer gegenwärtig, sein Trauma so tief verwurzelt, als wäre er gleichermaßen eine Krankheit ... Warum sich bei Diabetes aufhalten, warum nicht sogar noch weitergehen – entscheide dich, entscheide dich … eine Verunstaltung, Joe verkrüppelt geboren, oder irgend etwas anderes Schreckliches, mit offener Wirbelsäule … entscheide dich, entscheide dich – oh, dieser Überfall, jedesmal …

Joe würde sich wahnsinnig aufregen, wenn sie in Gedanken diese Spiele spielte, diese *schmutzigen* kleinen Spiele. Eine Variante des fröhlichen Spiels, sie erkannte es wieder, jenes Spiel, das in dem von ihr so geliebten Kinderbuch vorkam. *Pollyanna.* Pollyanna spielte in einer Tragödie, ob klein oder groß, immer das fröhliche Spiel, aus Freude darüber, etwas zu finden, über das sie froh sein konnte, was immer auch geschah. Joe fand das Spiel abscheulich. Die bloße Vorstellung empörte ihn. *Nie im Leben,* beteuerte er, würde es ihm einfallen, sich mit denen auf eine Stufe zu stellen, die wirklichen Katastrophen zum Opfer gefallen waren. Wenn sie ihn heute an seinem Geburtstag beobachtete, so schien es, als habe er sich endlich selbst davon überzeugt, daß alles vorbei war, daß er den Sprung aus der Vergangenheit vollzogen, sie endlich hinter sich gelassen hatte.

Aber sie fragte sich, warum ihr so beklommen zumute war.

Sheila wußte, daß sie eigentlich nicht zum Haus der Kennedys fahren sollte. Es war falsch. Es war außerdem kompliziert, beinahe so kompliziert, wie Leo zu besuchen, nur daß die Fahrt dorthin nicht so weit war. Ein Zug, zwei Busse, die altbekannte Geschichte, wenn man auf öffentliche Verkehrsmittel angewiesen ist. Sie versuchte, das Ganze einfach nur als Ausflug zu sehen.

Warum sollte sie keinen Ausflug machen? Es gab nichts, was dagegen sprach, wirklich nichts. Gott im Himmel, für eine Frau, die allein nach Afrika gereist war, eine Kleinigkeit, eine Kleinigkeit. Es dauerte nur eineinhalb Stunden. Sie hatte Glück mit dem Zug, Glück mit den Bussen, vielleicht würde es aber auf der Rückfahrt nicht so sein. Sie trank, als sie aus dem zweiten Bus ausgestiegen war, eine Tasse Tee in einem Café und kaufte sich bei einem Zeitungshändler einen Stadtplan. Den Rest des Weges würde sie zu Fuß gehen. Es sah nach einem schönen Spaziergang aus, teilweise mit Blick auf den See.

Ich könnte leicht ein Verbrechen begehen, dachte sie und lachte laut bei der Vorstellung, wie absurd ein solcher Gedanke war. Es lag nur daran, daß sie sich in ihrem unscheinbaren Aufzug ihrer eigenen Durchschnittlichkeit so schmerzlich bewußt war, eine ältere Frau, so harmlos und bieder, so unauffällig. Ich könnte in meiner Handtasche eine Pistole haben anstelle eines Portemonnaies, eines Kamms, eines Stadtplans, eines Taschentuchs und meines Schlüssels. Niemand würde das vermuten, keiner käme je auf den Gedanken. Ich könnte auf jemanden zugehen, ihn nach der Zeit fragen und die Pistole hervorholen und ihn erschießen. Wie seltsam, an einem Sommernachmittag an einem so schönen Ort in diese Richtung zu denken. Vermutlich war aber ihre jetzige Mission nicht minder lächerlich. Völlig lächerlich. Sie war an die siebzig und würde draußen vor einem fremden Haus herumlungern, bloß um zu gaffen. Als ob es nicht gänzlich gleichgültig war, wie das Haus der Kennedys aussah. Sie konnte sich in etwa vorstellen, was für ein Haus es sein würde und in was für einer Straße. Höchstwahrscheinlich ein Einzelhaus, zumindest würde es so aussehen, als stünde es allein, die Art von Haus, bei dem man erst auf den zweiten Blick sah, daß es aus zwei Hälften bestand. Ein Garten ringsherum, Rasenflächen, Büsche und so weiter. Vielleicht eine Doppelgarage. Ein altes, imposantes Haus.

Sie war erstaunt, ein neues Haus vorzufinden, und überprüfte zweimal die Adresse. Und viel bescheidener, als sie vermutet hatte. Er, der Vater, war doch Architekt, oder? Und waren nicht alle Architekten wohlhabend? Sie hatte angenommen, alle Leute in gehobenen Positionen seien wohlhabend. Der Garten mußte auf der Rückseite sein, vorn war nur ein Grasstreifen. Ein gepflegtes Haus, sie sah Rollos an den Fenstern, keine Gardinen. Sie fragte sich, ob es wohl ein Haus im skandinavischen Stil war, vielleicht mit Holzfußböden, die so nackt aussahen, nicht daß sie ihr je gefallen hatten, nur waren sie bestimmt leicht sauberzuhalten, keine unnötige Räumerei. Sie blieb nicht stehen, um zu schauen, sondern ging gelassen, eher langsam, doch nicht allzu offensichtlich langsam daran vorbei. Am Ende der Straße, einer sehr hübschen, von Bäumen gesäumten Straße, machte sie kehrt und ging auf der anderen Seite zurück. Sie tat dies zweimal und setzte sich dann auf eine Bank neben einer Bushaltestelle. Natürlich würde sie nicht hingehen und an der Tür läuten. Der Gedanke war ihr nie gekommen, nicht wirklich. Sie war nicht unverfroren genug, sie hatte keinen Vorwand. Harriet Kennedys Freundschaft war eine Illusion. Das wußte sie, sie war nicht dumm, ihr zweites Zusammentreffen hatte es deutlich gezeigt. Eine vorübergehende Angelegenheit, eine Bekanntschaft, die unter besonderen Umständen zustande gekommen war.

Als das Auto hielt, beachtete sie es nicht. »Mrs. Armstrong? Sheila?« sagte eine Stimme, da blickte sie auf und sah, wie Harriet sich aus dem Autofenster lehnte. Sie war zu alt, um zu erröten, aber sie spürte, wie ihr ganz warm wurde. Sie stand nicht auf, lächelte nur und nickte, als wäre es für sie nichts Außergewöhnliches, auf dieser Bank in dieser fremden Straße zu sitzen. »Warten Sie auf den Bus? Kann ich sie irgendwohin mitnehmen?« Sheila schüttelte den Kopf. »Nein, danke, ich komm schon zurecht.« Sie sah, wie Harriet zögerte, ihr dann kurz zuwinkte und davonfuhr. Sie wandte sich nicht nach dem Auto um, saß nur da, starrte vor sich hin und wünschte, daß der Bus käme.

Harriet parkte das Auto und blieb eine Minute lang sitzen. Sheila war eindeutig absichtlich hergekommen. War sie am Haus gewesen? Hatte sie geklingelt? Es gab keine andere Erklärung, weshalb sie auf dieser Bank saß. Warum hatte sie dann keinen Ton gesagt, sie nicht freudig erkannt, war sie bei ihrem Anblick nicht erleichtert gewesen? Sie war Harriet nur deshalb aufgefallen, weil sie so verloren ausgesehen hatte auf dieser unbequemen Bank ohne Lehne, einer hölzernen Bank, die so hart war und voller Splitter, daß nie jemand darauf saß. Sie mußte es sich anders überlegt haben, aus welchem Grund sie auch immer gekommen war. Harriet ging ins Haus und zögerte. Sie wollte Sheila nicht in Verlegenheit bringen. Die Leute hatten ihr gutes Recht, ihre Meinung zu ändern, ihre womöglich verrückten Ideen zu überdenken. Sie wollte Sheila auch gar nicht in ihr Hause bitten. Das war erledigt, ein für allemal vorbei. Sie war Sheila Armstrong gegenüber zu nichts verpflichtet. Zu überhaupt nichts. Ganz im Gegenteil. Aber gerade deswegen, weil keinerlei Verpflichtung hierzu bestand, öffnete sie wieder die Tür und ging die Straße hinunter zu der Bank, auf der Sheila noch immer saß.

»Kommen Sie doch auf eine Tasse Tee herein«, sagte sie, »der Bus wird erst in einer halben Stunde dasein, glauben Sie mir, die Verbindung ist miserabel.«

Sheila umklammerte ihre Handtasche, als würde sie etwas Wertvolles enthalten. »Wirklich«, sagte sie, »es ist sehr freundlich von Ihnen, aber wirklich nicht, danke, nein, lieber nicht.«

Harriet wußte nicht, was sie tun sollte. Sie konnte Sheila nicht zwingen mitzukommen. »Haben Sie jemanden besucht?« fragte sie.

»Nein«, sagte Sheila, »ich hab nur einen Ausflug gemacht. Nur so zum Vergnügen.«

»Oh. Ganz allein?«

»Ja.«

»Machen Sie oft Ausflüge? Wie schön. Meine Mutter fuhr manchmal ganz allein los, ich glaube aber nicht, daß sie sich wirklich wohl dabei gefühlt hat, sondern eher dachte, sie falle auf. Sie konnte nämlich nicht Auto fahren, das Autofahren macht es einem leichter, allein etwas zu unternehmen.«

Sheila sagte kein Wort.

»Bitte«, sagte Harriet, streckte ihre Hand aus und berührte Sheilas Arm. »*Bitte* kommen Sie und trinken Sie eine Tasse Tee.«

Sie saßen auf der Terrasse an der Rückseite des Hauses. »Schöner Garten«, sagte Sheila, »schöner Blick.« Alle Verlegenheit war nun verflogen, und sie fühlte sich wohl.

»Wir haben es wegen des Blicks gebaut«, sagte Harriet, »das Haus selbst ist nichts Besonderes, dafür aber der Blick. Aber man kann schließlich nicht alles haben, oder? Man muß sich für das eine oder das andere entscheiden.« Sie erinnerte sich an Sheilas tristes Reihenhaus, ohne Garten, ohne schönen Blick. Plötzlich ging ihr auf, wie dumm es war, dem eigentlichen Problem durch nichtssagende Bemerkungen über Häuser auszuweichen. »Sie wirken so anders«, tastete sie sich vor, dann brach sie ab. Wenn sie überlegte, wie hatte *sie* die Leute angeschrien, die sie fragten, ob sie »darüber sprechen wolle«.

Sheila stellte behutsam ihre Tasse ab. Hübsche Tassen, zerbrechlich, Rosenknospen auf weißem Grund, altmodisch. »Es liegt an Leo«, sagte sie, »er will nach der Entlassung nicht nach Hause kommen. Er will nichts von uns wissen. Er will in irgendein Wohnheim oder so was.« Sie griff erneut nach ihrer Tasse und nahm einen Schluck.

»Wie schrecklich«, sagte Harriet, beinahe flüsternd, dann noch einmal »schrecklich ...Vielleicht«, fuhr sie nach einer längeren Pause fort, »vielleicht ist es ja Rücksicht auf Sie, daß er Ihnen nicht ... Sie wissen schon ... Ihnen nicht noch mehr zumuten will, das Gefühl hat, er sollte lieber fernbleiben ...«

»Vielleicht. Schon möglich. Jedenfalls so ist es. Er will nicht zu uns kommen. Wir sehen ihn vielleicht nie wieder.«

Harriet wußte nicht, was sie sagen sollte. Sheilas Kummer war an ihren niedergeschlagenen Worten, ihrem müden Gesicht, den hängenden Schultern so deutlich erkennbar. Andere Frauen, dachte Harriet, wären womöglich erleichtert, ihnen hätte womöglich bevorgestanden ...

»Natürlich ist es eine Strafe Gottes«, sagte Sheila,

»mir hatte der Gedanke bevorgestanden, daß er nach Hause käme. Ich wollte, daß er käme, aber mir stand es auch bevor. Ich wollte den alten Leo, den von früher, als er noch mein Junge war. Nicht den, der aus ihm geworden ist. Ich hätte aber nie die Tür vor ihm zugeschlagen, niemals. Das wußte er bestimmt. Mein Vater hätte es getan. Und würde es auch heute tun. Er wird sich freuen, wenn ich es ihm erzähle.«

»Haben Sie eigentlich je herausgefunden, was wirklich ...?«

»Nein, nie. Ich dachte, es würde nichts an der Sache ändern, vielleicht tut es das aber doch. Er spricht nicht darüber.« Sie seufzte tief. »Hier sitze ich und belästige Sie schon wieder. Das sollte ich nicht tun.«

»Sie belästigen mich nicht. Ich habe Sie hereingebeten, erinnern Sie sich? Ich wollte, daß Sie mit mir nach Hause kommen.« Harriet machte eine Pause. Was sie auch zueinander sagten, es schien immer voller Pausen zu sein, so zögernd sprachen sie, indem sie jeden noch so kleinen Satz wieder und wieder abwägten. »Bei uns geht es jetzt besser«, sagte sie, »endlich scheint es besserzugehen.«

»Weil der andere gefaßt worden ist?«

»Nein. Nein, nicht deshalb. Das hat alles vorübergehend nur schlimmer gemacht. Daran liegt es nicht, es ist noch nicht vorbei und wird nicht vorbei sein, solange der Prozeß bevorsteht. Gary Robinson ist zweiundzwanzig, man wird ihn namentlich nennen. Es könnte zu einem Prozeß vor dem Crown Court kommen. Ich weiß nicht, ob Joe von dem Ganzen betroffen ist, nehme es aber an. Nein, es ist noch nicht vorbei, daran liegt es nicht. Eher daran, daß Joe wieder in die Zukunft blickt. Das hat er seit einem Jahr nicht mehr getan. Er schien nicht mehr daran zu glauben, alles war nur Vergangenheit. Mir ging es ebenso, ich glaubte an keine Zukunft für ihn, und …«

»Ich kann an keine für Leo glauben. Das ist es. Soviel ich sehe, hat er keine Zukunft. Er ist am Ende, am Ende. Sie würden nicht glauben, was für ein guter Junge er war. Aber wenn ich alles noch einmal von vorn beginnen könnte, wüßte ich nicht, was ich anders machen sollte, das ist es.«

Ich mache Geräusche, dachte Harriet, glucksende Geräusche. Und das nur, weil es nichts mehr zu sagen gibt. Sie hätte es nicht so weit kommen lassen dürfen, es tat ihr nicht gut und Sheila genausowenig. Wie sehr sie sich auch anstrengen mochten, zwischen ihnen lag ein tiefe, unüberwindliche Kluft. Es hatte nichts damit zu tun, daß die eine die Mutter des Opfers und die andere die des Täters war; die eine in älteren, die andere in mittleren Jahren; die eine arm, die andere wohlhabend. Es hatte mit Leiden zu tun, mit der unterschiedlichen Art ihrer beider Leiden. Das dieser Frau nahm ständig zu, während ihres immer mehr verblaßte, und indem es verblaßte, fand sie die richtigen Worte nicht mehr, distanzierte sie sich zusehends von so viel Traurigkeit, aus Angst, noch einmal so entmutigt zu werden. Es war aussichtslos.

Als Joe rief: »Hallo! Ich bin zurück!«, erstarrte sie.

# Zwölftes Kapitel

Es hätte ihr wirklich nicht peinlich sein müssen, dachte Harriet. Wirklich nicht. Und doch war es Verlegenheit, die sie zu überwältigen drohte, und es war Sheila Armstrong, die das sah, nicht Joe, und die schnell und geschickt damit umzugehen wußte. »Ich muß jetzt gehen«, sagte sie, sobald sie Joes Stimme vernahm, und als man ihn lärmend die Treppe hinaufstürmen und rufen hörte, er hole nur rasch sein Schwimmzeug und sei gleich wieder weg, war sie blitzschnell aus dem Haus und ließ Harriet mit hochrotem Kopf und sprachlos vor Scham zurück. Weil sie natürlich Sheila aus dem Haus haben wollte. Sie wollte Joe nicht erklären müssen, wer diese fremde Frau war. Sie wollte Sheila nicht zum Bleiben überreden.

Sie würde den ganzen Weg zur Bushaltestelle zu Fuß gehen. Es würde jetzt kein Bus kommen, nachdem sie den anderen gerade verpaßt hatte. Bei dieser Hitze, in ihren eher warmen Kleidern. Und sie würde wissen, jeder würde es wissen, daß sie richtig vermutet hatte, Harriet hatte sie loswerden wollen. Was wäre geschehen, wenn sie geblieben wäre, dachte Harriet. Eine andere Frau hätte womöglich so gehandelt, aus Neugier, aus Mangel an Sensibilität. Eine andere wäre womöglich geblieben und hätte erwartet, vorgestellt zu werden, wenn auch nur als Freundin. Kaum ein Halbwüchsiger würde sich erkundigen, woher die Freundinnen seiner Mutter kamen. Sie waren nicht daran interessiert. Sie hätte einfach sagen können, Sheila sammle für den Kirchenbasar, Joe wäre nie dahintergekommen, es wäre ihm egal gewesen. Aber sie selbst würde sich durch ihre Erregung verraten haben. Nur das hätte ihn aufhorchen lassen, ihn veranlaßt, bohrende Fragen zu stellen.

Er stellte ohnehin bohrende Fragen, nur ein paar. Sie hielt ihr Gesicht abgewandt, als er, bevor er wieder ging, in die Küche kam, mußte ihm jedoch Rede und Antwort stehen, wann sie Abendbrot essen würden. Selbst das so einfache »etwa halb sieben, Dad ist direkt von der Arbeit Golf spielen gegangen« kam gedämpft heraus, etwas undeutlich vor lauter Sorge, nur ja natürlich zu klingen. »Erkältet?« sagte er. »Hm, sieht ganz so aus, kann sein«, murmelte sie dankbar und schniefte, damit es glaubhaft wirkte. »Steck mich bloß nicht an«, sagte er, und schon war er draußen. Wie hätte er wohl reagiert, wenn sie ihm die Wahrheit gesagt, ihm erzählt hätte, wer zum Tee da war, als er nach Hause kam? Es ließ sie auf einmal nicht mehr los. Sie führte drei erdachte Gespräche mit ihm, um seine Reaktion durchzuspielen. Dabei sagte sie jedesmal das gleiche: »Joe, die Großmutter von einem der Täter, Leo Jacksons Großmutter, war gerade zum Tee bei mir, wir haben uns ein wenig angefreundet ...«, und jedesmal antwortete er anders. Im ersten fiktiven Gespräch war er entsetzt, fragte *wer*, fragte warum sie um Himmels willen mit dieser Frau etwas zu tun haben wolle, und ging wütend die Tür knallend hinaus; im zweiten reagierte er verächtlich, schnauzte sie an, fragte, ob sie sich jetzt besonders tugendhaft fühle, ob sie es genieße, so freundlich und gut und verständnisvoll zu sein; und im dritten war er einfach gleichgültig, verlangte weder eine Erklärung noch eine Rechtfertigung. Anstrengend. Es war nur sinnlos anstrengend. Und sie war sich so sicher gewesen, darüber hinweg zu sein.

Sheila war spät zu Hause, sehr spät. Sie hatte nicht mit dieser Stunde bei Harriet gerechnet und den Rückweg zur Bushaltestelle auch nicht so leicht gefunden wie den Hinweg von da zum Haus der Kennedys. Als sie dort ankam, hatte sie den Bus um zwei Minuten verpaßt, und auf den nächsten mußte man lange warten. Genauso erging es ihr beim Umsteigen in einen anderen Bus und ein weiteres Mal am Bahnhof, jedesmal verpaßte sie den Anschluß um fünf Minuten. Sie begann, sich Vorwürfe zu machen, als sie auf den Zug wartete. Sie hatte keine Nachricht hinterlassen, gedacht, einige Stunden vor Alan zu Hause zu sein, der auf dem Kricketplatz war und dem Platzwart, einem alten Freund, bei Gott weiß was half. Aber er würde inzwischen zurück sein. Seine Teestunde war längst vorbei, und nirgends eine Spur von Tee. Er würde sich Sorgen machen. Er würde zu Eric James hinübergehen und fragen, ob er sie gesehen habe, dann würden sich alle beide Sorgen machen. Um sich, dachte sie grimmig, um ihr eigenes Wohlergehen. Wenigstens war Sommer, und es war noch nicht dunkel. Aber als sie gerade überlegt hatte, daß sie trotzdem lieber anrufen sollte, traf der Zug ein, und es war zu spät, und als sie schließlich aus dem Zug stieg, hatte es keinen Sinn mehr.

Sie stellte sich auf dem Heimweg Alans Gesicht vor. Verzerrt würde es sein. Sie achtete immer darauf, daß ihr Gesicht so ausdruckslos wie möglich war, was immer in ihrem Innern vor sich ging, schließlich war sie bei Eric James in die Schule gegangen, aber Alan hatte seines nicht unter Kontrolle, es reagierte auf die geringste Kleinigkeit, wie eine Wetterfahne. Er würde an der Tür stehen, buchstäblich dort stehen und nach ihr Ausschau halten, als wolle er den Milchmann bezahlen. Lächerlich. Dann, nach dem Aufatmen – diesem so übertriebenen Aufatmen, wobei die Stirn sich glättete und der Mund aufging –, kam das Ausfragen, das Wo, Warum, Weshalb ... Und sie würde kühl bleiben, wie immer in solchen Situationen, überlegen. Es war eine Art Spiel. Leo spielte es auch, obgleich er darin besser war als sie, und sie hatte es nie gemocht, wenn es gegen sie gerichtet war. Nein. Es hatte sie viel gekostet, diejenige zu sein, die wo, warum und weshalb fragte. Sie haßte es, sich derart zu entwürdigen. Sie hatte es nur gezwungenermaßen getan, in den frühen Morgenstunden, wenn Leo beunruhigend spät nach Hause kam. Nicht oft allerdings. Er war nur zweimal so spät zurückgekommen. Alan hatte ihn sogar noch in Schutz genommen. Das sei doch normal, hatte Alan gesagt, für einen Heranwachsenden an einem Samstagabend. Aber sie wollte es trotzdem unbedingt wissen, zumindest, wo er gewesen war. Ihr war nichts anderes übriggeblieben, als ihn rundheraus danach zu fragen, worauf er mit den Achseln gezuckt und »irgendwo« gesagt hatte. Sie hatte ihm nachgesprochen – »irgendwo, am Sonntagmorgen um eins?« –, aber als er nur genickt hatte, es dabei bewenden lassen. Das hätte sie nicht tun sollen. Das war der Anfang. Sie hätte es aus ihm herausholen müssen, die Geschichte mit Gary Robinson oder was noch so alles vor sich ging ...

Als sie in ihre Straße einbog, war sie doch überrascht, daß Alan nicht in Sicht war. Gut. Er würde wohl in der Küche schmollen, kläglich versuchen, sich selbst etwas zu essen zu machen. Sie hatte ihm oft genug gesagt, heutzutage müsse sich ein Mann im Haus zu helfen wissen, aber er hörte gar nicht hin. Das einzige Mal, als sie im Krankenhaus war wegen ihrer Totaloperation, als man ihr diese gutartigen Geschwülste herausnehmen mußte, war er abwechselnd zu Carole und zu seiner Schwester Elsie gegangen und hatte Leo mitgenommen. Der ganze Aufwand, um ja nicht zu lernen, wie man sich etwas kocht. Aber inzwischen war er sicher so hungrig, daß er wohl angefangen hatte, sich wenigstens in der Brottrommel umzusehen. Es sollte heute abend Wurst und Ei geben, aber er würde die Cumberland-Wurst im Kühlschrank nie entdecken, oder wenn, damit nichts anzufangen wissen. Sie würde sich Zeit lassen. Sie würde einfach erklären, es sei zu spät und außerdem zu heiß, um Wurst zu essen. Sie würde sagen, sie selbst sei nicht hungrig, auch wenn sie den ganzen Tag nichts gegessen hatte, und ihr genüge eine Tasse Tee und ein Cream Cracker.

Das Haus war leer. Den Schlüssel im Schlüsselloch zu drehen hätte genügt, und Alan wäre herbeigeeilt, beim geringsten Geräusch, aber er kam nicht, rief auch nicht nach ihr. Es war noch zu früh, als daß er, nur um sich zu revanchieren, zu Bett gegangen wäre, aber sie ging nach oben, um nachzusehen, fest entschlossen, wütend zu reagieren, falls sie ihn dort anträfe. Nein, kein Alan. Unten neben dem Telefon lag ein Notizblock, auf dem man Mitteilungen notieren konnte. Kein Wort stand darauf. Jetzt mußte *sie* ihren Vater anrufen, das letzte, worauf sie aus war. Es war halb zehn. Drei Stunden später, als Alan gewöhnlich nach Hause kam, aber vielleicht war er ja zu Hause gewesen und wieder fortgegangen. Voller Ungeduld rief sie Eric James an, der eine Ewigkeit nicht den Hörer abnahm und schlechtgelaunt war, sie wegen der späten Stunde anknurrte und endlos lange nicht begriff, wer eigentlich am Apparat war. Sie versuchte, vorsichtig zu sein, und fragte nur, ob Alan wohl vorbeigekommen sei.

»Alan? Alan? Warum?« schrie Eric James. »Was sollte ich von ihm wollen? Eh? Heute ist Donnerstag.«

»Ich weiß, daß heute Donnerstag ist, hab mich nur gefragt …«

»Warum? Eh? Was is' los?«

»Nichts is' los.«

»Warum rufst du dann an, störst mich, an einem Donnerstag, um diese Zeit? Eh?«

»Tut mir leid, wenn ich dich gestört habe.«

»Das sollte es auch.«

Sie war drauf und dran, den Hörer aufzuknallen, und mußte ihren rechten Arm bändigen, indem sie ihn mit der linken festhielt. *Gestört,* wobei? Er hatte vor dem Fernsehen gedöst, das war alles. Er konnte solch ein Schuft sein, sie wußte nicht, warum sie sich mit ihm abgab. Und jetzt würde er sie gar nicht mehr loslassen, würde anfangen, mißtrauisch zu werden …

»Was is' los?« sagte er noch einmal.

Sie würde ihm nicht auf die Nase binden, Alan sei nicht da oder sie sei den ganzen Tag über weg gewesen. »Nichts«, sagte sie, »Alan hatte nur gesagt, er würde auf seinem Weg zum Kricketplatz vorbeikommen, und ich habe mich gefragt, ob er wohl daran gedacht hat.«

»Nein, hat er nicht, und ich mag nicht, wenn Leute mir nachspionieren.«

»Er wollte dir nicht nachspionieren ...«

Aber wenigstens waren sie vom Thema, wo Alan sich aufhielt und warum er nicht zu Hause war, abgekommen. Eric James ließ sich in einem Redeschwall darüber aus, wie ungeheuerlich er es finde, ihm nachspionieren zu wollen, nur weil er gestürzt sei, ihm fehle gar nichts, er sei wieder topfit ...

Sheila war froh, als er den Hörer einfach auflegte. In diesem Moment klingelte das Telefon.

Es war nicht viel Post gekommen. Das meiste Geschäftliches für Sam, obgleich der größte Teil direkt ins Büro ging, ansonsten nur ein paar private Briefe. Als sie die auf der Fußmatte in der Diele verstreute Post aufhob, sah Harriet die Postkarte von Louis, ging in die Küche, wo Sam noch bei seinem Toast und Kaffee Zeitung las, und schwenkte sie glücklich hin und her. Louis verbrachte eine wundervolle Zeit, die Arbeit war anstrengend, aber nicht schwierig, das Wetter phantastisch. An den Rand hatte er gekritzelt: »Joe würde es gefallen, werd ein gutes Wort für ihn einlegen für nächstes Jahr vielleicht.« Sie redeten eine Weile darüber und freuten sich königlich über die kümmerliche Karte, und dann gab sie Sam die beiden gelbbraunen Umschläge. Einen davon reichte er ihr zurück und sagte, der sei für sie. Einen jener länglichen, offiziell aussehenden, langweiligen Umschläge. Ihr fiel nebenbei auf, daß er außer der Briefmarke einen Stempel des Gesundheitsamts trug.

Als sie ihn öffnete und den darin enthaltenen Bogen entfaltete, starrte sie ihn verblüfft an. Der Bogen enthielt eine Liste vorgedruckter Alternativen: »Die Probe war für ein exaktes Testergebnis unzureichend«, lautete die eine, und »Es besteht kein Grund zur Sorge, aber es wäre ratsam, den Abstrich in drei Monaten zu wiederholen« die andere. Doch neben diesen beiden befand sich ein Gedankenstrich. Das Häkchen stand hinter: »Wir möchten Sie bitten, so bald wie möglich Ihren praktischen Arzt anzurufen, obwohl kein Grund zur Beunruhigung besteht.« Sie nahm das Häkchen keineswegs ungläubig, sondern mit einem Gefühl der Verunsicherung zur Kenntnis. Sam war noch immer in seine Zeitung vertieft, auch wenn es bereits fünf Minuten über die Zeit war, zu der er sonst aufbrach. Sie sagte kein Wort. Wenn er nicht fragt, worum es in meinem Brief geht, was in diesem langweiligen Umschlag steckt, werde ich es ihm auch nicht erzählen, dachte sie. Einen Augenblick später ertönte in seiner Armbanduhr ein Signal, und schon sprang er fluchend auf, die Zeitung flog in hohem Bogen auf alles, was auf dem Tisch stand. Als er hinausstürzte, hob sie vorsichtig die Zeitung an, entfernte einen Marmeladenfleck und faltete sie sorgfältig zusammen. Und als Sams Wagen in der Ferne startete, deckte sie den Tisch ab. Sie wollte wie gewöhnlich in ihre Werkstatt gehen. Alles würde wie gewöhnlich verlaufen. Sie würde Dr. Fenwick von dort aus anrufen. Wenn sie Glück hätte, würde man sie zu Jennifer durchstellen. Sie würde von ihrer Arbeit aus anrufen, nicht von zu Hause, weil Joe sonst mithören könnte. Das wollte sie nicht. Über eins war sie sich im klaren: Joe durfte nicht beunruhigt werden.

Am Ende des Vormittags war ihr noch nicht bewußt, wie besorgt sie wirklich war. Jennifer war wie immer beruhigend gewesen. Ihr Abstrich habe lediglich auf gewisse Gewebeveränderungen hingewiesen, so daß eine weitere Untersuchung angeraten sei. Es sei doch besser, sagte Jennifer honigsüß, jegliche Zweifel auszuräumen. Bis zu dem Moment, in dem sie »Zweifel« sagte, hatte Harriet keine gehabt, jedenfalls geglaubt, keine zu haben. Ein plötzliches Gefühl der Verunsicherung, ja, aber »Zweifel«? Jennifer sagte, wenn sie auf ihrem Heimweg bei der Praxis vorbeikomme, würde sie einen Brief für sie vorbereitet haben, einen Brief von Dr. Fenwick an das Krankenhaus, und wenn sie ihn dort hinbrächte, würde man ihr einen Termin für eine kolposkopische Untersuchung geben. Bei einer Kolposkopie werde einfach nur ein Gerät benutzt, mit dem man den Gebärmutterhals von nahem betrachten und, falls erforderlich, eine Probe entnehmen könne. Die Untersuchung sei schmerzlos, nur ein wenig unangenehm. Harriet legte den Hörer auf und dachte, wie oft Jennifer das Wort »nur« verwendet hatte.

Joe brauchte nichts hiervon zu erfahren. Das galt auch für Sam. Sie konnte allein damit fertig werden, wollte es auch lieber. Manche Frauen nutzten derartige Situationen aus. Sie hatte beobachtet, wie sie daraus ein Riesendrama machten, soviel Sympathie einheimsten wie nur irgend möglich. Damit wollten sie nur ihren Wert testen, und das hatte sie nicht nötig. Sie wußte, was sie wert war, besonders für Joe. Sie wußte, wie wichtig es war, daß sie gesund und stark war, um allem gewachsen zu sein. Er brauchte die Gewißheit, daß sie sein Bollwerk war, das von allem und jedem bestürmt werden konnte, ohne daß es – sie – einstürzte. Insbesondere jetzt da der Prozeß bevorstand und seine neugewonnene Zufriedenheit, die allein auf einer so unsicheren Geschichte, wie die Fahrstunden es waren, beruhte, auf die Probe gestellt werden würde. In Joes Leben durfte sie nicht krank sein. Sie würde es nicht dazu kommen lassen, niemals.

Sie erzählte es auch Sam nicht. Beinahe hätte sie es getan, dann wurde ihr jedoch klar, wie wenig er dafür übrig hätte, daß Joe abgeschirmt wurde, er würde nur sagen, sie mache sich lächerlich, würde sich über sie aufregen und sie im Stich lassen. Noch am selben Tag wurde ein Termin für sie vereinbart, so daß keine verdächtigen Umschläge mehr einträfen, nicht daß Sam etwa Verdacht geschöpft hätte, aber das konnte ja noch geschehen. Drei Tage später fuhr sie ins Krankenhaus und dachte natürlich dabei an all die vielen Male, die sie vor einem Jahr dort ein und aus gegangen war. Sie hatte kaum auf ihre Umgebung geachtet, war von ihrem Auto aus nur in die eine Richtung gegangen, wie durch einen unsichtbaren Faden mit Joe verbunden, und hatte kaum die Korridore, die sie entlangschritt, wahrgenommen, die Ecken, um die sie bog, die Türen, durch die sie ging. Alles war verschwommen gewesen, bis sie an seinem Bett saß. Aber jetzt registrierte sie alles, jedes Gesicht, jedes Schild, jeden Wagen, der vorbeirollte. Es schien ein anderes Krankenhaus zu sein, weniger dramatisch, die Atmosphäre eher entspannt als hektisch, eine Klinik, in der sie sich vorstellen konnte, in Tiefschlaf versetzt zu werden.

Es wimmelte nur so von Frauen. Damals, als Joe hier war, hatte sie sich wichtig gefühlt, war auch wie jemand behandelt worden, der vorübergehend von Bedeutung war. Jetzt spürte sie sofort, daß kaum jemand sich für sie interessierte. Sie gab ihr Anmeldeformular ab und setzte sich ins Wartezimmer. Sie hatte ein Buch mitgenommen, ein Taschenbuch, »Wilde Schwäne«, ein gutes, dickes packendes Buch über das Leben von

Frauen in China in diesem Jahrhundert, das sie schon zur Hälfte gelesen hatte, aber sie las nicht ein Wort. Sie nahm es nicht einmal aus ihrer Tasche. Auf dem Tisch in der Mitte lag ein Haufen Zeitschriften, und sie nahm sich drei davon. Zeitschriften flüchtig durchzublättern paßte eher zu einer solchen Warterei. Sie blätterte und blätterte und wunderte sich, daß so wenige andere dies taten. Die meisten Frauen saßen nur da, starrten vor sich hin, seufzten, schauten auf die Uhr. Einige hielten ihre Augen geschlossen. Nur eine strickte, was große Aufmerksamkeit erregte. Harriet schämte sich, als ihr Name bereits nach zehn Minuten aufgerufen wurde. Sie schritt an einer Reihe vorwurfsvoller Blicke vorüber und hörte, wie eine Frau zur Anmeldung ging und sich beschwerte, worauf ihr gesagt wurde, sie sei bei einem anderen Arzt, und der habe sich heute zufällig verspätet.

Sie wurde, wie ein Pferd vor einem Rennen in eine Box, in eine Kabine gewiesen, die so eng war, daß man kaum die Kleider ablegen und einen Morgenmantel anziehen konnte. Jemand klopfte auf der anderen Seite energisch an die Tür, die aus der Box herausführte, und rief: »Fertig, Mrs. Kennedy?«, und sie ging hinaus. Da stand eine hohe Liege mit einer dicken weißen Papierauflage. Gehorsam kletterte sie hinauf. Der Arzt kam eilig um die Ecke, nickte und las im Stehen ein paar Notizen. Er erklärte, was gemacht werden würde, und ließ die Liege, auf der sie lag, höher stellen. Sie schloß die Augen, als das Instrument in ihre Vagina glitt, und begann sogleich, an Joe zu denken. Es war nicht logisch. Joe waren keine Instrumente in irgendeinen Körperteil eingeführt worden. Es hatte etwas mit ihrer demütigenden Position zu tun, dem Gefühl, wehrlos und gefangen, anderen ausgeliefert zu sein. Es stimmte, Schmerz empfand sie nicht, nichts als ein Brennen, ein leichtes Schaben, und Joe hatte Schmerzen gehabt. Ihr wurde keine Gewalt angetan, aber sie dachte an ihn in jener Nacht und wußte, sie war endlich dem ein wenig nähergekommen, was er durchgemacht hatte. Sie konnte sich nicht bewegen, mit ihr geschah etwas, und sie konnte sich nicht bewegen, es war erniedrigend, allen Blicken so ausgesetzt zu sein. Sie begriff, warum Joe die überfreundlichen Ärzte, die ihn behandelten, gehaßt hatte. Sie waren bei aller Freundlichkeit so distanziert, so unnahbar. Joe war ein Objekt gewesen, sie war ein Objekt. Wie konnte es auch anders sein? Es war ja bloß ihr Körper. Nicht sie. Der Körper bestand aus Fleisch und Blut und Knochen, etwas Erbärmliches, verglichen mit dem Geist. Sie könnte erhaben sein über das, was ihrem Körper angetan wurde, zweifellos, buchstäblich über diese Liege, auf der sie lag, erhaben sein und mit aller Distanz auf die kleine Szene hinunterblicken. Er sorge sich nicht um seinen Körper, hatte Joe gesagt. *Damals* schon, während es geschah, während es weh tat und der Schmerz durch ihn hindurchgellte, aber nicht jetzt, nicht, nachdem alles vorüber war. Es waren seine Gedanken, das, was er nicht vergessen konnte, die Angst. Solche Angst erfahren zu haben, dachte sie. Von solcher Angst geschwächt zu sein. Ihre eigene Angst vor Krebs war etwas anderes. Wie sie dort lag und untersucht und gestoßen wurde, erkannte sie, daß sie sich ihrer Angst nicht wirklich bewußt war. Bei Joe war das anders. Er war von ihr gepackt, gefesselt worden. Sie hatte ihn überwältigt. Todesangst, Angst, die ganz und gar von ihm Besitz ergriffen hatte und nicht überwunden werden konnte. Er hatte sich ihr ergeben. Sie hatte ihn überschwemmt, war in jede Faser seines Wesens eingedrungen, und das war es, wogegen er bis heute nichts hatte ausrichten können. Er versuchte es, sie konnte sehen, wie sehr er sich bemühte, aber es war, als versuche er, die Flut einzudämmen. Wieder und wieder strömte sie herein, überspülte das normale Leben, das er sich mühsam erkämpft hatte, und obgleich sie immer wieder zurückwich, hinterließ sie ihre Spuren, die drohende Gefahr einer unerbittlichen Wiederkehr. Sie könnte niemals behaupten, eine solche Angst zu kennen, und sollte es lieber auch gar nicht erst versuchen.

»Nun, Mrs. Kennedy«, sagte dieser Arzt mit seiner aufgesetzt heiteren Stimme, »ich hoffe, es war nicht allzu schlimm?«

»Nein«, sagte sie und räusperte sich. Natürlich war es nicht schlimm gewesen. Sie errötete, doch er konnte nicht wissen, daß dies aus Scham darüber geschah, sich unberechtigterweise mit Joes Leiden gleichgesetzt zu haben, wo doch jeder Vergleich absurd und beleidigend war.

»Gut. Hören Sie, ich denke, wir sollten Sie hier aufnehmen und eine Gebärmutterhals-Biopsie vornehmen. Es ist einfach nicht möglich, in Ihrem Fall eine eindeutige Diagnose zu stellen. Wir könnten das ganze Umfeld kauterisieren, aber ich nehme an, es müßte ganz bald wiederholt werden, und in Anbetracht dessen, daß Sie eine Vorgeschichte haben, eine Familienvorgeschichte, denke ich, wir sollten lieber sichergehen, finden Sie nicht auch? Wir werden es so bald wie möglich hinter uns bringen.«

Eine Familienvorgeschichte. Sie hatte irgendwann einmal ein Formular bei Jennifer ausfüllen müssen. Für

Dr. Fenwick. Ihre Mutter war an Gebärmutterhalskrebs gestorben. Das war die Familienvorgeschichte, darauf hatte er angespielt. Er war schon wieder fort, aber eine Krankenschwester erneuerte die Papierauflage für die nächste Patientin. »Muß ich unbedingt stationär aufgenommen werden?« fragte sie. »Kann man es nicht ambulant machen?«

Die Krankenschwester schüttelte den Kopf. »Zwei Nächte mindestens«, sagte sie.

Wie gelähmt zog sich Harriet an. Wie sollte sie Joe zwei Nächte allein lassen, ohne es ihm zu erklären? Und Sam? Sie würde es Sam erzählen müssen. Ohne seine Hilfe würde sie Joe nicht schützen können.

Alan hatte doch eine Nachricht hinterlassen, sie hatte sie nur nicht gesehen. Er hatte sie an einen unsinnigen Ort gelegt, worüber sie sich nicht beruhigen konnte. Wieder und wieder sagte sie zu ihm, warum er dieses leichte Stück Papier einfach so auf den Tisch gelegt habe, ob ihm denn nicht klar gewesen sei, daß es, sobald die Tür aufginge, davonfliegen würde? Warum er es nicht an die Blumenvase gelehnt, warum er es nicht beschwert habe, warum er seine Nachricht nicht in Druckbuchstaben auf ein großes Blatt Papier geschrieben, warum nicht den Notizblock neben dem Telefon benutzt habe? ... Und Alan hatte ebenso ärgerlich mit ähnlichen Vorwürfen gekontert, warum sie nicht gesagt habe, wohin sie gehe, warum sie nicht zurück gewesen sei, um ihm seinen Tee zu machen, warum sie nicht angerufen habe, denn wenn sie es getan hätte, hätte er ihr Bescheid sagen können, und wenn sie zu Hause gewesen wäre, wie es sich gehörte, hätte sie als erste davon erfahren, und dann hätte all das vermieden werden können. Sie habe wohl, sagte er abschließend, nicht einmal daran gedacht, was er für einen doppelten Schock erleben würde, zum einen die Sorge darüber, was ihr zugestoßen sein mochte, zum anderen der Anruf wegen Leo, all das sei zuviel gewesen.

Das war es in der Tat. Für sie beide. Als sie am nächsten Tag wieder zu Hause waren, verfielen sie in einsilbige Antworten, kaum imstande, nach der Lawine gegenseitiger Beschuldigungen überhaupt miteinander zu reden. Sheila war erschöpft, ausgelaugt. Es war eine passende Beschreibung, dachte sie, wenn sie zu sich selbst sagte, wie ausgelaugt sie sich fühle, als hätte jemand wirklich ihre Venen geöffnet und all das lebenspendende Blut herausfließen lassen, so daß sie nur noch ein Sack loser Knochen in einer zu weiten Haut war. Sie wollte sich nur noch hinlegen und schlafen. Sie stieg langsam die Treppe hinauf, Stufe für Stufe mit schmerzenden Beinen, hielt sich am Geländer fest und zog, so stark sie nur konnte. Sie wünschte sich, sie hätte ihr eigenes Zimmer. Sie wollte nicht das Doppelbett mit Alan teilen, sie wollte allein sein. Es sprach nichts dagegen, wo es doch zwei weitere Schlafzimmer gab – das eine war Leos, das andere stand leer. Seit Jahren hatte niemand mehr in dem leerstehenden geschlafen. Sie hatten erwogen, es Eric James zu überlassen, immer dann, wenn seine Kräfte nachzulassen schienen, doch sie wußten, daß es sich mit diesen steilen, ausgetretenen Treppenstufen nicht für ihn eignete. Wenn es dazu käme, ihren Vater aufnehmen zu müssen, würden sie ihn in das kleine vordere Wohnzimmer einquartieren.

Er müßte die Außentoilette benutzen, wenn er die Stufen nicht gehen könnte. Das leere Zimmer würde leer bleiben, außer sie würden es vermieten, eine weitere oft diskutierte, aber ebenso schnell wieder verworfene Idee. Es gab darin zwei Betten, zwei einzelne Betten mit einem nur geringen Zwischenraum. Sie hatten es viele Jahre nicht tapeziert. Es war schäbig, sauber, aber schäbig, und sie betrat es nur selten, höchstens im Frühling, um die Gardinen abzunehmen und zu waschen.

Leo bewohnte Pats altes Zimmer. Es war selbstverständlich gewesen, ihn dort unterzubringen. Pats Zimmer war anders, ganz anders als das übrige Haus, der einzige Raum, abgesehen von der Küche vielleicht, der erkennen ließ, wie weit das zwanzigste Jahrhundert fortgeschritten war. Was hatte es für einen Aufruhr gegeben, als Pat den Teppich wegnahm und den Fußboden *weiß* strich – weiß! Alan war wütend, sagte, sie sei verrückt, die Dielen seien ruiniert. Sie bestünden aus gutem, festem Kiefernholz, und sie habe sie ruiniert, sie mit weißer Hochglanzfarbe durchtränkt. Warum Pat sie nicht einfach lackiert hätte? Lackiertes Holz sei doch sehr schön, dagegen habe er nichts, und obendrein modern, oder etwa nicht? Lackiertes Holz, oder wie immer man das nannte, was immer man anstellte, um die Böden so aussehen zu lassen. Aber nein, weiße Hochglanzfarbe mußte es sein. Und keine Vorhänge. Selbst Sheila hatte Einspruch erhoben, als die Gardinen und die Gardinenstange abgenommen werden sollten und von einer Jalousie die Rede war. Sie hatte gedacht, es würde sich um eine Jalousie handeln, was aber Pat eines Tages mit nach Hause brachte, war ein schäbiges Ding aus Stroh. Man konnte hindurchsehen, es hielt weder Licht noch neugierige Blicke ab, sie persönlich sah nicht ein, wozu es gut sein sollte. Es ließ sich nicht einmal richtig hochziehen und herunterlassen. Die Schnüre, mit denen man es handhabte, verfingen sich schnell, und fast immer mußte man es mit der Hand aufrollen.

Als sie jetzt die Tür öffnete, stellte sie zum ersten Mal fest, wie wenig Leo das Zimmer seiner Mutter zu seinem eigenen gemacht hatte. Er hatte beinahe dreizehn Jahre lang darin gewohnt, und doch hatte es sich kaum verändert. Nur eine andere Jalousie war da, eine richtige, dunkelblaue. Sie hätte die Vorhangschiene wieder anbringen und Vorhänge aufhängen können, aber irgendwie hatte sie sich nicht über Pats Wünsche hinwegsetzen wollen. Ein Teppich bedeckte den halben Fußboden, aber er war noch immer weiß und ihn sauberzuhalten die reine Hölle. Ansonsten war alles mehr oder weniger gleichgeblieben bis hin zu der exotischen Tagesdecke, die Pat von ihrer ersten Afrikareise mit nach Hause gebracht hatte, ein prächtiges, scharlachrotes schwarzweißes Ding, unmöglich zu waschen und zu empfindlich für die Reinigung. Zweimal im Jahr trug sie sie in den Hof, schüttelte sie aus, hängte sie auf die Leine und ließ sie in der Sonne auslüften. Das war alles, was sie tun konnte, doch nie hatte sie auch nur im entferntesten daran gedacht, sie loszuwerden, sie gefiel ihr, sie war wunderschön. Über die geschnitzten schwarzen Holzmasken an der Wand gäbe es mehr zu sagen. Sie konnte sie nicht ausstehen. Sie hatte sie nach Pats Tod abgenommen und ganz hinten in den Schrank gesteckt, und da waren sie geblieben, bis Leo sie fand, als er ungefähr zehn war, und darauf bestand, sie wieder an die Wand zu hängen.

Pats Landkarten waren noch immer da. Eine riesige

Weltkarte bedeckte eine ganze Wand. Fähnchen steckten an Orten, wo sie gewesen war, kleine Nadeln mit roten Fähnchen dran. An einer anderen Wand hingen einzelne Karten von Afrika, die sie sich von einem Geschäft in London extra hatte schicken lassen. Sheila hatte diese vier Landkarten immer langweilig gefunden. Sie waren nicht farbig wie die Weltkarte. Es gab nicht viel darauf zu sehen, riesige weiße Flächen, andere beige oder hellbraun schraffiert. Sie trat ein und setzte sich auf das Bett, wußte jedoch, sie würde dort nicht bleiben können. Es war zu schmerzlich. Alan würde entsetzt sein, in ihr Allein-sein-Wollen etwas hineinlesen, was sie nicht beabsichtigte, auch wenn es noch so sehr zutraf. Es war zu dumm, daß sie beide noch immer in ihrem Doppelbett schliefen. Warum nur? Aus Gewohnheit. Purer Gewohnheit. Es war gar nicht mehr bequem. Ihr Schlafverhalten war jetzt schon seit Jahren so verschieden. Wenn Alan schlief, schnarchte er, schnarchte sehr laut, und das hielt sie wach. Und wenn er nachts aufstand, störte er sie, so wie sie ihn störte, wenn sie aufstand und umherging, um das ärgerliche Kribbeln und die Krämpfe in ihren Beinen loszuwerden. Sie schmusten nicht mehr, sie brauchten also nicht in einem Doppelbett zu liegen. Manchmal suchte Alans Hand die ihre und drückte sie, oder sein Bein berührte ihres, das war alles an Kontakt seit Leos Verhaftung. Aber es gab keine wirkliche Verbindung. Sie fühlte sich, ehrlich gesagt, alt. Sie las in Zeitschriften ständig Artikel darüber, daß ein erfülltes Sexualleben bis hoch in die Achtzig möglich war, was sie allerdings lächerlich fand. Sie war erst siebzig, beinahe siebzig, aber seit zehn Jahren nicht mehr verliebt gewesen. Vielleicht war ja irgend etwas mit ihr los, aber das konnte sie sich nicht vorstellen. Es kam ihr ganz natürlich vor. Sie hatte all das gehabt, und nun war es vorbei. Ob das auch für Alan galt, da war sie sich nicht so sicher. Er wußte und sie wußte, daß sie schon immer leidenschaftlicher gewesen war als er, was sie für sich behalten, was keiner von ihnen je offen ausgesprochen hatte. Und jetzt war sie einfach der Ansicht, Sex sei etwas für andere. Bald auch für Leo. Etwas für die Jungen, deren Körper nicht welk waren, was sie ihnen keineswegs mißgönnte. Aber es wäre eine Erleichterung, ihr eigenes Bett zu haben, wenn es nur nicht so schwierig wäre, hier in Leos Zimmer, in Pats Zimmer, zu schlafen, wo es doch schon genug Schwierigkeiten gab. Ein Königreich für ein ruhiges Leben. So verließ sie das Zimmer, ging in ihr eigenes und legte sich statt dessen dort hin, oben auf die Decke, auf die rosa Zierdecke mit dem Frottierplüschmuster, die sie einst so freundlich und modern gefunden hatte. Sie ließ sich vor allem gut waschen. Man steckte sie einfach in die Waschmaschine, und jedesmal sah sie wieder wie neu aus.

Unten im Hof konnte sie Alan hören, wie er den Blumenkasten goß. Dann würde er ihn in Ordnung bringen, die alten Geranienblüten herauszupfen, hier und dort mit seiner kleinen Schere etwas zurechtstutzen. Früher war es schade gewesen, daß Alan keinen Garten hatte, um sich zu beschäftigen, aber heute war es gut so. Er wäre nie damit zu Rande gekommen. Er war nicht wie Eric James, nicht annähernd so kräftig, und jetzt wo er älter wurde, wirkte er manchmal richtig zerbrechlich. Ein Blumenkasten, zwei Blumenkästen, hinten und vorn, und ein Hängekorb, das war genug. Falls das Telefon klingelte, würde Alan freundlich und gewandt den Anruf entgegennehmen, aber sie hoffte, es würde nicht klingeln. Sie wollte nicht gestört werden. Heute würden sie ihn ohnehin nicht finden, das wäre sehr unwahrscheinlich, und das war der einzige Anruf, der sie interessierte. Es kam ihr absurd vor, ja pervers, daß sie zu glauben schienen, es würde Leo zu irgendeinem Zeitpunkt nach Hause ziehen – warum nur, wo er doch gesagt hatte, er wolle, wenn er entlassen würde, keinesfalls nach Hause? Falls Leo anriefe, sollten sie versuchen, ihn in ein Gespräch zu verwickeln, um herauszufinden, wo er sich gerade aufhielt. Demnach rechneten sie damit, daß Leo anrufen würde. Sie keineswegs. Er wollte nichts von ihnen wissen, das spürte sie. Dieses Weglaufen hatte damit zu tun, damit, nur ja keine Erklärungen abgeben, sie zufriedenstellen zu müssen. Sollte es ihm gelingen, sollte er unbeschadet davonkommen, würde er vermutlich irgendwann einmal schreiben, in Jahren, wenn er in geregelten Verhältnissen lebte.

Sie könnte dann natürlich tot sein. Sein Urgroßvater ganz gewiß, aber das wäre vielleicht nicht das Schlechteste. Eric James würde jegliche Rückkehr des verlorenen Sohnes nur erschweren. Doch sie und Alan wären dann womöglich auch tot. Sie war fast siebzig, und ihre Mutter war mit siebzig gestorben, obgleich sie nicht überzeugt war, daß damit etwas über ihre eigene Lebenserwartung gesagt war, denn sie schlug eher nach ihrem Vater, nicht so sehr nach ihrer Mutter. Alan war einundsiebzig, und seine beiden Eltern waren nicht so alt geworden, demnach war seine Uhr vielleicht schon abgelaufen. Sie beide lebten möglicherweise schon nicht mehr, wenn Leo auftauchte, falls er auftauchen sollte. Oder Alan könnte tot sein und sie noch am Leben. Leo könnte nach Hause kommen und sie allein vorfinden. Was würde dann geschehen? Würde bei all dem, was hinter ihnen lag, was geschehen war, eine Versöhnung möglich sein? Eine wirkliche Versöhnung? Einschließlich dessen, daß ihr endlich genau erzählt würde, was in jener schrecklichen Nacht vorgefallen war?

Starben Mütter wirklich, ohne zu wissen, was aus ihren Söhnen geworden war? In dem Wissen, daß sie irgendwo dort draußen in der Welt waren, aber nicht wissend, wo oder wie sie lebten und mit wem? Grauen beschlich sie, ihr ganzer Körper wurde kalt, und dann stellte sie erschrocken fest, daß ihr Tränen die Wangen hinunterrannen. Sie hob ihre Hand, befühlte sie und leckte ungläubig ihre Finger. Zu weinen, jetzt ...

Kommissar Graham war wütend. Er war nicht dafür verantwortlich, daß Leo Jackson ausgebrochen war, es warf keinerlei schlechtes Licht auf ihn, wie sollte es auch? Aber er war wütend, denn wenn man den Jungen nicht fände, könnte er selbstverständlich nicht vor Gericht bei Gary Robinsons Prozeß erscheinen. Und Graham hatte sich so viel von dieser Konfrontation versprochen. Er war überzeugt, Leo würde zusammenbrechen, und das wäre für ihn eine Befriedigung. Er haßte ungeklärte Fälle und, obgleich er im Verlauf seiner Karriere als Polizist gelernt hatte, daß das, was er ungeklärt nannte und bei anderen offen hieß, in den meisten Fällen unvermeidlich war, fiel es ihm schwer, sie zu akzeptieren. Er fand sich nie damit ab, daß dem so war. Eben das machte aus ihm einen guten Polizisten, diese Entschlossenheit, nicht zu ruhen, bis eine Geschichte abgeschlossen war. Anderen war gewöhnlich deswegen an endgültiger Gewißheit gelegen, aus Sorge, sie könnten jemandem Unrecht tun, und wollten sicher sein, daß dem nicht so war. Bei ihm war das anders. Ihm war Gerechtigkeit nicht gleichgültig, ganz und gar nicht, sich jedoch um die absolute Richtigkeit eines jeden Urteils zu sorgen, brachte einen um den Verstand. Man fing die Verbrecher, lieferte alle verfügbaren Beweise, und dann ging es einen nichts mehr an, dann war es die Sache der Anwälte, der Friedensrichter, der Richter und der Geschworenen. Leo Jackson war für schuldig befunden und ohne den leisesten Zweifel an seiner Komplizenschaft bei dem Überfall auf Joe Kennedy verurteilt worden.

Zweifel tauchten nur darüber auf, wie er in Gary Robinsons Gesellschaft geraten war und was er wirklich getan hatte. Diese Lücke in seinem Wissen quälte ihn, und nur Leo Jackson konnte sie füllen. Um so unerträglicher war das Verhalten des Jungen. Für einen so jungen Täter, insbesondere einen, der zum ersten Mal straffällig geworden war, verhielt er sich ungewöhnlich konsequent. Der Junge war nicht aufsässig, er war nicht aggressiv, man könnte ihn sogar nicht einmal mürrisch nennen. Er war einfach nur still und beherrscht. Er machte den Eindruck, ihm sei es gleichgültig, was aus ihm wurde. Er hatte nicht einmal versucht, sich mit dem abgedroschenen Satz »Ich bin unschuldig« herauszureden. Dabei hätte er damit womöglich die Wahrheit gesagt. Und jetzt war Leo Jackson ausgebrochen. Er hatte die Eltern – die Großeltern – persönlich informiert, sobald man es ihm mitgeteilt hatte, auch wenn es nicht zu seinen Pflichten gehörte. Unglücklicherweise hatte er den Vater – den Großvater – am Apparat, unglücklicherweise, weil er lieber die Mutter – die

Großmutter – erwischt hätte. Erwischt war das treffende Wort, denn er hätte möglicherweise allerhand zusätzliche Hinweise erwischt, die er bisher nicht hatte in Erfahrung bringen können, Aufklärung darüber, was wirklich zwischen dem Jungen und seiner Großmutter vor sich ging. Der Großvater war jedoch zu nichts zu gebrauchen. Er wußte nichts, war ein hoffnungsloser Fall. Es war sinnlos gewesen, ihn einfach zu überrumpeln. Die Tatsache, daß er nicht wisse, wo seine Frau sei oder wann sie wieder zurück sein würde, war das einzig Interessante, was er aus ihm hatte herausholen können. Das konnte einen schon argwöhnisch machen, eine Frau wie Mrs. Armstrong, die tagsüber etwa zur gleichen Zeit verschwindet, wie ihr Enkel Reißaus genommen hat. Graham plauderte ein wenig mit Mr. Armstrong, angeblich um ihm von Leo zu erzählen. Er erfuhr, wie besorgt Mr. Armstrong seiner Frau wegen war, der es gar nicht gutgehe, seitdem Leo verhaftet wurde. Sie könne es einfach nicht akzeptieren, auch wenn Leo gestanden habe. Und es gehe mit ihr immer weiter bergab, sagte Mr. Armstrong.

Kommissar Graham bewies sein ganzes Mitgefühl.

Eric James war mißmutig, und als er zum hundertsten Mal fragte, was zum Teufel *los sei,* wollte Sheila ihn einfach nur zum Schweigen bringen. »Leo ist geflohen«, sagte sie schließlich. »Er ist aus dem Gefängnis ausgebrochen.«

Eric James ließ es sich durch den Kopf gehen. Er machte ein komisches Gesicht, in dem sich übertriebenes Erstaunen und Schadenfreude die Waage hielten.

Endlich grunzte er etwas, was sich wie Lachen anhörte. »Verdammt noch mal«, sagte er, »verdammt noch mal. Und er ist entkommen, eh? Hat's geschafft?«

»Bis jetzt.« Sie deprimierte seine offensichtliche Begeisterung. »Er hat überhaupt kein Geld, hat nur die Gefängniskluft an. Er kann nicht weit kommen.«

»Wer sagt das?«

»Mein gesunder Menschenverstand. Er kann sich kein Stück Brot kaufen oder eine Fahrkarte irgendwohin.«

»Er kann sich was zu essen klauen, kann per Anhalter fahren, natürlich hat er 'ne Chance, 'n cleverer Junge wie unser Leo.«

Bei »unser Leo« horchte sie auf und stellte den Teller hin, den sie gerade abwusch. Er pfiff, schüttelte seinen Kopf, freute sich.

»Es ist nicht clever wegzulaufen«, sagte sie scharf, »oder so ähnlich, hast du immer zu uns gesagt und zu ihm. ›Steh deinen Mann‹, hast du immer gesagt. ›Sei nur ja kein Feigling. Lauf nie vor einem Streit davon.‹«

Er schnaubte verächtlich, schlurfte davon, um sein restliches Geschirr auf den Tisch zu stellen. »Streit«, sagte er und warf sein Besteck in das Seifenwasser, was sie irritierte, »Streit ist etwas anderes. Dies ist kein Weglaufen, verdammt noch mal, dies ist Entkommen, wie im Krieg. Du kannst nicht kämpfen, wenn du in einem Lager bist, ist doch logisch. Entkommen ist der einzige Weg. Über den Zaun und weg.« Er pfiff von neuem, griff nach seiner Teetasse, aber Sheila war schneller als er und schnappte sie sich vom Tisch. »Bejuble es ja nicht«, sagte sie, »er wird noch tiefer drinstecken als je zuvor.«

»Wenn er gefaßt wird.«

»Natürlich wird er gefaßt, hab ich dir doch gesagt.

Dann wird er noch länger sitzen müssen. Und was hat er dann damit erreicht?«

»Wenn er gefaßt wird«, wiederholte Eric James und machte ein überlegenes Gesicht.

Seither rief er sie tagtäglich an, ob sie ihn nicht besuchen wolle, um herauszufinden, ob man »irgend etwas« gehört habe. Sie war so ärgerlich auf ihn, daß sie vorgab, nicht zu wissen, was er meine, und zwang ihn so, seine Frage direkt zu stellen. Wenn sie ihm mitteilen mußte, nein, sie habe keine Nachricht, daß er gefunden sei, sagte er voller Bewunderung: »Braver Junge« – »Braver Junge, ist ihnen durch die Finger gerutscht, eh?« – , und wenn sie mit ihm zusammen war, fand er größtes Vergnügen daran zu staunen, wie gut Leo sich durchschlug. »Kein Geld, eh?« sagte er. »Keinen Pfennig bei sich, und jetzt sind's schon drei Tage, erstaunlich. Möchte nur wissen, wie er das schafft. Möchte wissen, ob er sich an das erinnert, was ich ihm beigebracht habe.«

»Du ihm *beigebracht*? Und was soll das gewesen sein?«

»Oh, dies und jenes, dies und jenes, Mittel und Wege.«

»Red kein dummes Zeug.«

»Dummes Zeug? Dummes Zeug oder nicht, er macht es großartig.«

»Das weißt du doch gar nicht. Du weißt nicht, ob er nicht mit einem gebrochenen Bein in irgendeinem Graben liegt.« Sie machte viel Lärm beim Ausleeren der Abwaschschüssel, um das Zittern in ihrer Stimme zu übertönen. Aber er hatte es bemerkt.

»Er wird schon nicht in irgendeinem Graben liegen, mach dir keine Sorgen, Mädchen, dann hätten sie ihn gefunden. Hast du nicht selbst gesagt, Suchtrupps würden die Gegend im Umkreis von achtzig Kilometern durchkämmen? Bestimmt hätte ihn irgendein Bauer gefunden. Nein, er liegt in keinem Graben. Er sitzt irgendwo warm und gemütlich und wartet den rechten Augenblick ab, wie sein alter Großvater es ihm beigebracht hat.«

»Ich wünschte, sein alter Großvater hätte ihm beigebracht, ein guter Mensch zu sein«, murmelte sie, »dann wäre er nicht in diesen Schlamassel geraten.«

Eine Woche nach dem Ausbruch war Eric James überglücklich. Zu Sheilas größtem Ärger. Sie konnte der Versuchung nicht widerstehen, ihrem Vater zu sagen, was er für ein Heuchler sei. »Ich dachte, du wolltest, daß er für immer eingesperrt bleibt? Ich dachte, du wolltest nichts mehr von ihm wissen?« forderte sie ihn heraus. »Jetzt tust du auf einmal, als hätte er eine Medaille gewonnen, als seist du stolz auf ihn. Hast wohl auf einmal *deine* Meinung geändert.«

Eric James war kein bißchen verärgert. »Er hat seine Zeit abgesessen«, sagte er selbstzufrieden.

»Nein, hat er nicht, er hat alles andere als seine Zeit abgesessen, ist jetzt auch noch ein Feigling geworden«, gab sie ärgerlich zurück. »Du solltest dich um so mehr seinetwegen schämen.«

Ihr Vater pfiff nur und beachtete sie nicht. All die Monate hatte er Leo verleugnet, und jetzt plötzlich schien er ihn wie aus heiterem Himmel als Helden zu feiern. Es machte sie ganz krank.

»Dazu braucht man Mut«, sagte er immer wieder, »zum Entkommen braucht man ganz schön viel Mut.«

»*Was?*« schrie sie. »Was? Mut? Was soll das heißen? Ist es vielleicht mutig, einen armen Jungen halb totzuschlagen, eh?«

»Na, hör mal«, warnte er sie, »hör mal! Kein Mensch weiß, was passiert ist. Er schweigt sich darüber aus. Vielleicht hat er ja seine Gründe.«

»*Du* hast sie damals nicht hören wollen, das hab ich sehr wohl bemerkt. Hast ihn im Handumdrehen verleugnet.«

»Ich hab meine Meinung für mich behalten.«

»Du hast was getan? Das hast du *nicht* getan, du hast niemals aufgehört, ihn zu verfluchen ...«

»Ich hab ihn nie verflucht.«

»Das hast du.«

»Hab ich nicht.«

So verliefen ihre Kräche, die dann mit kindischen Beschimpfungen endeten. Sie geriet in Rage, ihn ließ es kalt. Er scherte sich einfach nicht darum, was er früher gesagt hatte – es war vergessen, er war plötzlich Leos Verfechter, der unentwegt darüber spekulierte, wo er jetzt wohl sein mochte. Er vermutete Leo an Bord eines Schiffes, als blinder Passagier, und das voller romantischer Vorstellungen, die Sheila abstoßend fand. Doch die Polizei neigte auch zu der Ansicht, Leo habe vorerst irgendwo einen sicheren Ort gefunden, wenn auch nicht unbedingt auf einem Schiff. Sie sagten, er müsse auf irgendeine Weise etwas zu essen und neue Kleider bekommen haben, sonst wäre er inzwischen zusammengebrochen und aufgelesen worden. Wahrscheinlich, dachten sie, sei er in eine große Stadt, vielleicht Liverpool, vielleicht sogar London, gegangen, und es würde lange dauern, bis man ihn fände.

Das Leben mußte wieder in normalen Bahnen verlaufen. Carole, die anrief und sich mit ihr verabreden wollte, sagte rundheraus, Leos Flucht könne ein verkappter Segen sein. Sheila hörte ihr zu und fragte höflich, was sie denn damit meine. Carole sagte, es sei deshalb ein Segen, weil sie, Sheila, sich »aus der Schlinge ziehen« könne. Sie sagte, Leo brauche sie nicht mehr, er wolle nichts mehr mit ihr zu tun haben. Für Carole waren die Dinge offenbar sonnenklar. Leo hätte sich befreit, dem müsse sie jetzt ins Auge sehen und ein neues Leben beginnen.

»Welche Art Leben sollte das wohl sein?« fragte Sheila.

# Dreizehntes Kapitel

Sei nicht so dumm«, sagte Sam viel grimmiger als beabsichtigt. »Harriet«, fing er wieder an, dann hielt er inne. Sie gingen spazieren. Sie hatte es ihm erzählt, während sie eilig den Pfad am See entlangliefen, und natürlich angenommen, er könne ihr Gesicht nicht richtig erkennen, ihr nicht in die Augen sehen, es sei denn, er stellte sich ihr in den Weg und hielte sie auf. Ein typischer Trick von Harriet. Immer wenn sie ihm etwas Wichtiges zu erzählen hatte, tat sie das am liebsten draußen, wenn sie an der frischen Luft in Bewegung waren, und nie, wenn sie ruhig im Wohnzimmer saßen, dessen Rahmen und Atmosphäre sich für eine vernünftige Diskussion gewiß besser eigneten. Aber Harriet wollte das nicht, ihr Verhalten hatte nichts mit Vernunft zu tun, und sie wollte keinerlei Diskussion. Wie eh und je hatte sie bereits einen Entschluß gefaßt, bevor sie ihm davon erzählte. Damit sie ihre Meinung änderte, würde er einen mühseligen Kampf führen müssen, und allein der Gedanke daran ermüdete ihn. In dieser Hinsicht konnte sie so anstrengend sein. Ihre Kraft strengte ihn an, auch wenn er sie noch so sehr bewunderte, und das tat er.

Er holte tief Luft, verlangsamte seinen Schritt, und zu seiner Erleichterung wurde auch sie langsamer und ließ zumindest damit ihre Bereitschaft, ihm zuzuhören, erkennen, oder vielleicht war ihr einfach nur klar, daß ihr keine andere Wahl blieb. Er beschloß, zunächst die Logistik ihres Plans anzugreifen, obgleich er damit zugab, ihn überhaupt zur Kenntnis zu nehmen, was er widerwillig tat. »Du kannst es nicht«, sagte er langsam, korrigierte sich dann aber, »*wir* können es doch nicht vor Joe verheimlichen, daß du im Krankenhaus bist. Es ist nicht möglich, selbst wenn es richtig wäre, was es nicht ist.«

»Wir können«, sagte sie ruhig und ließ erkennen, daß sie seine Antwort vorausgesehen hatte, »wir können doch einfach sagen, ich wollte Tante Mary besuchen. Er wird froh sein. Er beschwert sich immer, ich würde ihn wie ein Baby behandeln.«

»Und warum solltest du plötzlich eine alte Dame besuchen, die du seit Ewigkeiten nicht besucht hast? Er würde es nicht begreifen und sofort mißtrauisch werden.«

»Nein, das würde er nicht, und weißt du auch warum? Gerade *weil* ich sie so ewig nicht besucht habe, mein schlechtes Gewissen, das würde ihm einleuchten, er sagt doch immer, daß ich ihm mit meiner Gewissenhaftigkeit auf die Nerven gehe. Er wird nicht mal fragen, wo sie lebt, wette ich, nicht das geringste Interesse zeigen.«

»So. Du gehst also zu Tante Mary für zwei Nächte, und was, wenn du länger bleiben mußt?«

»Werd ich nicht. Das haben sie gesagt.«

»Es kann auch mal was schiefgehen ...«

»Danke vielmals, du machst mir ja richtig Mut.«

»Du zwingst mich dazu. Angenommen, es geht was schief, und du mußt länger bleiben, was dann?«

»Dann bleib ich eben länger bei Tante Mary.«

»Ach so. Ich soll also immer weiter lügen, ja?«

»Wenn nötig.«

»Und wenn man mir auf die Schliche kommt?«

»Wird man nicht …«

»Aber *wenn* – komm schon, überleg doch mal –, *wenn* es passiert, was ich für höchst wahrscheinlich halte, in solch einer kleinen Stadt …«

»Nein. Daran hab ich auch gedacht. Ich werde es im Krankenhaus von Carlisle machen lassen. Ich hab den Facharzt gefragt, er ist auch dort tätig, ihm ist es einerlei, er operiert zweimal die Woche in dieser Klinik. Da kennt mich keiner.«

»O Gott, Harriet.«

Er war so wütend, so wütend und bitter. Sie preschte einfach vor, entwarf diese komplizierten Szenarien, obwohl das gar nicht nötig war. Er wußte, wie verzweifelt sie war hinter all dem Wagemut, all der Selbstbeherrschung, aber sie ließ ihn nicht an sich heran, hielt ihn von sich fern, wehrte sich gegen seinen Trost, auch wenn er noch so inständig danach verlangte, sie zu trösten. Wenn er sie jetzt berührte, sie zu umarmen versuchte, würde sie ihn wegstoßen, sagen, sie könne sein Mitgefühl nicht ertragen, er solle es für sich behalten. Er konnte nur helfen, indem er tat, was sie von ihm erwartete – mit Joe zu Hause blieb, alberne Geschichten über Tante Mary erzählte, sich normal verhielt. Er würde sie nicht einmal besuchen dürfen. Sie wollte ihn zu Hause haben, bei Joe, wollte nicht besucht werden. Sie würde selbst mit dem Auto hin- und herfahren, würde ganz vernünftig sein und warten, bis sie sich wieder gut fühlte, und dann selbst zurückfahren. Doch da hatte er ein Machtwort gesprochen, war hartnäckig geblieben, er würde sie hinfahren und auch abholen, während Joe bei der Bootswerft arbeitete. Er machte ein solches Theater, daß sie schließlich einlenkte, aber er wußte, daß selbst das ein kalkuliertes Zugeständnis war. Dieses Bißchen, diese An- und Abreise, bedeutete ihr nicht viel, da konnte sie getrost gnädig sein.

All dies Gerede über Mittel und Wege, all die Pläne zu Joes Schutz, während das eigentliche Thema tunlichst vermieden wurde. Was um Himmels willen eine Gebärmutterhals-Biopsie sei? Sie hatte seine Frage mit einem Achselzucken abgetan – es sei nichts, ein ganz gewöhnlicher kleiner Eingriff. Aber sie würden ihn ja nicht grundlos vornehmen, vor allem nicht heutzutage, bei all den Einsparungen in Krankenhäusern. Sie würden es tun, weil sie etwas befürchteten. Sein Herz stand beinah still bei dem Gedanken an derartige Befürchtungen. Nicht Harriet, sie war doch so gesund, es war undenkbar. Sie hatte gesagt, die Ärzte hätten ihr erzählt, es gäbe keinen Grund zur Sorge. Also gut. Er wollte sich daran halten, er pflegte keine Brücke zu überqueren, bevor er nicht unmittelbar vor ihr stand. Ganz anders Harriet. Sie hätte sie bereits mehrfach überquert, würde den Blick vom anderen Ufer kennen. Und da war sie nun, tapfer und vernünftig, tapfer für Joe. Diese unangebrachte Selbstlosigkeit beunruhigte ihn. Sie tat Joe nicht gut, das wußte er. Sie gab ihm keine Chance, selbst tapfer zu sein. Schlimmer noch, sie gab ihm keine Chance, *ihr* beizustehen. Hatte sie je darüber nachgedacht? Wie gern Joe möglicherweise die Gelegenheit ergriffen hätte, ihr gegenüber seine Sorge um *sie* unter Beweis zu stellen? Insbesondere bei etwas so Harmlosem, etwas, von dem sie behauptete, es sei so unwesentlich. Es würde ihn nicht in irgendeine unerträgliche Sorge mit hineinziehen. In dem Punkt gab er ihr recht, jede lang andauernde Sorge, jede wirkliche Bedrohung für seine Mutter würden Joe schaden. Aber ein kleiner routinemäßiger Eingriff war ideal, er könnte davon erfahren und hilfreich sein, und alles wäre längst vorbei, bevor er in Panik geraten konnte.

Sie waren inzwischen einen langen Weg gegangen, der See lag weit hinter ihnen. Er machte, als sie den Pfad durch den Wald hinaufgingen, keinen Hehl aus seiner Niedergeschlagenheit. Die Hände in den Taschen, lief er voraus, ohne sich umzudrehen, wie er es früher nie getan hätte. Ihn beschäftigte, wie sehr ihr immer mehr daran gelegen war, sich durchzusetzen, ihre eigenen Wege zu gehen, ihre Gedanken für sich zu behalten. Nicht etwa, daß sie nicht mehr miteinander sprachen, natürlich sprachen sie, sprachen viel zuviel, aber das Sprechen verkomplizierte die Probleme nur noch, anstatt sie wie bisher zu erleichtern. Er konnte ihren seltsam verwickelten Gedankengängen nicht länger folgen, geriet immer wieder in eine Sackgasse, während sie sich wendete und andere Richtungen einschlug. Wie das geschehen konnte, war ihm ein Rätsel, aber es hatte alles mit Joe zu tun, mit dem, was Joe zugestoßen war. Er mußte an Kommissar Graham denken und daran, wie überrascht der Polizist über das Fehlen jeglichen gezielten Hasses, jeglicher freimütig geäußerter Rachegelüste zum Zeitpunkt des Überfalls gewesen war. Aber jetzt empfand er leise Haßgefühle, nicht auf das, was Joe, sondern was ihm und Harriet dadurch angetan worden war. Nicht daß er sich irgendwelchen gewalttätigen Phantasien hingab. Nicht daß er sich vorstellte, wie er Gary Sowieso oder Leo Jackson zusammenschlug. Nicht einmal in seiner Vorstellung konnte er diese brutalen Kerle dazu bringen, einzusehen, was sie angerichtet hatten, denn es gab gar nichts zu sehen. Alles war unsichtbar, unsichtbar die Wunden, der Schmerz, die Verwüstung …

Er stand auf der kleinen Kuppe oberhalb des Waldes und schaute auf den See hinunter, der noch einmal über den Bäumen zum Vorschein gekommen war, eine große, breite zinnfarbene Wasserfläche an diesem trüben Tag. Harriet empfand all diese Schönheit als beruhigend, wohltuend, ihn dagegen stimmte sie traurig, er wußte selbst nicht warum. Traurig, alles Natürliche so schön, alles von Menschenhand Erschaffene so häßlich – so ungefähr. Nur daß er sich gleich darauf widersprach. Nicht alles von Menschenhand Erschaffene war häßlich. Wie konnte er, ein Architekt, so etwas sagen, wenn auch nur zu sich selbst? Gebäude, manche Gebäude lösten in ihm das aus, was Harriet bei Seen und Hügeln empfand. Venedig. Er wäre so gern wieder nach Venedig gefahren. Sie hatte ihn jetzt eingeholt, aber er wollte sich nicht zu ihr umdrehen. Es gab nichts mehr zu sagen. Er würde tun, was sie von ihm erwartete. Sie nach Carlisle fahren. Bei Joe bleiben. Über Tante Mary sprechen. So würde es immer weitergehen.

»Worüber lächelst du?« sagte sie.

»Ach, über nichts Besonderes. Ich sah nur gerade den sechzigjährigen Joe vor mir, wie er von dir, einer Greisin, noch immer beschützt wird.«

»Und das ist so komisch?«

»Nein«, sagte er, »das ist es nicht, wahrhaftig nicht.«

»Gibt's was Neues?« fragte Eric James wie gewöhnlich, und sie sagte wie gewöhnlich »nein«. »Gut«, sagte er, doch bevor er in seine so geliebten Sprüche verfallen konnte, erkundigte sie sich rasch: »Soll ich etwas für dich einkaufen? Ich geh die Straße rauf zum Markt.«

»Ich versteh nicht, warum du da hinwillst, sie haben ihn kaputtgemacht, verdammte Schande, den alten Markt kaputtgemacht ...«

»Dad, ich hab doch nur gefragt, ob ich dir was einkaufen soll.«

»Du kannst mir ein Pfund vom allerbesten Frühstücksspeck holen, sonst nichts. Alles übrige hol ich mir morgen selbst.«

»Aber wenn ich gehe, brauchst du doch nicht mehr.«

»Wo soll ich denn sonst hin mit meiner Zeit?«

Als der Zusammenbruch ihres Vaters noch nicht ernstlich bevorstand, pflegten Carole und sie Wetten abzuschließen. Sie sagte, Eric James würde in seinem geheiligten Garten grabend einen Herzanfall erleiden, und das wär's dann, er würde bis zu seinem Todestag im Garten graben, und die Nachbarn würden ihn über ihre Hecken hinweg beobachten und bewundern und ihren Ehemännern als Beispiel vorhalten. Aber Carole sagte, er würde überfahren werden, wahrscheinlich von einem Bus. Die Art, wie ihr Vater die Straße überquerte, war schon immer selbstherrlich gewesen. Er wartete nie darauf, daß die Ampel für Fußgänger aufleuchtete, wenn er überhaupt Zebrastreifen benutzte, und pflegte mit Vorliebe, wann und wo es ihm gefiel, einfach quer über die Straße zu stürmen. Das mochte ja gehen, als er noch kräftig und beweglich war, aber jetzt war er weder das eine noch das andere, jetzt war er gebeugt und langsam, und mit dem Sehen war es auch nicht mehr weit her. Doch das änderte gar nichts, er betrachtete Autos und Busse nach wie vor als Hindernisse auf seinem Weg, und Carole hatte recht – eines Tages in naher Zukunft würde man ihn überfahren. Wahrscheinlich in der Stadt, wo die Straßen breiter und verstopfter waren. Er würde aus dem Bus taumeln, hinter einem hervor in einen anderen torkeln, und das wär's dann. Oder er würde von einem hinunterstürzen, von einem Bus hinunterstürzen. Er konnte, so wie es jetzt war, kaum mit den Stufen fertig werden. Sheila erinnerte sich noch deutlich daran, wie er vor dreißig Jahren alte Leute dabei beobachtet hatte, wie sie sich in den Bus quälten, und die Meinung äußerte, man solle ihnen nicht erlauben, den Bus zu nehmen, sie seien eine Gefahr für die anderen Leute. Ganz recht.

Es war seltsam, daß er mehr Schinkenspeck wollte, bestimmt war noch genug davon da, sie hatte ihn im Kühlschrank gesehen. Er liebte Speck jedoch über alles, und vielleicht aß er ja momentan doppelt soviel wie sonst, üppige, fette Schinkenspeckfrühstücke. Sein ganzes Leben hatte er Speck und Ei und geröstetes Brot, in Fett geröstetes Brot, gegessen. Voller Cholesterin, und man schaue ihn sich an. Wie sehr hatte Leo die Frühstücke mit Eric James genossen, vor allem, wenn sie glaubte, sie ganz besonders abstoßend zubereitet zu haben mit all dem Fett, dessentwegen sie ihnen immer wieder in den Ohren lag, weil sie aus Leo einen gesunden Esser machen wollte. Ihr Vater hatte sie nur ausgelacht, ungeniert ihre neumodischen Ideen über Diät verächtlich abgetan. Er war böse gewesen, als Leo vorübergehend Vegetarier war, was er für eine verdammte Dummheit hielt, für eine Beleidigung gegenüber seiner lebenslangen Tätigkeit als Schlachter. Er war erst glücklich, als er Leo wieder im Schoß der Fleischesser begrüßen konnte, vor gar nicht so langer Zeit ... Doch sie ertrug es nicht, über Leo und Ernährung nachzudenken, es war zu schmerzlich. Alan und Eric James sagten zwar beide, wie stark Leo sei, wie zäh, er könne lange Zeit von seinen eigenen Kräften zehren, aber in ihrer Vorstellung verhungerte er, in ihren Alpträumen war er abgemagert und bettelte um Brot. Infolgedessen hatte sie keinen Appetit mehr. Jeden Bissen, den sie aß, wollte sie Leo geben, es war das einzige, was sie ihm geben konnte. Etwas zu essen. Das war in den letzten paar Jahren zu ihrer beider Währung geworden. Indem sie seine Lieblingsspeisen kochte, all ihre Sorgfalt auf perfekte Apfelkuchen, perfekte Fleischeintöpfe mit Kartoffeleinlage, perfekte Suppen und Brühen, wie er sie liebte, verschwendete. Und auf Brot, sie hatte wieder angefangen, ihr eigenes Brot zu backen, weil Leo den Geruch so gern mochte, wenn er aus der Schule kam, er hatte immer so getan, als falle er in Ohnmacht, wenn er hereinkam und sie einen runden Laib aus dem Ofen zog ...

Der Einkauf war schnell erledigt. Sie wußte selbst nicht, warum sie überhaupt zum Markt ging, es gab dort auch nichts Besseres als in den Geschäften in ihrer Nähe. Sie war es so gewohnt. Ihre Mutter war immer zum Markt gegangen, zur Butterfrau wegen Eiern, zu einem besonderen Stand wegen selbstgezogener Tomaten. Auf dem Markt herrschte damals lebhaftes Treiben, aber jetzt da mußte sie ihrem Vater recht geben, waren sowohl die Seele als auch der Handel nicht mehr zu finden. Es war deprimierend, dorthin zu gehen, auch wenn nach den Sanierungsarbeiten der Platz so sauber und das neue Gebäude sehr elegant aussah. Sie kaufte seinen Schinkenspeck und ein paar Tomaten für sie selbst und ging dann zum Fischmarkt und holte Solway Shrimps für Alan zum Tee. Er hatte seinen Appetit nicht eingebüßt. Essen war seine größte Freude im Leben. Was machte ihn sonst noch glücklich? Beim Kricket zusehen? Angeln? Nicht mehr so wie früher. Trinken jedenfalls nicht. Alan war nie ein Trinker gewesen. Sein Tee war ihm so wichtig, daß es sie ärgerte. Vielleicht war sie ja eifersüchtig. Sie hatte nichts, was sie so sehr genoß wie Alan seinen verflixten Tee. Nichts. Und du, Alte, fragte sie sich, als sie mit ihrer Einkaufstasche an der Bushaltestelle stand, was ist deine größte Freude im Leben, jetzt wo du siebzig bist? Leo. So einfach war das. Leo, ihre einzige wirkliche Freude, und er war für immer fort. Zuerst Pat, dann Leo. Adieu, Freude …

Sie machte, als sie in den Bus stieg, ein grimmiges Gesicht und ärgerte sich über ihre eigenen verschlungenen Gedankenwege. Sie sah ihre älteste Freundin nicht, die sie seit ihrer Schulzeit kannte, Dora, Dora Sproat, wie sie jetzt hieß. Aber Dora sah sie und setzte sich neben sie, und obgleich Sheila lächelte, zuckte sie zusammen. Das einzige, worüber Dora würde sprechen wollen, war Leo. Sie würde Fragen stellen, Antworten erwarten, und das war unerträglich. Sie mochte Dora eigentlich nicht leiden, zählte sie nur deshalb zu ihren Freundinnen, weil sie sie schon so lange kannte. Sie war auf ihrem Fensterplatz gefangen bis zur Bushaltestelle vor Eric James' Haus und Dora auf Gedeih und Verderb ausgeliefert, das wußte sie. »Na, besuchst du deinen Vater, Sheila?« fragte sie und wartete gar nicht erst auf eine Antwort. »Er ist ein Wunder, ich hab ihn neulich auf der Straße gesehen und zu ihm gesagt: ›Mr. Armstrong, Sie sind ein Wunder.‹ Wie alt ist er jetzt? Neunzig?«

»Beinahe«, murmelte Sheila.

»Erstaunlich, wirklich erstaunlich, wie er auf den Beinen ist, kerngesund und blitzgescheit ...«

Sheila räusperte sich.

»Und deinem Alan, Sheila, wie geht's dem? Ich hab ihn ewig nicht gesehen, geht's ihm gut, eh?«

Sheila sagte, es gehe ihm wirklich gut. Sie fragte nach Doras Mann und ihren vier Kindern und neun Enkeln und hoffte, sie dadurch, daß sie sie ermunterte, ihre so große, so gräßlich liebevolle, harmonische Familie einzeln durchzugehen, so lange zu beschäftigen, bis es Zeit war auszusteigen. Aber es gelang ihr nicht. Mitten in dem Bericht über ihren Enkel, der gerade wegen der rücksichtslosen Raserei eines anderen einen Motorradunfall gehabt hatte, ging Dora in das Verhör über, auf das sie, wie Sheila wußte, nur gewartet hatte. »Und wie«, sagte sie und senkte ihre Stimme, was Sheila ihr besonders übelnahm, »wie geht es *deinem* Enkel?«

Als Sheila den Pfad zu Eric James' Haus hinaufging, fragte sie sich, warum sie so wenig Rückgrat besaß. Warum lag ihr so viel daran, Leuten wie Dora Sproat, Leuten, die ihr ganz gleichgültig waren, warum lag ihr so viel daran, ihnen ja nicht die Wahrheit zu sagen? Warum war die einfache Wahrheit so schwer auszusprechen? Weil sie eben nicht einfach war, darum. Die Wahrheit verlangte einen ausführlichen Kommentar, und sie wollte sich kurz fassen. Deshalb sagte sie: »Gut, gut.« Nicht: »Kümmere dich um deinen eigenen Kram« oder »Ich kann nicht über Leo sprechen« oder »Bitte, frag mich nicht«. Nein, solche Ausflüchte würden Dora nur zu weiteren Fragen ermutigen. Und wenn sie gesagt hätte: »Er ist aus dem Gefängnis ausgebrochen, und niemand weiß, wo er steckt«, hätte das nur eine Flut aufgeregter Spekulationen nach sich gezogen. Demnach war »Gut« die einzig mögliche Antwort, aber schon dieses eine Wort hatte ihr weh getan. Es kam einer Verleugnung, ja sogar einem Verrat gleich. Dora Sproat würde am Ende herausfinden, daß es Leo nicht gutging, Leute wie sie bekamen es immer heraus, dann drehten sie den Spieß um und stürzten sich auf die Lüge ... »›Gut‹, hat sie zu mir gesagt, im Bus, ich hab sie nämlich im Bus getroffen, und weißt du schon, daß er ausgebrochen und die halbe Polizei der Grafschaft seit Wochen hinter ihm her ist, und trotzdem hat sie gesagt, es gehe ihm gut. Ich meine, kannst du dir das vorstellen?«

Sie rief »hallo«, als sie eintrat, doch er war nicht da. Sie nahm den Speck aus ihrer Tasche und legte ihn so auf den Tisch, daß er ihn gleich sehen konnte. Alles sah sauber und ordentlich aus, das mußte sie ihm lassen. Bei näherem Hinsehen, das wußte sie, würde sie natürlich entdecken, daß all das ein oberflächlicher Eindruck war. Die Küche hielt er recht sauber, alles bei der Armee gelernt, nannte er das, doch das Badezimmer war nicht so makellos, und sie konnte auf allen Möbeln in seinem Wohnzimmer ihren Namen in den Staub schreiben. Nicht daß es wichtig gewesen wäre. Wichtig war nur, daß er nicht verwahrloste, sich und das Haus nicht vernachlässigte. Sie fragte sich, ob sie mal kurz in die anderen Räume hineinschauen, von seiner Abwesenheit profitieren sollte, nur um nachzusehen, ob alles in Ordnung war, ob nicht irgendwo etwas leckte, das er nicht bemerkt hatte. Aber damit wollte sie sich jetzt nicht abgeben.

Er kam gerade um die Ecke, als sie zur Straße hinunterging. Wie sie ihn von ferne kommen sah, war sie auf einmal besorgt – er war zu alt, um mit dieser schweren Tasche und auf seinen Stock gestützt allein draußen herumzulaufen. Und er hatte es eilig, es war lächerlich, er versuchte tatsächlich, sich zu beeilen, der Stock bewegte sich in einem beängstigenden Tempo, er schwankte, die Tasche schlug gegen seine wackeligen Beine. Sie blieb stehen. Er sah nicht auf, bis er beinahe vor ihr stand und deutlich erschrak. Er fuhr zusammen und ließ seine Tasche fallen, und als sie sie ihm gereicht hatte, versuchte er seine Überraschung mit schlechter Laune zu überspielen. »Deinetwegen hab ich jetzt die Tasche fallen lassen«, beschwerte er sich, »stehst einfach so da, was machst du an meiner Pforte?«

»Hab nur deine Einkäufe gebracht, das ist alles.«

»Um diese Zeit? Die bringst du doch sonst nicht um diese Zeit. Warum tust du so was, eh, versetzt mir 'n solchen Schock?«

»Einen Schock? Wenn du deine Tochter eine Stunde früher siehst als gewöhnlich? Na ja, tut mir wirklich leid.«

»Das sollte es auch«, sagte er.

Sie ging, ohne auf Wiedersehen zu sagen.

Es war so einfach, wie sie es vorausgesehen hatte. »Ich werde Tante Mary besuchen«, sagte sie zu Joe. »Erinnerst du dich an Tante Mary, eigentlich deine Großtante? Die in Newcastle lebt?«

»Nicht richtig.«

»Sie ist sehr krank, lebt ganz allein, und ich bin seit einer Ewigkeit, seit Jahren, nicht mehr bei ihr gewesen, hab ein schlechtes Gewissen.«

»Du hast ewig ein schlechtes Gewissen, das ist wirklich langweilig.«

Darauf folgten zehn Minuten, in denen über Schuld gestritten wurde, die Art von Streit, die Joe liebte und die sie langweilig fand. Am Ende hatte er vergessen, worum es eigentlich gegangen war.

»Jedenfalls«, sagte sie, »habe ich mich entschlossen, zu fahren und Tante Mary zu besuchen, ich werde also zwei Nächte nicht dasein.« Er sagte kein Wort, schien nicht im geringsten interessiert zu sein. »Dad wird hiersein, ich stelle euch genug zu essen hin ...«

»Um Gottes willen, Mum.«

»Was?«

»Was meinst du damit, du stellst uns genug zu essen hin, das ist albern, als ob ...«, und er brach ab.

»Als ob was?«

»Ach, nichts, nichts.«

Er wollte gar nicht darüber aufgeklärt werden, wer genau Tante Mary sei, wo in Newcastle sie wohne, warum sie gerade jetzt führe, oder an welcher Krankheit sie denn leide. Er fragte nicht, ob sie mit dem Zug oder mit dem Auto fahre. Er stellte überhaupt keine Fragen, und obgleich sie dankbar war, nicht noch mehr Lügen auftischen zu müssen, machte es sie auch irgendwie traurig. Sie wünschte sich, daß er sich Sorgen machte, daß er betroffen war, wenn schon nicht ihretwegen, so doch wegen Tante Mary. Nicht diese Verständnislosigkeit, die ewige Selbstbespiegelung. Das liegt nur an seinem Alter, nur daran, sagte sie sich. An seinem Alter.

Sam fuhr sie nach Carlisle, wie er es sich nicht hatte ausreden lassen. Ganz unnötigerweise. Es fiel ihr schwer, das Haus zu verlassen, die Tür hinter sich zuzuziehen, und auf einmal dachte sie an Krankenhäuser und Stationen und daran, wie schrecklich die ganze Erfahrung sein würde. Dazu noch die Angst und das »Was, wenn«. Sam hatte recht, es könnte alles so leicht schiefgehen, ihre Pläne scheitern, und er würde mit dem Ergebnis fertig werden müssen. Sie war nicht fair zu ihm gewesen, hatte seinen Standpunkt nie ernsthaft in Betracht gezogen. Vielleicht schützte sie ja sich selbst, nicht Joe, und fügte ihm dabei auch noch Schaden zu. Sie übertrieb alles, hatte es immer getan, ihre Phantasie überschlug sich und führte dahin, daß sie denen, die sie liebte, Gefühle unterstellte, die sie vielleicht nie empfunden hatten. Und Sam war jedesmal, wenn sie mit ihm darüber sprach, eigenartig gewesen. Distanziert. So ganz anders als sonst. Er schien in letzter Zeit verschlossen, beherrscht, eher so, wie sie es von sich selbst kannte.

Sie fuhren schweigend die M6 hinauf. Es herrschte viel Verkehr, große Lastwagen fuhren scheppernd auf der Innenspur. Sie versuchte, sich auf die Landschaft zu konzentrieren, auf die Berge zur Linken und die fast greifbar nahen weichen Buckel der Hügel zur Rechten. Sie hätte Sam am liebsten gebeten anzuhalten, ganz gleich wo, und sie aussteigen zu lassen. Sie würde zu den Hügeln wandern, weiter und weiter, nie in die Nähe des Krankenhauses kommen. Es war erstaunlich, wie gehorsam die Menschen doch waren, hielten ihren Krankenhaustermin ein, setzten sich dem allen aus, gingen freiwillig in diese Gebäude, bewiesen soviel Vertrauen. Glück bedeutete, ein Krankenhaus zu verlassen, dachte sie. Wie glücklich war sie an dem Tag, als Joe nach Hause durfte. Er war so tapfer gewesen, so entschlossen, schnell wieder gesund zu werden und alles zu vergessen. Bei dem Gedanken kamen ihr die Tränen, und sie biß sich wütend auf die Lippe. Unglücklicherweise warf Sam ihr gerade in diesem Moment einen kurzen Blick zu. »Du weinst doch nicht?« fragte er entsetzt. »Natürlich nicht«, sagte sie grob, »bleib du mit deinen Augen auf der Straße.«

Sie machte ein solches Theater, daß er schließlich nachgeben und sie am Eingang des Krankenhauses verlassen mußte. Sie sagte, sie werde ihn anrufen, ihm mitteilen, auf welcher Station sie liege, versprach es hoch und heilig. Sie gaben sich einen Kuß, einen »Ich-muß-schnell-ins-Büro«-Kuß. Sie sah sich nicht um, verließ sich darauf, daß er zu seinem Auto gegangen war. Am Empfang standen sie Schlange. Sie stellte sich an, rückte langsam vor mit den übrigen, Zentimeter um Zentimeter, so wie jeder einzelne abgefertigt wurde. Die Frauen, die sich mit den Terminkarten befaßten, waren forsch. Nicht unhöflich, nur einfach forsch. Man nannte ihr die Station, und sie stand und studierte den Lageplan des Krankenhauses, um herauszufinden, wie sie dorthin kam. Vielleicht hätte sie doch in das ihr vertraute Krankenhaus gehen sollen. Dieses war so anonym, dabei war es ihr ja gerade um Anonymität gegangen. Sie folgte dem Grundriß, ging Korridore entlang und Treppen hinauf, verzichtete auf Lifte, weil sie dachte, dies würde vorerst die letzte körperliche Übung sein. Sie verabscheute es, an Leuten im Rollstuhl vorbeizugehen, an Leuten, die auf einer Bahre gefahren wurden. Es war so schrecklich zu sehen, wie krank andere sein konnten. Sie dachte an Ginny, an diese ewige Fahrerei mit Laura zu den verschiedensten Kliniken. Sie hatte Glück gehabt. Nur dies eine Mal, mit Joe.

Zu ihrer Erleichterung war die Station hell. Nicht

eine dieser riesigen Florence-Nightingale-Szenarien. Nur sechs Betten. Alle leer, was sie verwirrte. Platzten die Krankenhäuser denn nicht aus allen Nähten? Gab es denn nicht endlose Wartelisten? »Suchen Sie sich Ihr Bett aus«, sagte eine Schwester. Es war wie am ersten Schultag, wenn man in den Schlafsaal kommt und als erste die Wahl hat ... Sie entschied sich für das Bett, das am weitesten von der Tür entfernt und direkt am Fenster stand. Man hatte ihr gesagt, sie solle sich ausziehen, die Kleider in den Schrank tun und ins Bett legen. Irgend jemand hätte sie scheinbar begleiten sollen und die Kleider mitnehmen, im Schrank sollten sie jedenfalls nicht bleiben. Sie fühlte sich gemaßregelt, regte sich dieses eine Mal aber nicht darüber auf, es war nur eine kleine Mißachtung. Als sie im Bett lag, nahm sie ihr Buch und wollte sich gerade hineinvertiefen, als jemand hereinkam, um ihre Temperatur, ein anderer, um ihren Blutdruck zu messen, und ein dritter, um ihr eine lange Liste scheinbar sinnloser Fragen zu stellen. Ein Bett nach dem anderen wurde belegt. Die Frauen begannen, miteinander zu reden. Unglaublich, wie schnell sie ihre Gründe, hier zu sein, freimütig preisgaben. Alle waren sie gynäkologische Fälle, ein eintöniges Register von Abstrichen, Biopsien und Hysterektomien. Jemand fragte sie, warum sie hier sei, und obgleich sie höflich antwortete, hielt sie doch ihr Buch wie ein Schild vor sich. Sie hatte keine Lust, Krankengeschichten auszutauschen. Sie wollte sich mit niemandem anfreunden. Sie wollte sich totstellen, nicht dasein, bis alles vorüber war.

Pflichtbewußt rief sie Sam an und war kurz angebunden, obgleich er gern geplaudert hätte. Sie empfand es zu qualvoll, an zu Hause zu denken, das wollte sie nicht.

Die Nacht war lang. Zuerst galt es, den Abend zu überstehen, schlimm genug bei so vielen Besuchern, die den Raum bevölkerten, und ihr tat der Kopf weh nach dem stundenlangen Lesen bei all dem Lärm, und dann kam die Nacht, und sie wünschte, sie hätte die ihr angebotene Schlaftablette genommen. Sie betete, morgen auf der Operationsliste an erster Stelle zu stehen. Und wie machten sie es? Nahmen sie die kleinen Eingriffe zuletzt vor, oder wollten sie sie schnell hinter sich bringen? Sie kam als letzte an die Reihe. Den ganzen Morgen sah sie zu, wie andere Frauen weggefahren wurden, selbst die Unscheinbarste wirkte in dem weißen Operationshemd und der weißen Kappe bezaubernd schön, wie sie da so still auf der Bahre lag. Es war ganz unerwartet bewegend zu sehen, wie diese Fremden, begleitet von sanft gerauntem »Viel Glück«, fortgebracht wurden. Und wenn sie zurückkehrten, nahm die Dramatik noch zu, der Anblick, wie ihre bewußtlosen Körper aufgehoben wurden, war anrührend, und der gelegentliche Tropf beängstigend. Unweigerlich wurde Harriet in all das mit hineingerissen, wie alle anderen wollte sie unbedingt erfahren, wie es jeder Frau erging.

Als sie an die Reihe kam, war sie erschöpft – glücklicherweise erhielt sie eine Beruhigungsspritze. Sie schloß die Augen und ließ sich treiben und merkte gar nicht, wie sie in den Operationssaal gebracht wurde. Als sie aufwachte, war ihr Hals trocken, und zwischen ihren Beinen war eine Einlage, aber sonst hatte sie das Gefühl, gar nicht operiert worden zu sein. Behutsam griff sie nach einem Glas Wasser und nippte daran. Sie wollte zur Toilette gehen. Eine Schwester kam vorbei, und sie machte sich bei ihr bemerkbar. Die Schwester schien überrascht, sie wach anzutreffen. Sie brachte sie zur Toilette und wartete vor der Tür. Als sie wieder im Bett lag, war Harriet stolz auf sich – sie war zäh, in Rekordzeit wieder auf den Beinen, auf der Einlage war kaum noch Blut gewesen, und sie fühlte sich nicht schlecht. Die Schwester sagte ihr, daß innerlich noch ein Wundschutz angebracht sei, der später entfernt würde. Plötzlich kam ihr der Gedanke, Sam anzurufen.

Das Telefon wurde ihr auf einem Rollwagen gebracht. Sie wählte und dachte, wie froh Sam sein würde. Er war nicht im Büro. Sie hinterließ eine Nachricht, sehr vage, sagte, sie würde später noch einmal anrufen. Dann rief sie, ohne lange nachzudenken und es sich dann anders zu überlegen, zu Hause an. Es war vier Uhr. Joe würde jetzt dasein. Sie wollte nur seine Stimme hören. Als er antwortete, lächelte sie. »Hei«, sagte sie, »ich bin's. Wollte nur sagen, daß alles gut ist. Morgen komme ich nach Hause.« Joe seufzte, es war beinahe ein verzweifelter Seufzer, dachte sie, fast ein Stöhnen. Sie wußte nicht, was sie noch sagen sollte, so sehr wünschte sie, daß er etwas sagte. »Wie geht's Tante Mary?« fragte er schließlich. »Gut«, sagte sie, »viel besser.« Sie wußte, sie durfte nicht fragen, wie es ihm ging. Wie gut, daß er sie, noch immer in ihrem weißen Operationshemd, nicht sehen konnte. Die Münzen nahmen ein Ende. »Also dann«, sagte sie, »ich muß jetzt Schluß machen. Paß gut auf dich auf, bis morgen.«

Zu dumm. Ein sinnloser Anruf. Wirklich zu dumm, sich in eine solche Situation begeben zu haben. Sam würde bald nach Hause kommen. Sie würden essen. Joe würde kochen, vielmehr zusammenstellen, was für ihn bereitstand. Sie fragte sich, wie sie wohl miteinander umgingen, wenn sie nicht da war. Würde sie ihnen fehlen? Würden sie spüren, daß sie nicht da war – es wirklich spüren? Oder schien es ihnen ganz selbstverständlich, wie Kumpel miteinander umzugehen? Vielleicht überschätzte sie ja ihre eigene Bedeutung. Sie würden es sowieso nicht in zwei Tagen herausfinden, die Zeit würde im Nu an ihnen vorübergehen, während ihr jede Stunde, abgesehen von der einen, die sie außerhalb der Station zubrachte, endlos vorkam. Doch jetzt war's vorbei, Mission erfüllt. Sie hatten gesagt, sie käme morgen nach Hause. Sie mußte nur noch Sam anrufen und ihm die Uhrzeit nennen, zu der er sie abholen konnte.

In dieser Nacht schlief sie sehr gut, trotz des Gestöhns der beiden Hysterektomie-Patientinnen.

Sie dachte, sie wäre auf den Anruf, die Nachricht vorbereitet gewesen. Sicherlich verhielt sie sich entsprechend. »Danke«, sagte sie ruhig zu der Person, die angerufen hatte. »Ich bin gleich da, danke, daß Sie mir Bescheid gesagt haben.« Sie hinterließ Alan eine Nachricht, eine deutlich sichtbare, nicht zu verfehlende, offen ausgelegte Nachricht, und machte sich dann auf den Weg zum Krankenhaus. Sie ging zu Fuß. Es war zu umständlich, erst mit einem Bus und dann mit einem zweiten zum Krankenhaus zu fahren. Wenn sie statt dessen Seitenstraßen nahm, war sie schneller dort als mit den beiden Bussen. Sie ging zügig, aber ohne zu hetzen. Sonst würde sie nur außer Atem und in einem Zustand dort ankommen, der niemandem guttäte. Sie hätte, bevor sie das Haus verließ, Carole anrufen sollen, dachte jedoch, besser wäre es, zunächst selbst nachzusehen, wie es um Eric James stand.

Als sie am Krankenhaus angelangt und über den kleinen Hügel den Eingang erreicht hatte, war sie müde. Das ärgerte sie. Sie war immer so gut zu Fuß gewesen, und nun nach einem so kurzen Weg müde zu sein, war lächerlich. Sie nannte ihren Namen am Empfang – wie beschäftigt und gewandt diese Frauen wirkten – und wurde zu der Station gewiesen, auf der ihr Vater lag. Aber sie verlief sich, mußte sich durchfragen und war, als sie schließlich die richtige Station gefunden hatte, nervös. Sie sah sich nach einer Schwester um, bevor sie eintrat. Kreischendes Gelächter drang aus einem Raum, an dessen Tür »Schwesternzimmer« geschrieben stand, aber niemand reagierte auf ihr zaghaftes Klopfen. Sie mußte ihn also allein ausfindig machen. Das konnte doch um Himmels willen nicht so schwierig sein. Die Station wirkte schummrig, obgleich draußen die Sonne schien. Die Jalousien waren heruntergelassen, und es war schwierig, die Gestalten in den Betten auszumachen. Alles alte Leute, stellte sie fest. Alte Leute mit geschlossenen Augen, von Kissen gestützt. Ohne es zu merken, ging sie auf Zehenspitzen. Als eine Stimme sagte: »Suchen Sie jemanden?«, fuhr sie zusammen.

Eric James lag auf einer Nebenstation, kein Wunder, daß sie ihn nicht gefunden hatte. Die Schwester sagte, wenn man sein hohes Alter bedenke, gehe es ihm nicht allzu schlecht. Er habe einen schweren Schock erlitten, seine linke Rippe sei angebrochen und sein rechtes Handgelenk gebrochen, aber er könne sich durchaus verständlich machen. Sheila trat an sein Bett, sie hatte sich vor seinem Anblick gefürchtet, dabei sah er ganz gut aus, gar nicht so mitleiderregend. Das Bettuch war bis ans Kinn hochgezogen, und sein Weiß und das der beiden Kissen unter seinem Kopf unterstrichen sein wettergegerbtes gesundes Aussehen. Eine Gesichtshälfte hatte Schnittwunden, dieselbe Seite wie letztes Mal, lauter kleine Schnitte, und er trug keine Brille.

»Hast ja lange gebraucht«, brummelte er, als sie sich setzte. Sie ging darüber hinweg und begrüßte ihn in der ihm eigenen Weise, nur daß es bei ihr sanfter klang: »Du warst wohl im Krieg.«

»Verdammt idiotischer Bürgersteig«, sagte er. »Man sollte den Stadtrat verklagen, ihm wegen dieser Bürgersteige einen Prozeß anhängen.»

»Dann verklag ihn doch.«

»Ja, darauf kannst du dich verlassen.«

»So, und was ist passiert?«

»Hab ich dir das nicht erzählt? Ich bin über den elenden Bürgersteig gestolpert, ein Skandal, diese Bürgersteige.«

»Wo?«

»Vor dem Zeitungsladen, hab meine Zeitungen bezahlt, komme raus, und peng, bin gestolpert, und jetzt lieg ich hier.«

»Hier liegst du gut.«

»Meine Mutter ist hier gestorben, mein Vater ist hier gestorben, meine Frau ist hier gestorben, und jetzt bin ich hier.«

»Nun, sterben tust du ja wohl nicht, das steht schon mal fest. Die Schwester sagt, du würdest dich großartig halten. In einer Woche bist du wieder draußen.«

»In einer Woche? Red kein dummes Zeug, ich bleib hier doch nicht eine Woche. Das sag ich dir. Erst mal hätten sie mich gar nicht hierherbringen sollen, ich hab ihnen gesagt, ich will nach Hause, aber diese elenden Wichtigtuer mußten gleich die Ambulanz rufen ...«

»Recht hatten sie, du hast ein gebrochenes Handgelenk und eine angebrochene Rippe, es mußte sich um dich gekümmert werden.«

»Na gut, man hat sich um mich gekümmert, und jetzt will ich nach Hause.«

»Dad, red keinen Unsinn, wie willst du das schaffen? Überleg doch mal.«

»Ich schaff das. Hab es immer geschafft. Gib mir meine Kleider.«

»Ich weiß nicht, wo sie sind.«

»Dann sieh nach.«

Damit er sich still verhielt, gab sie vor zu suchen. Sein Gesicht war hochrot, als er versuchte, sie anzuschreien, sie solle gehen und diesen Schwestern sagen, er wolle seine Kleider haben. Sheila ging, flüsterte der erstbesten Schwester zu, ihr Vater verlange seine Kleider. Die Schwester holte die Oberschwester, die Sheila zurückbegleitete.

»Also, Mr. Armstrong«, sagte sie und bemühte sich, streng auszusehen. »Wie ich höre, mögen Sie uns nicht, Sie wollen nach Hause, ist das wahr?«

»Ja«, sagte Eric James grob und starrte sie haßerfüllt an.

»Na, dann los«, sagte die Oberschwester, »mal sehen, wie Sie auf Ihren Beinen stehen, hoch mit Ihnen, und dann hol ich Ihre Kleider.«

Eric James versuchte es. Versuchte es so sehr. Sheila verstand, warum die Oberschwester ihn herausgefordert hatte, aber sie ertrug es nicht, daß man ihn zwang, seine Schwäche einzugestehen.

»Dad«, sagte sie, trat vor und schob ihn zurück auf seine Kissen. »Dad, laß das, ruh dich einfach aus.«

Er seufzte und ließ sich zurücksinken.

»Na also, Mr. Armstrong«, sagte die Oberschwester in

demselben Ton, für den auch Sheila sie jetzt haßte, »geht wohl nicht, oder? Machen Sie's sich jetzt bequem, und übers Nachhausegehen reden wir später.« Dann ging sie.

Sheila saß an seinem Bett, schweigend. Seine eine Hand hing seitlich am Bett herunter, baumelte schwerelos. Sie fragte sich, ob sie sie halten sollte, sie drücken, diese knorrige alte Hand am Ende des besorgniserregend dünnen weißen Arms. Nein. Das konnte sie nicht. Er würde glauben, er würde tatsächlich sterben. »Versuch einfach, dich auszuruhen«, flüsterte sie.

»Wie kann ich mich ausruhen?« stöhnte er. »Ich muß nach Hause.«

»Bei dir zu Hause ist alles gut«, sagte Sheila. »Ich gehe selbst hin und seh zu, daß alles in Ordnung ist.« Das schien ihn nicht zu erleichtern, sondern nur noch mehr aufzuregen. »Das Gas, den Strom, das Wasser, ich überprüfe alles«, sagte sie, »ich werd auch gewissenhaft abschließen.« Sie war sich nicht ganz sicher, welches Wort ihm entschlüpfte, aber es klang wie »Essen«. »Essen?« fragte sie. »Du mußt dir doch keine Sorgen wegen des Essens machen. Ich paß auf, daß nichts verdirbt, und was sich nicht hält, nehme ich mit und verbrauche es, mach dir keine Sorgen.« Er stieß einen tiefen Seufzer aus.

»Ich weiß nicht, was das Beste wäre«, sagte er.

»Du bleibst hier, ruhst dich aus und wirst wieder gesund, das ist das Beste«, sagte sie. »Das ist das Beste, also mach dir keine Sorgen.«

»Ich *mach* mir aber Sorgen.«

»Nicht nötig, es gibt nichts, worüber du besorgt sein müßtest.«

»Doch, das *gibt's*.« Dann schlug er die Augen weit auf

und sah ihr gerade ins Gesicht. »Du bist seine Mutter, jedenfalls so gut wie«, sagte er, »du würdest ihn doch nicht verpfeifen?« Es war eine Feststellung, eine sehr nachdrücklich vorgebrachte, aber sie fragte sich, ob er nicht ungereimtes Zeug von sich gab.

»Leo?« fragte sie.

»Ja.«

»Was ist mit ihm?«

»Du würdest ihn doch nicht verpfeifen? Du bist seine Mutter, jedenfalls so gut wie, das ist das, was zählt.«

Es fügte sich alles zusammen. Wie lange sie gebraucht hatte. Seine Begeisterung, seine Freude. Der Schinkenspeck. Sie hatte ein komisches Gefühl im Magen, ihr war übel. Sie brauchte eigentlich nicht zu fragen, mußte aber so tun als ob, um ganz sicherzugehen. »Dad«, sagte sie, »willst du damit sagen, du hättest Leo versteckt?«

Er sprach es nicht aus. »Du bist seine Mutter, jedenfalls so gut wie«, sagte er noch einmal.

»Er ist jetzt bei dir zu Hause?« fragte sie.

Er nickte.

»Seit wann? Schon die ganze Zeit?«

Er schüttelte unwillig den Kopf. »Ist doch egal«, sagte er, »ist doch egal, seit wann. Der Junge muß eine Weile untertauchen, außer Gefahr sein, das ist alles, er wird sich früh genug auf den Weg machen. Er hat jedenfalls nichts getan, es war nicht seine Schuld, es war der andere Kerl, alles nur ein Mißverständnis.« Als sie lange Zeit geschwiegen, sich nicht gerührt, wie versteinert dagesessen hatte, ihre Tasche umklammernd, drehte er sich um und sah sie an. »Du bist seine Mutter, jedenfalls so gut wie ...«, begann er aufs neue, und sie schnitt ihm das Wort ab.

»Hör auf damit«, fuhr sie ihn an. »Hör auf! Ich bin seine Großmutter, aber das macht auch keinen Unterschied, ich weiß schon, was du sagen willst. Mein Gott. Versteckst ihn, bist auch noch stolz darauf, ich hätte es wissen müssen. Ein schöner Schlamassel, ein schöner *Schlamassel.*«

»Versprich es«, sagte Eric James, und dann noch einmal mit lauterer Stimme: »Versprich es!«

»Ich verspreche gar nichts«, sagte Sheila, »du hast kein Recht, von mir ein Versprechen zu verlangen. So etwas!«

»Wenn du den Jungen anzeigst«, sagte ihr Vater, »werde ich dir das nie verzeihen, nie, denk dran. Niemals. Du bist seine Mutter, es wäre nicht normal.«

»Ich weiß noch nicht, was ich tun werde«, sagte Sheila beinahe schluchzend. »Ich weiß es einfach nicht.«

»Du wirst nicht vergessen, daß du seine Mam bist, jedenfalls so gut wie.«

»Ich muß ihn sehen.«

»Er will dich nicht sehen. Ich hab gesagt, ich halt's Maul, und das hab ich auch getan, wenn da nur nicht dieser verdammte Bürgersteig gewesen wäre … nur dadurch ist es herausgekommen, weil ich nicht nach Hause kann und er dort ist und sich Gedanken macht. Ich kann ihn nicht dort lassen, er macht sich doch Gedanken …«

»Nein«, sagte sie, »nein, das kannst du nicht.«

Er war jetzt sehr erregt, warf seinen Kopf von einer Seite zur andern, griff mit den Händen in das Bettuch und ließ es wieder los, bis es nicht länger glatt unter seinem Kinn lag, sondern völlig zerknittert war. Sie strich es glatt und gab ihm ein wenig Wasser zu trinken. Er griff mit seiner Rechten nach ihrer Hand. »Komm, versprich es«, sagte er.

Sie hätte den Griff leicht lösen können, aber sie ließ es bleiben und sah ihn unverwandt an. »Für heute nacht«, sagte sie, »bis ich morgen komme, bis ich darüber nachgedacht habe, solange werd ich nichts unternehmen. Aber ich muß gehen und ihm sagen, wo du steckst, nicht wahr? Das muß ich, du hast doch selbst gesagt, er wird sich sonst Gedanken machen, er könnte irgendwas Dummes anstellen, einfach alles stehen- und liegenlassen, weglaufen und wieder auf der Flucht sein.«

»Ja«, murmelte ihr Vater, »das könnte er.«

Sie verließ das Krankenhaus wie im Traum.

# Vierzehntes Kapitel

Sie ist bei eurer Tante Mary«, sagte Joe, »du weißt schon, die alte in Newcastle.«

»Wirklich?« Ginny war verblüfft. »Das hat sie mir gar nicht erzählt. Warum um Himmels willen ist sie zu ihr gefahren?«

»Sie ist wohl krank oder so.«

»Aber, ich meine, warum fährt Harriet plötzlich los, um sie zu besuchen? Sie ist doch nicht verantwortlich für sie. Tante Mary lebt in einem Heim, seit Jahren schon, und erkennt niemanden mehr.«

»Tja, jedenfalls ist sie dorthin gefahren. Morgen ist sie zurück. Dad holt sie vom Bahnhof ab.«

»Du meinst, sie ist nicht mit dem Auto gefahren?«

»Nein.«

»Und warum nicht?«

»Ich weiß nicht.«

»Tante Marys Heim liegt meilenweit entfernt, dazu braucht sie ihren Wagen. Warum ist sie bloß mit dem Zug gefahren? Ich versteh das nicht.«

»Das brauchst du auch nicht«, sagte Joe ziemlich brüsk. »Jedenfalls find ich's gut. Ich kann mit ihrem Auto tüchtig üben. Dad fährt mit mir jeden Abend los, rückwärts einbiegen und so weiter.«

Auto fahren war wahnsinnig aufregend. Er fühlte jedesmal sein Herz schneller schlagen, wenn er sich ans

Steuer setzte, und während er den Rückspiegel einstellte, über seine Schulter sah und es sich bequem machte, sehnte er sich nach dem Augenblick, in dem er den Zündschlüssel drehen und den Motor hören würde. Ein Erlebnis war das, nicht zu überbieten. Er hatte Freude am Schalten, es war wie ein Tanz, ein wunderbares Gefühl, wenn der Steuerknüppel vom ersten in den zweiten Gang glitt, der sanfte Rhythmus des Fußes auf der Kupplung, die Befriedigung darüber, daß der Wagen ihm gehorchte – er fühlte sich stark, glücklich. Es war der einzige Ort, wo er sich wirklich glücklich fühlte. Sein Lehrer sagte, er sei ein Naturtalent, er habe eine gute Koordination und ein feines Gespür für den Motor. Manchmal war er sich seiner Sache zu sicher, fuhr zu schnell an Kreuzungen und an den Kreisverkehr heran und vergaß, vom vierten in den zweiten Gang herunterzuschalten, aber er schaffte es immer. Selbst schwierige Manöver, wie Anfahren am Berg und paralleles Einparken, worüber andere stöhnten, machten ihm Spaß. Die Stunde war ihm nie lang genug, er war enttäuscht, wenn sie zu Ende ging. Er las nur noch die *Straßenverkehrsordnung* und *Ihr Führerschein*, die er überall mit sich herumtrug, wobei er jedes einzelne Straßenschild, jedes Symbol, jede Anweisung auswendig lernte. Er konnte sich nicht vorstellen, wie Leute ihr Leben als bloße Fußgänger verbringen konnten.

Sein Vater teilte seine Begeisterung nicht. »Ein Auto bedeutet eine Gefahr auf Rädern«, sagte Sam belehrend. »Vergiß das nie.« Und: »Egal wie gut du fährst, die anderen sind die Verrückten, du mußt immer auf das Schlimmste gefaßt sein.« Was wollte er damit erreichen? Das bißchen Selbstvertrauen, das sein Sohn sich mühsam erkämpft hatte, zerstören? Joe ärgerte sich, versuchte aber, es sich nicht anmerken zu lassen – er war auf Sam angewiesen, um mit ihm loszufahren. Sie kamen nicht gut miteinander aus. Im Gegensatz zu seinem Lehrer hielt ihn sein Vater nicht für ein Naturtalent, an so etwas glaubte er nicht. Sam saß neben ihm und zuckte jedesmal zusammen, wenn Joe mehr als fünfzig fuhr. Selbst auf dem großen Parkplatz am Ende des Sees fühlte Sam sich nicht wohl. Der Parkplatz war gegen acht Uhr abends so gut wie leer und geradezu ideal, um darauf zwischen markierten Linien das Wenden zu üben, doch Sam sagte nur, er solle langsamer, vorsichtiger fahren, obgleich Joe wußte, daß er das Ganze mit mehr Schwung besser meisterte. »Ich weiß nicht, was am Steuer in dich fährt«, brummte Sam. »Ich hoffe, du wirst nicht eines Tages auch fahren wie ein Henker.«

Er wartete schon darauf, mit dem Auto seiner Mutter losfahren zu können, als sein Vater nach Hause kam.

»Immer mit der Ruhe«, beschwerte sich Sam. »Ich will mich erst umziehen. Hat deine Mutter angerufen?« Das habe sie nicht, sagte Joe. »Dann möchte ich lieber warten. Sie sagte, sie würde ungefähr um diese Uhrzeit anrufen. Und es könnte möglich sein, daß ich dann gleich losfahren muß, um sie abzuholen.«

»Darf ich mitkommen? Es wäre eine gute Übung, nach Carlisle zum Bahnhof zu fahren.«

»Bestimmt nicht, du bist noch längst nicht soweit, und außerdem fahre ich über die Autobahn. Als Learner darf man dort nicht fahren. Bist du sicher, daß sie nicht angerufen hat?«

»Ganz sicher. Nur Ginny.«

»Was wollte sie?«

»Mit Mum sprechen.«

»Oh. Und was hast du ihr erzählt?«

»Was ich ihr erzählt habe?« Joe sah ihn erstaunt an. Das Gesicht seines Vaters war plötzlich voller Sorgenfalten. »Ich hab ihr natürlich gesagt, daß sie bei Tante Mary ist, was sonst?«

Sam nickte und ging sich umziehen. Joe saß, mit dem Autoschlüssel in der Hand, auf dem Stuhl im Flur und wartete ungeduldig. Er konnte seinen Vater duschen hören. Er begann, wie er es bis dahin noch nicht getan hatte, über die Reise seiner Mutter zu dieser Tante Mary nachzudenken. Ihm war bis jetzt nicht aufgefallen, wie seltsam das Ganze war. Im Gegensatz zu Ginny. Ihr war es äußerst seltsam vorgekommen. Und sein Vater hatte ihn gefragt, was er Ginny erzählt hätte – eine merkwürdige Frage. Als Sam herunterkam, sagte er: »Warum rufst du Mum nicht bei Tante Mary an, wenn du unbedingt wissen willst, wann du sie abholen sollst?«

»Das kann ich nicht. Es ist ein Heim.«

»Und?«

»Sie haben eben keine privaten Anschlüsse, nur das Telefon am Empfang. Die wissen nicht Bescheid.«

Joe starrte ihn an. Sein Vater war schon immer ein schlechter Lügner. Jetzt versuchte er, seine Lüge zu vertuschen, indem er es nicht erwarten konnte, mit dem Auto loszufahren. »Komm«, sagte er, »los jetzt. Ich hab Hunger, ich will so bald wie möglich wieder zurück sein.« Doch das Telefon klingelte, als sie die Haustür öffneten. Joe sah, wie sein Vater hinstürzte, den Hörer abnahm und mit ängstlicher Stimme sagte: »Harriet?« Er schien lange zuzuhören, ohne selbst ein Wort von sich zu geben. Dann sah er besorgt aus. »Ich verstehe«, sagte er schließlich, und: »In Ordnung, okay, aber ruf an, sobald du Bescheid weißt, versprochen?«

Das Autofahren machte diesmal weniger Spaß als sonst. Sein Vater war in Gedanken, ihm schien kaum aufzufallen, daß er in einer geschlossenen Ortschaft achtzig fuhr, und als sie auf dem Parkplatz am See ankamen, sagte er jedesmal eine Spur zu schnell »Bravo«, wenn Joe das Auto zwischen den dort ausgelegten Steinen wendete. Irgend etwas stimmte nicht. Auf dem Rückweg sagte Joe: »Was meintest du damit, Mum soll anrufen, sobald sie Bescheid weiß? Sobald sie worüber Bescheid weiß?«

»Oh, wie es Tante Mary geht. Sie ist schwer krank.«

»Mum bleibt also noch eine Nacht?«

»Möglich. Paß auf diese Kurve auf, sie geht bergauf, man sieht nicht, wer einem entgegenkommt.«

»Wo übernachtet sie?«

»Was?«

»Wo schläft Mum?«

Sam schien völlig aus dem Konzept gebracht. »Oh, die haben dort bestimmt ein Besuchszimmer«, sagte er hastig. »Bleib mit beiden Händen am Steuer, gib nicht so an.«

Joe wartete, bis sie zu Hause waren und vor dem Fernseher Lasagne aßen. Sein Dad hatte keinen Appetit, das sah man. Eigentlich wollte er nicht herausfinden, was los war. Er wollte lieber nichts wissen, das war sicherer, einfacher. Er wollte nichts Unangenehmes erfahren. Das könnte er nicht verkraften. Schlimmer noch – er hatte einfach keine Lust, sich deswegen den Kopf zu zerbrechen, es würde zu viele Probleme geben. Vor allem, wenn es mit seiner Mutter zusammenhing. Was auch immer los war, sie wollte, daß er annahm, sie würde ihre Tante Mary besuchen, und sein Vater hatte mitgespielt, und er hatte nichts dagegen. Wenn er seinen Vater bedrängen würde, könnte er vermutlich die Wahrheit herausfinden. Bestimmt sogar, früher oder später. Er könnte ihn mit Fragen quälen, und sein Vater würde es nicht aushalten, ihm alles erzählen und dann das Versprechen abnehmen, seiner Mutter ja nichts davon zu sagen. Der bloße Gedanke daran langweilte ihn. Wo ihn doch das Autofahren so glücklich machte. Er wünschte sich nichts mehr, als die Fahrprüfung zu bestehen, sich ein eigenes Auto zu kaufen, einen billigen Gebrauchtwagen, und davonzubrausen. Alles andere hinter sich zurückzulassen. Mit sich allein zu sein. Mit einem Auto, in einem Auto, würde ihm das Alleinsein nichts ausmachen. Nie wieder würde er eine Straße allein entlanggehen müssen.

Der Gedanke daran begeisterte und deprimierte ihn zugleich. Er konnte sein Zuhause, dieses Haus, nicht länger ertragen. Seine Vertrautheit, jeder kleinste Winkel darin brachten ihn zum Weinen. Ein trauriger, trauriger Ort, an dem alles an sein früheres Ich erinnerte. Er hatte ihn immer geliebt, doch jetzt, seitdem, *seitdem* wußte er, daß er ihm unerträglich geworden war. Er hatte aber Angst gehabt, ihn zu verlassen, denn es gab nichts anderes. Es brachte ihn ganz durcheinander, in seinem Elternhaus zu sein, doch seit langem, eigentlich bis heute, hatte es ihn noch mehr durcheinandergebracht, es zu verlassen, sich verloren zu fühlen und sich zu fürchten. Auch der Anblick seiner Mutter machte ihn weinen. Ihr verängstigtes, um ihn besorgtes, leidendes Gesicht, das ihn ständig beobachtete, jede seiner Bewegungen verfolgte. Er war grob zu ihr, weil dadurch sein Schmerz geringer wurde, es war wie die köstliche Qual, eine Wunde aufzukratzen. Er sehnte sich danach, daß *sie ihn* schlug, auf ihn losging, wünschte sich, daß ihr Gesicht einen geringschätzigen und verächtlichen Ausdruck annahm, obgleich er wußte, daß er, wenn dies geschähe, am Boden zerstört wäre.

Es machte ihm nichts aus, daß sie fort war. Er war vielmehr erleichtert. Er hatte ein schlechtes Gewissen, so zu denken, aber es war tatsächlich eine Erleichterung. Wenn sie also aus anderen Gründen, als eine betagte Tante zu besuchen, losgefahren war, war ihm das egal. Er überlegte, warum sie weggefahren sein könnte, hörte jedoch gleich wieder damit auf. Er wollte nicht rumrätseln. Es war egoistisch, aber er konnte es nicht ertragen, wegen seiner Mutter beunruhigt zu sein. Er hatte schon genug damit zu tun, sich seinetwegen den Kopf zu zerbrechen, sich seinetwegen Sorgen zu machen. Er wollte nur ans Autofahren denken, an Autos und nichts anderes.

Sheila ging direkt zum Haus ihres Vaters. Sie hätte ein Taxi nehmen sollen, aber draußen vor dem Krankenhaus standen keine, und ihre Ungeduld war stärker als ihre Erschöpfung. Doch sie war furchtbar schwach auf den Beinen, und den ganzen Weg über konnte sie sich nirgendwo hinsetzen. Sie hätte lieber nach Hause gehen und Alan davon erzählen sollen, der sie dann hinüberfahren würde, aber sie konnte nicht mehr warten, sie mußte sofort dorthin und Leo sehen. Als sie in die Straße ihres Vaters einbog, merkte sie, daß sie Angst hatte. Nicht nervös war, sondern Angst hatte. Angst vor Leo, Angst vor dem, was geschehen mochte, vor allem aber Angst vor der Entscheidung, die sie würde treffen müssen. Ihr Vater fand alles ganz einfach: Natürlich würde sie ihn nicht verraten, würde Leo helfen, untergetaucht zu bleiben, ihn beschützen. So einfach war es nur nicht.

Sie hatte die Schlüssel sowohl für die Eingangs- als auch für die Hintertür bei sich, doch wie Eric James benutzte auch sie die Vordertür nur bei besonderen Anlässen. Oft ließ er die Hintertür unverschlossen, was sie und Carole ihn immer wieder baten nicht zu tun, aber er verkündete, ein Dieb müsse schön dumm sein, wenn er es wage, bei ihm einzubrechen, und nichts konnte ihm, der sich für furchteinflößend und unbezwingbar hielt, etwas anhaben. Sie versuchte, die Tür vorsichtig zu öffnen. Er hatte sie nun doch abgeschlossen. Sie ließ sich nur mit Mühe leise öffnen – das Schloß war alt und mußte geölt werden, der Schlüssel schwer, aus Eisen, ein großes altmodisches Ding. Als sie im Haus war, schloß sie wieder ab und steckte den Schlüssel in ihre Tasche. Dann schlich sie zur Haustür und drehte den anderen Schlüssel im Schloß. Erst dann atmete sie ein wenig auf. Sie stand regungslos da und lauschte. Nicht ein Laut. Wenn Leo dort oben atemlos kauerte, worauf würde er horchen? Auf den Wasserkessel. Eric James stellte immer den Kessel auf, wenn er nach Hause kam. Er machte sich zwar nicht jedesmal Tee, stellte jedoch immer, wie er es von seiner verstorbenen Frau gewohnt war, den Wasserkessel auf.

Sheila stellte den Kessel auf. Als das Wasser kochte, dachte sie, sie könne sich eigentlich auch einen Tee machen. Er würde ihr guttun, auch wenn sie allmählich dachte, nichts würde das können. Ihr Herz flatterte in raschen kleinen Schlägen, setzte einen Schlag aus, ihr Magen rumorte, und immer wieder mußte sie sich die Lippen lecken, unentwegt ihre Zunge kreisen lassen, um sie zu befeuchten. Sie konnte nicht ewig dort stehenbleiben, es war lächerlich. Es gab einiges für sie zu tun. Carole hatte noch nichts über ihren Vater erfahren, auch Alan nicht. Sie ging zur Treppe und hielt inne. Sollte sie hinaufrufen? Leo zwingen herunterzukommen? Eric James hätte inzwischen bestimmt gerufen, Leo würde allmählich Verdacht schöpfen. Langsam ging sie die Stufen hinauf, ihre Hand war so feucht, daß sie auf dem Geländer ausrutschte, als sei es geölt. Es gab nur zwei Schlafzimmer, das eine war für Carole und sie durch eine dünne Sperrholzwand in zwei Hälften geteilt worden. Die Tür zu diesem Zimmer war geschlossen, die zu Eric James' eigenem Zimmer stand offen. Nur um sicherzugehen, warf sie zuerst einen Blick in das Zimmer ihres Vaters. Niemand hätte sich darin verstecken können. Ein Doppelbett, ein Frisiertisch, eine Kommode, alles auf engstem Raum. Die einzige Möglichkeit war der Schrank. Sie öffnete ihn, dabei war es absurd, Leo darin zu vermuten. Sie und Carole pflegten sich dort zu verstecken, als sie klein waren, zwischen den Schuhen kauernd, ihre Gesichter hinter den Kleidern ihrer Mutter versteckt, Leo war jedoch viel zu groß, er hätte, selbst hingekauert, nie hineingepaßt. Und er war auch nicht dort, das hatte sie gleich gewußt. Natürlich nicht. Wenn überhaupt irgendwo, dann war er in ihrem früheren kleinen abgeteilten Raum.

Jetzt da sie es wußte, war sie ruhiger, eher auf ihn vorbereitet. Sie durfte nicht zaghaft klingen. Das wäre verhängnisvoll. Sachlich sollte sie klingen. Nur ja nichts preisgeben. Sie durfte weder wütend noch feindselig klingen, noch einen Hinweis darauf geben, daß sie annahm, er sei ausgebrochen und habe sich dort versteckt. Was ihr nicht schwerfallen würde, da sie es ja selbst nicht wußte. Sie ging in Caroles früheres Schlafzimmer und auf die Tür zu, die in ihr ehemaliges Zimmer führte. »Leo«, sagte sie und achtete darauf, daß ihre Stimme nicht fragend klang. »Leo, ich bin's. Dein Großvater ist gestürzt. Er liegt im Krankenhaus. Er mußte mir sagen, daß du hier bist, er macht sich Sorgen, was du denken würdest, wenn er nicht nach Hause kommt.« Sie hielt inne, zufrieden, wie vernünftig, wie gelassen sie geklungen hatte. Ihr war, sie konnte es jedoch nicht mit Bestimmtheit sagen, als hätte sie ein schwaches Geräusch hinter der Tür gehört. Sie würde die Tür nicht öffnen, das sollte er tun. Sie setzte sich auf den Stuhl neben dem Fenster und sah hinaus. Wäscheleinen, viele Wäscheleinen gab es dort. Die Frau von nebenan, die erst vor kurzem eingezogen war, holte ihre Laken herein, ein solch schöner Anblick, wie sie die Klammern abnahm, das sich blähende Bettzeug zähmte und faltete. Leo mußte ihr genauso zusehen, etwas anderes gab es für ihn nicht zu tun. Aber er wird es sich angewöhnt haben, vom Fenster fernzubleiben. Eric James wird es ihm eingebleut haben. Vermutlich ging er abends nach unten, um fernzusehen. Niemand würde es je wagen, unangekündigt bei Eric James vorbeizuschauen, und sollte es jemand tun, so wäre ihm ohne weiteres zuzutrauen, daß er die betreffende Person kurzerhand wieder wegschickte.

»Leo«, sagte sie fröhlich, in der Hoffnung, fröhlich zu klingen, »komm doch heraus, hm?«

Harriet wollte um keinen Preis Aufsehen erregen. Sie haßte Leute, die ständig versuchten, ihren Einfluß geltend zu machen, und zu demonstrieren, wie wichtig sie seien. Sie war sowieso nicht wichtig, es wäre aussichtslos. Aber sie hatten von zwei Nächten gesprochen – eine vor der Operation und eine danach –, und sie war jetzt bereit zu gehen. Sie war schon seit neun Uhr morgens bereit, fertig angezogen, bereit zum Aufbruch. Sie hatte gut geschlafen, nicht mehr geblutet, und der Wundschutz war entfernt worden. Doch sie wollten sie nicht gehenlassen. Es hieß, der Oberarzt, der die Gebärmutterhals-Biopsie durchgeführt hatte, wolle sie sehen. Sie müsse auf ihn warten, nein, sie wüßten nicht, wann er käme. Es gebe heute mehrere Notfälle, sie müsse eventuell noch eine Nacht bleiben. Harriet sagte, sie habe gedacht, die Leute stünden Schlange wegen eines Bettes, es sei doch lächerlich, sie sei schließlich vollkommen wiederhergestellt. Man hörte nicht auf sie.

Je weiter der Tag vorrückte, desto mehr Verdacht schöpfte sie. Warum mußte der Oberarzt sie unbedingt sehen? Was würde er zu ihr sagen? Waren mit der Biopsie Krebszellen nachgewiesen worden? War das der Grund? Würden sie es schon so schnell danach wissen? Warum erzählten sie einem nie etwas? Warum ließ man sie so im dunkeln tappen? Sie versuchte zu lesen, ihre Gedanken schweiften jedoch ab. Sie hätte Sam gern angerufen, aber es war sinnlos, da sie doch noch keine Nachricht hatte. Er würde sich nur unnötig Sorgen machen. Sie wußte, sie war unfreundlich, indem sie sich von den übrigen Frauen fernhielt. Sie würden sie für hochnäsig halten. Sie fragte sich, warum sie ihr Leben lang so fügsam gewesen war – was hielt sie davon ab, einfach zu verkünden, sie gehe jetzt? Nichts. Sie konnte einfach gehen. Sie wären vermutlich nicht gerade erfreut, könnten sie aber zu Hause erreichen. Sie rief also Sam an und sagte ihm, wenn der Oberarzt innerhalb der nächsten Stunde nicht käme, würde sie gehen. Sie würde ihn dann noch einmal anrufen und ihm Bescheid sagen, und wenn er noch immer darauf bestehe, sie abzuholen, könne er dann kommen. Sie würde draußen sitzen und auf ihn warten. Es sei ein wunderschöner Abend, sie würde es genießen, in der Sonne auf einer Bank zu sitzen.

Sie packte ostentativ ihre Tasche und legte ihr Buch obendrauf. Es war halb sieben. Sie würde, noch bevor das Abendessen käme, aufbrechen und Sam vom Empfang aus anrufen, das wäre besser und taktvoller. Vielleicht sollte sie erst noch nachsehen, ob es dort auch Telefone gab, obgleich sie nicht daran zweifelte. Sie würde ein paar Minuten etwas zu tun haben. Sie ging los und war froh, so sicher auf den Beinen zu sein, obgleich man ihr gesagt hatte, die Narkose würde vermutlich noch einige Zeit nachwirken. Sie ging die Treppe hinunter, um ihre Beine noch weiter auf die Probe zu stellen. Sie bog jedoch in den falschen Korridor ein, der anstatt zum Empfang in einen anderen Flügel führte, einen älteren Teil des Krankenhauses. Hier herrschte eine andere Atmosphäre. Alles schien dunkler zu sein, war dunkel und eintönig. Sie nahm flüchtig hinter offenen Türen schwer krank aussehende alte Leute wahr. Sie war froh, keine alten Eltern zu haben, die auf ihre Hilfe angewiesen waren. Der Gedanke, einen dieser uralten Patienten, die aussahen, als wären sie bereits tot, besuchen zu müssen, war ihr unerträglich. Was immer sie für ihre Eltern empfunden hatte, ihre Gefühle hätten einer solchen Belastungsprobe nicht standgehalten. Sie dachte eine Sekunde lang an Sheila Armstrong und daran, wie sie über ihren Vater gesprochen hatte, voller Stolz und Zuneigung. Solche

Gefühle empfand sie für ihre beiden Jungen. Für ihre Eltern hatte sie nie viel empfunden. Sobald sie erwachsen war, hatte sie sich nur noch von ihnen befreien wollen. Sie hätte, wären sie alt und krank geworden, ihre Pflicht getan, ohne sie jedoch wirklich zu lieben. Und sie war nicht vor Kummer am Boden zerstört gewesen, als ihre Eltern starben. Sam, der so sehr an seiner Mutter und seinem Vater hing, obgleich seine Zuneigung, seit sie in Kanada lebten, kaum je auf die Probe gestellt wurde, hatte ihre Distanz ziemlich schockiert. Sie konnte sie nicht erklären. Sie eilte weiter, suchte nach dem Ausgang. Sie hätte eine Schwester fragen können, tat es aber lieber nicht, sie waren alle so beschäftigt. Sie geriet in Panik. Sie wußte, wie unsinnig es war, aber dieser Teil des Krankenhauses machte ihr angst, sie wollte zurück auf die helle, freundliche Station, die zu verlassen sie kaum hatte erwarten können.

Als sie dort ankam, allerdings ohne den Empfang gefunden zu haben, was ihr inzwischen gleichgültig war, fühlte sie sich nicht wohl. Der Oberarzt stand verärgert an ihrem Bett und blätterte in den Unterlagen.

»Da ist sie«, sagte die Stationsschwester. »Mrs. Kennedy, Sie sollten nicht einfach fortgehen, ohne uns Bescheid zu sagen, der Doktor hat auf Sie gewartet.«

Harriet haßte es, im Unrecht zu sein. Sie entschuldigte sich, ohne darauf hinzuweisen, daß auch sie gewartet hatte, und zwar den ganzen Tag. Sie saß auf ihrem Bett, und der Oberarzt sah sie fragend an. »Bißchen rumspaziert?« sagte er.

»Ja.«

»Fühlen Sie sich okay?«

»Ja, danke.«

»Gut. Dann wollen Sie wohl nach Hause?«

»Natürlich.«

»Oh, ich weiß nicht«, sagte er, verschränkte seine Arme, gähnte und entschuldigte sich für sein Gähnen. »Sie würden staunen, wie unbeliebt wir uns bei manchen machen.«

Sie wartete ab. Ihr war nicht nach Plaudern zumute. Wenn er ihr etwas zu sagen hatte, dann sollte er es lieber gleich hinter sich bringen …

Auf dem Weg nach draußen war sie erleichtert, daß die Biopsie keinen Anlaß zur Sorge ergeben hatte, wenn ihr auch nahegelegt worden war, in den nächsten drei Jahren alle sechs Monate sicherheitshalber einen Abstrich vornehmen zu lassen. Sie strahlte über das ganze Gesicht. Sie hatte es geschafft, es war ihr gelungen, dieses kleine Täuschungsmanöver so diskret zu handhaben, daß Joe nie etwas davon erfahren würde. Ihm war erspart geblieben, sich auch nur im entferntesten Sorgen machen zu müssen, und genau das hatte sie gewollt. Sie eilte aus dem Krankenhaus und sah sich nach einer Sitzgelegenheit um. Sam war unterwegs. Sie setzte sich, schaute in die untergehende Sonne und atmete tief durch. Wie herrlich, endlich draußen, endlich frei zu sein. Ein Wagen hielt direkt vor ihr. »Warte, warte«, sagte der Mann am Steuer zu der Frau auf dem Beifahrersitz, die auszusteigen versuchte, noch bevor er gehalten hatte. Sie sah, daß es Sheila Armstrong war.

Er war nicht dort. War aber dort gewesen. Überall im Haus gab es Spuren von ihm. Zahnpasta und Zahnbürste im Badezimmer, wo Eric James doch seit dreißig Jahren falsche Zähne hatte; Socken, die zum Trocknen aufgehängt waren, deren Größe und Aussehen bestimmt nicht auf ihren Vater schließen ließen; zusammengeknülltes Mars-Papier, wo doch niemals Schokolade ins Haus kam. Er war dort gewesen. Der Abdruck seines Körpers war noch auf dem Bett zu sehen, deutlich auf der baumwollenen Tagesdecke zu erkennen, als habe er im Sand gelegen. Sogar sein Geruch hing in der Luft, eine Mischung aus dem eigenartigen Shampoo, das er für sein Haar verwendete, und etwas anderem, Undefinierbarem. Er war dort gewesen und in aller Eile aufgebrochen. Auf der Bettdecke lagen Krümel, auf dem Fußboden stand ein Teller. Sie fuhr mit der Fingerspitze über den Teller. Toast. Toast und Orangenmarmelade, ihre selbstgemachte Orangenmarmelade, die sie jedes Jahr einkochte und von der sie drei Gläser ihrem Vater gab. Ein nasses Handtuch war über den Handtuchhalter im Badezimmer geworfen, so nachlässig, wie Eric James es nie getan hätte. Auf dem Grund der Badewanne war noch warmer Seifenschaum zu erkennen. Er war also sauber losgezogen, sauber und wohlgenährt. Immerhin etwas. Was hatte er mitgenommen?

Sie wollte nicht nachsehen. Sie wußte nicht, wieviel Geld Eric James inzwischen wieder angehäuft hatte. Es war ein Jahr her, daß Carole es das letzte Mal entdeckt und zur Bank gebracht hatte. Wer konnte wissen, bei wie vielen Rennen er inzwischen gewettet, wie oft er dabei gewonnen hatte? Er war unverbesserlich. An die neunzig, und noch immer taumelte er die Straße hinunter, um Wetten abzuschließen und dann zu leugnen, sich dem Wettbüro auch nur einen Schritt genähert zu haben. Er hatte es schon immer geleugnet. »Ich treff nur jemanden wegen eines Hundes«, hatte er gesagt, als sie noch klein waren, und sie hatte es ihm immer geglaubt und geduldig darauf gewartet, daß sie eines Tages den Hund zu Gesicht bekäme. Es war harmlos, hielt ihn bei Laune, beschäftigte ihn. Nur war es gefährlich, daß er seine Gewinne unter der Matratze aufbewahrte. Carole hatte ihren Augen nicht getraut, als sie sein Bett machen wollte und dabei die vielen Zehnpfundnoten entdeckte. Sie hatte ihn zur Rede gestellt. Er sagte, es sei seine Rente. Carole fragte ihn, wovon er denn dann gelebt habe, wenn dies seine Rente sei. Außerdem gab es noch den Teppich im Schlafzimmer. Carole hatte ihn gefegt – er besaß keinen Staubsauger –, er war so uneben gewesen. Sie dachte, er habe vielleicht etwas darunter pressen wollen. Noch mehr Geld, noch weitere Bündel mit Zehnernoten. Sie waren sprachlos, wie konnte er nur so viel Geld besitzen? Er mußte mehrfach eine Wette hundert gegen eins gewonnen haben.

Sie wagte nicht nachzusehen. Selbst wenn sie nichts fände, wäre damit nicht gesagt, daß Leo es genommen hätte. Nur ihr Vater wüßte Bescheid, und nicht einmal er könnte wahrscheinlich wirklich beurteilen, wieviel es war. Er hatte sicherlich nicht die geringste Ahnung, wieviel er versteckt hatte. Sie wußte nicht, wie ihr zumute sein würde, falls sich herausstellte, daß Leo Geld gestohlen hatte. Wäre sie erleichtert? Glücklich, daß er nicht ohne einen Pfennig dastand? Oder traurig, daß er nun auch zum Dieb geworden war? Nicht daß ihr Vater es Diebstahl nennen würde, da war sie sicher. Sie ging zögernd in sein Schlafzimmer und hob die Tagesdecke an, ein verblaßtes blaues Ding, das, wie Carole sich ausdrückte, »schon bessere Tage gesehen hatte«. Sie mußte dringend gewaschen werden, nur konnte Eric James aus irgendeinem unerfindlichen Grund nicht eine Nacht auf sie verzichten. Sie schlug das Plumeau und die Biberbettücher zurück – er mußte im Sommer ja vor Hitze umkommen – und ließ ihre Hand unter die schäbige alte Matratze gleiten. Nichts. Sie ging sogar noch weiter und hob die Matratze an und warf einen Blick darunter. Dort lag ein Bündel Banknoten, mit einem Gummiband zusammengehalten. Sie zog es vorsichtig heraus, als wäre es glühend heiß, und ließ die Matratze wieder zurückschnellen.

Sie setzte sich in die Küche. Sie wollte nicht länger bleiben, daher lohnte es sich auch nicht, noch mehr Tee zu machen. Auf dem Geldbündel steckte unter dem Gummiband ein kleiner Zettel. Es war eine Nachricht von Leo. »Lieber Grandad«, stand darauf, »Du hast gesagt, Du wolltest mir all Dein Geld geben, deshalb hoffe ich, daß es in Ordnung ist, wenn ich etwas davon nehme. Ich habe 500 Pfund mitgenommen und lasse 200 Pfund da. Ich werde Dir alles zurückzahlen. Es tut mir leid, auf diese Weise zu gehen, aber ich kann nicht ewig hierbleiben. Ich danke Dir für alles. Alles tut mir sehr leid. Grüße Mam von mir und sag ihr, daß ich eines Tages zurückkomme. Tut mir leid.« Es folgte eine Reihe angedeuteter Küsse. Keine Unterschrift. 500 Pfund. Keine unerhebliche Summe, aber auch kein Vermögen. Er hatte keinen Paß, konnte also das Land nicht verlassen. Bis nach London würde es aber reichen, und einige Zeit würde er damit überleben können. Leo war klug, konnte zupacken. Mit 500 Pfund könnte er eine Chance haben. Eine Chance, was zu tun? Sie wünschte, sie wüßte es.

Sie lächelte insgeheim. Leo hatte nie davon erfahren, daß sein Urgroßvater nicht mehr an ihn glaubte. Er hatte sich vermutlich eingebildet, Eric James würde, ganz gleich, was er getan oder auch nicht getan hatte, zu ihm halten. Sie hatten darüber natürlich kein Wort verloren. Leo hatte sich einfach darauf verlassen können – ohne Diskussion. Ein wenig Gebrumme, mehr nicht. Er hatte von Eric James kein Kreuzverhör zu befürchten, nur von ihr. In dem Augenblick, als er vor der Tür gestanden und auf die Frage seines Urgroßvaters, wer da sei, seinen Namen geflüstert hatte, konnte er ihm nicht länger widerstehen. Was für eine Liebe war das, wenn es überhaupt Liebe war? Vielleicht die, die eine Mutter empfinden sollte und zu der sie außerstande gewesen war. Vielleicht war es Mutterliebe, unkritisch, grenzenlos ...

Ach, Unsinn. Sie schüttelte verärgert den Kopf und seufzte. Das war's also. Wieder war er fort. Eric James würde sich freuen, daß er noch nicht geschnappt worden war. Sie würde ihm von dem Geld erzählen müssen. Darüber würde er sich auch freuen, er würde merken, daß er gebraucht wurde. Würde sich in der Familie deswegen brüsten. Auch weil Leo ihm Vertrauen geschenkt hatte, nicht ihr. Er hätte eben gewußt, an wen er sich wenden, auf wen er sich verlassen konnte. Sie wusch den Becher ab, aus dem sie getrunken hatte, sah nach, ob das Gas ausgeschaltet war, blickte sich um. Alles sah so schäbig aus. Der Herd war über fünfzig Jahre alt, ein Museumsstück. Vielleicht könnte Alan ja, während Eric James im Krankenhaus war, seine Küche streichen. Ihr Vater wäre fuchsteufelswild, aber es würde sich lohnen. Vielleicht in einem hübschen freundlichen Gelb. Und neues Linoleum. Dieses hatte überall Risse und Sprünge. Ein wahres Paradies für Bakterien. Leo hätte es für ihn auslegen, überhaupt so vieles machen können. Sie fragte sich, wie lange er wohl dort gewesen war, fragte sich, ob er wohl mit seinem Urgroßvater gesprochen hatte, kannte Eric James jetzt die ganze Geschichte? Wußte er, was Leo vorhatte, wohin er gehen, was er tun wollte ... Sie hatte plötzlich das dringende Bedürfnis, ihren Vater noch einmal zu sehen, ihn über alles mögliche auszufragen. Vielleicht könnten sie ja ein Abkommen treffen: *Sie* würde versprechen, nicht zur Polizei zu gehen, kein Wort zu sagen, wenn *er* ihr alles erzählte, was er wußte.

Sie schloß die hintere Tür zu und ging eilig nach Hause. Sie brauchte Alan. Sie konnte unmöglich wieder allein zum Krankenhaus hetzen, er würde sie dorthin fahren müssen, dann würde sie ihn weiter zu Carole schicken, damit er es ihr selbst erzählte und aus dem Weg wäre, während sie sich mit ihrem Vater beschäftigte. Sie wußte nicht, was sie am liebsten erfahren wollte, das Vergangene oder das Zukünftige, was Leo von jener Nacht noch erinnerte oder was er jetzt vorhatte. Das Vergangene. Es stimmte, was vergangen war, war vergangen, wenn man allerdings nichts darüber wußte, schien es nie vorüber zu sein. Die Zukunft würde sie bewältigen können. Sie würde Kraft kosten, aber darauf könnte sie sich einstellen. Man sagte doch, solange es eine Zukunft gibt, besteht Hoffnung. Sie konnte darauf hoffen, daß Leo es sich anders überlegen und zurückkehren würde. Sie konnte darauf hoffen, daß er, vielleicht sogar schon ganz bald, einen Weg finden würde, ihr Nachrichten zukommen zu lassen. Ja, sie würde jetzt die Zukunft bewältigen können, sie machte ihr nicht länger angst. Dieser kleine Zettel stellte eine Verbindung her. Sie würde ihn aufbewahren und, wenn sie am Boden zerstört wäre, hervorholen und lesen, sie würde immer wieder von neuem feststellen, daß Leo dreimal »Tut mir leid« geschrieben hatte. Alles stand dort schwarz auf weiß, seine Reue, sein Bedauern darüber, was er ihr angetan hatte. Andere würden seine Worte vielleicht nicht so auslegen, Alan bestimmt nicht, aber sie konnte es und tat es auch. Natürlich wäre es noch besser gewesen, er hätte auch ihr eine Nachricht hinterlassen, sie wußte aber, daß dies vorerst zuviel verlangt war, er hatte kein Selbstvertrauen, noch nicht.

Innerhalb von zwei Minuten saß Alan im Auto, verwirrt zwar und jammernd, aber immerhin saß er im Auto. Er versuchte, ihr Fragen zu stellen, auf die sie sich jedoch nicht einlassen wollte, statt dessen sagte sie zu ihm, sie werde später alles erklären, er solle sie bitte am Krankenhaus absetzen. Sie sah Harriet Kennedy nicht. Als sie aus dem Auto stieg und Alan sie anknurrte, sie solle warten, hörte sie eine Frauenstimme ihren Namen sagen, ohne jedoch zu bemerken, wer es war, sie nahm nur vage den Gruß zur Kenntnis und eilte so schnell wie möglich ans Bett ihres Vaters. Sie hatte keine Zeit, höflich zu sein.

Sie mußte auf den Aufzug warten, in ihrem augenblicklichen, so erregten Zustand traute sie sich nicht zu, die Treppe hinaufzusteigen. Sie mußte sich erst beruhigen. Die Leute würden sich nach ihr umsehen, wenn ihr Gesicht rot und verschwitzt wäre. Das war's wahrscheinlich schon. Diese Aufregung, diese schreckliche Aufregung, anders konnte sie es nicht nennen, wenn auch das Wort nicht ganz zutraf, dieser Zustand machte sie ganz krank. Sie wünschte sich ihr Leben ruhig, gleichbleibend ruhig. Sie hatte noch nie etwas für Schocks und Dramen übrig gehabt. Und jetzt kam ihr alles viel zu dramatisch vor, sie schreckte vor dieser Wende in ihrem Leben zurück. Ein einziges Drama. Pat hätte es genossen. Sie wollte, daß nichts vorhersehbar war, obgleich sie auf das Drama, das durch die Probleme ihres Sohnes entstanden war, natürlich lieber verzichtet hätte. Nein, das hätte sie nicht gewollt, keine Mutter hätte das gewollt. Doch Pat hatte nicht die Zeit gehabt zu erfahren, was es heißt, Mutter zu sein, sie hatte noch gar nicht begonnen, mütterliche Gefühle zu entwickeln. Die ersten drei Jahre nach der Geburt waren leicht, kinderleicht …

Endlich kam der Aufzug. Sheila ging hinein. Er war voller Ärzte und Schwestern, für sie blieb kaum noch Platz. Sie entschuldigte sich. Sie unterhielten sich über alles mögliche, nur nicht über medizinische Fragen. Essen, offenbar übers Essen, wer schon zu Tisch war, wer was wann gegessen hatte. Wenigstens wußte sie dieses Mal, wohin sie gehen mußte, und das war ein kleiner Trost. Aber die Tür zu Eric James' Zimmer war geschlossen. Sie nahm an, es bedeute, daß er schliefe, womöglich würde sie ihn nur stören, die Oberschwester verärgert sein. Sie öffnete ganz leise die Tür. Der Raum war ohnehin in Dunkel, in Halbdunkel getaucht. Sie konnte Eric James schwer atmen hören. Es war schade, ihn aufzuwecken, vielleicht hatte man ihm ja ein Schlafmittel gegeben, und es würde ihr gar nicht gelingen. »Dad«, flüsterte sie, er atmete jedoch im gleichen Rhythmus weiter. Es wäre grausam, ihn wach zu rütteln. Aus Verzweiflung tat sie einen leisen Seufzer, dann würde sie also bis morgen warten müssen. Doch dann würde Carole kommen, und es würde schwierig werden, mit ihm allein zu sein. Aber es hatte keinen Zweck zu bleiben. Sie verließ den Raum, und als die Oberschwester sie entdeckte, sagte sie schuldbewußt: »Ich wollte ihm nur gute Nacht sagen«, aus Angst, die Regeln übertreten zu haben. Die Oberschwester lächelte nur und sagte, man habe ihrem Vater ein Beruhigungsmittel gegeben.

Sie verließ das Gebäude also bereits nach einer halben, nicht erst nach einer vollen Stunde, wie sie Alan gesagt hatte, der jetzt vermutlich bei Carole war. Sie würde sich die Zeit vertreiben müssen, glücklicherweise war das Wetter gut. Sie suchte nach einer Sitzgelegenheit. Es war ein so belebter Ort, ständig fuhren Autos vor, betraten und verließen Leute das Gebäude. Ein Kommen und Gehen. Hektik und Dramatik. Sie könnte nie in einem Krankenhaus arbeiten, es wäre ihr zuviel. Dann sah sie, wie Harriet Kennedy zu ihr herüberlächelte und ihr zuwinkte.

»Es scheint unser Los zu sein, daß wir uns auf Bänken treffen«, sagte Harriet. Sie sah strahlend aus, blaß, aber glücklich. Sheila wußte, wie *sie* selbst aussehen mußte. Sie sank auf die Bank und konnte einen tiefen Seufzer nicht unterdrücken. Es ging wirklich alles über ihre Kräfte. Sie schloß die Augen, versuchte, sich zu sammeln, und hörte Harriet fragen: »Haben Sie einen Besuch gemacht?«

Sheila nickte, konnte gerade noch hervorbringen: »Mein Vater, er ist gestürzt.« Sie mußte aufpassen, was sie sagte. Sie durfte Leo um keinen Preis erwähnen, nichts, was auch nur im geringsten mit ihm zu tun hatte, vor allem nicht Harriet gegenüber. Sie mußte einfach so tun, als sei ihr Zustand auf die Sorge um ihren Vater zurückzuführen. Was ihr nicht schwerfallen würde. Harriet war sympathisch, äußerst mitfühlend, dennoch wünschte sich Sheila, sie würde gehen. Sie war zu einem Gespräch, ganz gleich worüber, nicht imstande; sie saß einfach nur da.

»Holt Ihr Mann Sie ab?« fragte Harriet.

Sheila nickte.

»Bestimmt? Wenn nicht, können wir Sie mitnehmen, kein Problem. Sam wird jeden Augenblick hier sein.«

»Nein, danke. Alan kommt gleich. Mir macht es nichts aus zu warten, es ist warm genug, er würde sich fragen, wo ich bin ...«

»Ja, es ist warm. Ich hab gern hier draußen gewartet. Es ist herrlich, ein Krankenhaus zu verlassen, nicht wahr? Ich fand es schrecklich, dort zu sein.«

Normalerweise hätte Sheila gefragt, weshalb sie dort gewesen war, sie war jedoch zu müde, um neugierig zu sein. Harriet lieferte selbst die nötige Erklärung. »... kleine Op ...«, schnappte Sheila auf und versuchte, sich zu konzentrieren, »... alles war jedoch in Ordnung, Gott sei Dank. Ich glaube nicht, daß Joe es ertragen würde, wenn etwas mit mir wäre. Ich hab's ihm nicht erzählt. Sie mögen es albern finden, aber ich habe es verheimlicht. Er denkt, ich besuche eine Tante. Schrecklich, nicht? Ich meine, daß ich ihn so anlüge, vor meinem eigenen Sohn Geheimnisse habe.«

»Vermutlich«, sagte Sheila mit heiserer Stimme, »hat er auch welche vor Ihnen.« Warum hatte sie das gesagt? Sie konnte es sich nicht erklären.

»Möglich«, sagte Harriet, »was ich allerdings bezweifle. Er ist wie ein offenes Buch für mich. Manchmal wünschte ich mir, das wäre nicht so. Er muß auf seinen eigenen Füßen stehen, wir sind uns zu nah. Er ist siebzehn, Louis führte in dem Alter bereits sein eigenes Leben. Das wird Joe wohl nie tun.«

»Oh, das wird er«, sagte Sheila, »und dann werden Sie sich wünschen, er täte es nicht. Es ist noch schlimmer, wenn sie einem nahegestanden haben.«

Sie wünschte sich, Harriet würde gehen. Die Ankunft

ihres Mannes war ein Segen. Er fuhr vor, sprang aus dem Auto und gab ihr einen Kuß. Ein rührender Anblick. Harriet errötete, sagte etwas zu ihm, bevor sie sich von Sheila verabschiedete. Sie sahen so glücklich aus, wie sie gemeinsam losfuhren, ein attraktives Paar ohne die geringsten Sorgen ... Alan traf kurz danach ein. Er hupte, und sie ging und setzte sich ins Auto. »Carole ist ganz außer sich«, waren seine ersten Worte. »Sie sagt, man hätte ihr eher Bescheid sagen sollen. Und Peter sagt, jetzt sei's soweit, er müsse in ein Heim, es sei zu gefährlich.«

»Oh, sei still«, sagte sie.

»Wie?«

»Sei still. Mein Kopf tut mir weh. Ich kann nicht mehr.«

»*Du* kannst nicht mehr. Schließlich bin ich die ganze Zeit unterwegs ...«

»Im Wagen. Ich hab alles zu Fuß gemacht. Egal, bitte sei einfach nur still.«

Er war still. Sie fuhren schweigend nach Hause. Sobald sie dort angekommen waren – Alan warf die Autoschlüssel verärgert auf den Tisch und verschwand im Hof, um seine heiligen Geranien zu wässern -, klingelte das Telefon. Es klingelte und klingelte, ohne daß sie es zur Kenntnis nahm. Sie mußte unbedingt eine Tasse Tee trinken, bevor sie mit irgend jemandem sprach.

»Gehst du dran?« rief Alan.

»Nein. Laß sie ruhig noch mal anrufen.«

Er kam zurück ins Haus und sagte: »Wo dein Vater im Krankenhaus ist? Du gehst nicht dran, wo dein Vater im Krankenhaus ist?« und griff nach dem Hörer. »Es ist Carole«, sagte er.

Sie hatte es geahnt. Alan fuchtelte wild mit den Armen. Sie wandte sich ab. Er ließ den Hörer baumeln und ging zurück in den Hof. Sie konnte Caroles wütende Stimme hören. »Hallo«, sagte sie, »warum schreist du so herum? Ich komme gerade eben nach Hause und bin erledigt, du hast ja keine Ahnung.«

Es dauerte fünf nervtötende Minuten, bis sie Carole beschwichtigt hatte, und dann mußte sie sich auch noch mit Peter auseinandersetzen, der, pflichtbewußt wie er war, weniger besorgt über den Unfall seines Schwiegervaters zu sein schien als vielmehr über die Zeit nach dessen Entlassung. Sie hatte von beiden genug. Doch sie mußte sich eingestehen, daß sie Alan etwas schuldete. Beim Tee erzählte sie ihm von Leo und dem Geld. Er war so sprachlos, daß er sie überhaupt nicht ins Kreuzverhör nahm, sondern nur mit glasigen Augen dasaß und immer wieder den Kopf schüttelte. Sie aßen und tranken ihren Tee. Schließlich fand er seine Sprache wieder und sagte: »Es macht keinen Sinn, macht einfach keinen Sinn.«

»Und ob«, sagte sie, wieder freundlicher gestimmt. »Und ob es Sinn macht, sehr sogar. Wohin wärst du an Leos Stelle gegangen? Hierher? Bestimmt nicht. Er konnte uns nicht trauen. Konnte mir doch nicht trauen, oder?«

»Nein, nicht deshalb, sondern weil er wußte, daß das Haus überwacht wurde.«

»Red keinen Unsinn, sie überwachen doch kein Haus, jedenfalls nicht, wenn ein Junge wie Leo getürmt ist. Nein, er wußte, daß es besser war, nicht herzukommen, weil ich ihn anzeigen würde, ich hätte ihm gesagt, er solle sich stellen, bevor ich ihn angezeigt hätte. Ich hätte gesagt, ich meinte es doch nur gut mit ihm. Er wird sich all das überlegt haben.«

»Aber das hättest du nie getan, du hättest ihn nicht angezeigt, du weißt, daß du's nie getan hättest.«

»Meinst du?«

»Natürlich weißt du's. Du hättest ihm geholfen, wie du's immer getan hast, er weiß doch, was du für große Stücke auf ihn hältst.«

»Ach ja?«

»Das tust du doch, hast du doch immer getan, dein Augapfel, schon immer, die beste Mutter, die sich ein Junge wünschen konnte, und das wußte er.«

»Das Beste ist nicht immer das Beste«, sagte sie.

»Wie? Jetzt rede *du* aber keinen Unsinn.«

Sie dachte daran, wie Harriet Kennedy von ihrem gutaussehenden, liebevollen Mann nach Hause gefahren wurde und Joe sie beide erwartete, ohne zu wissen, wo seine Mutter gewesen war, und sie sich so über ihr Versteckspiel freute. Kleine Verschwörungen, kleine Tricks. Kein Spiel mit offenen Karten. Mütter, die sich in Sicherheit wiegten, daß ihre Söhne nichts vor ihnen verheimlichten, Söhne, denen die vorhersehbaren Reaktionen ihrer Mütter auf die Nerven gingen. Sie wußte, warum Leo ihr nicht trauen konnte, warum er ihr nicht einmal hatte erklären können, was in jener schrecklichen Nacht in ihn gefahren war. Sie stand ihm zu nah, als daß er ihr hätte weh tun wollen. Wohingegen sein Urgroßvater distanziert war, ohne den Schmerz, den er ihr hätte zufügen können. Er hatte Angst vor ihrer Nähe, vor all den Jahren ihrer offen eingestandenen Liebe, ihrer bedingungslosen Hingabe an ihn. Sie erwartete zuviel von ihm, glaubte, er sei zu echtem Betrug oder wahrer Grausamkeit nicht imstande, wollte partout seine schlechten, schwachen Seiten nicht sehen. Gerade ihre so hohen Ansprüche an ihn machten es ihm unmöglich, sich ihr anzuvertrauen.

»Ich geh nach oben ins Bett«, sagte sie, und als Alan betrübt aussah und, wie sie wußte, im nächsten Moment sagen würde, es sei doch erst neun und noch nicht einmal dunkel, fügte sie hinzu: »Ich bin müde, erledigt, ich kann nicht mehr, und morgen früh muß ich gleich ins Krankenhaus, bevor Carole hereinstürmt, mich von Dads Bett vertreibt und ihn überfordert. Ich will allein mit ihm sein, einige Dinge zurechtrücken, bevor es zu spät ist.«

# Fünfzehntes Kapitel

Mitte August, unmittelbar bevor Harriet und Sam nach Edinburgh fuhren, bestand Joe seine Fahrprüfung, und das gleich beim ersten Anlauf. Er kam strahlend nach Hause und versuchte, seine Euphorie herunterzuspielen, was ihm allerdings mißlang. Als sie ihn sah, so begeistert, so triumphierend, war Harriet eher erschrocken als froh. So wenig, so wenig hatte es also bedurft? Das Bestehen einer Fahrprüfung, und schon war Joe wieder der alte, der er vor über einem Jahr gewesen war. So schien es jedenfalls. Eine Verwandlung, die in Wahrheit keine sein konnte. In seinem Innern mußte er noch immer leiden, noch immer voller Narben sein …

Er wollte unbedingt sofort sein eigenes Auto haben. Er hatte ein paar hundert Pfund in Form von Sparbriefen, die ihm seine Großeltern vermacht hatten. Er wollte sie einlösen, einen Gebrauchtwagen kaufen. Immer wieder versuchte er, sie zu überreden, appellierte er an ihr Verständnis, kämpfte leidenschaftlich für seine Idee. Sein einziger Wunsch war ein Auto, ein Auto, für das er weder die Steuern noch die Versicherung, geschweige denn das Benzin bezahlen konnte. Sam nannte die Dinge beim Namen, mit den sechshundert Pfund würde er sich nur Ärger einhandeln, aus dem sie ihm dann wieder heraushelfen müßten. Und dann kam Ginny ihm zu Hilfe. Sie wolle sich ein neues Auto kaufen, würde für ihren fünf Jahre alten Fiesta kaum noch etwas bekommen, dabei sei der Wagen noch gut, habe ihr nie Probleme gemacht. Sie würde sich mit Joes sechshundert Pfund zufriedengeben.

So bekam er sein Auto, und Harriet konnte nichts dagegen tun. Er sagte, sie würde alles mit ihrer ängstlichen Miene verderben. »Du willst doch gar nicht, daß ich glücklich bin«, sagte er, und als er ihr schmerzerfülltes Gesicht sah: »So sieht es jedenfalls aus.« Sie bemühte sich sehr, seine Freude zu teilen, ohne sich jedoch all die Warnungen vor der Gefahr, vor den Gefahren im Straßenverkehr verkneifen zu können. »Nicht deine Fahrweise macht mir Sorgen«, sagte sie (obgleich es nicht stimmte), »sondern wie die anderen fahren.« Er überhörte es. Tag für Tag fuhr er zur Bootswerft, wo er jetzt einen Vollzeit-Ferienjob hatte, er liebte sein Auto, konnte es kaum erwarten, sich ans Steuer zu setzen. Dann fing er an, davon zu sprechen, eine Tour machen zu wollen, aus purer Freude am Autofahren. Er wolle die britischen Inseln ganz umrunden, auf Nebenstraßen, allein, nur er und sein Auto. Glücklicherweise wurde er durch Geldmangel davon abgehalten. All seine Ersparnisse waren beim Kauf des Wagens draufgegangen, und was er auf der Bootswerft verdiente, reichte gerade für das Benzin und das wöchentliche Taschengeld. Harriet stellte erleichtert fest, daß er sein Vorhaben, sich zu lösen und einfach loszufahren, vorerst nicht in die Tat umsetzen konnte.

Es machte ihr aber den Aufbruch nach Edinburgh nicht leichter, zu wissen, daß Joe ein Auto hatte und unentwegt damit herumkutschierte. Was, wenn er während ihrer Abwesenheit einen Unfall hätte? Harriet rechnete tagtäglich mit einem Unfall. Er war ein so forscher Fahrer, daß es ihr angst machte. Sie ertrug es kaum, ihn davonfahren zu sehen, wie er viel zu schnell von der Auffahrt in die Straße einbog. Sam sagte, er sei eigentlich ein guter Fahrer, sicher und kontrolliert, für jemanden mit so wenig Praxis führe er allerdings zu selbstsicher. Ihr Problem war, daß sie ihn förmlich verunglücken *sah*. Sogar sehr deutlich. Sie sah die zerbeulte Motorhaube des Fiesta und Joes über dem Steuer zusammengesunkenen Körper und überall Blut ... Es fiel ihr schwer, ihren Mund zu halten, und manchmal entschlüpfte ihr ein leiser Protest. »Dieser Lastwagen hat dich heute morgen beinahe gerammt«, sagte sie dann. »Ich hab ihn gesehen, hab gesehen, wie er um die Ecke bog, und du hattest ihn nicht gesehen, oder? An dieser Ecke mußt du *immer* aufpassen ...«

»Tu ich ja«, sagte er genervt.

»Du hast wirklich sehr weit ausgeholt«, sagte sie, »und wenn dir ein anderes Auto entgegengekommen wäre ...«

»Ist es aber nicht.«

»Aber *wenn*!«

»O Gott, Mum, ich kann doch nicht mein Leben lang ›wenn dies‹ und ›wenn das‹ sagen. Mir ist eben ein Auto entgegengekommen, und *wenn*, dann hätte ich mir schon zu helfen gewußt.«

»Das denkst du, aber ...« Sie hielt inne.

»Aber was? Du denkst, ich weiß mir nicht zu helfen, oder?«

»Nein, nur ... oh, es ist alles so gefährlich, es passiert soviel ...«

»Und ich weiß davon nichts? Denkst du wirklich, *ich* wüßte das nicht?«

»Natürlich weißt du's ...«

»Natürlich weiß ich's, verdammt noch mal, halt also den Mund.«

Er war so außer sich, so wütend auf sie, und sie sah ein, daß er recht hatte. Louis war Tausende von Meilen entfernt und fuhr durch einen anderen Kontinent, und dennoch sorgte sie sich nicht täglich um ihn oder malte sich ständig Unfälle aus. Joe hatte recht, sie hatte es sich angewöhnt, ihn als verloren anzusehen, als einen, dem ständig irgendein Unheil drohte, als einen glücklos Reisenden in Sachen Leben. Dabei war es so unfair, so dumm. Er war nicht mehr und nicht minder als jeder andere Jugendliche, der gerade seinen Führerschein bestanden hatte, in Gefahr, in einen Unfall verwickelt zu werden ... aber in dem Augenblick, als sie sich auf diese Weise beruhigt hatte, mußte sie sich wohl oder übel eingestehen, daß dies nur ein kleiner Trost war, denn gerade in seiner Altersklasse war die Unfallquote besonders hoch.

Und dann lernte er Claire kennen. Nur wegen des Autos, weil er ein Auto hatte. Claire, eine neue Freundin von Natasha, neu in der Gegend. Er lernte sie bei Ginny kennen und fuhr sie nach Hause und war von da an, wenn er nicht gerade auf der Bootswerft arbeitete, ständig mit ihr zusammen. Er brachte sie mit nach Hause, ganz von sich eingenommen, brüstete sich, weil sie so hübsch war, was für ein guter Fang (den weniger Joe gemacht hatte als vielmehr sein Auto, wie Harriet gehässig dachte). Claire hätte nicht weniger zu ihm passen können. Sie war frech und unverschämt, fand Harriet ... frivol, was man früher einer Bardame nachsagte, und wie eine Bardame sah Claire auch aus. Blondiertes, orangefarbenes sprödes Haar, dicht und voll. Große

Brüste, die von tief ausgeschnittenen Tops mühsam gehalten wurden. Ein breites Lächeln, schiefe Zähne. Und ausgesprochen zärtlich war sie, berührte Joe unentwegt, legte ihren Arm um seine Schultern, hakte sich bei ihm ein, fuhr ihm mit der Hand durchs Haar ... Er sträubte sich nicht dagegen, kein einziges Mal. Was taten sie wohl erst im Auto, wenn er so spät nach Hause kam? »Was glaubst du wohl?« sagte Sam trocken und schien wenig besorgt. »Er ist schließlich siebzehn«, sagte Sam bei jedem Einwand, den Harriet geltend machte. »Er ist siebzehn, Harriet.« Er war in der Tat siebzehn, und sie hatte sich immer für ihn eine Freundin gewünscht, nur nicht Claire, keine wie Claire, die ihn fallenlassen würde, sobald sie ein besseres Auto in Aussicht hätte. Sie stieß noch mehr Warnungen aus, brummelte noch mehr Drohungen, vielmehr Worte, die wie Drohungen klangen, so wie sie sie sagte. Joe hörte ihr einfach nicht zu. Je mehr sie ihn zur Vorsicht mahnte, je häufiger sie ihm riet, er solle außer Claire noch andere Freundinnen haben, desto ungläubiger sah er sie an. Auch er sagte immer häufiger: »Ich bin siebzehn«, das allerdings in wütendem Ton.

Joe in einem leeren Haus mit Claire allein zurückzulassen, war verrückt. »Wir können nicht fahren«, sagte sie zu Sam.

»Warum denn nicht um Himmels willen?«

»Denk mal nach«, drängte sie. »*Denk* doch nur mal nach.«

»Ich denk doch nach. Ich denke, daß wir schon seit langem nicht mehr zusammen weg gewesen sind ...«

»Oh, das weiß ich auch, aber das hab ich nicht gemeint, du weißt genau, was ich gemeint habe. Claire würde sofort hier einziehen.«

»Na und?«

»*Na und?* Hast du den Verstand verloren? Sie werden miteinander im Bett landen, weiß Gott, was passieren würde ...«

»Was vermutlich normalerweise im Bett passiert, obgleich es in unserem seit einem Jahr nicht gerade oft passiert ist.«

»So was überhöre ich.«

»Natürlich tust du das, wie du's sonst auch tust, du überhörst alles ...«

»Sei nicht so neunmalklug, ich mache mir Sorgen wegen Joe.«

»Das tu ich auch.«

»Das klingt aber nicht danach, wenn man dir so zuhört.«

»Weil du dir nicht selbst zuhörst, weil ...«

»Oh, sei still.«

»... wenn du's nämlich tätest, würdest du merken, wie albern du klingst, wie eine Karikatur, die Karikatur von, von ...«

»Von was? Los, weiter.«

»Mir fällt gerade nichts ein. Du klingst so eifersüchtig, als könntest du den Gedanken nicht ertragen, daß Joe Spaß hat ...«

»Spaß hat? So nennst du das also? Und was, wenn diese Claire ihn fallenläßt? Es würde ihn kaputtmachen, er könnte keinen zweiten Schlag, nicht noch mehr Unglück ertragen, er ist noch nicht soweit für jemanden wie Claire, er würde keinen *Spaß* mit ihr haben. Sie hätte den ganzen Spaß ...«

Sam starrte sie voller Mitleid an.

»Sieh mich nicht so an«, schrie sie.

Er zuckte mit den Schultern und wandte sich ab. »Ich

fahre jedenfalls«, sagte er, »nach Edinburgh, meine ich. Ich will fahren. Ich muß mal raus. Selbst wenn du bleibst, ich fahre.«

»Das geht doch nicht.«

»Warum?«

»Sei nicht albern, denk doch nur, wie das aussehen würde.«

»Für wen? Für Joe?«

»Ja, für Joe, für alle.«

»Es würde genauso aussehen, wie es ist, daß ich nämlich genug habe von deinen verrückten Ideen.«

»Und was würde das in Joe anrichten, wenn er merken würde, daß wir uns seinetwegen gestritten haben und du weggefahren bist ...?«

»Was würde das in Joe anrichten? Ihn hoffentlich zum Lachen bringen. Man kann nur noch über dich lachen, mir fehlt leider dazu die Energie. Joe wäre es sowieso egal, ob ich ohne dich losfahre. Er wäre womöglich noch froh darüber. Du hast dich unersetzlich für ihn gemacht und mich zu einer Null. Ich zähl nicht mehr.«

»O weh, noch mehr Selbstmitleid, noch mehr Gejammer, du bist in letzter Zeit so voller Selbstmitleid, führst dich auf, als wärst du der Sündenbock. Es widert mich an.« Sie stockte, Sam sagte jedoch nichts, lächelte nur, worauf sie ihn sofort auf sein Lächeln festnagelte. »Da haben wir's, siehst du, alles ist für dich nur ein Spaß, alles muß immer nur heiter sein, nichts wird je ernst genommen. Ich hab dich zu gar nichts gemacht, das hast du schon selbst getan.«

»Das ist doch Nonsens. Wozu soll ich mich gemacht haben?«

»Zu einem Feigling. Du hast Angst vor Joe, und das, seitdem er überfallen worden ist, hast Angst vor seiner

Verzweiflung, und das weiß er, er weiß, daß du sie nicht ertragen kannst und er sie ertragen muß, du willst immer nur vergessen …«

»Und du dich ständig erinnern, und das heißt dann tapfer sein, wie? Sich an der Vergangenheit zu weiden heißt tapfer sein?«

»Ich weide mich nicht daran.«

»Und ob.«

»Woran genau?«

»Am Leiden. Du genießt es richtig.«

»Bist du verrückt?«

»Nein, das bist du, jetzt wo du's sagst, du bist die Hälfte der Zeit gestört. Hast keinen Sinn für Proportionen, läßt nicht zu, daß das Leben weitergeht, jede verdammte Kleinigkeit wird auf den Überfall zurückgeführt, als ob …«

»Als ob? Ich warne dich, Sam …«

»Du warnst mich? Ich hätte dich vor langer Zeit warnen sollen.«

»Wovor?«

»Davor, wie lächerlich du geworden bist, wie bitter, und wieviel du damit anrichtest, und wie sehr ich dieses tragische Gebaren satt habe. Ich hab es satt, und es ist mir dermaßen egal, ob du mit nach Edinburgh kommst oder nicht, ich weiß nicht einmal, ob ich überhaupt möchte, daß du mitkommst, du würdest das Wochenende nur vermiesen, bevor es auch nur angefangen hätte. Ich fahre, weil ich Spaß haben will – ja, dieses so anstößige Wort, Spaß, wieder Freude an etwas haben, und ich schäme mich deswegen nicht. Mach doch, was du willst.«

Und er verließ unter lautem Türenschlagen das Haus, und zurück blieb Harriet mit einem mulmigen

Gefühl im Magen und der schrecklichen, nie zuvor empfundenen Gewißheit, daß Sams Liebe zu ihr nicht so unerschütterlich und überwältigend war, wie sie immer geglaubt hatte.

Mitte August starb Eric James. An Herzversagen, nicht etwa infolge seiner Verletzungen, aber der Sturz hatte sein kräftiges altes Herz geschwächt. Nur zwei Tage vor seinem neunzigsten Geburtstag. Wie schade, dachte Sheila, daß er nicht noch achtundvierzig Stunden ausgeharrt hatte … es hätte ihm so gefallen, genau am Tag seiner Geburt zu sterben. Er starb jedoch an einem heißen sonnigen Tag, zwei Tage davor, zwei Wochen, nachdem er aus dem Krankenhaus gekommen war. Bestimmt waren ihm die Erinnerungen zuviel geworden, als er in das leere Haus zurückkehrte, wo er für eine kurze, aber aufregende Zeit Leo beherbergt hatte. Sobald er wieder zu Hause war, trottete er mit trübseliger Miene durch die kleinen Räume, sah hilflos und verloren aus, nahm Dinge in die Hand und legte sie gleichgültig wieder zurück und las alles auf, was Leo benutzt hatte. Nur er und Sheila, und natürlich Alan, wußten, warum ihm sein eigenes Haus plötzlich wie eine leere Hülse vorkam, für die er nichts mehr empfand. Carole schwor bei seinem Anblick, er sei jetzt bereit, in ein Heim zu gehen. Sie sei sicher, er habe endlich verstanden, daß er allein nicht mehr zurechtkommen und in der Gesellschaft anderer besser aufgehoben sein würde. »Unsinn«, sagte Sheila, mehr nicht.

Sie brachte ihrem Vater täglich das Essen und versuchte, mit ihm über Leo zu sprechen. Es dauerte eine ganze Weile, während der er sie fassungslos anstarrte, ihn davon zu überzeugen, daß Leo aus freien Stücken fortgegangen war und sie ihn nicht verraten hatte. »Er war nicht da, Dad«, sagte sie wieder und wieder. »Erinnerst du dich? Ich bin gleich zu dir ins Krankenhaus gekommen, nur hast du geschlafen, dann gleich wieder am nächsten Tag, und hab dir erzählt, daß er nicht mehr da war. Und ich hatte dir doch versprochen, weißt du noch, an dem Abend nichts zu unternehmen? Ich hatte es dir versprochen. Und ich hab auch nichts unternommen. Er war nicht mehr da, er war schon fort.« Immer wieder sprachen sie über alles, und am Ende glaubte er ihr. Aber dieser Glaube half ihr auch nicht weiter. Er fragte sie, wenn sie allein waren, unaufhörlich, warum Leo wohl genau um diese Stunde, genau an jenem Tag fortgegangen war. »Er hat nix gesagt«, protestierte Eric James, »kein Sterbenswörtchen, hat nix davon gesagt, daß er fortwill.«

»Er wollte vermutlich nicht, daß du's weißt«, seufzte Sheila. »Er wußte, daß du traurig sein würdest, es wäre ihm nur noch schwerer gefallen zu gehen, und irgendwann mußte er doch schließlich gehen.«

»Er hätte ruhig noch 'n bißchen bleiben können.«

»Wie lange war er hier überhaupt eingesperrt?« forschte Sheila. Aus irgendeinem Grund wollte Eric James diese eher unbedeutende Information nicht preisgeben, als wäre sie zu kostbar, worüber sie sich ärgerte. »Wie lange genau?«

»Schwer zu sagen.«

»Schwer zu sagen? Du meinst, du weißt es nicht? Sei nicht albern.«

»Hüte deine Zunge. Ich bin nicht albern, warum wäre er sonst zu mir gekommen, eh? Zu mir, nicht zu dir.«

Er wies sie auf kindische Weise immer wieder darauf hin – zu-mir-nicht-zu-dir, zu-mir-nicht-zu-dir –, bis es wie Gezwitscher klang, wie das schrille, lästige Schilpen eines ganz gewöhnlichen Sperlings.

»Wie sah er aus? Wie kam er dir vor?« Sie mußte ihn trotz allem fragen, ihren Ärger überwinden. Und er hatte es gern, daß sie ihn ausfragte, es gefiel ihm, verlieh ihm Macht.

»Toll«, sagte er. »Toll sah er aus, hat ihm nichts ausgemacht, das Umherziehen. Als er gebadet und sich was Frisches angezogen hatte, sah er toll aus, auch wenn ihm keine Hosen paßten, meine hatten zu kurze Beine, aber wir haben uns was einfallen lassen …«

»Dad, ich meine *ihn selbst*, wie er dir vorkam, und nicht, wie seine Kleider aussahen?«

»In Ordnung. Wie sonst. Bißchen still, aber das war er ja schon immer.«

»Und wie hat er's angestellt, wo ist er gewesen, wie ist er geflohen?« Die Fragen sprudelten nur so aus ihr heraus, obgleich sie ihm die Genugtuung darüber, daß sie ihn so inständig bat, eigentlich nicht gönnte.

»Hat mir nie gesagt, wie er geflohen ist, kein Wort, um ja nicht …«

Sie fragte nicht, um ja was nicht … er benutzte diese Wendung häufig, um etwas Vages anzudeuten, und gewöhnlich hieß es, daß er etwas nicht wußte, nur vorgab, darüber Bescheid zu wissen. »Er ist auf 'nem Laster mitgefahren, nachdem er meilenweit gelaufen war. Hat seine Kleider umgekrempelt, sein Hemd einfach falsch rum angezogen, und niemand hat was gesagt.«

»Und dann? Als er vom Laster runtergestiegen ist?«

»Gelaufen, die ganze Nacht.«

»Was hat er gegessen?«

»Hatte sein Brot dabei, in seinen Taschen, hat sich davon am ersten Tag ernährt, Brot und Wasser, Marschverpflegung, ich weiß noch, wie wir …«

»Dad, und was dann, als er das Brot aufgegessen hatte?«

»Das kannst du dir doch vorstellen.«

»Du meinst, er hat Geld, was zu essen gestohlen.«

»Ich sag nix.«

»Jetzt ist er also auch noch ein Dieb. O Gott, es hört wohl nie auf. Wird immer schlimmer und schlimmer, erst die Gewalttat, dann Diebstahl …«

»Ich hab nie gesagt, daß der Junge ein Dieb ist.«

»Was hätte er sonst tun sollen? Das liegt doch auf der Hand.«

»Da gibt's schon Mittel und Wege, gibt's schon Mittel und Wege, hab ich ihm alles beigebracht, Tricks vom Militär …«

»Oh, *Dad.*«

Sie fand es müßig, sich noch weiter darüber auszulassen, wie Leo hierhergekommen war, wo sie doch jeden noch so kleinen Fetzen Information herausbekommen wollte, was er zu tun gedachte, nachdem er das Haus seines Großvaters verlassen hatte. Sie stellte aber bald fest, daß Eric James keine Ahnung davon hatte. Leo hatte nie mit ihm über irgendwelche Pläne gesprochen. Er war gekommen, um sich eine Weile auszuruhen und zu verstecken und Geld zu besorgen. Eindeutig, um sich Geld zu besorgen, ohne das er unmöglich hätte fortgehen können, Geld, das Eric James ihm nur allzu gern gab. »Ich wollte, er hätte alles mitgenommen«, sagte er zu Sheila. »Was soll ich damit? Er hätte alles nehmen sollen, es war sowieso alles für ihn.«

»Wenn das stimmte, dann wäre es nicht fair«, konnte Sheila nicht widerstehen zu sagen.

»Eh?«

»Du hast auch noch andere Enkel, Caroles Töchter. Es wäre nicht fair, alles Leo zu geben, alles ihm geben zu wollen.«

»Was hat das mit fair zu tun? Du und dein Fair. Nichts ist fair. Leo brauchte es, darum geht's doch.«

»Brauchte es, um noch mehr Unheil anzurichten.«

»Er richtet kein Unheil an, hat er nie getan.«

»Hat er das gesagt?«

»Eh?«

»Du weißt schon – hat er das gesagt? Hat er darüber gesprochen? Hat er erzählt, was passiert ist?«

»Er hat was genommen.«

»Das wissen wir.«

»Tja, das war's, er hat eben was genommen, was er nicht nehmen durfte, und das war's, einfach so.«

»Aber hat er's getan?«

»Was?«

»Du weißt schon – hat er, hat er – oh, ich kann nicht drüber sprechen, diese Dinge, diese schrecklichen Dinge ...«

»Vielleicht.«

»Hat *er* das gesagt? Daß er's vielleicht getan hat?«

»Eh?«

Er sah sie beinahe belustigt an, schüttelte den Kopf und lächelte leise. Sie konnte es nicht ertragen. Wäre er nicht so gebrechlich und traurig gewesen, hätte sie ihn geohrfeigt.

»Du machst es dir so schwer«, sagte er schließlich, »hast du schon immer getan, so fürchterlich schwer. Wenn der Junge getan hat, was er getan hat, dann tut es ihm leid. Er kann's nicht ungeschehen machen, keiner von uns kann das. Aber du würdest ihn nicht lassen, eh?«

»Ihn was nicht lassen?«

»Ihn einfach in Ruhe lassen. Was geschehen ist, ist geschehen. Das hast du dir alles nur selbst zuzuschreiben, Mädchen. So wird er nur einen großen Bogen um dich machen, er weiß, was du denkst.«

»Ach wirklich?« Wut und Verzweiflung ließen ihre Stimme schrill werden. »Gar nichts weiß er, und du genausowenig. Keiner von euch beiden, ihr wißt doch überhaupt nicht, was ich durchgemacht habe, noch immer durchmache, und er geht einfach auf und davon.«

»Bleibt ihm ja nichts anderes übrig.«

»Was meinst du mit: Bleibt ihm ja nichts anderes übrig? Was *meinst* du damit?«

Er schüttelte jedoch nur den Kopf und hustete, und schon war der Moment, wie schon so oft, verpaßt. Jedesmal, wenn sie in den vergangenen zwei Wochen in die Nähe dessen kamen, wovon sie sich ein wenig Aufklärung erhoffte, etwas, das er ihr über sie und Leo erzählen konnte, löste sich alles in Wohlgefallen auf. Sie gaben dann nur noch Belanglosigkeiten von sich oder saßen stundenlang schweigend da, als trauerten sie. Was in ihr das konfuse Gefühl hervorrief, er verstehe etwas, das sie nicht verstand, und das machte sie rasend. Alles was sie miteinander verband, war der Verlust von Leo, ihrer beider Liebe zu ihm, und nie sprachen sie offen darüber, nicht einmal ganz zum Schluß.

Sheila und Carole sahen in der Mitte der zweiten Woche nach seiner Rückkehr das Ende immer näher kommen. Sie konnten es ihm ansehen. Es war erstaunlich, wie deutlich erkennbar sein Tod nahte. Plötzlich hatte sich das Fleisch nicht nur aus seiner großen Gestalt zurückgezogen – er war damals schon seit geraumer Zeit hager –, sondern auch aus seinem Gesicht. Es wurde erst mager und bekam dann ein ganz transparentes Aussehen, die Haut war so hauchdünn über die knochige Nase und die hohen Wangenknochen gespannt, daß es aussah, als könne sie jeden Augenblick reißen. Und sein Puls war schwach. Der Doktor sagte ihnen, wie langsam und matt er sei, und sah sie fragend an, ob sie auch verstünden, was das bedeutete. Das taten sie. Sie waren innerlich darauf vorbereitet, und das, seitdem ihr Vater sich am Mittwoch ins Bett gelegt hatte und es nicht mehr verließ. Sie saßen abwechselnd an seinem Bett. Er öffnete die Augen und sah sie prüfend an, dann schloß er sie und schlug sie erst nach etwa einer Stunde wieder auf, als müsse er sich erneut vergewissern. Freitag aß er schon nichts mehr, nicht einmal Suppe. Er nippte etwas Wasser, das war alles. Sheila dachte, wie würdevoll er aussah, wie würdevoll doch ein zu erwartender Tod war. Sie mußte an den Satz im Radio denken, als der König starb – »das Leben des Königs geht friedlich seinem Ende zu«.

An seinem, wie sich dann herausstellen sollte, letzten Tag war sie in seinem Zimmer ein und aus gegangen, und er schien ganz friedlich zu schlafen. Es herrschte keine außergewöhnliche Stimmung. Gegen sechs kam sie zu ihm und sagte, sie gehe nach Hause, Carole würde jetzt bei ihm bleiben. Er gab keine Antwort, hatte aber schon den ganzen Tag nicht gesprochen. Der Raum war düster, aber nicht dunkel, die Vorhänge halb geschlossen, um das Sonnenlicht fernzuhalten. Sie saß noch einen Augenblick an seinem Bett. Jede Stunde könnte er jetzt, würde er jetzt womöglich sterben. Sie wäre gern dageblieben, doch sie hatte letzte Nacht gewacht, jetzt war Carole an der Reihe, und wenn sie sich nicht abwechselten, würden beide einschlafen. Sie wußte nicht, warum sie bei ihm sein wollte, wenn er starb. Es würde keine letzten Worte geben. Der Augenblick für Worte war längst vorüber, und ihr Vater war ohnehin kein gesprächiger Mensch. Auch keiner, der Gefühle zeigte. Das war ja immer das Problem gewesen. Er mißtraute Worten, mißtraute Berührungen, so war ihm nur geblieben, alles in Taten umzusetzen. Er glaubte seine Fürsorge und sein Denken durch sein Tun zu offenbaren. Er nahm Leo bei sich auf, also spielte es keine Rolle, was er gesagt hatte. Er blieb an ihrer Seite, war die ganze Zeit über für sie dagewesen, also spielte es keine Rolle, daß er sie nie an sich gedrückt, umarmt oder mit irgendeiner zärtlichen Geste getröstet hatte.

Sie mußte gehen. Alan würde auf sie warten. Sie drückte die Hand ihres Vaters, ohne daß er jedoch reagierte, seine Finger legten sich nicht um die ihren. Als Carole in der Tür stand, erhob sie sich. Carole zog ihre Brauen hoch, aber sie schüttelte nur den Kopf und flüsterte: »Er schläft.« Sie ging nach Hause und machte Alan seinen Tee, dann läutete das Telefon, ja, ihr Vater sei gestorben. Das war's also. Sie fühlte sich erschöpft, teilnahmslos. Sie konnte sich kaum aufraffen, zurück zum Haus ihres Vaters zu gehen, aber sie durfte Carole nicht allein lassen. Alan fuhr sie dorthin, sie ließ ihn jedoch nicht mit hineinkommen, um ihm die letzte Ehre zu erweisen, noch nicht, nicht bevor sie es selbst getan hatte. Es machte ihr zu schaffen, als sie mit Carole dastand und den Leichnam betrachtete, nicht mit

Gewißheit sagen zu können, ob sie ihren Vater geachtet hatte. Möglich. Sie hatte seine Stärke und Loyalität und Unabhängigkeit geachtet, aber eigentlich nicht ihn. Sie konnte sich nur schwer vorstellen, daß diese gewaltige, dominierende Kraft für immer fort war. Man würde gegen nichts mehr ankämpfen, sich gegen nichts mehr sträuben müssen, ein Gedanke, der sie nicht etwa aufatmen ließ, sondern vielmehr deprimierte.

Irgendwo dort draußen wußte Leo nichts davon. Er konnte zwar unmöglich annehmen, sein Urgroßvater würde ewig leben, hatte ihn aber zuletzt erstaunlich rüstig und bei guter Gesundheit erlebt und nicht ahnen können, daß ihn die Kräfte so schnell verlassen würden. Vielleicht würde er versuchen, mit Eric James Kontakt aufzunehmen, seinem bevorzugten Bindeglied zu seiner Familie, zu ihr. Ohne Eric James gäbe es für ihn keinen anderen Weg als den direkten, um Kontakt aufzunehmen, sollte ihm je danach zumute sein. Anstatt sie zu bedrücken, gab ihr diese Vorstellung Auftrieb. Er konnte ihr nicht für alle Zeiten aus dem Weg gehen, natürlich nicht, das mußte er sich klarmachen.

Er konnte sich nicht länger hinter seinem Urgroßvater verstecken.

Harriet fuhr mit Sam nach Edinburgh. Sie hatte das Gefühl, sie müsse es tun. Sie wußte, er hatte gemeint, was er sagte, und ohne sich einzugestehen, daß an seinen Vorwürfen ein Quentchen Wahrheit sein mochte, wußte sie, daß sie vorsichtig sein und sich Mühe geben mußte. Er war so glücklich, als sie sagte, sie käme mit. Sie übernachteten in der Northumberland Street, in einem Zimmer mit Frühstück. Sam hatte ihr versprochen, die Bezeichnung sei irreführend, und Bilder einer engen, nach Kohl riechenden Behausung mit einer nach Bücklingen duftenden Landlady in Lockenwicklern heraufbeschworen und damit recht behalten. Das Haus war georgianisch, die Zimmer hoch und geräumig, die Vermieterin ausgesprochen kultiviert. Ihr Zimmer lag nach hinten und war mit hübschen Möbeln eingerichtet und voller Blumen, genau nach Harriets Geschmack. Sie bemühte sich sehr, glücklich zu sein, fühlte sich aber statt dessen verloren, vollkommen verloren. Alle ihre Gedanken waren zu Hause bei Joe. Sie blickte unentwegt auf die Uhr und fragte sich, was Joe wohl gerade mache. Sie wollte ihn anrufen, nur um zu sagen, daß sie heil angekommen waren, was Sam jedoch nicht zuließ. Sein Gesicht war, als sie den Hörer abnahm, angespannt und wütend, so daß sie ihn wieder auflegte.

Wenigstens waren sie beschäftigt, eilten von einer Vorstellung zur nächsten, allesamt von Sam ausgesucht. Sie stürzten von den Assembly Rooms zum Pleasance, ließen sich, nach Atem ringend, gerade noch rechtzeitig auf ihren Plätzen nieder und gingen danach zum George Square in eine Mitternachtsrevue. Es blieb eigentlich keine Zeit zum Grübeln, und doch fand Harriet sie, indem sie während der Vorstellungen in den kurzen Augenblicken, die nicht so fesselnd waren, minutenlang zwischen all den Zuschauern im Dunkeln saß, ihre Gedanken zurück nach Hause schweifen ließ und an Joe dachte, wie er in der Dunkelheit heimkam, ganz allein – aber nein, mit Claire ... dann wurde ihre Aufmerksamkeit von neuem gefesselt, und sie war froh darüber, bis zur nächsten Flaute, dann sah sie Joe am

Steuer sitzen, und schon war sie wieder weit weg, dort, wo sie sein sollte, sein wollte, wo ihr wirkliches Leben war.

Sie erzählte Sam nichts davon. Er genoß alles in vollen Zügen, war begeistert von Edinburgh, von seinem ersten Besuch des Festivals seit seiner Studienzeit. Er dachte an nichts anderes. Schon immer hatte sie ihn um seine Fähigkeit beneidet, die Freuden, die einem geboten wurden, in vollen Zügen zu genießen. Sie fragte ihn nicht, wußte aber, daß er nicht eine Sekunde an Joe dachte. Als sie von hoch oben, jenseits der Royal Mile, zurück in Richtung Northumberland Street gingen, umgeben von der hell erleuchteten Stadt und den Straßen voller ausgelassener Menschen und weit draußen auf dem Meer, über den Dächern der Neustadt, die blinkenden Lichter, redete Sam nur vom nächsten Tag, was sie sehen, welche Kunstausstellungen und Theatervorführungen sie besuchen, wo sie essen würden, er habe zum Mittag einen Tisch im Pierre Victoire und zum Abend einen im grünen Zimmer von The Witchery reserviert … »Wie schön«, murmelte sie in einem fort, »schön, es wird schön sein.«

Er war so froh, dort zu sein, nur mit ihr, und seine Freude war ihm so deutlich anzusehen. Er sah wieder richtig gut aus, sein kräftiger, großer Körper wirkte nicht länger bedrohlich, sondern attraktiv. Neben ihm fühlte sie sich auf dem Nachhauseweg verlogen. Sie tat, als sei sie genauso glücklich. Sie lächelte, reagierte auf jede seiner Bemerkungen, erwähnte Joe mit keinem Wort. Und irgendwie funktionierte es. Weil ihr Mund lächelte, wirkte sich das auf ihre Stimmung aus, auch wenn sie wußte, daß ihr Lächeln nur aufgesetzt war. Es gelang ihr recht gut, Sam davon zu überzeugen, daß auch sie sich von der Last des zurückliegenden Jahres befreit fühlte, daß auch sie es als Erleichterung empfand, frei von Joe zu sein. Sam wünschte sich, daß sie es aussprach, das spürte sie, wünschte sich, daß sie etwas Vages, aber Vielsagendes äußerte, etwas Verschlüsseltes, wie: »Ist es nicht herrlich, hier zu sein, *einfach so*?« Aber sie brachte es nicht über sich, nicht einmal Sam zuliebe.

Dabei tat sie alles nur ihm zuliebe. Das war ihr bewußt. Er verdiente ihre ungeteilte Aufmerksamkeit. Man konnte ihm doch unmöglich vorwerfen, daß er durch Joes Erlebnis nicht so mitgenommen war, wie sie es gewesen und noch immer war. Ein nicht so verständnisvoller Mann wäre ihres zwanghaften Kummers überdrüssig, wenn nicht gar davon abgestoßen gewesen. Sam war geduldig geblieben, bis er mit den Nerven am Ende war. Ihn befremdete die Intensität ihres Leidens, dabei hatte auch er gelitten. Nun war es an der Zeit, ihm zu zeigen, daß sie verstanden hatte, ihm zu zeigen, wie glücklich sie sich schätzte, daß er so lange ihre ausschließliche, absolute Konzentration auf Joe ertragen hatte. Sam hatte keinen anderen Wunsch, als daß sie ihre bedrückende Stimmung abschüttelte und unbekümmert war – mehr nicht, nur unbekümmert. Dagegen war nichts zu sagen. Kein Wort. Sie brauchte nur mit ihm zu gehen, endlich einmal wieder mit ihm zusammenzusein, ohne den schwarzen Schatten der vergangenen Tragödie zwischen ihnen.

Nachdem das Wochenende vorüber war, sang Sam auf der Heimreise die meiste Zeit. Er sah zehn Jahre jünger aus. Ob das auch für sie galt, wußte sie nicht. Gewiß, sie hatte es auch genossen, allerdings nie ohne sich dabei insgeheim Sorgen zu machen, nie ohne kurz vorm Einschlafen auf der Suche nach Joe durch die

Straßen zu irren. Jetzt da sie sich ihrem Zuhause näherten, war sie starr vor Besorgnis, unfähig, das Urlaubsgeplänkel aufrechtzuerhalten. Als sie in ihre Straße einbogen, drehte sich ihr der Magen um, und sie mußte tief durchatmen, um ihre panische Angst in den Griff zu bekommen. Das Haus zumindest stand noch. Nirgends ein Lebenszeichen. Sie ließ Sam die Haustür öffnen, weil sie ihrer eigenen zitternden Hand nicht traute. Alles war totenstill. Die Zimmer waren sauber und aufgeräumt. Auf dem Küchentisch lag eine Nachricht:

*»Willkommen zu Hause, Ihr Herumtreiber. Hoffe, Ihr hattet 'ne schöne Zeit. Bin mit Claire auf einer Party. Komme sehr spät nach Hause – keine Sorge. Louis ist zurück, aber bei Charlotte. Er ruft Euch gegen zehn an.*
*Love, Joe xxx.«*

»Wir hätten gar nicht zurückzukommen brauchen«, sagte Sam. Sie starrte noch immer auf den Zettel. »Ich hab gesagt, wir hätten gar nicht zurückzukommen brauchen.«

»Ja, hab's gehört.«

»Was ist denn los? Scheint doch alles in Ordnung zu sein.«

»Mm.«

»Du fängst doch nicht schon wieder damit an, oder?«

»Schon wieder?«

»Dir Sorgen zu machen. Über Joe. Er ist auf einer Party, er amüsiert sich, *verflixt* noch mal.«

Sie ging, ohne ein Wort zu sagen, nach oben. Sie wagte es nicht. Alles wäre dahin, wenn er ihr ansehen würde, daß es nie vorüber sein konnte, wenigstens nicht für sie, sie konnte ihre Angst, daß Joe noch einmal etwas zustoßen könnte, nie ganz loswerden. Da sie seine Verzweiflung spürte, rief sie ihm vom Treppenabsatz zu: »Ich will mich nur schnell umziehen. Warum öffnest du nicht eine Flasche Wein, dann essen wir noch etwas zur Feier des Tages, daß alles in Ordnung ist?«

So würde sie sich von nun an, falls es ihr gelingen sollte, verhalten müssen.

Der Crown Court war etwas anderes. Nicht daß er so anders aussah, denn auch hier wirkte, wie im Jugendgericht, alles neu und modern, doch die Atmosphäre war eine andere, sobald der Richter den Gerichtssaal betrat. Es gab hier keinen Summer, stellte Sheila erfreut fest. Statt dessen »bat« eine Frau in schwarzer Robe die Anwesenden, sich zu Ehren des Richters zu erheben. Es wirkte alles so viel besser, so viel korrekter. Und der Richter in seinem Purpur mit seiner strahlendweißen Krawatte und seiner knubbeligen, grauen kleinen Perücke beeindruckte sie, im Gegensatz zu den Friedensrichtern des Jugendgerichts. Er hatte alles unter Kontrolle, und das kleine Knäuel von Barristern, Anwälten und Protokollführern unten im Gerichtssaal war sich dessen durchaus bewußt. Sie waren voller Achtung und Ehrerbietung, was Sheila nur recht sein konnte. Sie hatte plötzlich Vertrauen in das Gesetz und wünschte sich, Leo wäre vor diesem Gericht erschienen.

Harriet, die hinter ihr saß, gingen ähnliche Gedanken durch den Kopf, sie beschäftigte jedoch, wieviel die Einrichtung des Gerichtssaals noch zu wünschen übrigließ. Sie hatte den Eindruck, in einem Bus zu sitzen, in einem sehr kleinen überfüllten Bus. Es gab keine Galerie für die Zuschauer, nur vier Reihen mit je drei Stühlen gleich neben dem Eingang. Sie hätte sich vornüber lehnen und Claire, die ganz vorn saß, auf die Schulter tippen können. Das Mädchen war bereits da, als Harriet den Raum betrat, und hatte sich ins Rampenlicht gesetzt. So empfand sie es jedenfalls – Claire versuchte, aufzufallen, mehr aufzufallen als Joes eigene Mutter. Sie hätte sich nie im Leben neben sie gesetzt. Selbst wenn Claire sich nach ihr umdrehen und sie herbeiwinken würde, hätte sie sich nicht zu ihr gesetzt, doch das Mädchen drehte sich nicht um, kein einziges Mal. Sie saß da in ihrer weißen Bluse – es hatte sie viel Mühe gekostet, angemessen gekleidet zu sein, dachte Harriet – und dem schwarzen Rock und starrte, das Haar mit einer breiten schwarzen Spange streng zusammengehalten, unverwandt vor sich hin. Neben ihr, zwei Stühle weiter, saß Sheila Armstrong, in demselben tristen Mantel, den sie auch vor dem Jugendgericht getragen hatte.

Harriet saß hinten, neben zwei jungen Mädchen, etwa in Claires Alter, vermutete sie. Sie fragte sich, ob sie wohl Claire oder Joe kannten, beide sagten jedoch kein Wort, so daß nichts darauf hinwies. In den beiden mittleren Reihen saßen vier Chinesen und eine Frau, die offenbar verantwortlich für sie war. Vermutlich eine Reisegruppe, die die Stadt besichtigte. Am Vormittag ins Gericht, um zu sehen, wie die britische Justiz funktionierte, am Nachmittag einen Ausflug zum römischen Wall. Darauf würde es hinauslaufen, dachte Harriet, Joe eine bloße Touristenattraktion. Er war in einem gesonderten Raum für Zeugen. Als sie ankam und ihn nirgendwo hatte finden können – er wollte unbedingt allein kommen, selbst fahren und für sich sein –, war sie in Panik geraten. Der Eingangsbereich wirkte wie die Transithalle eines Flughafens, voller Leute, die rauchend auf und ab gingen oder mit angespannter Miene auf der einen Sitzreihe saßen, die quer durch den Raum am Boden festgeschraubt war. Einer der Beamten hatte sie jedoch vorbei an den Münztelefonen und dem Wasserspender zu dem Zimmer gebracht, in dem die Zeugen warten konnten. Sie erkannte Joe, der in eine Zeitung vertieft war, trat jedoch nicht ein. Sie machte kehrt und ging zurück in den Gerichtssaal Nummer 4, froh, ihn wohlbehalten dort gesehen zu haben.

Sie fühlte sich allein, isoliert und bereute einen Moment lang, Sam nicht mitgenommen zu haben. Er hatte einen wichtigen Termin, den er abgesagt hätte, wenn sie ihn dazu ermuntert hätte. Sie hatte darauf bestanden, er solle es nicht tun, sie brauchten nicht beide hinzugehen. Ihr fiel auf, daß Mr. Armstrong auch nicht da war, und sie fragte sich, ob Sheila, wie sie dort so allein saß, sich wohl auch einsam fühlte. Zu dumm, daß sie so weit voneinander entfernt waren. Hätte Claire sich nur nicht dorthin gepflanzt, wären neben Sheila zwei Plätze frei gewesen, dann hätte sie nicht gezögert, wäre zu ihr hinübergegangen und hätte sich zu ihr gesetzt. Ihr fiel ein, daß von Gary Robinsons Familie niemand dasein konnte, es sei denn, die beiden jungen Mädchen waren mit ihm verwandt, was sie aber bezweifelte. Jedenfalls war seine Mutter nicht da. Keine Mutter und kein Vater oder irgendein Großelternteil, um zu leiden. Das war es, weshalb die Atmosphäre so anders war, stellte Harriet fest, nicht etwa der Richter oder die Insignien, sondern das Ausbleiben jener unerträglichen Spannung, die im Jugendgericht geherrscht hatte, wo jedermann so offensichtlich gelitten hatte und ihrer aller Nerven, ihre eigenen, Sheilas und selbst die der beiden Männer, so bloßgelegt gewesen waren. Hier, heute, war das Leid gedämpft, man hatte sich daran gewöhnt, es war daraus ein dumpfer Schmerz geworden ...

Es folgte eine unendliche Tirade von Zeitangaben und Daten, die in Sheilas Augen reine Zeitverschwendung waren, obgleich sie zugab, daß mit Exaktheit verfahren werden mußte. Die beiden Barrister ließen sich haarspalterisch über winzige Details aus, bis selbst der Richter, ihres Rededuells überdrüssig, einen der beiden aufforderte, Platz zu nehmen, er sei sicher, alle wesentlichen Fakten seien aufs genaueste dargelegt worden. Dann führten sie Joe Kennedy herein. Sheila sah, wie er sofort zu dem jungen Mädchen blickte, die zwei Stühle neben ihr saß, und erkannte, daß sie seine Freundin sein mußte. Sie musterte sie verstohlen. Ein hübsches, frisch aussehendes Mädchen mit schönem, vollem, maisgelbem Haar, das ordentlich zurückgebunden war. Man sah ihr an, wie sehr sie mit Joe mitfühlte, so aufrecht saß sie da, mit angespanntem Gesicht, sie bebte förmlich vor lauter Anteilnahme. Und sie sah, wie sehr Joe sich durch sie ermutigt fühlte, sah ihn leise in ihre Richtung lächeln – er stand ganz in ihrer Nähe, da der Zeugenstand kaum einen Meter von der vorderen Zuschauerreihe entfernt war. Kurze Signale wurden ausgetauscht, Augenbrauen hochgezogen, sie nickten einander zu. Es war sehr anrührend. Wie sehr sich der Junge Joe Kennedy verändert hatte. Nicht so sehr im Aussehen, obgleich er seit der ersten Verhandlung mindestens zehn Zentimeter gewachsen war, als vielmehr in seinem Auftreten. Er ließ den Kopf nicht mehr hängen oder stand mit gebeugten Schultern da, und der so schrecklich abgespannte Gesichtsausdruck war verschwunden. Sie erinnerte sich, wie er vorher ausgesehen hatte, als er, so blaß und verletzlich, zwischen seinen Eltern stand. Das Mädchen hatte ihm Selbstvertrauen gegeben, das konnte sie sehen. Sie fragte sich, was Harriet wohl von ihr dachte. Leo hatte nie eine Freundin gehabt, und wenn, dann hatte er sie nie mit nach Hause gebracht. Ein- oder zweimal hatte sie ihn vorsichtig nach Mädchen gefragt, ob er eine Freundin habe, und er hatte gesagt, das interessiere ihn nicht, worauf sie ganz erleichtert gewesen war. Was, wenn eine Freundin von Leo jetzt hier gewesen wäre? Sie hätte sich genauso um ihn gesorgt wie sie. Sie hätten zusammengehalten.

Sie versuchte, es sich auf dem harten Stuhl bequem zu machen, und wünschte, sie wäre nicht hier, wäre nicht gekommen. Sie hätte nicht kommen müssen, niemand hatte sie darum gebeten oder ihre Anwesenheit verlangt. Sie wollten Leo dabeihaben, nicht sie. Tief in ihrem Innern hatte sie den absurden Gedanken, Leo könne womöglich auftauchen – eine lächerliche Vorstellung, das wußte sie. Wo immer er auch sein mochte, er war weit vom Schauplatz seines Verbrechens entfernt, wenn er überhaupt das Verbrechen begangen hatte. Deshalb war sie hier, um herauszufinden, wie groß Leos Anteil und wie groß der von Gary Robinson an dem an Joe verübten Verbrechen war. Vermutlich ein törichter Gedanke, sich von dem Schläger da vorn irgendwelche Aufklärung zu erwarten, doch sie gab ihre Hoffnung nicht auf.

Gary Robinson war abstoßend. Man hatte versucht, ihn so anständig wie nur irgend möglich aussehen zu lassen, was jedoch mißlungen war. Das saubere Hemd unterstrich nur die Häßlichkeit seines schorfigen Gesichts, der offene Kragen umfaßte gerade noch seinen Stiernacken. Zuknöpfen ließ er sich nicht. Er schlurfte zur Anklagebank, lehnte sich zurück und starrte, beängstigend mit den Augen rollend, vor sich hin. Links unterhalb seines Kinns trug er ein riesiges Pflaster, an dem er unentwegt herumfingerte. Man hatte den Eindruck, er würde es jeden Augenblick herunterreißen. Sheila wartete nur darauf. Er war groß, allerdings eher massig als aufgeschossen. Er mußte doppelt soviel wiegen wie Joe Kennedy. Joe hatte überhaupt keine Muskeln. Die Ärmel von Gary Robinsons Hemd waren aufgekrempelt, und auf seinen Armen waren Tätowierungen zu sehen. Es war Unrecht, dachte Sheila, jemandem gegenüber allein wegen seines Äußeren voreingenommen zu sein, aber sie war nun einmal voreingenommen.

Dem Gericht erging es offensichtlich nicht anders, obgleich die Verhandlung in aller Fairneß geführt wurde. Als Leo dort gestanden hatte, war es nicht so gewesen. Man war sich nicht sicher. Leo hatte so beeindruckend ausgesehen, und seine Weigerung, auch nur ein Wort zu sagen, hatte alles nur noch mysteriöser gemacht. An Gary Robinson war nichts Mysteriöses. Er sah genauso aus, wie er angeblich war, verkommen und bösartig. Sheila hatte Mitleid mit seinem Verteidiger, der sich mit Nachdruck auf die schlimme Herkunft seines Klienten berief, ohne jedoch wirklich beteiligt zu klingen – die bekannte Geschichte von Vernachlässigung, eintönig, trübsinnig, die kein Mitgefühl erregte, obgleich sie es hätte tun sollen. Als die Liste dessen, was Gary Robinson angeblich verübt hatte, verlesen wurde, war jeglicher Gedanke an irgendwelche mildernden Umstände verflogen. Als Joe Kennedy schließlich aufgerufen wurde, erübrigte sich seine Aussage beinahe, so sicher war man sich des Falls. Joe Kennedy identifizierte Gary Robinson mit allem Nachdruck. Ja, das sei derjenige, den er bei der Gegenüberstellung erkannt habe, ja, derjenige, der ihn überfallen habe. Gewiß, er habe ihn nur einige Sekunden lang gesehen, es sei jedoch nicht dunkel gewesen, und er habe ihn deutlich sehen können. Ihm sei die ausgefranste, schlecht vernähte Narbe unter dem linken Ohr des Angeklagten aufgefallen, und er habe sie in seiner Aussage der Polizei gegenüber erwähnt. Das wurde bestätigt.

Nur leicht errötend, doch mit recht deutlicher Stimme erzählte Joe, was in jener Nacht des Überfalls geschehen war. Er sei nach dem Kino allein nach Hause gegangen. Es war abends kurz vor zehn. Als er den Hügel in Richtung seines Elternhauses hinaufging, habe er gesehen, wie Gary Robinson aus einer engen Gasse gekommen sei. Er habe kehrtgemacht, worauf der Angeklagte ihn jedoch umgedreht und ihm ein Messer an die Kehle gesetzt habe. Er sei in die Gasse gezerrt worden, eigentlich nur ein schmaler Pfad hinter zwei Häuserreihen, der die beiden Hauptstraßen miteinander verband. Der Angeklagte habe ihn beschimpft und von ihm Geld verlangt. Er habe ihm das bißchen Kleingeld gegeben, das er bei sich trug, worauf der Angeklagte wütend geworden sei. Er habe den zweiten Angreifer gesehen, der ihm die Augen verbinden sollte, was er auch tat. Dann habe man ihn mit einem Fußtritt zu Boden geworfen. Der Angeklagte habe ihn aufgefordert, sich auszuziehen. Zuerst habe er sich geweigert. Dann habe er einen stechenden Schmerz in der Schulter gespürt, und ihm sei klargeworden, daß der Angeklagte sein Messer benutzt hatte. Er habe seine Jeans und seine Jacke und sein Hemd ausgezogen. Man habe ihn erneut getreten, und er habe einen weiteren Schmerz im Bauch verspürt. Der Angeklagte habe ihm seine Unterhosen ausgezogen und sie ihm in den Mund gestopft. Er sei daran fast erstickt. Man habe ihm die Hände auf den Rücken gebunden und ihn auf den Bauch gedreht. Er habe den Eindruck gehabt, zwei Paar Füße würden ihn treten, sei sich aber nicht sicher. Er habe warmes Wasser hinten auf seinem Nacken gespürt und dann den Urin gerochen. Man habe ihn wieder umgedreht und ihm den Knebel aus dem Mund gezogen. Die Augenbinde sei verrutscht, und er habe den schwarzen Täter erkannt, der mit einem Messer in der Hand reglos dagestanden habe. Der Angeklagte habe den zweiten Täter beschimpft, der sich jedoch nicht rührte. Daraufhin habe sich der Angeklagte hingekniet, die Hosen bis zu den Knöcheln herabgelassen, und seinen Darm entleert. Er habe seinen eigenen Kot in die Hand genommen und gelacht und ihn seinem Opfer ins Haar geschmiert. Dann habe er seine Hosen hochgezogen, das Messer fallen gelassen und seinem Komplizen gesagt, er solle davonlaufen.

Sheila hatte aufmerksam zugehört. Joe sprach ganz langsam und wurde kaum von den Barristern oder dem Richter unterbrochen. Seine Stimme bebte nur, als er von dem Kot sprach. Sheila umklammerte bei diesem ekelhaften Detail noch fester ihre Handtasche und sah zu Boden, auf den so makellos sauberen, polierten Holzfußboden. Dann wurde Gary Robinson wieder aufgerufen und ins Kreuzverhör genommen. Sheila konnte ihn erst nicht ansehen. Es war ihr nach allem, was gesagt worden war, unmöglich. Er hatte eine seltsam helle, beinahe hohe Stimme, die überhaupt nicht zu seiner Körpergröße paßte. Sie hörte ihn zu allem und jedem immer wieder »Was? Was?« sagen – »Was? Was?« Der Richter wurde ungeduldig, und man erklärte ihm, das Gehör des Angeklagten sei durch einen Schlag auf den Kopf, als er sieben war, teilweise beeinträchtigt. Nun war der Ankläger an der Reihe, und sein lauter Tonfall stand in krassem Gegensatz zu den gedämpften, beinahe unhörbaren Antworten des Angeklagten. Er schien sich derart eindeutig zu seiner Schuld zu bekennen, daß Sheila zu dem Schluß kam, irgendeine Vereinbarung müsse vor dem Prozeß getroffen worden sein: Wenn Gary Robinson die Zeit des Gerichts nicht unnötig beanspruchte, würde sich das im Urteilsspruch positiv niederschlagen. Sheila konnte sich seine Fügsamkeit nicht anders erklären. Er bekannte sich zu dem Überfall auf Joe Kennedy und gab vor, unter dem Einfluß von LSD gestanden zu haben. Als man ihn nach seinem Komplizen fragte, sagte er, er wisse seinen Namen nicht – es sei eben irgend so ein »schwarzer Junge« gewesen, den er an jenem Abend in einer Diskothek getroffen und dem er etwas Stoff verkauft habe. Er habe ihn dazu gebracht, mit ihm zu kommen und beim Überfall auf Joe Kennedy mitzumachen. Wie er ihn dazu gebracht habe? Daran konnte er sich nicht erinnern. Er konnte sich im Grunde an nichts erinnern, vor allem nicht daran, warum er den Überfall überhaupt gemacht hatte. Erst sagte er, wegen des Geldes, dann glaubte er, einfach nur so zum Spaß. Er sei im Kopf nicht klar gewesen, wisse es nicht. Nicht einmal das Opfer erkannte er wieder, es hätte jeder sein können, und was jene Nacht anging, so erinnerte er sich an nichts mehr. Er wußte nicht, in welcher Diskothek er den »schwarzen Jungen« getroffen hatte, und nahm die Zeugenaussagen derjenigen, die ihn gesehen hatten (ein Türsteher und ein Toilettenwart), widerspruchslos hin. Er sagte, er bedauere die Tat – genau diese Worte, »Ich bedauere die Tat«, wie ein Papagei, teilnahmslos, ohne jeden Ausdruck.

Der Richter brachte in einer knappen, zündenden Ansprache seine Abneigung gegen »Rüpel« wie Gary Robinson zum Ausdruck, die eine Schande für das Land seien etc. etc., und wies auf das Leid hin, das dem vollkommen unschuldigen Joe Kennedy und dessen Familie zugefügt worden sei. Nicht ein Wort über Leo Jacksons Familie, fiel Sheila auf. Gary Robinson hatte seinen Komplizen tatsächlich weitgehend entlastet, was allerdings nicht erwähnt wurde, genausowenig, in welchem Maße Leo bei der anderen Verhandlung das Ziel der Schuldzuweisungen gewesen war. Kein einziges Wort über Leo, aber daran war er selbst schuld. Er hätte anwesend sein sollen. Hätte bei der ersten Verhandlung das Wort erheben sollen. So viele »hätte« und »hätte sollen«. Nichts war geklärt. Sheila hatte nach wie vor den Eindruck, daß so viele Dinge nach Aufklärung verlangten und niemand da war, sie aufzuklären. So war das Leben, zutiefst unbefriedigend. Der Richter schloß mit einem Sermon über die zunehmend willkürliche sinnlose Gewalt, Gewalt nicht etwa aus Gier oder Rache, sondern aus purem »Spaß«. Ihr müsse, sagte er, Einhalt geboten werden. Gary Robinson wurde zweifach verurteilt, einmal wegen Drogenhandels und dann wegen des Überfalls auf Joe Kennedy, unter gleichzeitigem Vollzug beider Freiheitsstrafen, insgesamt vier Jahre.

Der Richter hatte während der Urteilsverlesung unverwandt Gary Robinson angesehen, ohne daß sein Blick erwidert worden wäre oder auch nur die geringste Wirkung gezeitigt hätte. Harriet war froh, nicht so naiv gewesen zu sein, vom Angreifer ihres Sohnes zu erwarten, daß er zusammenbrechen und weinen und sein Opfer um Verzeihung bitten würde. Sie hatte nichts erwartet und auch nichts bekommen. Gary Robinson zeigte nicht die Spur einer Reaktion. Dieses Ausbleiben welcher Reaktion auch immer war an allem das Schockierendste.

Der Richter erhob sich und verließ den Gerichtssaal. In dem Augenblick, da er zur Tür hinausgegangen war, veränderte sich die Atmosphäre. Die kleine Schar von Anwälten und Protokollführern in der Mitte des Raums atmete sichtlich auf und wurde lebendig. Einer der Barrister gähnte und streckte sich, ein zweiter nahm die Perücke ab, kratzte sich und setzte sie sich achtlos wieder auf, so daß sie schief saß. Es gab Gelächter. Sheila ärgerte sich darüber. Was gab es da zu lachen? Es war für die nur ein weiterer Arbeitstag, dachte sie. Sie wäre gern gegangen, wußte aber nicht, ob sie das noch vor der schwatzenden Gruppe tun durfte. Als das junge Mädchen neben ihr aufstand, erhob auch sie sich. Es war, als würde man sich nach einem Theaterstück zum Ausgang bewegen, dabei war es alles andere als ein Theaterstück, denn es war noch nicht vorüber. Das würde es nie sein. Damit mußte sie sich abfinden. Bei dem Gedanken hielt sie ihren Kopf gesenkt und wollte Harriet Kennedy nicht sehen, die gewiß nah hinter ihr sein mußte. Sie fühlte, wie man sie am Ärmel zupfte, und wußte, ohne sich umzudrehen, wer es war.

»Wie geht es Ihnen?« sagte Harriet. Sie wurden, je

näher sie der Tür kamen, immer mehr von der chinesischen Reisegruppe eingekreist.

»Danke, gut«, sagte Sheila und versuchte zu lächeln. Ihr war wirklich nicht nach Plaudern zumute, sie wollte nur so schnell wie möglich weg von hier.

»Ich bin mit dem Wagen da«, sagte Harriet. »Lassen Sie uns zusammen nach Hause fahren, *bitte.*« Ihr »bitte« klang so eindringlich und dabei so fragend, daß Sheila nicht die Kraft hatte, sich dagegen zu sträuben. Sie ließ sich zum Auto bringen und sagte nur: »Was ist mit Ihrem Sohn?«

»Er hat seinen eigenen Wagen«, sagte Harriet, »und seine Freundin.«

Es war eine kurze Fahrt bis zu Sheilas Haus. Keine der beiden Frauen sagte ein Wort. Harriet war sich sehr wohl bewußt, daß Sheila eigentlich nicht hatte mitfahren wollen, und fragte sich, warum sie sie wohl gedrängt hatte – es war ihr nur dringend nötig erschienen, sie nicht aus den Augen, sie nicht allein zu lassen. Sie wußte zwar, daß es keinen Zusammenhalt zwischen ihnen gab, daß diese beklemmende, prekäre, so sporadische Verbindung nicht ewig dauern würde, sie wollte sie aber unbedingt wenigstens für heute noch aufrechterhalten.

Harriet hielt vor Sheilas Haus, ohne jedoch den Motor auszuschalten. Sie wußte, Sheila würde sie nicht gern hereinbitten, und wollte es ihr leichtmachen.

»Vielen Dank«, sagte Sheila, »das war sehr nett von Ihnen. Die Busse fahren heutzutage so unregelmäßig, und ich war etwas unsicher auf den Beinen, ich weiß selbst nicht warum.«

»Tja, es war wirklich eine Tortur«, sagte Harriet. »Meine Beine spüre ich nicht, dafür aber meinen

Magen. Mir ist ganz übel, der bloße Anblick dieses brutalen Kerls.«

»Hätten Sie gern eine Tasse Tee, als Abschluß sozusagen?«

»Nein. Nein, danke. Ich muß nach Hause. Vielleicht ein andermal. Wir sollten in Verbindung bleiben.«

Sheila stieg aus dem Auto und zögerte. »Sind Sie sicher? Das Wasser kocht in einer Minute.«

»Ganz sicher.«

»Dann auf Wiedersehen.«

»Auf Wiedersehen.«

Das Haus war sehr still. Harriet saß regungslos in ihrer Küche, die Hände im Schoß. Joe war noch immer mit Claire unterwegs. Sam würde erst spät nach Hause kommen. Sie hatte eine böse Vorahnung, aber diesen Zustand kannte sie ja. Bedrückende, ermüdende, klaustrophobische Gefühle, die manchmal Stunden anhielten. Früher war sie sicher gewesen, daß es Joe ähnlich erging, aber jetzt hatte sie ihre Zweifel. Wenn er ihre Gefühle teilte, so konnte er sie gut verbergen. Er war voller Tatendrang und Eifer. »Endlich ist er wieder normal«, hatte Sam gesagt. »Er ist über den Berg. Ich wußte immer, daß er es schafft.« Sie hatte nichts erwidert. Vielleicht hatte Sam ja recht? Sie bezweifelte es, aber möglich war es immerhin. Sie würde nie über den Berg sein. Nie. Je weiter Joe sich von ihr entfernte, desto überzeugter war sie, daß sie sich nie wieder fangen würde, selbst wenn es ihm gelänge. Es war immer da, und sie konnte einfach nicht loslassen. Es war wie eine dünne Wand zwischen ihnen beiden, die ihre einst so mühelose Kommunikation verhinderte. Sie hätte die Wand nur zu gern eingerissen, aber Joe wollte es nicht. Sie war da, Gary Robinson hatte sie dort errichtet, und dort würde sie auch bleiben, in einer einzigen Nacht war alles anders geworden.

Joes Genesung war bloß vorübergehend, sie wußte, es konnte nicht anders sein. Er würde erneut zusammenbrechen und sie dann ganz bestimmt wieder brauchen. Je höher ihn seine scheinbare Hochstimmung tragen würde, desto tiefer würde er fallen. Alles war nur Selbstbetrug, dieses »Glücksgefühl«, das Autofahren, der Wagen, Claire. Sie mißtraute seiner Euphorie zutiefst, und er wußte das. Er hielt sich von ihr fern, weil nur sie ermessen konnte, wie sehr er sich bemühte, was es ihn kostete, »endlich wieder normal zu sein«, wie Sam sich ausdrückte. Am schwierigsten schien ihr, es ihm gleichzutun, mit ihm *so zu tun als ob.* Aber das war es, was er wollte, auch sie sollte mit aller Kraft so tun als ob, dann könnte er der von ihr auferlegten Verpflichtung, sich ständig erinnern zu müssen, entkommen. Claire hatte nichts, woran sie sich erinnern mußte, sie war für ihn eine Erleichterung. Und ich, besann Harriet sich, bin eine Last, mein Kummer seinetwegen ist die schwerste Last, an der er noch zu tragen hat, und ich muß sie ihm abnehmen. Sie wußte jedoch nicht wie. Sie hatte sich bemüht, sich ehrlich bemüht, aber die Traurigkeit sickerte nach wie vor durch jede ihrer Poren, die Verbitterung, der Groll darüber, daß ihr Junge so sehr hatte leiden müssen. Sie wurde das Gefühl nicht los, schuld an allem zu sein. Nach wie vor. Worin lag der Sinn, Kinder zu haben und sie so sehr zu lieben, wenn man sie nicht beschützen konnte? Sie empfand diesen seltsamen, schmerzlichen Wunsch nach Vergebung, ohne jedoch sagen zu können, in wessen Macht es stünde, ihr zu vergeben. In Joes? Sie schüttelte den Gedanken ab, er war zu erschreckend.

Es mußte gekocht werden, etwas ganz Einfaches. Sie begann mit der Vorbereitung. Sie sollte Joe Mut machen, Claire zum Essen einzuladen, sie sollte nett zu dem Mädchen sein. Sie sah sehr deutlich, daß eine neue Phase ihrer Mutterrolle begann. Es machte sie nervös. Sie wußte, wie sie als Mutter eines Babys, eines Kleinkindes, sogar eines Jugendlichen zu sein hatte, doch wie die eines Erwachsenen? Es war ihr noch ein Rätsel. Sie brachte so viel Gepäck zu ihrem neuen Posten mit, und doch war sie mit all ihrem ganzen Wissen, ihrem großen Vorrat an Erinnerungen, nicht gut ausgerüstet. Sie mußte dazulernen, und das schnell. Ihr neuer Status war noch nicht definiert, wie immer er auch aussehen mochte, Joe würde ihn definieren, nicht sie. Und in gewisser Weise war das eine Erleichterung. Sie schnitt und schälte und wusch das Gemüse. Sie stellte den Herd an, deckte den Tisch, und dann wartete sie, geduldig und ergeben, daß ihr Junge nach Hause käme.

Sheila hielt die Karte in der Hand. Abgestempelt in London, WC1. Herzlichen Glückwunsch zum Geburtstag, hieß es darauf. Ohne Unterschrift, aber die war nicht nötig. Eric James hätte triumphiert. Ihr eigener Geburtstag war erst in einem Monat. Vielleicht würde sie ja auch eine Karte bekommen, aber dies war vorerst genug, mehr konnte sie nicht erwarten. Nicht nur ein Lebenszeichen, sondern auch ein Zeichen von Anteilnahme. Ein Zeichen dafür, daß Erinnerungen fortbestanden. Es fehlte nur die entscheidende Möglichkeit, die ihr verwehrt wurde, ihrerseits Leo eine Nachricht zukommen zu lassen. Sie konnte ihm nicht zu verstehen geben, daß sie aufgehört hatte, noch weiter an irgendwelchen Idealen festzuhalten. Eric James hatte das nicht getan. Gegen Ende, als sein Zorn sich gelegt hatte, hatte er Leo so akzeptiert, wie er war. Sie sah ein, daß sie dies nie getan hatte, nie. Sie hatte sich abgemüht, ihn, wenn auch nicht nach ihrem eigenen Bild, so doch nach dem, das sie sich wünschte, zu formen. Da war kein Raum für irgendwelche Abweichungen gewesen. Sie hatte nicht eine jener Mütter sein können, die alles vergeben konnten. Hatte nicht sagen können, es sei einerlei, was Leo getan habe, selbst wenn er es getan hatte, ohne zu wissen, was er tat. Er war ihr Junge, und ihr Junge tat so etwas nicht, war dazu gar nicht imstande. Und er hatte gewußt, weshalb sie ihn verloren hatte.

Das Problem war, daß sie nach wie vor das Gefühl hatte, Joe Kennedy eigenhändig überfallen zu haben. Sie hatte sich nie von dem, was Leo getan hatte, distanzieren können. Sie fühlte sich durch seine Beteiligung an einer solchen Gewalttat in den Schmutz gezogen, besudelt. Sie fand es richtig, daß Eltern für die Vergehen ihrer Kinder zur Verantwortung gezogen wurden, denn so fühlte sie sich, verantwortlich. Am schwersten fiel ihr nach wie vor, sich einzureden, daß sie nicht verantwortlich war, trotzdem fand sie diese Art zu denken feige, und sie war kein Feigling.

Alan würde bald nach Hause kommen. Er war weggegangen, um die Rosenbüsche aus Eric James' Garten zu holen. Das hatte er Eric James schon vor Jahren versprechen müssen – »Wenn ich mal nicht mehr da bin, dann hol dir die Rosenbüsche, ich will nicht, daß sie von irgend jemand vernachlässigt werden, hol sie dir, hörst du?« Deshalb grub Alan sie aus und pflanzte sie in Caroles Garten. Dann würde er nach Hause kommen, und sie würden hinaus aufs Land fahren. Das hatte Alan sich gewünscht, und sie war einverstanden gewesen, es hatte keinen Sinn, trübsinnig zu Hause zu sitzen. Jetzt da ihr Vater tot und Leo fort war, konnten sie tun und lassen, was sie wollten, sie waren durch nichts gebunden.

Sie wußte natürlich, daß Bindungen für sie unerläßlich waren. Sie hatte aber auch schon immer gewußt, daß Alan sie in anderer Weise brauchte als Leo. Nun, damit würde sie fertig werden müssen. Leo hatte ihr jedenfalls gezeigt, daß er sie im Augenblick nicht brauchte. Sie sehnte sich danach, ihn zurückzugewinnen, egal unter welchen Bedingungen, wußte aber auch, daß er diese Bedingungen stellen würde, und dies noch nicht getan hatte. Sie konnte sich nur darauf vorbereiten. Es war wichtig, daß Leo sie bei seiner Rückkehr nicht gebrochen vorfände. Sie mußte ihm ein starkes und resolutes Gegenüber sein, ihm zeigen, daß sie das Gewicht der Tragödie ertragen hatte und nicht darunter zusammengebrochen war. Dann wäre er erleichtert, würde sogar stolz auf sie sein und vielleicht bleiben.

Falls er zurückkäme, falls ihr Junge je zurückkäme und ihr noch einmal eine Chance gäbe.